为有牺牲

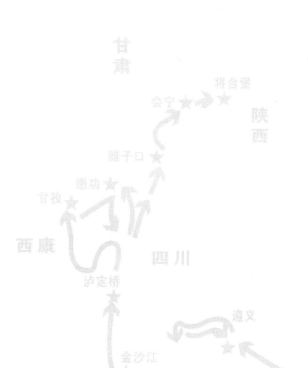

关山远◎著

湖南人民出版社 · 长沙

图书在版编目（CIP）数据

为有牺牲 / 关山远著. --长沙：湖南人民出版社，2024.9（2024.11）

ISBN 978-7-5561-3086-3

Ⅰ．①为…　Ⅱ．①关…　Ⅲ．①纪实文学—中国—当代　Ⅳ．①I25

中国版本图书馆CIP数据核字（2022）第197246号

WEI YOU XISHENG

为有牺牲

著　　者	关山远	
策　　划	吴向红	
责任编辑	吴向红　　刘　烨	
封面设计	谢俊平	
责任校对	唐水兰	

出版发行　湖南人民出版社［http://www.hnppp.com］

地　　址　长沙市营盘东路3号

电　　话　0731-82683346

邮　　编　410005

印　　刷　长沙超峰印刷有限公司

版　　次　2024年9月第1版

印　　次　2024年11月第2次印刷

开　　本　710 mm×1000 mm　1/16

印　　张　28.75

字　　数　370千字

书　　号　ISBN 978-7-5561-3086-3

定　　价　78.00元

营销电话：0731-82221529（如发现印装质量问题请与出版社调换）

中央主力红军 8.6 万多人的长征队伍中，闽西儿女近 3 万名。

当红军长征胜利到达陕北时，闽西儿女仅存 2000 余人。

二万五千里长征中，平均每一里路就倒下一位闽西籍红军战士。

写在前面的话

一部史诗，读第一行文字就能感受英雄的力量。

一座大厦，看第一块基石就能推测屹立的高度。

一次远征，从第一步出发就能找到胜败的根源。

90年前，红九军团奉命从闽西长汀钟屋村出发，踏出了万里长征的第一步，长汀钟屋村从此成为"长征第一村"。旋即，中央苏区大量红军部队集结于于都河畔，开始了一场九死一生却彻底改变中国命运的远征。

8万多中央红军，闽西子弟兵近3万，他们遍及红军各部，有师、团首长，有普通战士，有医务人员，有的负责尖刀侦察，有的一路做地方工作……他们或冲锋在前，或拼死断后，或救死扶伤，或宣传鼓动各族人民支援红军。他们以付出2万多闽西儿女宝贵生命的巨大牺牲，为长征的最后胜利立下了卓著功勋。

遗憾的是，自那时以来，鲜有作品聚焦闽西子弟革命史尤其是长征历史，去书写他们那跃动着、蓬勃着、坚定着的初心，那永不言弃的奋斗者姿态。

应湖南人民出版社之邀，我开启闽西儿女长征历史的追寻之旅，写成了《为有牺牲》一书。

为了写好这本书，我查阅了上千万字史料，采访了部分红军后代，沿龙岩、上杭、武平、连城、长汀一线走了一圈，专程去了当年湘江血战之地——广西的全州、兴安、灌阳。书中的每个人物、每个故事、每个细节，甚至每个人物讲的话，都有出处。

在很长一段时间，我沉浸于这段历史不能自拔，脑海里翻翻腾腾的都是他们的名字和故事，时时为一种叫做"伟大"的情愫而深深震撼。

我时常在想，如果没有长征，如果没有他们那一代人的牺牲，今天的中国会是什么样？

历史无法假设，但历史的一条规律是：不是所有国家、民族都能拥有比过去、现在更好的未来。否则，怎么解释当今世界的乱象——今天，在中国之外，仍然有极度的贫困，有残酷的战争与屠杀，有长不大的孩子，有流不完的鲜血，有完全被无视的国家主权……我强调"中国之外"，是因为这些惨状，一度在中国上演。

90年前，乃至更长时间之前，闽西人跟当时中国很多地方的人一样，面临的是难挨的饥饿、残酷的剥削、屠弱的经济、腐败的政权，还有即使远在闽西大山里也能感受到的列强的霸凌与傲慢。他们只有两个选择：屈辱苟活，或者，不怕牺牲，推翻那个吃人的旧世界，建设一个国家、民族与个人皆有尊严的新世界。

他们选择了后者。中国才有了今天。

对一切为国家为民族为和平付出宝贵生命的人们，不管时代怎样变化，我们都要永远铭记他们的牺牲和奉献，铭记他们留下的精神价值。

这本书，写的是闽西子弟的长征历史，但留给我们的，却是不尽的思索——当年的他们，到底为什么就虽死无憾地出发、到底靠什么能坚定从容地出发、到底图什么会义无反顾地出发？

就在这本书即将付梓之际，2024 年 4 月 2 日下午，来自闽西上杭县的张力雄将军在江苏南京逝世，享年 111 岁。这是最后一位参加过二万五千里长征的开国将军。

老将军经历了土地革命战争时期的反"围剿"，经历了二万五千里长征，经历了高台血战，经历了全民族抗日战争，经历了三年解放战争……堪称九死一生。晚年，老将军谈到长征，想起牺牲的战友，依然情不自禁泪流满面。他说："不要忘记长征！不要忘记历史！"

不要忘记长征！不要忘记历史！这正是我写这本书的目的。

2016 年 10 月 21 日，习近平总书记在纪念红军长征胜利 80 周年大会的讲话中提出，"长征这一人类历史上的伟大壮举，留给我们最可宝贵的精神财富，就是中国共产党人和红军将士用生命和热血铸就的伟大长征精神"。伟大长征精神，就是把全国人民和中华民族的根本利益看得高于一切，坚定革命的理想和信念，坚信正义事业必然胜利的精神；就是为了救国救民，不怕任何艰难险阻，不惜付出一切牺牲的精神；就是坚持独立自主、实事求是，一切从实际出发的精神；就是顾全大局、严守纪律、紧密团结的精神；就是紧紧依靠人民群众，同人民群众生死相依、患难与共、艰苦奋斗的精神。

精神，是一个民族赖以长久生存的灵魂，唯有精神上达到一定的高度，这个民族才能在历史的洪流中屹立不倒、奋勇向前。

如今，伟大的长征精神已镌入每一个中国人的基因。我们能脱口而出"红军不怕远征难"，我们会在湘江血战的遗址畔热泪盈眶，我们会在遵义寻找转折的力量，我们更会在不经意间忽然被"长征"两字点燃。"长征"，是中国人独有的精神密码。

不忘来时路，方知向何行。不怕牺牲，英勇奋斗；心中有信仰，脚下有力量；始终相信人民，紧紧依靠人民，就能凝聚起众志成城的磅礴之力。这是长征胜利留给我们的启示。站在历史十字路口，我们能看到黑云压城，能听见惊涛拍岸；我们深情回望来时路，才能一起自信向未来。

应该再读读长征的历史了。

因为长征，我们，注定不是一个心灵荒凉的民族。

目 录

引 子
烟竹村

1949年9月27日，桂北崇山峻岭间一个叫做烟竹村的地方，34岁的邓廷禄走到了生命的尽头。

邓廷禄临终前，受到了残酷的折磨——敌人将铁丝穿过他的肩胛骨，还在他的两个手心点桐油灯，烫得他手心血肉模糊。但他始终没有屈服。

同一天，烟竹村以北2000公里之外的北京，中国人民政治协商会议第一届全体会议正在中南海怀仁堂举行。马叙伦代表"国都、纪年、国旗、国歌方案整理委员会"向大会作了报告。经过讨论，周恩来代表主席团提出对四个决议草案进行表决：一、中华人民共和国国都定于北平，自即日起改名为北京；二、中华人民共和国的纪年采用公元，今年为1949年；三、中华人民共和国的国歌未正式制定前，以《义勇军进行曲》为国歌；四、中华人民共和国的国旗为五星红旗，象征中国各族人民大团结。

周恩来的话音刚落，掌声如雷般响彻了整个会场，经久不息。

邓廷禄没有留下一张照片，也鲜少出现在史家笔下。但他牺牲的时间，却让后人对历史的丰富寓意有了更深刻的理解。

1933年，18岁的闽西上杭少年邓廷禄参加少共国际师，经过短暂的军事和政治训练后，他和众多年轻战友走上了战场。1934年春，少共国际师改称红十五师，隶属红一军团。同年10月，长征开始，邓廷禄此时已任连指导员。湘江血战之中，红十五师是最后一批渡江的部队，损失惨重。在趁夜翻越老山界时，邓廷禄不慎一脚踏空，左脚踝骨折，在竭力追赶队伍的路程中又摔下山坡，被广西桂林市资源县大湾村的老乡收留，并在此安家落户。原来满嘴客家话的闽西子弟学会了流利的桂北方言，但他内心始终有一团火——我是红军。

红军过桂北，留下了革命的火种。1947年7月23日，中共地下党领导了桂北灵田起义，以13人起义队伍为基干组建起桂北人民游击队。面临国民党军队的残酷"围剿"，游击队愈战愈勇，逐步发展壮大。1947年11月，桂北人民游击队更名为"桂北人民抗征队"，1948年再次更名为"桂北人民翻身队"。1949年6月，在"桂北人民翻身队"的基础上成立了"桂北人民解放总队"，并发展到4000多人，形成了包围桂林市及夹击湘桂铁路的战略态势。同年7月，邓廷禄参加桂北人民翻身队群力部队，重新找到了组织。9月23日，这支部队改编成为桂北人民解放总队路西支队第十五大队直属第五分队，邓廷禄任副分队长。在回家筹粮时，他被敌人抓捕。敌人严刑拷打，妄图撬开邓廷禄的嘴，问到一些游击队的信息。

敌人不知道的是，这是一个经历过湘江血战的红军老战士，一个老共产党员。

即使死亡，也不能让他屈服。

邓廷禄牺牲之际，衡宝战役已经打响。烟竹村往北200余公里，中国人民解放军正在对国民党军白崇禧集团形成庞大的钳形包围，当年与他一起入伍的闽西子弟，不少人已是解放军高级将领，他们正在酝酿给桂军雷霆之击。往东1000余公里，他的老家上杭县通贤乡，邓廷禄的养女邓佛金还在为从未谋面的父亲纳布鞋。因为邓廷禄少年时即参加红军，随后加入长征队伍离开闽西，按照客家人的习俗，兄长邓廷福把女儿邓佛金过继给了邓廷禄，好让弟弟有后。邓佛金从 11 岁刚学会针线活起，就开始给父亲做布鞋，一双一双，鞋底纳得厚厚的，只等他回家……

闽西战友们不知道，邓廷禄在湘江战役中幸存下来了，却在 15 年后，与他们永远错失了会师的机会。

邓佛金不知道，她的红军父亲，差一点点，就可以穿上女儿亲手纳的布鞋。

邓廷禄不知道，就在他牺牲后的第四天，中华人民共和国诞生了。他和无数闽西子弟用信仰和生命追求的胜利，到来了！

这是进步对反动的胜利。

这是革命对反革命的胜利。

这是新世界对旧世界的胜利。

读中国共产党的历史，能读到一个高频词。

那就是——牺牲。

正如习近平总书记所言："世界上没有哪个党像我们这样，遭遇过如此多的艰难险阻，经历过如此多的生死考验，付出过如此多的惨烈牺牲。"从 1921 年 7 月 1 日成立中国共产党到 1949 年 10 月 1 日建立中华人民共和国，可以查到姓名的革命英烈是 370 多万，当然，还有更多的无名牺牲者。以闽西为例，据不完全统计，中央苏区时期，10 万闽西儿女参加革命，但仅有千人活到了中华人民共和国成立的那一天。而在这 10 万人中，留下姓名的闽西烈士不足四分之一……

牺牲，是为了什么？

为了胜利。

中国共产党，不是一个光凭理论、口才和文字就能取得胜利的政党。中华人民共和国，更不是一个靠"非暴力不合作"就能诞生的国家——没有壮烈的战争的洗礼，没有不畏牺牲的精神，这样一个伟大的国家、伟大的民族、伟大的政党何以诞生！

历史是最好的教科书。中国革命历史是最好的营养剂。党的历史，惊心动魄，有那么多至暗时刻，那么多岌岌可危的瞬间，面对惊涛骇浪，党却总能化险为夷，最终由小到大，由弱到强，历经百年恰似风华正茂。

为有牺牲多壮志，敢教日月换新天。

牺牲，是为了胜利。

更是为了祖国和人民。

为有牺牲

01

第一章

松毛岭

1934 年 9 月 23 日，农历中秋节。月光皎洁，20 岁的红军战士林伟汗流浃背地修筑着工事，准备迎接即将到来的疯狂进攻。

　　皓月之下，闽西连城与长汀交界处的松毛岭，是残酷的战场。

　　林伟此刻想不到的是，松毛岭保卫战后，他和众多闽西子弟将随红军部队踏上漫漫征途。他更想不到的是，两个多月后，他将徒步涉入冰凉彻骨的湘江，亲历一场比松毛岭保卫战更残酷的血战。

　　参加长征的近 3 万闽西子弟，只有 2000 余人抵达了陕北。湘江血战，是闽西红军子弟兵一次惨痛无比的牺牲之战。

　　绝大多数牺牲者，甚至没留下姓名。

鲜见记载的松毛岭之战

松毛岭，位于福建省龙岩市长汀县东南与连城县交界处，山峰险峻，森林茂密，因此地生长了很多松树，故名"松毛岭"。松毛岭是东往龙岩、上杭、连城，西通长汀、瑞金、赣州的必经之地。翻过松毛岭，不远处就是被誉为中央苏区"红色小上海"的长汀，这里是当时福建省苏维埃政府驻地，也是中华苏维埃共和国首都瑞金的东大门。

从长汀往西，就是瑞金，已无险可守。

林伟守卫的是松毛岭西华山阵地。他细心地在阵地前埋的地雷，加上苏区人民加紧焙制的竹钉，形成了一道坚实的屏障。林伟所在的红九军团是在 1934 年 9 月 20 日进入阵地的。进入阵地前，长汀、上杭动员来的 2000 名新战士补充到了红九军团。新战士初到战场，难免有些紧张，林伟虽然只有 20 岁，但已经算是经验丰富的老兵了。

林伟是闽西龙岩市武平县武东乡人，因家境贫寒，15 岁时辍学，随父兄在镇上经营小作坊，以卖豆腐、喂猪等为生。17 岁时，参加农民暴动，成为赤卫队员，随即参加红军。他作战勇敢，加上读过书，会写会画，很快脱颖而出，当上了红九军团参谋处的测绘员。无论多忙，他每天都坚持写日记。罕见记载的松毛岭一战，也因此留下了珍贵的史料：

（9 月 23 日）"因中午敌人炮火猛烈，饭送不上去，两团战士已二餐未曾吃饭。入夜，加紧补修工事。工人师及闽西之红三十四师奉命暂归九军团指挥，也

　　　　　为有牺牲

相机加入了保卫西华山的任务。"

（9月24日）"击溃敌人有组织的四次攻击，我九团江团长受伤。"

（9月25日）"罗蔡两首长奉命今天启程到瑞金去开会，东线形势日益严重，蒋匪空军在西华山、钟屋村、童坊及我后方之河田、三洲地区滥施轰炸。"

（9月26日）"从拂晓起，在西华山正面战事又起，敌纠集了三师兵力，又向我开始了第三次攻击战，飞机的轰炸，炮声隆隆，划破了沉寂的大地，我三师主力及右侧之三十四师，沉着以待，严阵以待，工事被毁迅即修补……到下午六时以后，全线战事沉寂下来。由兵站线运送给我军的大批物资，下午陆续运抵钟屋村，入夜后方运输线上一片繁忙景象。"

（9月27日）"几次进攻均为我击退。"

（9月28日）"军委有令，我三师的防守阵地，交给红二十四师接替，九军团全部撤到钟屋村休整，准备接受新任务……今天福建军区动员的新战士1600人又开到了钟屋村补充我军团，这批新补充团，已集训四个月，昨天才由濯田来的，都是闽西老乡。"

（9月29日）"今晨敌人又突然发起进攻，炮火猛烈，飞机十余架助战，与我二十四师、工人师决战整日，下午二时许我左侧唐古垴高地陷落，形势严重，影响巨大，我七、八两团复又参加，晚上乘敌立脚未稳组织了反击，战事激烈，经过多次反复争夺，终将敌击退，恢复了唐古垴760高地。此战歼敌百余人，但我也伤亡百人，七团团长刘华香负伤，直到深夜我八团才最后撤下来。"

这份日记简洁严谨，未带过多的感情色彩。可今日读来，却仍然能感受到当时战争的激烈与残酷。敌人炽烈的炮火，不断补充的新兵，退出战场又重新杀回的红军主力……

这是第五次反"围剿"在闽西的最后一战，从严格意义上来讲，此役的目的，不是保卫长汀、瑞金，而是掩护红军主力转移。

因为广昌失守之后，很多人就知道，中央苏区根据地守不住了。

1934年4月的广昌战役，红军9个师以阵地防御结合短促突击的战法，正面硬扛国民党军11个师，血战18天，虽然歼敌2600余人，但自身伤亡高达5000余人，损失惨重，被迫撤出广昌。自此，中央苏区的北大门失守。国民党军则分六路向中央苏区核心区域推进，稳扎稳打，大筑碉堡，中央苏区的面积不断缩小，日渐逼仄，"失守"的坏消息，不时传来：到1934年9月，中央苏区仅存瑞金、会昌、于都、兴国、宁都、石城、宁化、长汀等县域以及这些县域之间的狭小地区。国民党军自认胜券在握，狂妄叫嚣："十月占领汀州""十一月一日会师瑞金"。

国民党军往长汀方向进攻的有10个主力师，均是蒋介石嫡系，由蒋鼎文为东路军总司令，大部分驻扎在闽西南的漳州、龙岩、上杭、新泉、连城一带。8月初，蒋介石令蒋鼎文向长汀方向推进，担任主攻的国民党军李延年纵队第三师师长李玉堂命令第八旅旅长许永相率部到松毛岭东麓的温坊村驻扎。

守住松毛岭，就是守住苏区东大门！

早在8月3日，朱德总司令就命令红一军团（司令员林彪、政委聂荣臻）留一个团于松毛岭西麓钟屋村以东，协同红二十四师（师长周建屏、政委杨英）一个营守备猪鬃岭支点地域，并限红二十四师主力在4日开到钟屋村。8月26日，红军总司令部得知国民党军李延年纵队"定三十日集中朋口、碧州地区，准备向河田、汀州（即长汀）进攻"后，即令红一军团（缺第十五师）于29日上午集中于河田地域，红九军团（司令员罗炳辉、政委蔡树藩）于28日上午集中于童坊地域，并由红一军团首长直接指挥九军团及二十四师。28日，朱德又电令红二十四师迅速加强猪鬃岭、罔坊、桥下地域支点工事及其守备队，并派分队向温坊、曹坊、吴家坊游击侦察。红一军团工兵部队到达后，伪装成地方部队连夜修补工事，主力则改于29日拂晓在南山坝、大田屋秘密集中。

回到运动战风格的红军，迅猛而又隐蔽。国民党军方面此时判定红二十四师驻守在钟屋村、猪鬃岭、白叶洋岭高山一带，但红一军团尚在曹坊附近，第八旅放松了警惕。没想到朱德在8月31日已向红一军团下达在温坊、钟屋村间突击李延年纵队的任务。

9月1日黄昏，红二十四师向正在温坊修筑碉堡守备的第八旅发动袭击。晚8时后，红一、九军团从钟屋村等地向第八旅迂回，将敌包围，并趁夜突破敌军阵地。刚开始，第八旅抵抗不可谓不勇猛，"第一线官兵多与阵地同尽，遂全线崩溃"，全旅覆亡，旅长许永相趁黑只身逃走。李延年不服，3日拂晓，下令从第九师和第三师抽调三个团，向温坊反扑。红一、九军团及二十四师潜伏于温坊南北高山，之后向敌"反复突击"，又歼灭敌人一个团。

整个温坊战斗，红军全歼敌军1个旅和1个团，共4000多人，其中打死打伤敌人2000多人，俘虏2400多人，缴获自动步枪、轻重机枪100余挺，迫击炮6门，子弹44万发。这是红军第五次反"围剿"中罕见的亮点，中央革命军事委员会特电嘉奖："这次你取得了伟大胜利，严厉地打击了敌人进攻长汀苏区的企图，给了敌人两翼包围的计划当头一棒，胜利地保卫了长汀苏区，写下了红军战史光荣的一页！"

蒋介石对温坊失败极为恼怒，虽然只身逃回的许永相是黄埔军校一期生，还是他的浙江同乡，他仍然将其枪决。同时将第三师师长李玉堂由中将降为上校，调北路军总司令顾祝同取代东路军总司令蒋鼎文，又下令将"士气较盛"的第三十六师调到前线，并令刚从海路运到漳州的卜福斯山炮也"速开一营到前方"。

温坊战斗后，因兴国战事告急，红一军团奉命开赴江西增援，红九军团和红二十四师留守松毛岭一线。红军在松毛岭上修筑了他们力所能及的坚固的工事：将粗大的松树锯倒，作为工事的顶盖，再埋上二三尺厚的泥土。无论是单人掩体、机枪的工事，都尽可能做得像碉堡那样结实。工事外围，又挖上深深的外壕。但是红军缺乏国民党军修筑碉堡所用的钢筋水泥，这样的工事，应付一般的轻武器尚可，却经受不住飞机和重炮的轰击。

9月23日，松毛岭战役打响。在敌人猛烈的炮火下，红军顽强抵抗，固守主阵地。蒋介石嫡系部队国民党军三十六师，是进攻松毛岭的主力之一。9月25日，三十六师师长宋希濂率军开到温坊。因为有此前温坊失败的前车之鉴，他不敢大意，立刻命令手下占领附近各高地构筑工事，严密戒备。翌日，他率各旅团营长侦察松毛岭和白叶洋岭红军主阵地的情况。

松毛岭西南主峰白叶洋岭，山峦重叠，形势险要，是通往长汀的一条主要道路。宋希濂用炮兵用的观测镜看到红军利用这线山岭居高临下的有利地形：他们在最高的几个山峰上构成主阵地，阵地布置相当周到，大小据点组成交叉火力。阵地内各主要据点间挖有交通壕，阵地前挖有外壕，并用鹿砦或竹签作为障碍物。主阵地前面的一线高地比最高山峰要低一些，也筑有较为简单的工事，似为红军的前进阵地或警戒阵地。几个小时里，宋希濂一群人只看到对面静悄悄的阵地，很少看到红军士兵的活动，"说明他们隐蔽得很好"。

关于松毛岭战役，除了林伟的日记，当时参战的国民党军一方宋希濂也留下了比较详细的记载。

宋希濂是湖南湘乡人，跟陈赓是同乡。1924年，两人同时考上黄埔军校一期，陈赓长宋希濂四岁，两人情谊深厚，以幽默著称的陈赓，还给宋希濂取了个外号——"宋大头"。"宋大头"在黄埔军校不怎么显山露水，相比之下，陈赓是不折不扣的优等生，也是"黄埔三杰"之一。"蒋先云的笔，贺衷寒的嘴，比不过陈赓的腿"，说的是1925年10月蒋介石陷入重围，腿都吓软了，一度想就地"成仁"，陈赓背起他就跑，脚底生风，生生跑出了包围。时人戏谑："别人打仗背的是中正步枪，陈赓背的是中正。"

在黄埔军校期间，陈赓很是关心宋希濂这个小同乡，1924年介绍他加入了中国共产党。但是，1926年3月20日中山舰事件发生后，宋希濂选择了脱党，转而投靠蒋介石。面对陈赓的质问，宋希濂只能弱弱地解释，"不论在哪个党，都会为国家为民族出力"。两人就此分道扬镳。中山舰事件成了大革命时期国共关系的一个转折点，是第一次国共合作破裂的前奏，许多人都面临着选择。当时第一个站出来宣布脱党的，是同为黄埔一期生的李默庵，他也是黄埔一期学员中第一个加入中国共产党的。在进攻松毛岭的国民党军中，也有时任第十师师长的李默庵。

中国国民党与中国共产党一样，诞生于中华民族危难之际。同样以救国救民、复兴民族为初衷，甚至在组织形态上同样"以俄为师"，为何两党在历史上走向了不同的方向？一个关键原因是，国民党放弃了自己的初心，他们终究代表的是权贵阶层而非广大人民群众。大革命期间，国民党对广大农民的革命热情是极度恐惧的。1927年四一二反革命政变后，国民党加快了与人民的割裂，并迅速走到了他们的对立面。当年众多凭满腔热血加入中国共产党的青年，面临何去何从的抉择，很多人放弃了理想，选择了利益。潜心研究蒋介石的英国学者乔纳森·芬比对此的概括是："国民党大多数党员，都是被这个党所提供的利益所吸引，而不是被理论或者改变信仰的热情。"

陈赓救过蒋介石，但他忠于自己的主义。1933年，陈赓在上海医治腿伤时，因叛徒出卖被捕。蒋介石闻之大喜过望，对其威逼利诱，宋希濂也频往劝说，但陈赓不为所动。对于其他共产党要人，蒋介石要么降、要么杀，但考虑到陈赓毕竟是自己的救命恩人，加上宋希濂等黄埔同学的求情，于是他就睁一只眼闭一只眼，听凭陈赓跑掉了。陈赓与宋希濂下一次面对面，是在西安事变后，国共即将展开第二次合作。两人与当年的老师周恩来同处一室，周恩来感慨地说："你俩官阶一样，派头却是大不一样，一个小米加步枪，一个飞机加大炮，一土一洋。"

为有牺牲

"小米加步枪"对决"飞机加大炮"

在松毛岭，国民党军是"飞机加大炮"，红军则是"小米加步枪"。宋希濂一群人侦察完毕回到师部后，随即开会讨论进攻方法和兵力部署等问题，主要是步炮兵的密切协同及要求空军的支援。大家认为红军阵地工事相当强固，单靠师内拥有的迫击炮是难以摧毁的。部署三十六师的同时，宋希濂还把电话打到龙岩，向在那里督战的顾祝同汇报侦察所得的情况，并提出请派空军支援，同时用密语告诉他：预定攻击开始的时间是 9 月 27 日上午 7 时。

战斗如期打响。国民党军先是炮击，而后步兵进攻，红军稍事抵抗，就撤回到主阵地。宋希濂用望远镜仔细观察，见红军的堡垒不仅工事坚固，而且地形陡险，仰攻不易。而主阵地左侧有一座山峰，攀登较易，如能占领那个山峰，即可以之作为基点，沿着山岭向前攻击，绕攻红军主要堡垒的侧背，到那时，正面部队再发起冲击。他回忆说：

> 经过就地观察和研商后，决定以主力向左侧山峰（即红军主阵地右翼稍突出的那个山峰）攻击，同时正面亦以有力的一部进攻，借以牵制红军的兵力。我又命预备队二一一团在二一五团后跟进，必要时归旅长钟彬指挥，适时投入战斗。上午九时半，炮兵开始以主火力轰击红军阵地右翼的突出地带，以一部火力向正面的主峰堡垒射击。空军在上午八时有战斗机六

架由南昌飞来，在红军阵地上投掷了一些轻磅炸弹；到九时半左右，又来了九架，内中有六架是轻轰炸机，三架是战斗机。轻轰炸机在阵地上投下了破坏力较大的炸弹，对摧毁红军阵地工事起了一定作用。战斗机则在上空监视红军的行动。

在飞机和大炮轰击后，步兵即开始冲锋。向正面主峰堡垒进攻的二一六团的一个营，到达堡垒边，遭受红军的炽盛火力和从阵地内扔下的手榴弹，伤亡甚大，暂时中止攻击。向左翼山峰进攻的二一五团，在强有力的火力掩护下，利用红军阵地工事被摧毁的瞬间，有一个多营冲入了堡垒，占领了那个山峰。但不到十分钟，红军乘该部立足未稳之际，立即进行反攻，以强烈的逆袭赶走了侵占山顶的二一五团部队，重行保有那个山峰。我目睹这种形势的危险，立即命令二一五团团长刘英亲率所部冲锋，务要迅即夺取那山峰。这样，就随即造成了在这山峰上一场十分激烈的争夺战，喊杀之声响彻云霄，机枪声和手榴弹的爆炸声亦很猛烈。红军由于伤亡大，人数不够，终于被迫退出，二一五团遂又占领了那个山峰。这大约是上午十一时的情况。

温坊吃了败仗后，国民党军意识到红军士气高昂、阵地稳固，"非步炮空协同攻击，难期奏效"。进攻松毛岭时，国民党飞机在摧毁红军工事方面发挥了一定作用。许多年后，在松毛岭保卫战中幸存下来的红军还清晰记得，从南昌起飞的轰炸机和战斗机不断扫射、投弹，一批飞

为有牺牲

走了，又来了一批，俯冲时凄厉的尖啸声，像一根铁丝，把那沉浊的爆炸声串联起来。接着，炮火开始，阵地立刻陷入一片火海，暴雨似的炮弹几乎把山头抬起来了，整个大地，好像在那片粗重的爆炸声中崩塌、下沉。

宋希濂的回忆中，还提到这么一件事：战事正酣时，一架战斗机在三十六师的指挥所附近投下一个布口袋，拾起来打开一看，只见一张纸上写着："红军大部队约有二三千人，正从南面山谷里向我左翼运动，请严密注意。"署名是"毛邦初"，毛邦初当时是蒋军的空军指挥官。宋希濂得到这一消息后，赶紧部署，以重兵迎击向其左翼迂回攻击的红军。红军来势甚猛，冒着猛烈的炮火，反复冲杀。但敌人火力占绝对优势，又有空军支援，红军遭受了相当大的伤亡，攻势顿挫，迅即撤走了。

国民党军解决了左翼的危机后，集中兵力，在飞机和大炮等重型武器的掩护下，向白叶洋岭一次又一次轮番进攻。红军凭着步枪、机枪和手榴弹等轻武器，大量杀伤靠近阵地的敌人。当敌人像蝗虫一样涌上山峰，红军与敌人展开了激烈的白刃战，喊杀声响彻云霄，敌人一批批败退下去，又一批批涌上来，弹尽粮绝的红军战士，硬生生用刺刀和石块把他们又一次打下去。

红九军团年轻的军医涂通今，当年 20 岁，他的家在长汀县涂坊乡涂坊村，距离松毛岭不远。1929 年，红军二次入闽时，途经涂坊乡，召开群众大会，少年涂通今挤进人群，听到了一个高个子红军首长的一场关于革命的演讲，演讲者，就是毛泽东。涂通今的心中便埋下了参加红军的种子，几经努力，18 岁时，他如愿参军，但未能如愿扛枪上前线，而是到医院学习看护和救治伤员。他经历了很多战斗，但松毛岭一役之残酷，让他终生难忘。

敌人狂风暴雨的轰炸，让松毛岭红军阵地成为一片火海，几公里之外的钟屋村，也受到波及。时年六岁的钟宜龙，家里住了红军炊事员。国民党的飞机投弹飞过的呼啸声，震耳欲聋，屋顶的瓦片都被震落，他吓得哇哇大哭，红军炊事员就搂住他，安慰说："不要怕，不要怕，我来保护你。"

钟宜龙两岁的时候，父母被国民党民团杀害，舅舅一家收养了他。1934年4月，舅舅钟大廷在广昌战役中牺牲。舅妈涂从孜悲愤交加，作为村里妇女部长，她在松毛岭战役打响后，组织女子担架队，前往战场抬伤员。从战场抬着伤员到山脚，最长距离五公里，最短也有两公里。每趟运送至少要一小时，时间久的话可能要三个小时。不断有浑身血污的战士运下来，不少人半路就牺牲了。

整个钟屋村的老百姓都在支援前线作战，他们跟松毛岭周边的几个村子一样，"家家无闲人，户户无门板"，门板全都卸下做担架了，老百姓挖战壕、修工事、抬伤员、运弹药、送茶饭。时至今日，走进已改名为中复村的钟屋村，仍然能够看到两扇高低、大小不一样的门板，述说着当年的惨烈。

红军伤亡越来越大，战场惨烈难以想象。涂从孜发现，之前准备的1500个担架根本不够用。炊事员挑着满满的饭桶出发，又挑着满满的饭桶回村，一边走一边哭喊："班长，不得了啊，饭送过去没人吃！部队糟了！！"

敌人的炮火太猛烈了。红军的阵地一块块丢失，伤亡越来越大。瑞金工人师和长汀地方游击队、赤卫队也参与了战斗。福建军区送来了刚刚集训四个月的1600名新战士，补充到红九军团，他们在钟屋村集结，戴上军帽就奔赴前线，很多人几小时后就战死了。《长汀县志》记载："是役双方死亡枕藉，尸遍山野，战事之剧，空前未有。"

松毛岭一役，是已经持续了整整一年的红军第五次反"围剿"在闽的最后一战。

　　虽然红军战士英勇无畏，虽然有温坊战斗的胜利，但这一战的结果，注定是悲壮的。

　　第五次反"围剿"已经失败，红军长征已成定局。松毛岭之战，不是保卫战，而是阻击战——以巨大的牺牲，来为红军争取一线希望。有学者甚至认为：松毛岭不守，长征走不了。

李德这个人

第五次反"围剿"开始于 1933 年 9 月 25 日。中央红军在赣南、闽西抗击 50 万国民党大军。国民党军前四次对中央苏区的"围剿"都失败了，曾任国民党陆军大学校长多年的杨杰，嘲讽主持前几次"围剿"的蒋介石心腹陈诚是个"猪头将军"，说陈诚在江西对红军作战时，不了解红军的作战方法和红军的特点，总是凭匹夫之勇冒险直冲，结果弄得损兵折将。蒋介石吸取了以往四次"围剿"失败的教训，第五次"围剿"时改用步步为营、修碉筑路、逐步推进的作战方针。

第四次反"围剿"胜利后，中央苏区范围扩大到 30 多个县，主力红军扩大到 10 万人，地方部队和群众武装亦有很大发展。但是从 1931 年起，亲自创建了中央红军和中央苏区的毛泽东在中央苏区处于被排斥和打击的局面。1931 年 1 月，以王明为代表的"左"倾教条主义者，通过中共六届四中全会占据了中共中央的统治地位。同年 11 月召开的赣南会议，排挤了毛泽东对党和红军的正确领导。1932 年 10 月的宁都会议，又撤销了毛泽东红一方面军总政委的职务，把他调回后方做政府工作。从此，王明"左"倾教条主义在红军中占据了统治地位。中共中央负责人博古错误地认为，这次反"围剿"战争是争取中国革命完全胜利的阶级决战，提出"不放弃根据地一寸土地"，主张"御敌于国门之外"。大错特错的是，博古把军事指挥权交给了顾问德国人奥托·布劳恩——中国近代历史上大名鼎鼎、无法绕过的李德。

李德掌握红军最高指挥权，看似偶然，其实必然。

他在中国的出场，从上海开始。自开埠之后，上海日益繁华，跃升为远东第一大城市，鱼龙混杂，风云际会，这里是中国共产党的诞生地、初心始发地，也是西方殖民者残酷盘剥中国人民之处，是"冒险家的乐园"、全球"谍战"的主战场之一。1931年6月15日，共产国际联络部上海秘密交通站负责人牛兰夫妇被上海公共租界警务处英国巡捕逮捕，罪名是共产党嫌疑。牛兰夫妇均是经验丰富的特工，坚不吐实，租界费尽周折，也无法查清牛兰夫妇的真实来历，无奈之下，已有放人之意。但是国民党政府介入了——这一年4月下旬，中共特科负责人顾顺章在汉口被捕叛变，此人掌握了大量机密，被称为中共历史上"最危险的叛徒"，他供出共产国际在上海有一个"洋人俱乐部"（指联络站），其负责人是德国人，绰号"牛轧糖"。国民党情报机关遂臆测牛兰即"牛轧糖"，大喜过望，于是要求"引渡"牛兰一家，以一举破获中国共产党上层机关，切断其国际联络渠道。8月14日，大批荷枪实弹的国民党宪兵将牛兰一家从上海押解到南京，关押在南京老虎桥"第一模范监狱"。

此案在上海滩引起轰动，牛兰被押往南京6天后，宋庆龄和爱因斯坦、蔡特金、高尔基、史沫特莱等国际知名人士发起成立了设在欧洲的"国际营救牛兰委员会"，使营救牛兰的行动演变为一次世界性的运动。蒋介石在日记中还特地记下了宋庆龄赴南京求他放人一事，他也误以为牛兰是"苏俄共党东方部长"。如此"大鱼"，怎么轻易就放？

斗智斗勇开始了，共产国际综合各种情报后认为：牛兰夫妇并未暴露真实身份。苏联军事情报局在中国的情报人员佐尔格建议：利用国民党政府官吏贪婪腐败的弱点，用美元打通关节，营救牛兰夫妇。佐尔格是当时的王牌间谍，曾在1941年先后发出了德军将大举进犯苏联以及日本不会大举进犯苏联的情报，斯大林没有采纳第一个情报，吃了大亏，采纳了第二个情报，从东方抽调大量的兵力放在西部战线，最终保住了莫斯科。佐尔格是1930年初以德国记者的身份来到上海的，很快编织起一张牢靠的情报网。

佐尔格辗转找到了中统特务头子张冲，后者大喜，认为"大鱼"上钩了，表面上假装贪婪。佐尔格想要一张牛兰亲笔信，证明他还活着，张冲开口：两万美元。他判断，如果苏联人愿意出这笔大钱，牛兰肯定是"大鱼"。

1932年春，两个均是德国人的信使分头出发，各自携带两万美元，平安抵达上海。信使西伯勒尔把钱交给佐尔格，还拥抱了心中的英雄，当天就离开了上海；另一位信使，就是李德，他交了钱，却留在上海，找到了博古——他们俩在苏联期间就认识了。见面后两人相谈甚欢。李德生于1900年，德国人，参加过创建巴伐利亚苏维埃共和国的战斗和德国中部的工人起义，1926年被捕，1928年成功越狱，逃往苏联。他曾在一战中打过街垒战，后来又就读于苏联伏龙芝军校，令没有军事经验的博古十分佩服。

因为牛兰案暴露身份，佐尔格也无法再在上海立足，后来辗转去了日本，成就了一番伟业。但他领导的上海情报小组就此解体，苦心经营的围绕着国民党德国军事顾问的情报网从此瓦解，对红军来说，是一个巨大损失——之前，佐尔格通过自己的德国记者身份和杰出的交际能力，很快与德国驻华外交人员和蒋介石身边的德国顾问团建立了密切联系，第四次反"围剿"期间，德军顾问团给国民党军制订的军事计划，就由佐尔格的情报小组通过苏军情报部门转给了红军，贡献巨大。佐尔格离开上海，中共中央和红军就失去了一个极其宝贵的情报来源。

这个时候，中共临时中央在上海已经很难立足，被迫迁往中央苏区，临时中央政治局主要成员博古、张闻天等于1932年底先后由上海出发，从香港转往广东汕头、潮安、大埔，福建永定、上杭这条秘密交通线，

为有牺牲

于 1933 年 1 月抵达瑞金。李德也跟着来到苏区，他和刘群先（博古夫人）打扮成神父和修女，先从上海坐船到汕头，在潮安乘船往北。他在窄小的船舱里平躺了两天两夜，在黑夜中上岸，第一次见到了红军战士，当时还是在国民党统治区，一行人在黑夜里走过狭窄的田埂，睡在森林深处，翻山越岭，终于抵达瑞金。

"大鼻子"一亮相，颇引来一番围观。红军将士们眼中的李德，"个子高大，红毛头发，蓝眼睛，大鼻子，这样的外国洋人真的是第一次见"。"李德"这个名字，是博古帮助取的。他还用另一个名字"华夫"在苏区报刊上发表文章，阐释他的战术思想。"华夫"这个名字是刘伯承取的，李德后来自我解释，"华夫"的意思是"中华男人"，其实，真实的来由是，李德到苏区后要求找个伴侣，组织安排萧月华嫁给了他，萧月华是广东大埔人，比李德小 10 岁，是个身经百战的红军女战士。嫁给李德，萧月华万般不情愿，但还是服从了组织安排。

李德是"好心办坏事"的典型。但实事求是地讲，也不能把"办坏事"的责任全部推给他。24 岁就当上中央负责人的博古，需要一个共产国际的代表来给自己加持。博古不懂军事，希望让李德来当军事顾问。他几次给共产国际发电报提出要求，共产国际的态度也很勉强，博古反复要求差不多近一年时间，共产国际才勉强答应，电文是这么写的："应中共中央要求，委托奥托·布劳恩为军事顾问，布劳恩所提出的任何意见，只能作为你们在决策中的参考。共产国际不承担任何责任。"

顾问顾问，最终却成了"太上皇"。20 世纪 80 年代重走长征路的美国记者哈里森·埃文斯·索尔兹伯里认为：

> 虽然布劳恩直到临终前还争辩说，他只是作为顾问被派往中国的；虽然中国当代的分析家们也承认，

> 严格地讲，他的说法是对的。但事实是中国人自己把
> 权柄让给了他。

长期担任李德翻译的伍修权也回忆说："我相信，布劳恩的地位不是靠自己去夺来的，而是博古给他的，这个失误的责任在中国人身上。"

临时中央迁到苏区后，与在瑞金的中共苏区中央局合并，成立新的中共中央局，总负责人为博古。王明去了苏联，担任中共驻共产国际代表团团长，遥控指挥国内。毛泽东则被排挤出了决策层，他先后被免去了红一方面军总政委、中共中央政治局委员、人民委员会主席三个职务，只留下中华苏维埃共和国临时中央政府主席一职，相当于在党内军内的权力全部被剥夺，只剩下虚职一个。一直到广昌战役失利后，共产国际意识到毛泽东的重要性。中共六届五中全会上，毛泽东才重新恢复了政治局委员职务。

在历史上，这是颇具嘲讽性的一幕：正因为毛泽东亲手开创的中央苏区有声有色，无法在上海立足的中共临时中央才迁到江西。然后，他们到了苏区，毛泽东反而被剥夺了权力。

李德到了苏区，被奉为上宾，苏维埃政府专门为他在稻田中间修了一幢屋子，红都人称之为"独立房子"。

> 每当接到前线的电报，不论白天黑夜，立即送到
> "独立房子"，先由参谋在堂屋挂的十万分之一的地
> 图上，查找电文所指的地点，并根据内容按比例绘成
> 略图，用红蓝铅笔标出敌我态势及其行动方向，附在
> 电文后面，由翻译伍修权译成俄文，一起呈送给李德。
> 李德接过电报后，就围着墙上的大地图，一边不停地

吸烟，一边苦思冥想，不时地拿着红蓝铅笔在地图上勾来画去。然后，李德口述他的命令，让伍修权译成中文电文，转交中央军委副主席周恩来，送给军委的朱德、刘伯承或中共中央的博古、洛甫签署后执行。李德制定的作战指挥地图，连一个碉堡应挖的地点，一个哨兵该立的位置，一门迫击炮甚至一挺机关枪配置的地方，均作了明确的规定，必须不折不扣地执行。而当时使用的十万分之一地图误差很大，根本没有实测过，大都是问测，有的连地名和方向都不准确。李德又不留任何余地，不考虑敌情、气候及自然条件，甚至不给部队留吃饭和休息的时间，仅凭比例尺丈量地图上的距离，计算部队应有的进度，定下到达和投入战斗的时间，加上朝令夕改，来回折腾，弄得前线指挥员手忙脚乱，心中无数，贻误战机。

如此打仗，焉能不败？

某种意义上来说，第五次"围剿"与反"围剿"，背后是两个德国人的对决。基于前四次的"围剿"失败，蒋介石采纳了希特勒派来的德国军事顾问冯·塞克特的建议，采取"战略攻势，战术守势"的"围剿"方略，集中绝对优势兵力，采取稳扎稳打、步步为营的堡垒战术，边推进边修路边筑碉堡，一点点地蚕食中央苏区。

李德在双方兵力极为悬殊的情况下，顽固坚守他当年的街垒战经验，拟定了"御敌于国门之外"的堡垒主义战略战术，在对方修建碉堡、步步推进的同时，红军也在江西黎川以南、广昌以北等地的城、镇、村交通要道上构筑碉堡，分兵把守，处处设防，寸土必争，并且生搬硬套欧洲街垒战的教条,命令红军构筑要塞式防御阵地,采取"以碉堡对碉堡"和"短促突击"的战术。所谓"短促突击",就是堡垒对堡垒的战斗中,当敌人走出堡垒前进时,我军在短距离内对敌人进行突击。这一战术原则是为李德奉行的单纯防御战略服务的。

一方是进攻中修碉堡,一方是防御中修碉堡,打阵地战,拼消耗,但是,既无飞机大炮,也无钢筋水泥的红军,怎么拼得过国民党军队?

关于李德"瞎指挥"的史料很多,例如第五次反"围剿"之中的南丰之战:

> 全团不分昼夜在阵地上构筑了大量的防御工事、碉堡,整整搞了一周,部队累得精疲力竭,真是"劳民伤财"。工事、碉堡构筑好了,敌人也进到距我阵地前沿四五百米处来了。敌人向我阵地攻击,首先用德国的普伏式山炮、野炮摧垮我军构筑的阵地,接着就以轻重机枪、迫击炮以猛烈的火力向我阵地轰击,掩护其步兵向我阵地冲击。敌人攻到我阵地前沿时,教条主义的指挥者,命令部队按照李德"短促突击"的战法,部队即从敌侧方出击一下。这种战法有时可消灭敌人一个班、一个排,有时一个敌人也抓不住,而出击的部队被敌猛烈的火力杀伤,敌大部队乘势前进夺占我们防御阵地。这时我军只好撤离阵地,节节抵抗向后转移,选择新的阵地布防,再构筑工事防御,对抗进攻的敌人。

从第五次反"围剿"一开始,就不断地打败仗,丧师失地。但不愿

　　　　　为有牺牲

意用心去了解中国、了解红军的李德，刚愎自用，不认为这是他瞎指挥的结果，反而认为前线指挥员没有认真地执行其短促突击战术，经常发脾气骂人，动辄处分前线军官，甚至于要问斩。黎川失守后，李德欲枪毙萧劲光；湘江血战后，又要枪毙周子昆。全赖着毛泽东挺身而出，把他俩保下来了。

李德脾气很坏，在他身边工作的几个中国年轻人，牢骚满腹，多次要求调动工作，不愿意与他共事。伍修权曾经跟中央组织局负责人李维汉诉苦："李德简直是个帝国主义分子，我完全是凭着党性，才来给他做翻译工作的！"李维汉开导他："要以大局为重，继续安心工作。"

失败太多了，红军将士们对李德的质疑越来越大。起初，他们是很崇拜李德的，毕竟是共产国际派来的代表。当年，中国共产党一度是共产国际在中国的一个支部，在苏区，别说红军将士，即使是识字不多的农民，也对"马克思""苏维埃"等外来词耳熟能详。马克思的大胡子肖像照片，在苏区广泛印刷，苏区人民绝大多数没有出过国，甚至没有见过大海，但他们对外国人并不陌生，而且还自然产生一种崇敬之情。这是毛泽东之后说的"言必称希腊"时期。但人都是会思考的，李德的瞎指挥，让越来越多的红军将士怀疑、愤怒和反抗——红军并不是不懂得打仗，无论是创建根据地，还是前四次反"围剿"，在运动战中大量歼敌，何等酣畅淋漓！

如今，胜利都到哪里去了？

历史无法假设

第五次反"围剿"最令人扼腕叹息的，是错失了福建事变的良机。

1933 年 11 月 20 日，驻福建省的国民党军第十九路军发动福建事变，喊出"反蒋抗日"的口号，成立"中华共和国人民革命政府"。十九路军是一支很有骨气的部队。1932 年"一·二八"淞沪抗战时，他们奋起抵抗，重创日军，无奈蒋介石无心抗日，十九路军移驻福建，被其用来对付红军。

第五次反"围剿"开始后，彭德怀指挥以红三军团为基干东方军，在闽西歼灭十九路军精锐部队三个团，9 月间又在闽北击败十九路军主力，使十九路军遭到参加内战以来最沉重的打击。十九路军领导人开始认识到：积极反共必然失败，而消极反共也难以立足；要抗日就必须反蒋，要反蒋抗日就必须联共。于是主动与红军休战，对蒋介石反戈一击。

后院起火！蒋介石慌忙抽调 11 个主力师前往镇压。毛泽东火眼金睛，提议应抓住这一有利时机，以红军主力突进到以浙江为中心的苏浙皖赣地区，纵横驰骋于杭州、苏州、南京、芜湖、南昌、福州之间，将战略防御转变为战略进攻，威胁敌之根本重地，向广大无堡垒地带寻求作战。

毛泽东的提议确有依据，当时蒋介石已经孤注一掷，嫡系部队除了有部分用于对付贺龙领导的红二方面军和徐向前的红四方面军以外，几乎全部使用在中央苏区主战场上，已别无可调之兵，连南京那样重要城市的防务，都只是靠宪兵、警察和一些地方团队来维持。

遗憾的是，中共临时中央拒绝了毛泽东的正确建议。他们起初对于十九路军的谈判颇为重视，1933 年 8 月，红军进到离闽侯县不到二百里处时，十九路军蒋光鼐和蔡廷锴派代表陈公培一行前来拜访彭德怀，透露了十九路军反蒋抗日计划，双方高度一致：只有抗日才能停止内战。彭德怀请来宾们吃了饭——大脸盆猪肉和鸡子，都是打土豪得来的。陈公培在红军中住了一晚。彭德怀给蒋光鼐、蔡廷锴写了信，告以反蒋抗日大计，请他们派代表到瑞金，同中央进行谈判。他同时把上述情况电告中央，中央当即回电，说我们对此事还不够重视，招待也不周——所谓"招待不周"，是盛菜的脸盆，同时也是洗脚盆。对于随时要行军的红军来说，洗脚很重要。军中艰苦，彭德怀并不觉得有什么招待不周，这个习惯，他一直沿袭到抗美援朝回国。

但是陈公培到瑞金谈判时，博古却说十九路军是第三党，比国民党还坏，对民众带有更多的欺骗性。从指责彭德怀"招待不周"到表态十九路军"比国民党还坏"，这个态度的巨大变化，让彭德怀只能自我安慰："他们知识分子总是有他的歪道理。"

博古的态度，其实代表的是共产国际的态度。中共临时中央当然知道在敌人大兵压境的情况下，与十九路军合作的益处，但当时面对咄咄逼人的日本军国主义，苏联希望借蒋介石之力来牵制日本，保卫苏联，不愿意看到南京军事力量对日本制衡能力因为福建事变而削弱。共产国际基于苏联国家利益，不同意红军与十九路军的合作，他们坚持"下层统一战线"——只团结下层士兵，视对方军官为敌人，所谓"要兵不要官"。他们给的指示是"瓦解十九路军"。共产国际对十九路军与红军的谈判及其协议态度消极，在政治上对"福建事变"的性质予以了全面否定，军事上没能提出切实有效的援助计划，甚至想乘人之危，坐收渔翁之利。这种态度和立场，导致中共临时中央对事变做出了错误的应对策略，犯了"左"倾关门主义错误，加剧了中央苏区军事形势的危机。

进攻苏区的国民党军队掉头去镇压十九路军时，从红军眼皮底下开过，但红军接到命令，一枪不准放。当时从"剿共"战场抽兵去镇压十九路军的宋希濂回忆说：

> 行前，蒋介石反复叮咛，此行要经过共军区域，可能与共军发生战斗，务要特别小心戒备，行进时两侧要多派搜索队伍，宿营时必须把兵力集结，不可过于分散，宿营前要先做好工事，布置好警戒，夜间要严密巡查等。在将近 20 天的行军中真是提心吊胆，这说明当时蒋军官兵对红军的畏惧心理。但是说来也怪，几乎没有发生过什么战斗，为什么当时红军不拦腰折断截击我们？觉得不解。

等到蒋介石从容收拾完十九路军，再转而进攻中央苏区时，"左"倾教条主义领导者才意识到唇亡齿寒，但悔之晚矣。他们的这一系列自认为高明的招数损人而不利己，不仅没有帮助红军实现其利用十九路军来壮大自己队伍的期望，也没有帮助福建政权走出困境，反而使得一支非常优秀的反日反蒋力量在蒋介石的强力攻势下归于失败。最终在加速福建政权失败的同时加强了南京军队的军事优势，使得苏区面临着新的更加严峻的军事威胁，并直接导致了中共第五次反"围剿"失败，被迫进行后来的长征。

1935 年 2 月 8 日，中央书记处下发的《中央政治局扩大会议总结粉碎五次"围剿"战争中经验教训决议大纲》，总结了这个深刻教训："利用反革命内部的每一冲突是红军粉碎'围剿'的重要条件之一，十九路军事变给了我们粉碎敌人'围剿'的有利条件，但我们在军事上却完全不去利用。"1945年，中共七大上，博古发言时也自我检讨："打击中间党派，打倒一切，拒绝一切同盟者。这在'九一八'以后特别尖锐坚持。一直到十九路军事变，在反蒋的福建人民政府成立，我们和它订立协定之后，还认为它是最危险的反革命派别而反对它，拒绝给以应有援助，使人民政府失败，中央苏区也随之危急。"

历史无法假设。松毛岭一役，在红军七天七夜的浴血苦战后悲壮落幕了。白叶洋岭阵地陷落，七里横岭阵地陷落，上古楼岭阵地陷落，猪鬃岭阵地陷落，金华山阵地陷落，西华山阵地陷落……空气中弥漫着硝烟，大地上洒满了鲜血，弹片、树木和人体残骸，散布在战场上。

许多年后，参加过松毛岭保卫战的闽西老红军温光烈，曾给儿子讲述过这场惨烈的战斗——他所在的部队奉命守住松毛岭的一个山头，山下遍野是敌军，进攻时就像倾巢而出的蚂蚁一样密密麻麻地向山头爬来。温光烈那时二十岁上下，血气方刚，敢拼敢杀。等敌军爬近，红军就一齐开枪、投弹，冲得较前的敌军被红军的机关枪一扫就像倒柴棚一样倒下。红军的单响杆子（老式步枪）射得远，较远的敌人，红军一个一个瞄准了来打。敌人每次冲上来都被打退，但敌军败退后，炮弹立刻就会在红军的阵地上开花，把山头炸得天昏地暗，红军的伤亡也很大。温光烈的班长是个江西人，十分勇敢，几乎什么武器都会用。一天下午，炮弹落在战壕里，就在他身边炸开，他被炸得满身是血也没叫声痛。战斗打得十分惨烈，白军轮番进攻，红军死守山头。围攻的敌人越来越多，枪声炮声不断，情况越来越危急，打了几日几夜的红军子弹、粮食都接济不上，又饥又渴十分疲劳，眼睛红肿、嘴唇干裂，都准备拼死在这个山头上。

温光烈的儿子温远柱后来记录下了红军父亲的这次突围过程：

一天夜里，上级传下命令撤出阵地，分散突围，冲出去再说。大家就趁天黑不顾一切地拼命往山沟、密林里钻，各自分开撤退不敢出声叫喊，大家也都走散了，谁也顾不上谁。好在我命大，摸爬滚打没被子弹打中，撤退奔命时却被山沟的石刀、荆棘和竹尖弄得浑身血迹，遍体鳞伤。后来也不知跑到了什么地方，天蒙蒙亮时看到山旮旯里有几间屋子是人家，就进去和屋主人讲好话，好在遇上这家子良善人，他让我到柴棚杂物间里藏身，还送上饭食。这时我身上什么也没了，一个人孤孤单单无着落，脚上剐破的伤口也都开始肿痛起来，后来化脓了好几天不能走动，躲藏的杂物间又脏又暗又潮湿，破棉被又污又霉，弄得一身生疮奇痒难受，直熬到房东告诉说外面风声平静了，我才带伤带疮忍痛，一路讨乞走了十多天，回到家里已满身虱子……

就这样，温光烈与红军失散。

红九军团退出战斗撤往钟屋村后，红二十四师伪装成主力，一直在节节抵抗，且战且退，不断予敌以杀伤。9 月 27 日下午，当宋希濂以胜利者的姿态踏上白叶洋岭阵地时，红军的机枪响起，宋希濂倒在地上，腿部重伤。

此役过后，国民党军队留下一个 800 人的加强营，花了一个半月的时间才把自己军队的遗体火化完。红军因为全线退出战场，而后踏上长征路，遗留在松毛岭的红军烈士的遗骸无人收殓。战场附近的村民，自发组成"无祀会"，出钱出力，上山掩埋红军遗体，建造烈士墓。烈士墓正前方立一整块硕大的石头作为无字碑，周边则是无数的鹅卵石。从此每年农历七月十五，村民们都会举行颇具地方特色的"倒粥"和"插花"活动来祭拜英灵——用猪肉、鸭肉煮成一桶桶热气腾腾的粥，挑到烈士墓前摆放。并且就地杀猪，让鲜红的猪血像红花一样喷涌而出，再点燃香烛，诵读祭文，然后将一桶桶粥倒在烈士墓前。

无人知道究竟有多少红军战士牺牲在松毛岭，研究者有的说上万，有的说数千。在中央苏区（闽西）历史博物馆众多的烈士名录中，记载了两位在松毛岭战役中牺牲的烈士：曹达兴，长汀县涂坊镇元坑村人，中共党员，曾任红五军某团参谋长，牺牲时 34 岁；张梅江，连城县新泉镇高地村人，中共党员，曾任红十二军三十四师政委，牺牲时 21 岁。但松毛岭上绝大多数烈士，都没有留下名字。

他们，绝大多数都是闽西子弟。

02

第二章

闽西

放高利贷的地主

起来，不愿做奴隶的人民！

闽西的女儿

赤诚男儿张赤男

1929 年春天，湘江血战之前五年。

一支衣衫褴褛却精神昂扬的队伍行走在闽西大地，所到之处，发动群众打土豪、分田地。在墟场上，贫苦农民往往围得里三层外三层，静静聆听一个蓄着长发的高个子男人湖南口音很重的演讲。

一个个字，如一颗颗火星，点燃了这片压抑沉寂不知多少年的土地。

闽西，地处福建省西部，西北与赣南毗连，西南与粤东接壤。在土地革命战争时期，中国共产党在这里创建了闽西革命根据地，后来，成为中央苏区的主要组成部分。闽西革命根据地包括龙岩（今福建省龙岩市新罗区）、永定、上杭、长汀、连城、武平、漳平、宁洋（今福建省漳平市双洋镇）、宁化、清流、归化（今福建省三明市明溪县）、南靖、平和、大埔（今广东省梅州市大埔县）等 10 余个县。习近平总书记曾评价说：闽西是原中央苏区所在地，对全国的解放、中华人民共和国的成立、党的建设、军队的建设作出了重要的不可替代的贡献。

众多革命先烈为了民族独立和人民解放英勇牺牲。迄至今日，还无人能够精确统计出来，在中华人民共和国成立前，有多少闽西烈士牺牲。能够确认的是，他们牺牲的时候，都年纪轻轻，就像初升的太阳，还没来得及大放光芒，就猛烈燃烧，赫赫炎炎，瞬间耗尽一生，消逝于历史的天空。

是什么，让这些年轻人，如此不怕牺牲、英勇斗争？

放高利贷的地主

1925年的一个冬夜，闽西长汀县南山镇塘背村，罗洪标从昏睡中醒来。随之而来的是寒冷与饥饿，还有身上剧烈的疼痛，他猛然记起来发生了什么：因为几坨牛屎的事，他差点被地主罗志老给活活打死。

罗洪标替家财万贯的本家地主罗志老放牛。罗志老以吝啬和狠毒著称，他规定：每天放牛的时候，还要把一路上牛屙的屎捡回来，放到他的田里。这一天，罗志老硬说罗洪标没有把牛屎全部带回来，留了一些在别人家的田里，不容分说拿起一根棍子就打罗洪标。把他打得满地乱滚、遍体鳞伤后，又让长工们把他拖到柴房里关起来，不许吃饭。罗洪标疼痛难忍，饥寒交迫，不知不觉昏睡了过去。醒来后，窗外一片漆黑，他想家、想母亲，眼泪不停地往下淌。醒了又睡，睡了又醒。

这一夜，格外漫长。这一年，他才八岁。

别人家八岁的孩子，尚且还在父母怀里撒娇，罗洪标却为何变成了任人毒打的放牛娃？

原来，罗洪标出生在一个贫苦之家。为了给重病的父亲治病，罗洪标的母亲向罗志老借了一些钱，后来为了给父亲办丧事，又借了一些，借的都是高利贷，连本带利共欠下九十多块大洋。为了还债，母亲只好把自家仅有的四亩地抵给了罗志老。但罗志老说，四亩地不够还债，还差十八块大洋。罗洪标的母亲托人说情，地主才答应把地再租给他家种，并规定每年交了租，剩余的稻谷要先拿来还债。

在罗洪标最初的记忆里，他虽然从小就跟着母亲和哥哥去种田，但几乎没有吃过米饭，一年四季都是吃地瓜。遇到年成不好时，连地瓜都吃不饱，经常要用地瓜秧、蓖麻叶和野菜充饥。过年时，能吃上几顿米饭了，他和哥哥都高兴得不得了。虽然都是些陈米，甚至是发了霉的，但哥俩仍然吃得津津有味。他开始懂些事时，就问母亲："为什么只有过年才吃米饭呢？"母亲对他说："我们种的稻谷是要用来还债的，等债还完了，你就可以天天吃米饭了。"

然而，债是还不完的。别家小孩盼过年，罗洪标却最怕过年，一到年关，地主就来要债，穷凶极恶。有一年过年，家里实在拿不出像样的东西供奉灶王爷，母亲就把家里唯一的一只老母鸡杀了。母亲把鸡腌好后，连同一些糕饼摆到供桌上。她嘱咐儿子，这些供品只能看不能吃，如果偷吃了会遭报应。罗洪标只好天天眼巴巴地看着桌上的鸡流口水。过年的前一天，地主又来要债，一进门就看见了供桌上的这只鸡，二话没说就把鸡扔到了地上，还用脚把它踩得稀烂，嘴里吼道："你们有鸡吃，为什么不还债？"接着就翻箱倒柜，把他们认为值钱的东西都拿走了，连母亲平时缝缝补补用的针线都没留下。罗洪标被吓得抱住母亲的腿不敢抬头，哥哥站在旁边流着泪，母亲用双手使劲搂着他，默默地看着眼前发生的一切。

到罗洪标八岁时，过年前，罗志老又来要债，说还有三十六块钱没有还。罗洪标母亲一听就蒙了，当初说就只有十八块大洋没有还，已经过去了八年，这八年里除了交租子，收的稻谷差不多都用来还债了，怎么债不仅没有减少，反而又翻了一番呢？母亲和地主理论起来，结果被地主拉走关了起来，罗洪标兄弟吓得嚎啕大哭，只能求人说情，把母亲接了回来。母亲回家抱着罗洪标哭着说："欠地主的钱还不上，他让你到他家里去放牛，一个月算一块大洋的工钱用来还债。等还完了债，你就可以回家了。"

就这样，他到地主家当了放牛的小长工。

许多年后，罗洪标还记得那段像奴隶一样的时光，他甚至连自己放的牛都不如——地主一天给他和其他长工吃两顿饭，主要是地瓜干和腌咸菜。有时，也拿些红米饭给长工吃，但都是剩的，甚至是馊的。每天早晨，天刚亮他就得起床，吃过早饭赶着几头牛上山，一直要到太阳落山时才能回去。晚上，他要先把牛棚打扫干净，才能吃晚饭。

一次，罗洪标出去放牛，因为拴牛的绳子老化，牛的劲头又很大，使劲一拉，绳子断了。回来后地主大发雷霆，让人把他捆在牛栏里，不给他饭吃，还说："我要扣你的工钱赔我的绳子。"其实罗洪标哪里拿过工钱，说是干一年给他十二块大洋，可他家一年需要偿还的利钱就要十八块，他的工钱还不够付利息。这是一笔永远还不清的债。

闽西这片土地，浸透了多少破产农民的血泪！

历史上，闽西地理位置偏僻闭塞，山脉纵横，地势险要。史载龙岩一带，"地僻山深，无海乡渔盐之利，其民生理贫薄，作业辛苦"，"山峻水急，人性峭直"。山多地少，土地贫瘠。自明朝中叶以来，地主与佃农的关系日趋紧张。据统计，自明正统元年（1436）至明崇祯十七年（1644）的 200 多年间，在赣东南、闽西北以及一部分粤东的毗邻地区，差不多每隔 2 年零 8 个月就有 1 次农民暴动。从清顺治三年（1646）至清乾隆十一年（1746）的 100 年间，闽西佃农爆发过 9 次以上较大规模的抗租运动，影响从地方州府一直到中央朝廷，甚至频频引起最高统治者的注意。乾隆十一年以后，虽然闽西大规模的集体性抗租运动基本结束，但佃农与地主个体之间的抗租行为，仍然持续不断。

封建土地制度，既阻止了生产力向前发展，更是闽西农民痛苦的根源。1929 年 7 月，《中共闽西第一次代表大会之政治决议案》中写道：（土地革命前）据龙岩、永定、上杭、连城、长汀、武平六县调查，田地平均85%在收租阶级手里，农民所有田地平均不过15%。相比之下，例如永定坎市的大地主卢成琚就占有近千亩土地。

土地的高度集中，给闽西人民带来了无穷的灾难。农民少地无地，为了维持生活，不得不忍受沉重的地租剥削而向地主租佃土地耕种。"田租各县最低60%，长汀70%，连城南乡高至80%。"农民终年劳累，到了秋收季节却还是"禾头割起，锅头无米"。永定金砂农民租耕地主的田地，要交"铁租"，不论年岁丰歉，"风旱不变"，都应按照固定的租额上交而不能作些微的减免。地主利用农民竞耕田地，采取新的花招，剥夺农民的永佃权，逐步增高地租，索取押租金，建立铁租制度。乡村中豪绅霸占强买田产之事，也时有发生。在这种残酷剥削之下，农民生计维艰，苦不堪言，活着已是他们的全部希望。

农民穷了必借贷，地主乘此机会放高利贷榨取农民血汗。在青黄不接的三旬九食之时，农民借贷无门，被迫忍痛预卖农作物，"卖青苗""卖青谷""卖青烟"，这些预卖物的价款仅及收获季节的一半。此外，统治阶级为了维持其浩大繁杂的开支，向农民派伕派款，苛捐杂税，横征暴敛，已到了"无人不捐，无物不税"的地步。如"田亩捐""防务捐""灶头税""人头税"，名目繁多，不可胜数。以龙岩一县来说，捐税就有40多种，每人每年的负担达28元。军阀曹万顺统治上杭时预征了20多年的钱粮，可见劳苦群众的负担何等沉重。

闽西的农村经济以小农经济为主，农民除耕种之外，还经营部分手工业，其中以纸、烟为主，其次是茶叶。闽西的广大群众，用这些手工业产品与外地人交换食盐、煤油、布匹等日用品。自1840年鸦片战争后，随着帝国主义的入侵，闽西的市场被洋货充斥，本土手工业遭受严重打击。1930年7月9日，《中共闽西特委工作报告》中写道："闽西的手工业便逐渐破产，洋布战胜土布，洋纸打倒土纸，卷烟打倒了条丝。"

洋货侵入，纸张、烟丝、木材没有销路，纸业工人、刨烟工人和放排工人纷纷失业；闽西改由厦门、汕头进货后，原先由江西进货、沿长汀至龙岩的上万名以挑担谋生的工人也随之失业；货运断绝，苦力运输工人失业，导致沿途的商店、客店、小贩歇业倒闭，又使约3万人失业。闽西的农民因为农业和手工业的破产，被迫卖田、卖屋，流离失所的人数便一天天多起来了。社会混乱黑暗，劳苦群众过着衣不蔽体、食不果腹，如同牛马一样的悲惨生活。"朝晨野菜午餐糠，夜晚稀粥照月光；日里冇粒供鸡米，夜里冇颗老鼠粮。穷人唔讲唔得知，夜里冇被盖蓑衣；蓑衣拿来样般盖，缩手缩脚像鲢狸。"这首民歌，就是当年闽西人民悲惨生活的真实写照。

罗洪标的遭遇，并不是孤例。

陈必亨，1915年农历四月初八出生在闽西上杭县太拔乡彩霞村一个贫苦农民家庭，乳名佛养子——但他并未得到佛祖保佑。他的父亲陈腾伟是私塾先生，收入微薄，一年的工资只有三斗谷加一个银元。母亲王程娣主要耕种租来的土地，空余时间替别人做短工。虽然一年忙到头，但在重租高利的层层盘剥下，陈必亨的家境十分贫苦。他念了两年私塾，就辍学去当学徒。私塾先生的儿子，却读不起私塾……

与陈必亨同为上杭老乡的刘忠，家境更为贫寒，从他记事时起，家里就被地主的剥削和国民党的苛捐杂税压得喘不过气来。他五岁时，祖父病故，父母无钱无法安葬老人，就把仅有的半亩秧田，典当给本家地主刘佛喜。刘佛喜外号"翻生狗"，凶恶得很，四周的穷人没有不被他剥削的。安葬祖父后，刘忠父亲又得了重病无钱医治，母亲只好把一些银具首饰，拿到地主那里典当借高利贷，请医生看病、买药，借十元大洋每月就得付一元利息。借了三年，家里的钱花得精光，还倒欠了一百多块大洋，半亩秧田也落到地主手里。无米下锅，刘忠六七岁时，就随着母亲上山挖苦菜、"羊蹄子"，作为主要的食粮。

1913年，除夕当天，刘忠的父亲好不容易买了一块钱的猪肉，放在厨房里还没来得及煮，地主就冲到屋里来要债。刘父不敢见他，就偷偷地躲藏在小黑屋的草堆里。地主恶狠狠地在屋里转了几圈，没找到人，就把厨房里的这块肉拿走了。地主走后，刘父才推开小黑屋的门出来，全家人只能默默地流泪。

在高利贷的摧残下，破产农民难得温饱，更失去了做人的基本尊严。

假如没有红军，罗洪标、陈必亨、刘忠他们就只能重复父辈的悲惨命运，失去最后的尊严，苟延残喘地活着。

起来，不愿做奴隶的人民！

哪里有压迫，哪里就有反抗！

五四运动以后，马克思主义在中国迅速传播，一批优秀的闽西子弟成为中国共产党员。1926年4月，闽西第一个党支部——中国共产党永定支部在永定上湖雷羊头村"万源楼"成立。自此，星火燎原，闽西各地纷纷建立了党组织。在轰轰烈烈的大革命中，无数像罗洪标、刘忠这样的贫苦青年看到了希望。

1927年8月，南昌起义部队经瑞金进入闽西，路过长汀、上杭，出广东东江。沿途地主闻风丧胆，争相逃命。21岁的刘忠当时正在一个地主家做工，地主一家人跑得精光，刘忠和其他的青年去围观起义部队，先是远远看着，后来忍不住凑近了看。他们虽然听不懂国语，但深感这支部队是"为我们穷人闹翻身的革命军队"。

旋即，刘忠回老家才溪乡参加了农会。他父亲害怕得很，悄悄跟儿子说："这能行吗？搞得不好是要掉脑袋的。"刘忠回答说："怕什么！穷人团结起来就有力量了，穷人要翻身就要团结起来，才能打倒压迫我们的土豪劣绅。我家祖祖辈辈都被豪绅地主压迫得抬不起头来，现在共产党领导我们闹翻身，还有什么可怕的呢？"刘忠的母亲非常赞同儿子的话。接下来，刘忠父亲也加入了农会。

跟刘忠父子一样，陈必亨和父亲陈腾伟也双双参加了地方暴动。陈必亨被选为乡团支部书记，陈腾伟当上了村雇农工会主任。

1928年3月4日，龙岩县东肖镇后田村爆发了福建首场农民武装暴动"后田暴动"，打响了福建武装斗争第一枪，一大批当地青年参加了暴动。后田村隔壁乡镇红坊镇进贝村的廖仁和，时年18岁，跟着邓子恢加入"列宁队"，编入第一团。3月9日，邓子恢、罗怀盛、陈品三、陈锦辉等组建了后田游击队，组建地点在永定陪丰大排村，人员20余人，陈锦辉为队长。7月4日，参加永定暴动攻城的农军（主要是特务营）队伍中被挑选出200余人，在永定溪南金砂村金谷寺成立"红军营"，张鼎丞为营长，邓子恢为党代表，设3个连，这是闽西最早建立的一支红军队伍。同时，溪南区3000多名男青壮年被编为13个赤卫队。7月15日，闽西临时特委成立，并成立了闽西暴动委员会，杭、永、岩三处暴动武装被整编为闽西红军第七军十九师，下辖五十五（龙岩白土和上杭蛟洋暴动武装）、五十六（永定金丰、上湖雷武装）、五十七（永定溪南里）3个团。后在敌人的疯狂反扑下，各团解散，队伍分散至各地，进行隐蔽斗争。

1929年春天，毛泽东和朱德率领从井冈山下来的红四军在赣南转战一个多月后，穿越武夷山脉，于3月11日首次进入闽西，到达长汀县境内的楼子坝，次日进驻长汀四都。当天正值墟日，满街都是群众。毛泽东抓住这个机会，在墟场召开群众大会，号召工农群众团结起来，打土豪，分田地，建立革命政权。红军宣传队将《红军第四军司令部布告》张贴在街头巷尾：

> 红军宗旨，民权革命，赣西一军，声威远震。
>
> 此番计划，分兵前进，官佐兵夫，服从命令。
>
> 平买平卖，事实为证，乱烧乱杀，在所必禁。
>
> 全国各地，压迫太甚，工人农人，十分苦痛。
>
> 土豪劣绅，横行乡镇，重息重租，人人怨愤。

白军士兵，饥寒交并，小资产者，税捐极重。

洋货越多，国货受困，帝国主义，哪个不恨。

国民匪党，完全反动，口是心非，不能过硬。

蒋桂冯阎，同床异梦，冲突已起，军阀倒运。

饭可充饥，药能医病，共党主张，极为公正。

地主田地，农民收种，债不要还，租不要送。

增加工钱，老板担任，八时工作，恰好相称。

军队待遇，亟须改订，发给田地，士兵有份。

敌方官兵，准其投顺，以前行为，可以不问。

累进税法，最为适用，苛税苛捐，扫除干净。

城市商人，积铢累寸，只要服从，余皆不论。

对待外人，必须严峻，工厂银行，没收归并。

外资外债，概不承认，外兵外舰，不准入境。

打倒列强，人人高兴，打倒军阀，除恶务尽。

统一中华，举国称庆，满蒙回藏，章程自定。

国民政府，一群恶棍，合力铲除，肃清乱政。

全国工农，风发雷奋，夺取政权，为期日近。

革命成功，尽在民众，布告四方，大家起劲。

这份朗朗上口的布告，署名"军长朱德、党代表毛泽东"，其实是毛泽东的手笔，后来收录进了《毛泽东军事文集》。

正当红军在长汀四都墟日发动群众的时候，盘踞在汀州城里的国民党福建省防军第二混成旅旅长郭凤鸣闻讯率队前来"剿匪"。3月13日，红军在四都渔溪击溃郭凤鸣1个团的进攻，并乘胜追击至长岭寨山脚下的陂溪村。3月14日清晨，朱德率军抢占长岭寨制高点，毛泽东则带队迁回到敌人背后，前后夹击，大败郭旅。此役仅进行半天，歼灭郭旅主力2000多人，缴获各种枪支2000多支。河边，一个戴着大金表、大金链子、大金戒指的大胖子也被打死了，他就是郭凤鸣。郭凤鸣的尸体被绑在梯子上挂在汀州城墙上示众，旁边刷着大字标语："红军枪毙郭凤鸣。"四周乡村的农民们都过来围观，要亲眼看到这具肥胖的尸体，才确认他已死了。农民们说：那个就是天下第一大坏蛋！这是红四军下井冈山后打的第一个大胜仗。当天下午，红四军进驻汀州城。

打下汀州城，对红四军来说，意义非凡——摆脱了从井冈山下来后的被动局面。长汀交通便利，自古以来便是闽粤赣三省交会处的重镇，毛泽东称赞此地"邮路极便，天天可以看到南京、上海、福州、厦门、漳州、南昌、赣州的报纸"，"真是拨云雾见青天，快乐真不可名状"。

红军此役还有一个意外收获，便是在汀州城里缴获了郭凤鸣的缝纫机厂，并由此建立了被服厂，生产了4000套军服。以往红军军服几乎都是手缝的，颜色不统一，现在大家穿上统一的灰蓝色的军装，面貌一新，军威大振。在汀州城的日子，没有战事时，很多战士一批批到工厂去，静静地站在那里看裁缝用机器做衣服。后来，这批缝纫机一直跟着红军，走过长征的千山万水。美国记者艾格尼丝·史沫特莱1937年1月在延安听完朱德自豪的介绍后，特地访问了这个被服厂。她看到，缝纫机上还带着日本商标，那些裁缝已近中年，"个个又黑又瘦又严肃，仅仅抬头张望一眼来客，便继续埋头工作"。

朱毛红军来了的消息，瞬间让闽西大地的革命之火熊熊燃烧。1929年6月23日，红四军一纵队开到了才溪乡，全乡随之暴动，土豪劣绅纷纷被抓。当时正值收割水稻，才溪乡的农民第一次拿到了自己的劳动成果，欢天喜地。才溪乡打土豪分田地，成为闽西根据地的坚强阵地，刘忠也从一个赤卫队员变成了一名红军战士，在战争中学习战争，迅速成长起来。

红军来到长汀濯田水头村时，16岁的赖选章参加了少先队，这个穷苦少年，从此过上了另外一种生活。他跟小伙伴们每人一杆梭镖，背着绣了个"红"字的布袋子，每天站岗放哨、操练开会、扫盲识字，还参加过区苏维埃、县苏维埃会操比赛。

赖选章很快就参加了战斗。他打的第一仗，是攻打一座县城，县城有很高很坚固的城墙，兄弟部队打了三天都没打下，把他们营调了上去。营长黄永胜上去后马上组织敢死队，60多个战士报了名，从中选拔了30个，赖选章被选上了。敢死队每人1支长枪、1支短枪、4颗手榴弹，在机枪火力的掩护下，扛起竹梯靠上城墙就往上登，牺牲的、重伤的倒下了，活着的、轻伤的继续往上冲，只用了20多分钟就攻了进去。

战斗结束，30人的敢死队活着的仅有13个。敢死队队长检查大家的刺刀上有没有血——这是红军的规定，连长检查排长，排长检查班长，班长检查战士，看刺刀有没有见红。因为大部分是白刃战，要靠拼刺刀最终战胜敌人。

当时，赖选章刺刀上的血还没干，正往下滴。

因为勇敢，赖选章被调到营部，当了黄永胜的警卫员。

赖际发跟刘忠、赖选章等闽西青年有同样的经历，他是永定县（今福建省龙岩市永定区）汤湖乡龙潭村人，1910年出生，他的父亲平时租种地主的田，兼当乡里的轿夫和吹鼓手，这种职业在当时属于下九流的低贱营生，被人瞧不起。赖际发到了上学的年龄，在小学经常被有钱人家的子弟嘲笑："吹鼓手的孩子也来读书？"他看到父亲被逼债的逼得东躲西藏，看到土豪劣绅依仗权势鱼肉乡里，心中愤愤不平，从《水浒传》中找寄托，与小学同学结拜兄弟，想当个绿林好汉出口恶气。遇到中国共产党后，他成了一个坚定的革命者。

1929 年 5 月 25 日，第二次入闽的红四军开进永定城，赤卫队员赖际发和战友们在城关桥头欢迎大军，他第一次见到了毛泽东、朱德、陈毅。当时毛泽东身着灰布军装，赤脚着草鞋，脸庞瘦削，两颊沉陷，又直又硬的头发长几及肩，瘦长的身材，高高的颧骨衬出一双炯炯有神的眼睛，但周身却透出一种痛苦的气色——他已经病了几个月，疟疾反复发作。

虽然被病魔折磨，但毛泽东与战友们迅速在闽西打开了局面。在闽西地方党组织、革命武装和革命群众的积极配合与支持下，红四军三入闽西，基本肃清了当地的国民党正规军，建立了长汀、永定、龙岩三县的革命委员会，以岩、永、杭为中心的闽西革命根据地初步形成。1929年的 7 月 20 日，上杭县蛟洋镇召开了中共闽西第一次代表大会，前委代表毛泽东、谭震林、江华等与邓子恢、张鼎丞等同志一起总结了闽西革命斗争的经验。毛泽东提出了巩固和发展闽西革命根据地的三条基本方针：深入地进行土地革命；彻底消灭反动的民团、土匪，发展工农武装，有阵地地、波浪式地向外发展；发展党，建立政权，肃清反革命。中共闽西一大非常重要，会议通过的《政治决议案》提出，坚决领导群众，"为实现闽西工农政权的割据而奋斗"。会议把毛泽东纠正党内、军内不正确思想的思路付诸实践，在一定意义上，可以称之为古田会议的一次"预演"。

中共闽西一大后，各地深入开展了土地革命、建立政权、组织武装等工作。到 1929 年 11 月，共建立了 4 个县、50 多个区、400 多个乡的苏维埃政府，80 万人口地区分完了土地。1930 年 3 月 18 日，闽西苏维埃政府在龙岩县诞生，标志着闽西革命根据地的正式形成。

一大批闽西子弟在这个阶段加入了红军：

刘振东，武平县湘店乡人。由于母亲生完他第二天就去世了，靠砍柴为生的父亲无力抚养他，把他过继给同姓好友刘德香。养父节衣缩食，送他读书。他在学校接触到了革命思想，1929 年 8 月中旬加入中国共产党，更名"刘亚楼"，表示跟党永远干革命，更上一层楼。9 月，加入红军。时年 18 岁。

杨能俊，长汀县张屋铺人。父亲没上过学，是个一辈子种田的农民。9 岁时，他从私塾转到上杭县一个教会小学读书。他和同学第一次见到黄头发蓝眼睛的美国传教士，非常好奇，偷偷溜到传教士的房间，在他们的床上躺了一下，结果传教士大发雷霆，说床单被弄脏了，罚他们立正站着。杨能俊不知道要站多久，也不知道接下来还有什么惩罚，又惊又怒，逃出了学校。他深感中国人在洋人面前地位低下，转而到长汀上学，在那里接触了革命思想。1929 年 11 月，参加古城暴动。1930 年 3 月，编入红四军。他把名字改成了"杨成武"。时年 16 岁。

刘云彪，长汀县濯田乡人。他家境贫寒，还没念完小学就随父亲撑船、种地，辛苦一年却依然衣不遮体、食不果腹。苦难让刘云彪早早成熟起来，养成了倔强刚直、嫉恶如仇的性格。1929 年冬，刘云彪参加农民武装暴动，因表现出色，被选为乡苏维埃政府少先队长。1930 年初，他和同村的 7 个青年一同加入中国共产主义青年团，他任乡苏团支部书记。不久，在团小组一次集体活动时，他们突然被敌人团团包围，刘云彪临危不乱，智勇双全，不仅带领团小组成员冲出敌人包围，而且每人还奇迹般地夺得一支枪，后加入了红军，那时他年仅 16 岁。他在部队练得一手好枪法，打仗勇猛，人称"小老虎"，1932 年起任红一师三团团部侦察排长。这位身体强健如虎的闽西子弟，屡建奇功。

苏达清，永定县古竹乡大德村人。他出生在一个遍布特色土楼的山村，母亲给他从小指定了童养媳，他因为逃婚离开了家。1928 年 6 月参加永定暴动，1929 年随赤卫队编入红军，时年 18 岁。苏达清参加红军后，很少回家，一是怕母亲说成家的事，二是当了红军，担心连累家人。大德村跟苏达清一起参加红军的，还有苏启胜、苏容华等 11 个闽西青年。

一个村、一个乡的青年同时参加红军的，在闽西比比皆是：龙岩县江山乡，林忠照、郭廷万、周仁、廖金、郭湘海、郭挺高等 100 多个青年参加了红军。长汀县钟屋村，钟根基和同村 16 个同乡在 1932 年参加红军，17 个青年一同下跪起誓："谁活着回来，谁就替其他兄弟孝敬父母！"永定县，15 岁的少年阙桂兰瞒着母亲，和同村好友阙万里商量参加红军，两个贫苦少年，趿着草鞋，身上衣服破得跟抹布一样，跑了十几里路去找扩红队。他俩被批准加入红军时，扩红队拿出一张纸，让阙桂兰签名，这把他给难住了——他还不认字呢。幸好阙万里上过两年学，帮他歪歪扭扭签了名字。参军没多久，阙万里就在一场战斗中被流弹打中，牺牲了……

红旗飘过，燃起了无数闽西子弟心中的梦想；一场胜利，激发了一批闽西子弟加入红军。1929 年 9 月，在朱德的亲自指挥下，红四军与上杭各地赤卫队攻打有"铁上杭"之称的上杭城，除了卢新铭（郭凤鸣手下一个团长）率领 20 余人趁夜间乘船逃脱外，其余守敌被全歼。上杭的革命烈火，炽烈燃烧。一大批上杭青年，在此前后加入革命队伍：廖海涛（溪口乡人），刘始明（下王村人），刘禄长（稔田乡人），刘永生（稔田乡人），伍上同（泮境乡人），张福升（通贤乡人），王集成（才溪乡人），罗化成、黄炜华、黄定成（南洋镇人）……

他们都是穷孩子，他们的命运，随红军踏上闽西土地的那一刻而改变。

闽西的女儿

马克思主义的精髓，归根结底就是一句话：为人类求解放。

在闽西，受压迫最苦最深的是妇女群体，她们求解放的念头也最为强烈。

1928年3月4日，龙岩县东肖镇后田村后田暴动开始了。在山呼海啸般的呐喊声中，一个青年妇女手执斧头，冲在队伍最前面。人流涌到火星祠堂的地主谷仓前，她挥斧劈下，寒光闪过，"咔嚓"一声，劈开了铁锁。人流涌入谷仓，把一筐筐金灿灿的谷子发给穷苦农民。

时至今日，这把斧头的照片还陈列在龙岩市新罗区东肖镇后田暴动纪念馆，照片之下写着："张溪兜破谷仓时使用的斧头。"

张溪兜，原名张秋玉，1904年出生于龙岩县东肖镇溪连村。因为溪连村在以前叫溪兜村，所以村里的人都叫她张溪兜。她家境贫寒，刚出生35天，就被送给后田村张三姑家当童养媳。

张溪兜从小跟着张三姑给地主做长工，砍柴割草、推磨舂米、喂猪放牛，从春忙到冬，却难得吃饱饭。有一年除夕，张三姑好不容易借到两块钱，叫张溪兜去地主家买些米，蒸点年糕。地主看到这点钱，把头一歪，鄙夷地一哼："哧，这点钱不够我开仓费，不卖！"说完，便凶狠地把张溪兜赶出大门。

张溪兜回到家里，愤怒得一晚没睡，百思不得其解——地主们为何这么凶狠？为什么他们从不劳动，却有吃不完的谷子用不完的钱，而我们穷人终年累死累活，却不得温饱？

1926年冬天，共产党员郭滴人、邓子恢先后到后田村进行秘密革命活动。他们利用办夜校的机会，宣传马克思列宁主义。张溪兜成了青年夜校的第一位女学员。在夜校，她懂得了许多革命道理，抱定要为劳苦大众求解放的愿望，参加了秘密农会，成为第一个女农会会员。人们问她："溪兜仔，你是个姑娘，能担得起这份风险吗？"她答道："请大哥们放心，我也是从苦海里长大的，决不会软骨头。如今认清了这条路，决心跟大家走到底，生生死死我决不怕，你们男人办得到的事，我也坚决要办到。"

张三姑也是穷苦人，非常理解儿媳的选择。在张溪兜的影响下，她也参加了革命。

张溪兜擅长做群众工作。针对农民怕斗不过地主的顾虑，她按照党组织的要求，挨家挨户耐心细致地做宣传。她常对农友们说："田是我们种的，可是农民们一年到头辛苦劳动，所得无几，地主从不种田，却租谷满仓，穷人要求减租是合情合理的。大家不要怕，豪绅地主人少，我们人多，只要大家团结起来，态度坚决，是斗得过他们的。"还发挥自己爱唱山歌的特长，常用充满浓郁地方特色的山歌来启发大家：

谷斗上丘拖下丘，一丘割了又一丘；
镰刀竹帘一挂起，禾仓米罐又空空。
白土上去盐山头，穷人头上三把刀；
租重利高税又多，压得农民背驼驼。
日头出来红又红，豪绅地主是歪人；
大家团结向他斗，穷人才会有出头。

1928年春天，24岁的张溪兜加入了中国共产党，成为龙岩县第一位女共产党员，也是当时福建省最早的农民女共产党员之一。后田暴动胜利后不久，反动军阀陈国辉以一个团的兵力进犯后田。县委撤至后山打游击。组织上安排张溪兜留在村里侦察敌情，负责游击队的粮食、弹药等给养。她冒着生命危险，出入于后田、榴坑、联邦等一带，及时而准确地向游击队送情报，方便游击队袭击敌人。敌人重金悬赏捉拿她。一天傍晚，她在给游击队送情报、盐巴和草鞋的路上，不幸被捕。在白土镇公所里，张溪兜受尽酷刑。但严刑拷打、烟熏火烧，都没有使她屈服。敌人束手无策，只好判她三年徒刑，关进监狱。一直到红四军攻下龙岩城，破开监狱救出了许多革命者，张溪兜才重获自由。

经历了生死考验的张溪兜，回到后田村，更加投入革命工作，打土豪、分田地、建设红色政权……忙碌不停，特别是在宣传妇女解放、婚姻自由中，她带头剪掉髻子，组织姐妹"十人团"，奔赴各乡演唱山歌做宣传，组织妇女们为游击队运送物资、缝洗衣服、做草鞋，尽己所能搞好生产。

陈客嫲是张溪兜在后田村的亲密战友。陈客嫲，原名邱清玉，是龙岩县东肖镇隘头村人，童年曾随父母逃到永定县，以后又嫁回到龙岩县东肖镇的后田村。丈夫家姓陈，她为陈家生了孩子以后，乡亲们都叫她"陈客嫲"。

在后田暴动中，陈客嫲紧跟张溪兜，冲进地主谷仓，把稻谷分给乡亲们。陈客嫲比张溪兜大9岁，参加后田暴动时已经33岁了，但她义无反顾，因为她童年历尽苦难，30岁又丧夫，独自拉扯一儿一女艰难度日，是共产党让她看到了希望。后田暴动后，陈客嫲分得土地，担任区乡苏维埃干部，为保护劳动果实，她送独子陈玉清参加红军。后来，她的儿子、胞弟和侄儿都牺牲了……但陈客嫲擦干了眼泪，还是忙碌在革命一线——她早已决心跟共产党走。

同是龙岩县人的谢小梅，1913年出生，父母靠手工制作蚊香为生，生活贫苦，她的三位哥哥都参加了当年福建地下党的活动。1928年，谢小梅小学毕业，考进福建石码镇国民党当局开办的电话公司当话务员，地下党组织安排她窃听国民党警察局的情报。谢小梅17岁时第一次切身体会到革命的惨痛：她的大哥谢仰周在石码镇开了一个小店铺，作为福建地下党的秘密联络站。由于敌人破坏，大哥被捕，第三天就被国民党当局枪杀，并曝尸三天，不准家人收尸。

谢小梅也被关押了十多天。这是她第一次坐牢，但敌人没有从她的口中得到任何东西，最后把她和她母亲驱逐出石码镇。暴力与屠杀，吓不倒闽西女儿，她继续开展地下工作。这年8月，谢小梅加入中国共产党。

在石码镇工作时，谢小梅认识了罗明，他身上有伤，发着高烧。谢小梅负责照顾他。第二天，这个高高瘦瘦的男子烧没退，却执意要走。他说："组织上让我在这住一天，我就只能住一天。"罗明，广东大埔县人，福建党组织和闽西革命根据地的重要创建者，时任福建省委书记。1930年5月25日著名的"厦门破狱"，就是他的杰作——经过周密策划，中共11人武装队袭击了厦门思明监狱，毙敌2人，打伤敌人20多人，抢救出"政治犯"48人。这批"政治犯"大部分是共产党员和共青团员，其中有中共闽南特委原组织部长、厦门市委书记刘端生和共青团福建省委原书记陈柏生。破狱事件轰动一时，福建、上海的报纸将武装队的行动比作《水浒传》里劫法场的英雄，甚至还比作"从天而降的神兵"。

11人武装队的队长也是一个传奇人物——陶铸，时任中共福建省委军委秘书。1931年初，经陶铸夫人曾志牵线搭桥，谢小梅与罗明结为伉俪，双双来到闽西开展游击斗争。

吴富莲，上杭县官庄乡人，出生在一个穷苦农家，父亲吴东生以贩牛为生，在吴富莲刚满周岁时遭土匪抢劫杀害。母亲无力养活他们兄妹3人，忍痛把她送给回龙村的一户人家当童养媳。吴富莲常受婆婆打骂，受尽折磨。1929 年 7 月，官庄人民举行武装暴动，建立了苏维埃政权。17 岁的吴富莲在乡苏维埃主席帮助下，摆脱家庭束缚，参加少年先锋队，担任队长。9 月，红军攻打上杭县城，她带头参加担架队，把伤员从 100 多里外的上杭城郊抬回官庄乡。

她太珍惜能够昂首挺胸做人的日子了，积极动员男人参军、妇女支前。官庄乡的女孩在她的宣传鼓动下，纷纷加入少先队。她带领大家练操跑步、站岗放哨、学习文化，工作十分出色，很快就被吸收入团，不久又加入中国共产党。

1930 年，吴富莲和战友们拍了一张合影。照片上，吴富莲留着短发，面目娟秀，神情倔强而自信，是那个求解放年代的女性标准面孔。

赖月华同样也是闽西女儿。她乳名煌姑妈，1905 年出生于永定县凤城镇西门赖屋的一个农民家庭。1923 年，赖月华与当时在励勤学校任教的张鼎丞结为夫妻。丈夫接受新思想、倾向革命的言谈举止，对赖月华有着直接的影响。她带头剪短发，参加夜校学习，还走村串户动员其他妇女上夜校学习。本来目不识丁的赖月华，经过刻苦学习，变成了颇具文采的"笔杆子"。1933 年，她在中华苏维埃共和国中央政府机关报——《红色中华》上发表了题为《妇女们，武装起来拥护苏维埃》的文章，详尽地介绍了当时苏联妇女的斗争生活，号召全省妇女学习苏联妇女为争取自身解放而斗争，在妇女界引起了强烈的反响。

一个家庭妇女，迅速成长为一个革命战士。赖月华带领妇女参军参战，运送粮食，组织赤卫队，保卫苏区。工作之余，她坚持学文化，练习毛笔字，学写信、写报告，练习骑马、射击，已然是一名能文能武的女战士。

她们的故事，是闽西无数英雄女儿的故事缩影。她们的解放，是"人的解放"的生动体现！

赤诚男儿张赤男

《国际歌》中唱道:"从来就没有什么救世主,也不靠神仙皇帝!要创造人类的幸福,全靠我们自己!"

那个过着奴隶一样生活的放牛娃罗洪标,在1929年冬天参加了塘背村农民暴动。当时,农民包围了地主大院,住在院内牛棚里的罗洪标不顾一切奔到院子里打开大门。农民冲进来抓住了正准备从后门潜逃的罗志老,缴获了枪支、弹药与粮食。

12岁的罗洪标,就这样成了村里的儿童团长。

当时,塘背村北边十几里外的钟屋村,由国民党军队盘踞。1930年1月,红军部队来到塘背村,计划消灭钟屋村的敌人,但不知敌人底细,要先派个人去侦察。派谁呢?大家犯愁了。这时,罗洪标自告奋勇跳出来,说自己会数数,能干成。红军指战员摸着他的脑袋说:"你太小了,不能去。"但罗洪标坚持要去,小孩嘛,不容易被敌人注意。大家同意了。罗洪标化装成小乞丐,还真混进了钟屋村,把敌人的兵力部署和武器情况摸得一清二楚,为红军打下钟屋村立下汗马功劳。

1930年6月,罗洪标如愿参加了红军,这一年他才13岁。他第一次听到了朱德军长讲话,但因为个子小,又排在队伍后面,看不见朱德的模样,只听到一个洪亮的声音,用很生硬的客家方言在讲话:"我是朱德,是四川人。怕你们听不懂我的四川话,所以学着说一说客家话。"他问:"你们能听懂吗?"大家立刻齐声答道:"能!"他又说:"根据前委的决定,从现在起,你们正式被编为红四军第三纵队,是主力红军了。"接着，他宣布了一些命令，任命萧克为纵队长，张赤男为纵队党代表。

罗洪标被安排去当张赤男的勤务员。见到张代表时，罗洪标觉得他有些面熟，身材魁梧他看起来非常威严，但说起话来却很和善。两人交流几句下来，罗洪标突然想起来了，这个张代表，正是在攻打钟屋村时，同意派他去侦察的那个红军干部。

张赤男，长汀县长丰乡人，就读过黄埔军校，1926 年参加北伐军并加入共产党，1927 年 12 月参加广州起义，在惠州阻击战中左腿负重伤，伤愈后从海陆丰返回闽西。回到家乡后，他以中学教师的身份作掩护，与段奋夫、罗化成等人一起，很快就在各乡秘密发展党员，建立农会，计划组织暴动，建立工农武装。作为党在闽西的主要领导人之一，他参加了创建闽西革命根据地的游击战争。很多闽西革命青年，都跟他有关联。如他带着杨成武走出校门投身闽西暴动，还是刘忠的入党介绍人。刘忠一直记得，作战斗动员时，张赤男说："共产党员要冲锋在前，退却在后，身为党代表，更不能怕死！"

罗洪标当了勤务员后，在休息日经常能见到刘亚楼、杨成武等人跑到张赤男住处来。这些人一来，张赤男就知道，他们又在打他"伙食尾子"的主意了，便主动拿出自己分得的伙食节余款，让罗洪标去买些酒肉来给他们"打牙祭"。每当这个时候，大家围坐在一起，不分首长部下，边吃边喝，有说有笑，亲如兄弟。

什么是"伙食尾子"？1927 年 9 月，三湾改编之后，毛泽东为了建设一支不同以往旧军队的新型人民军队，不仅把支部建在连上，也把账簿建在了连上。为了扫除旧军队的不良影响和习气，毛泽东指示在工农革命军的每个连队都要建立一个士兵委员会。旧军队"当兵拿饷""当兵吃粮"，按不同军阶拿军饷，伙食标准也大不一样。革命军队发不起军饷，就在吃饭方面追求公平，官兵待遇平等，士兵吃什么，军长就吃什么。先是核定每位官兵每月的伙食经费标准，分配到各个连队，由连队掌管日常支出，若有节余，节余部分由官兵平均分配。节余，即"伙食尾子"。连队为了管理这笔经费，就建立了伙食账，并接受士兵委员会下设的经济委员会的监督管理。经济委员会要定期清算伙食管理员的账目，切实做到经济公开。

当时，物资供应十分困难，红军官兵每人每天的伙食标准只有五分钱，支出项目包括油、盐、柴、菜等花费。在如此捉襟见肘的条件下，参与伙食管理的官兵还能精打细算，从中抠出一些"伙食尾子"来很不容易。定期结算并张榜公布后，这些钱一律平等地在最高首长和普通士兵之间分配，给人家零用。这样的制度，怎么会不受士兵们拥戴？尤其是一些俘虏兵，在国民党军队被长官"吸血"压榨，看到红军官兵平等，感动不已，很快就融入了革命队伍。

张赤男待部下亲如兄弟，但是执行起纪律来，却毫不含糊。

1930年8月19日，红军第一军团第三、四、十二军由江西万载之黄茅地区向湘赣边界之文家市、孙家墩开进。20日拂晓，突袭国民党军戴斗垣部。激战3个多小时，歼其3个团又1个营及1个机枪连于文家市，击毙敌纵队司令戴斗垣，史称"文家市之战"。张赤男时任红四军第三纵队政治委员，与纵队长萧克在前线指挥。

这是罗洪标参加红军后第一次亲历真实的战斗。勤务员不是战斗人员，他留在后方，听到前方枪炮声大作，实在忍不住了，与另外两个小勤务员偷偷跑到前线，运送弹药，照顾伤员。突然间，冲锋号吹响了，战士们跳出掩体，呐喊着朝敌人冲去。罗洪标三人再也按捺不住，也加入了冲锋的人群，一路喊"杀"，毕竟人小腿短，一会儿他们就落到了最后。眼看着大部人马跨过敌人堑壕追击敌人了，罗洪标突然发现，一条壕沟里有人影在动，但他们三个小伙伴赤手空拳，身边也没有其他战友。怎么办？罗洪标从地上捡起两块石头，慢慢靠了上去，大喊"缴枪不杀"，两个同伴也跟着喊，只听见趴着的敌人说："我们缴枪，我们投降……"罗洪标一看，里面居然有六个人，赶紧说："先把枪扔出来。"敌人扔出枪，罗洪标三人迅速将子弹推上膛，将俘虏押了回来。

三个人一共缴了三支枪，抓了六个俘虏，高高兴兴地回来报告，却被张赤男严厉批评："在战场上不遵守军令是要受军法处置的！你们难道不懂吗？你们已经不是老百姓了，是红军战士，如果大家都像你们这样不请示不报告，擅自行动，那还不乱了套了？还怎么打胜仗？"宣布：关一天禁闭。

罗洪标从禁闭室出来，意见大得很。张赤男又耐心地给他做思想工作："没有纪律的军队，就如一盘散沙。在我们红军里，不管是谁，是司令员还是勤务员，毫无例外，每个人都必须绝对地遵守纪律，坚决执行命令听指挥……"接着又表扬了他们三个小鬼缴枪的功劳。罗洪标心服口服。

这是罗洪标第一次也是唯一一次在战斗中受纪律处分。在接下来的岁月里，他南征北战，参加过无数的战斗，始终记得：不再违反纪律。

罗洪标进步很快，1931年12月16日，还不满15岁的他从共青团员转为共产党员。考虑到他年纪尚小，组织决定让他同时保留团籍，当时叫"团兼党"。入党后不久，他成了一名号手。

但是，张赤男没能继续带着罗洪标战斗了，因为他牺牲了。

张赤男牺牲时，任红十一师政委，率队在赣南新城阻击广东增援的余汉谋军。敌人火力很猛，张赤男与师长王良赶到三十二团指挥所，与团长罗占云和政委杨成武在一个坟包后面指挥战斗。敌人密集的子弹打在他们四周，封锁住前面一片开阔地带和两个鱼塘之间的唯一一条通道。这时，战士们已在向前运动，一连又倒下了几个战士。突然一个战士又爬起来跃进。张赤男正在指挥部队改变进攻路线，看见这个战士暴露在敌人密集的火力之下十分危险，便不顾个人安危，猛站起来疾呼："卧倒！卧倒！"战士听到他的呼唤，卧倒脱险了。但一颗子弹从敌阵地飞来，打中了张赤男的头部，他再也没有站起来……

当时罗洪标看到坟包后面的人围成了一堆，都在喊着政委，意识到政委可能遭遇了不幸。他刚要起身想去看个究竟，被旁边的作战科长一把按住，厉声喝道："趴下！"他自己却一个鹞子翻身跃进到了坟包后面。愤怒的战士们绕过鱼塘，朝敌人猛扑过去；作战科长命令罗洪标吹响冲锋号；团长罗占云举起手枪第一个冲向前去。"为政委报仇！"的呐喊声传遍了整个红军阵地，几乎盖过了冲锋的号声。

吹完号，罗洪标放下军号，来到了坟包后面，看到政委静静地躺在一副担架上，一块已经被鲜血染红的白布，盖在他的身上。他突然想到，周围激烈的枪炮声，已经再也不能唤醒政委了，瞬间热泪长流，跑到作战科长跟前大声对他说："让我打个冲锋吧，我要为政委报仇啊！"科长的双眼也是红红的。他知道罗洪标曾经给政委当过勤务兵，就说："你去吧，自己小心，一定要活着回来。"

那是1932年的农历正月初十，寒风刺骨，15岁的少年疯了一般，端着枪冲上了大路。所有的战士都杀红了眼，气势完全震慑住了敌人。敌人见状彻底失去了斗志，跑得快的死命逃窜，胆小的索性跪在路边，举枪投降。罗洪标仍然不顾一切往前冲杀，还临时代理了一群战士的排长，一口气追着溃敌进了城。敌人弃城而逃，罗洪标又从另外一个方向追出城，直到看不到敌人才停下。回城路上，俘虏了30多个敌人……

这是一场胜仗，但红军战士们却没有往常打胜仗后的喜悦。罗洪标回到张赤男牺牲的地方，看到坟包的旁边已经挖好了一个坑，师里的几位团长政委都来了，与师长王良一起，默默围站在停放着张赤男遗体的担架前，抬起张赤男的遗体，小心翼翼地放到墓穴里。罗洪标看着泥土撒下去，想着像父兄一般的首长，终于忍不住哭出声来。

张赤男牺牲时，才刚刚 26 岁。

刘亚楼、杨成武、刘忠、王集成、黄炜华，这些跟随他一起参加红军的闽西籍子弟，也已经热泪滚滚。刘亚楼常说，他这条命是张政委给的——1931 年 8 月，在江西石城清扫"白点"（地主民团的反动据点）的一场战斗中，刘亚楼因中弹重伤致昏迷不醒，当时大家以为他已经"光荣"了，把他放进了棺材。装殓时，是张赤男叫等一等，用手探了探刘亚楼的鼻孔，才发现他还有微弱的气息！

大家为张赤男立下一块青石碑，扶碑而泣。师长王良用沙哑的声音对大家说："同志们，政委走了，他和我们许许多多的战友一起走了。但是他们的责任还在，他们把责任交到了我们手上。他们会在这里一直看着我们的！"他命令警卫连的战士对天鸣枪，向张赤男致哀。

王良平时很少讲话，但他在政委墓前的这几句简单的悼词，罗洪标一生都记得。

这是罗洪标最后一次听王良讲话。一个月后，王良从十一师师长升任红四军军长；四个月后，他在闽西武平的大禾圩组织部队攻打地主武装的"土围子"时，不幸被流弹击中头部牺牲，年仅 27 岁。

王良是黄埔军校五期生，在腥风血雨的 1927 年 8 月入党，他经历了一系列历史大事件：秋收起义、三湾改编、创建井冈山革命根据地、保卫黄洋界、征战赣南闽西、参加古田会议。在第一次反"围剿"中，王良率领红十师迂回至敌之侧后，配合兄弟部队发起猛攻，全歼国民党军十八师师部和两个旅，俘敌 9000 余人，缴获各种枪支 9000 多支，并活捉了敌军前线总指挥张辉瓒，取得了红军第一次反"围剿"的胜利。毛泽东、朱德决定，把缴获的张辉瓒的怀表、钢笔嘉奖给王良。

遗憾的是，一颗子弹，让这位红军传奇战将，未能再续写自己的传奇。王良不是闽西人，他出生在重庆，但他已经融入了闽西的大地。

在战争年代，生存还是死亡，偶然性很大。冲锋时，撤退时，或者行军时，敌人一排枪打过来，甚至只是一颗流弹，有的人就中枪了，生命就此凋谢。

死亡，始终是人类的终极恐惧。20 世纪 30 年代，战斗在闽西崇山峻岭间的这群年轻人，是什么让他们不畏惧死亡？又是什么，让他们的生命价值超越了死亡？

他们是一群有着浓重悲剧意味的英雄：他们播种，却不问收获。他们为了胜利而奋斗，却没有等到胜利的时候。他们在无尽的黑暗中高举火把，却在日出东方的前夕，永远闭上了双眼。但他们并无遗憾，因为他们相信，他们信仰的共产主义一定会到来，他们的热血、生命、牺牲，能够推翻这个吃人的黑暗社会，让他们的后人不再做奴隶，从此过上人过的日子。

所以，他们并不惧怕死亡。

带领赖际发走上革命道路并介绍他入党的吴仰文，在厦门集美师范求学时就积极投身于大革命运动，与罗明等主办《星火周刊》，以"放夫"为笔名发表文章，宣传马列主义。吴仰文是永定县湖雷镇石坑村人，高高瘦瘦，举止非凡，无论在学校教书传播马克思主义，还是到农村组织农民暴动，都是一把好手。不幸的是，由于叛徒出卖，1928 年底，吴仰文在永定县调吴铁炉坑被捕，赤卫队员在前往县城的路上埋伏了三天三夜，计划劫人，狡猾的敌人却在第四天把吴仰文押到县城。

吴仰文的牺牲极为悲壮。敌人用大洋钉将他的四肢钉在门板上挂起来，放在十字街头示众。行人目睹惨状，个个放声痛哭。吴仰文却镇定自若，大声高唱《国际歌》，直到生命最后一刻。

因为信仰，牺牲，又有何惧！

03

钟屋村

未经讨论的大转移

一个突然到来的『乞丐』

谁走？谁留？

这片洒满鲜血的土地，怎忍别离

1934 年 9 月 30 日，距离湘江血战爆发已经不到两个月时间。

雨雾迷蒙之中，涂通今背上医药箱准备出发。这时，有个乡亲攥住他的袖子，把他拉出队列，耳语一番。原来，乡亲捎来了涂通今父母的口信，希望他脱下军装，不要离开老家。涂通今拒绝了，他穿着草鞋，就这样踏上了远行之路。虽然他并不知道，要往何处去，也不知道，自己何时能回来，更不知道，一起出发远行的这些闽西青年，还有几个人能够活着回来。

这里是福建长汀城东南 43 公里的钟屋村，当天上午，红九军团在观寿公祠堂前的大草坪上召开告别群众大会，向钟屋村赤卫模范连、少先队发放枪支弹药，并把他们也编入了队伍。下午 3 时，红九军团兵分两路，从钟屋村出发，踏出了长征第一步。红九军团因此也成为闽西子弟较多的一支部队。

三年后的 1937 年 10 月，*Red Star Over China*（中文译名《红星照耀中国》）在伦敦出版，作者美国记者埃德加·斯诺在书中写道：红军将士们“从福建的最远的地方开始，一直到遥远的陕西西北部道路的尽头为止”。

这个“最远的地方”就是钟屋村。

未经讨论的大转移

红军长征，是人类历史上以无畏的牺牲来挑战不可能、战胜一切艰难险阻的不朽史诗，但其出发前的策划却是在高度保密的情况下进行的，出发之时，就连一些红军高级将领也不知道具体计划。

长征的决定是何时做出的？

李德的回忆是："突围的准备工作从 1934 年 5 月开始，此后一直是按计划进行的。"此时正值广昌战役失败，形势日益严峻。1934 年 5 月，李德受中央委托草拟了 1934 年 5 月至 7 月关于军事措施和作战行动的季度计划。这个计划是以军事委员会决议的三个观点作为基础的，这三个观点是：主力部队准备突破封锁，独立部队深入敌后作战，部分放弃直接在前线的抵抗，以利于在苏区内开展更灵活的行动。这个计划在中央政治局通过了，又由周恩来在细节上做了加工。最后计划规定：贮备粮食、冬服，以保障红军的物资需要；建造新兵工厂，以修理机枪、迫击炮和野战炮以及制造各种弹药，特别是迫击炮弹和手榴弹；政治上和组织上系统地加强志愿兵的动员工作；改编军队，配足各师的兵力，把这些师编入军团，每个军团至少有两个师；贯彻符合运动战要求的训练原则……

中共中央将战略转移的计划通过在上海的共产国际代表团向共产国际执委会做了汇报。6 月 25 日，共产国际来电批准了这个计划，提出战略转移"唯一目的只是为了保存活的力量，以免遭受敌人可能的打击"。

扩充红军，征集粮食，整修军械……紧张的准备工作开始了，1934

　　　　　为有牺牲

年 6 月 30 日，中央苏区以《红军像火烧着眉毛一样迫待着我们的谷子！用迟缓的速度去对付紧急动员这简直是罪恶》为题，批评苏区一些地方征粮工作进展缓慢，甚至简单粗暴、强迫摊派：

> 红军是扩大了，我们输送了许多勇敢青年上前线去，现在红军是等待着我们的谷子来吃，正像火烧眉毛一样的紧急。我们能够得到二十四万担谷子，我们就能保证红军的给养，能迅速的粉碎敌人；没有二十四万担谷子的保证，红军就会饿肚子。问题还不明显么？

一直到出发了，参加长征的绝大多数人才明白过来，甚至有不少人在走出苏区后，才得知"战略转移"这回事。

彭德怀就曾批评："最奇怪的是退出中央苏区这样一件大事情，都没有讨论过。"时任中央组织局局长的李维汉也批评说："中央红军为什么要退出中央苏区？当前的任务是什么？要到何处去？这些问题虽属军事秘密，应当保密，但必要的宣传动员还是需要的。"

聂荣臻还试图找毛泽东打听，红军转移，到底转移到哪里去：

> 一九三四年十月，历史上著名的长征开始了。
>
> 长征之前，一军团在福建打了温坊，奉命回到瑞金待命。我和林彪提前一天赶到瑞金。周恩来同志找我们单独谈话，说明中央决定红军要作战略转移，要我们秘密做好准备，但目前又不能向下透露，也没有说明转移方向。转移之前，要一军团先到兴国抗击和

迟滞周浑元纵队的进攻，以便掩护各路红军到预定地域集结。当时保密纪律很严，所以我们也没有多问。听说毛泽东同志这时候也从外地回到瑞金了，我提议去看看他，就和林彪一起去了。毛泽东同志见到我们很高兴，说："你们为什么到这里来呀！"我说："我们回来了，接受新任务来了。"毛泽东同志故意反问："什么任务？"我回答说："要转移。"当时称长征不叫长征，叫转移……

毛泽东同志听我们说到转移，就说："你们知道了？"我说："我们接受任务了。"

我们这次去见毛泽东同志，本想打听一下转移去哪个方向，可是他就谈到这里，不往下谈了，却提议一同去看看瞿秋白同志办的一个图书馆。

毛泽东同志历来是很守纪律的。同时，那个时候他也在避嫌疑。因为一军团长期是由他直接领导和指挥的部队，他要防止教条宗派主义者怀疑他在暗中搞什么宗派活动。因此，没有达到我们想探问转移方向的目的。

事实上，毛泽东本人也不知道转移的具体计划，虽然他是中央政治局委员，但中央苏区战略转移这样关系中国革命成败、中国共产党和中央苏区生死存亡的大事，并未经过中央政治局会议讨论。

中央红军决定转移之时，中央政治局共有 11 名正式委员：王明、康生在苏联，任弼时在湘赣苏区，张国焘在川陕苏区，其余的中央委员博古、张闻天、周恩来、项英、毛泽东、陈云、顾作霖（于 1934 年 5 月

28 日在瑞金病逝）均在瑞金。但在"左"倾错误指挥下，党的政治生活极不正常，最高决策机构是 1934 年 5 月由博古、李德、周恩来组成的"三人团"。周恩来熟悉苏区和红军情况，但往往是一票对两票，说了不算。1943 年 11 月 13 日，博古在中央政治局会议上承认："长征军事计划未在政治局讨论，这是严重政治错误。"

时任红一军团二师四团政委的杨成武在 9 月看到《红色中华》报上刊登的洛甫（张闻天）的一篇文章《一切为了保卫苏维埃》，透露了红军将采取"新战略"的消息："为了保卫苏区，粉碎五次'围剿'，我们在苏区内部求得同敌人的主力决战，然而为了同样的目的，我们分出我们主力的一部分深入敌人的远后方。在那里发动广大的群众斗争，开展游击战争，解除敌人的武装，创造新的红军主力与新的苏区……我们有时在敌人优势兵力的压迫之下，不能不暂时地放弃某些苏区与城市，缩短战线，集中力量，求得战术上的优势，以争取决战的胜利。"

这篇文章，实际上向苏区军民发出了中央红军准备战略转移的公开信号。

杨成武当时正在吃饭，放下饭碗就去找二师政委刘亚楼，后者也正在看这篇文章，两人讨论了一下，推测：这绝非洛甫同志一个人的意见，是中央的决定，"当然，为了实现新战略，暂时离开根据地，打入敌人深远的后方，去消灭敌人，从而粉碎敌人的'围剿'，推动抗日斗争，达到保卫苏区的目的，这是可以讲得通的。但是，这个情况来得突然，对如何做好思想政治工作，提出了一个艰难的课题"。当时刘亚楼把报纸往桌上一放，笑着告诉杨成武："等着上级部署，自己先把思想搞通。"

《红色中华》报发表张闻天这篇文章是在 9 月 29 日，距离后来长征出发，也就半个月时间。杨成武一直在想着这个"新战略"，盼着具体任务早点下来，但一直没有动静。十月份过去好几天了，师里才通知开会，说苏区处境艰难，这次战略转移，要向西出击，冲破敌人封锁线，到敌人的后方去狠狠打击敌人，以便保卫老根据地，发展新根据地。

去哪里？多少时间？师里也不知道，说法是：随时听上级的布置和调动。

李德的说法则是："突围成功的最重要的因素是保守秘密，只有保守秘密，才能确保突然行动的成功，这是取得胜利的不可缺少的前提。因此，当时关于突围的传达范围只限于政治局和革命军事委员会的委员，其他人，包括政治领导干部和部队高级干部，只知道他们职权范围内需要执行的必要措施。"

为有牺牲

一个突然到来的"乞丐"

10月3日，红九军团从钟屋村抵达长汀，在汀州城又休整了4天，开始长征前的最后准备：每个红军指战员领到一套斜纹布薄棉衣和夹被、鞋子等物，军容焕然一新。7日，他们从汀州向石城、瑞金开进，开始集结。其他各路红军，也行动起来，最终一起于10月16日在于都河以北地区集结完毕。

按照原计划，红军战略转移的时间是1934年10月底到11月初，但是，时间最终提前到了10月16日。

不得不说一位传奇红色特工。

1928年，10岁的闽西少年项德崇与1岁的妹妹跟着母亲王村玉，沿着秘密交通线，辗转多地，前往上海寻找父亲。在繁华的上海，来自山区的少年，看到了身穿西装、身材高大、挺拔俊逸的父亲。除了知道这是自己的父亲，其他几乎一无所知。父亲非常神秘，家中经常有同样神秘的叔叔伯伯前来，他不知道父亲的身份、职业，也不知道父亲的去向，甚至不知道父亲还会不会回来。

项德崇隐隐约约感觉自己的父亲应该是一名共产党员，他的六叔项廷纪，1930年4月在攻打连城县城的激战中，和几名红军战士被敌人抓获，宁死不屈，在冠豸山下壮烈牺牲，年仅24岁。敌军残忍地把他的遗体砍成四块，悬挂在县城东西南北四个城门上。

少年眼中的神秘父亲，就是项与年。项与年，1896年出生，福建连城朋口乡文地村农家子弟，1921年加入国民党，但对国民党极度失望，

1925 年，决心加入中国共产党，是闽西最早的共产党员之一。他曾远赴荷属东印度婆罗洲从事革命活动，成为当地华侨华工的群众领袖之一。1927 年 10 月，项与年被荷兰殖民当局驱逐，回国到了上海，与组织接上关系后，成为中央特科著名的"红队"一员，负责惩处叛徒特务、营救被捕同志、保护管理电台等重任。1929 年 11 月 11 日晚，项与年与战友击毙了叛徒白鑫——此人出卖了中国农民运动领袖彭湃等人，正意欲逃往意大利。

1930 年，项与年在组织安排下到中央军委机关执行情报与联络工作。1931 年 4 月，中央特科行动科负责人顾顺章被捕叛变，上海党中央陷入极端危险的境地。中共中央特科负责人陈赓、李克农等先后撤离上海。周恩来等中央领导及领导机关也撤离上海，迁往江西苏区。项与年却在上海潜伏下来。

跟谍战片中所描绘的不一样，潜伏在繁华上海的红色特工项与年，生活极其困窘。项德崇小学毕业后，父亲把他送到俞塘的强恕园艺学校读书，原因是此处半工半读，不收费。项德崇只有周末才回家，父子俩见面机会更少了，他不知道父亲平时在哪里忙碌，即使偶尔见到父亲，两人的交谈也少得可怜。

项德崇不知道的是，顾顺章叛变后，四处抓捕自己昔日的同志，项与年在上海的秘密活动日益困难了。1934 年 3 月底，他与家人告别，说是去江西九江做生意。一去，就杳无音信。

有一周末，项德崇回家，突然发现母亲和妹妹也不见了——敌人冲进他家中，搜到了电台，抓走了母亲和妹妹。半年时间后，他才重新见到她们。原来，母亲被捕后，被押到提篮桥监狱，但敌人没有问出任何机密。7 岁的小妹妹在狱中患上了骨椎结核症，背部逐渐溃烂，母亲只能自己动手用剪刀剜去她伤口溃烂的肉。每次剜肉，女儿痛得尖声喊叫、

　　　　　　为有牺牲

痛哭不止，母亲也像是在剜自己心头的肉，默默流泪，心如刀割……

项德崇看到母亲和妹妹，又是高兴又是难过，妹妹已经痛得连背都直不起来，只能倚靠在别人身上。母亲决定，离开上海回乡。她抱着病重体弱的妹妹，按当年北上的路途，搭轮船到厦门，走十几天山路，回到老家。项德崇孤身一人继续留在上海读书。返回老家数月后，妹妹夭折。这是母亲一生的痛。

项德崇不时问："父亲，你去哪里了？"

顾顺章的叛变，引发了连锁反应，苏联特工佐尔格因为"牛兰案"暴露身份，辗转去了日本，中共中央顿时失去了一个重要耳目——佐尔格精心打造的围绕蒋介石德国顾问的情报网。

幸好，在最困难的时候，中国共产党都有自己坚贞不渝的朋友。

就在妻子与女儿在提篮桥监狱备受煎熬时，项与年受组织指派，秘密前往江西德安担任国民党赣北第四行政区专员兼保安司令莫雄的情报参谋。

莫雄是广东英德人，早年毕业于陆军讲武堂，追随孙中山走上革命道路，是辛亥革命时期赫赫有名的粤军将领，同情革命、亲近共产党，曾一度要求加入中国共产党。在组织安排下，他成为留驻在国民政府中的我党友人。1934年9月底，蒋介石在江西庐山牯岭的行辕里，召开了一个有200多人参加的高级别军事会议，部署对红军的第五次"围剿"方略，莫雄也参会了。当蒋介石公布他采纳的德国军事顾问建议后，满座国民党高级军官一片狂欢，唯独莫雄一身冷汗。

这个计划是：以瑞金为轴心，以于都、会昌、兴国为重点，编织一个半径达300华里的严密包围圈，大军步步紧逼进攻中央苏区，每推进1华里就拉起一道铁丝网，每推进10华里就构筑一道碉堡线，步步为营，处处紧锁，在6个月内直捣红都瑞金，将瑞金及中央苏区完全困死在重重包围中。这就是所谓的"铁桶围剿"计划。这个计划一旦实施,中央苏区和红军将危在旦夕。

但是,这个会议结束后6天,在瑞金的中共中央就获悉了详细的情报。

莫雄功不可没。会议结束后,他连夜赶回德安,把这个计划告诉了留在自己身边的项与年等共产党员。大家心急如焚,他们决定派专人给党中央递送这一情报。大家连夜将文件内容用特种药水分写在4本四角号码字典上。闽西山区出生的项与年因为懂得客家话又熟悉赣南地区的风土人情、地形地貌而被委以重任。带上字典,扮作教书先生,项与年连夜奔赴瑞金。

从赣北德安到赣南瑞金要经过永修、新建、南昌、丰城、崇仁、乐安、宁都、石城等县市的几十个关卡,山高路远,河谷纵横。为减少与国民党军队的正面接触,项与年尽量昼伏夜出,避开大路,穿山越岭。然而教书先生的身份仍然会被盘查,几本字典也存在被怀疑、被查缴的风险。他在巧妙躲过南昌关卡的盘查后,找来几位地下党员,请他们在自己落脚的德安行署驻南昌办事处缩写了文件内容并将之密录在薄纸之上。把这宝贵的信息藏在鞋底后,他又继续出发。

他一路跋涉,越是靠近赣南,封锁盘查越严。进入泰和山区后,每个村子都有"进剿"的国民党军,进出苏区的路被严密封锁着。闯关过卡成了摆在项与年面前的大难题。他思之再三,钻进山林,捡起一块大石头,紧闭双目,用力砸向了自己的嘴巴,直至砸下四颗门牙。他忍着钻心剧痛,顺势把早已破损的衣服再撕扯一番,瞬间变成一个面目可怖、浑身腥臭的乞丐,就这样在国民党士兵的嫌恶避让中,混进了苏区。

这份情报,让中共中央决策者也惊出一身冷汗。

在决定主力突围之前,为掩护主力,同时调动敌人,中共中央先后派遣了红七军团、红六军团杀出重围。先是7月6日,红七军团改名"北上抗日先遣队"，奉命从中央苏区东部突围。部队从瑞金出发，军团长寻淮洲率军一鼓作气冲破层层封锁，渡闽江，攻福州，转战闽中、闽东、闽北，再北上浙西，最后到达皖赣边区。旋即，一个月后的 8 月 7 日，任弼时、萧克、王震率领红六军团从江西遂川横石、新江口地区出发，向西突围。

红七军团近万人一路血战到达闽浙赣苏区时，只剩下三千多人，在怀玉山地区陷入敌人重围，大部分壮烈牺牲，方志敏等被俘，粟裕率残部突围成功，重新组建"中国工农红军挺进师"，开始三年艰苦游击战争。

红六军团转战数千里，两个多月后的 10 月 24 日与贺龙的红二军团胜利会师于黔东印江县木黄镇，红六军团九千多人的部队只剩下四千多人。

这两处红军行动，都是为了配合中央红军主力战略转移，但是，并未吸引太多敌人主力。根据项与年带来的情报，敌变我变，中共中央提前了长征的时间。项与年也脱掉了血污的乞丐装，换上崭新的红军军装，加入了长征队伍。

国民党情报水平低劣，加上留在苏区的红二十四师与地方武装层层狙击，直到 11 月 7 日，国民党军李延年纵队才占领汀州县城。11 月 10 日，瑞金沦陷——蒋介石特地让李延年把占领瑞金的功劳让给了李默庵，后者是退出中国共产党选择追随他的人。

国民党军是在 10 月 21 日进占钟屋村的，但红军离开后，全村男女老少向涂坊、河田、濯田、四都等地疏散，这里成了一个无人村。

谁走？谁留？

1934 年 10 月 14 日，21 岁的谢小梅抱着还没满月的女儿躺在瑞金红军医院的病床上，外面人喊马嘶，她预感到有大事发生。这时，她的丈夫罗明匆匆进来了，说马上出院，要跟着红军部队一起行动。

孩子怎么办？夫妻俩含着热泪，不得已把孩子托付给瑞金一户红军家属。从此以后，他们再也没有见到过这个孩子。

为什么要转移？转移到哪里去？谢小梅没有跟丈夫打听。她知道，丈夫视纪律如生命。

当时，谢小梅正处于痛苦时期，丈夫罗明在 1933 年 1 月给省委写了一份名为《对工作的几点意见》的报告，总结游击战争取得胜利的经验，分析斗争形势和任务。这份很有眼光也很及时的报告，却被王明"左"倾教条主义者说成是"对革命悲观失望的、机会主义的、取消主义的逃跑退却路线"，先在闽西后扩展到江西，进而在整个中央苏区发起了"反对罗明路线的斗争"。所谓反对"罗明路线"，打击的其实是毛泽东，潜台词是：你罗明在福建搞毛泽东那一套，就是不行！若干年后，当事人罗明回忆说，反对"罗明路线"，"其目的是要进一步反对毛泽东同志和以毛泽东同志为主要代表的马克思主义路线，打击中央苏区执行这一正确路线的各级党政军领导干部，使王明的'左'倾冒险主义在整个苏区得以全面贯彻"。

一夜之间，罗明被各种批斗，从声名赫赫的福建省委代理书记，跌落成党内被打倒的对象，牵连者甚广。在闽西根据地，有福建省委常委、军区司令员谭震林，福建省苏维埃政府主席张鼎丞，省委常委郭滴人，省土地部长范乐春，省军事部长游端轩，长汀县委书记李坚真，上杭中心县委书记方方，武平县委书记陈玉梅，等等。在江西，斗争矛头直接指向邓小平、毛泽覃、谢唯俊、古柏四人。

时任福建省委常委的郭滴人，跟毛泽东渊源很深。他在1926年参加了毛泽东主办的第六届广州农民运动讲习所，同年加入中国共产党。郭滴人原名郭尚滨，1907年出生于福建龙岩一个贫农家庭，他在农讲所期间，把自己的名字改为"郭滴人"，立志"点点滴滴为人民"。回到闽西后，郭滴人成为龙岩党组织的主要创始人。1928年3月，在郭滴人与邓子恢等的领导下，在龙岩后田村举行农民武装起义，被称为"打响了福建农民武装暴动的第一枪"。起义后，他们组建了闽西第一支游击队，极大地鼓舞了革命斗争的士气。1929年，郭滴人领导龙岩全县农民武装暴动，率领游击队配合入闽作战的红四军三打龙岩城，全歼守城国民党军，为闽西苏区乃至中央苏区的开创立下汗马功劳。

像郭滴人这样一位功勋卓著的优秀党员领导干部，也被划为"罗明路线"的拥护者，不断遭到打击。他先是被调到省委宣传部，不久调到省军区宣传部，后来又调到一个地方去领导几十人修筑工事，最后，把他调到军区当勤务员的教员。

在反"罗明路线"的斗争中，有受到打击的党员的妻子选择了离婚。谢小梅选择坚定地与丈夫站在一起，她跟随罗明调到瑞金中央党校工作。罗明任教务处处长兼党班班主任，谢小梅任教务处干部，负责办理学员入学手续、保管学员名册、印发教材、了解学员学习进度、学员毕业时写信介绍学员到各地工作，等等。福建事变发生后，谢小梅与丈夫因为熟悉福建情况，又到福州、厦门工作了一段时间，闽北战事紧张时，夫妻二人又接到通知继续回中央党校工作。谢小梅一直等到丈夫通知她赶紧出院，才知道要随大军转移了。

事实上，罗明自己也不清楚。他在中央党校工作期间，中央组织局局长李维汉找他谈话，说要派学员去苏联学习，要罗明提出 100 余人的学员名单，这些人的条件一是政治坚定，有工作经验和能力，二是身体强健，能过艰苦生活和能长途行路到海边启程去苏联。李维汉同时叮嘱："切记保密，不要说是去苏联。"罗明严格按照李维汉指示与学员一个个谈话，看是否符合条件。谈话对象难免要问去哪里，罗明说："是去四川红四方面军那边工作。"后来李维汉来拿名单，并问罗明有没有说要派去苏联，罗明回答："为了保密，说要派去四川。"李维汉一笑。

10 月 12 日，中央局通知罗明去参加紧急会议，到会的人很多，负责同志宣布战事紧张，主力红军将突围转移，中央苏区由项英任中央分局书记，陈毅同志任中央政府办事处主任；宣布成立中央军区，由项英任司令员兼政治委员，领导留下的红军在中央苏区及闽粤赣边区，继续进行反"围剿"战争。会上还宣布接到通知的人，会后回去立即准备随军行动。15 日下午，罗明接到李维汉通知：让他和中央党校 100 余人到沙洲坝一个大坪集合，自带晚饭，准备于黄昏时行军。罗明这才明白李维汉要选的学员，不是派去苏联，而是参加长征。

李维汉是 1934 年七八月间就得知红军要转移的极少数人之一。他回忆说：

> 当中央红军在广昌保卫战失利后，各路敌军开始向中央苏区的中心全面进攻，形势已对我十分不利。红军在内线破敌的可能性已经不存在的时候，1934 年七八月间，博古把我找去，指着地图对我说，现在中央红军要转移了，到湘西洪江建立新的根据地。你到

江西省委、粤赣省委去传达这个精神，让省委作好转移的准备，提出带走和留下的干部名单，报中央组织局。他还说，因为要去建立新苏区，需要选择一批优秀的地方干部带走，也让省委提出名单。听了博古的话，我才知道中央红军要转移了。

但即便是作为中央组织局局长的李维汉，也并不知道红军转移的具体计划。他回忆说，长征的所有准备工作，不管中央的、地方的、军事的、非军事的都是秘密进行的，"只有少数领导人知道，我只知道其中的个别环节，群众一般是不知道的。当时我虽然是中央组织局局长，但对红军转移的具体计划根本不了解"。

主力红军转移，谁跟着走，谁留下来，是一个焦点话题，许多人的命运，由此改变。

陈毅奉命留下来，情绪难免低落。当时陈毅身负重伤。这一年夏天，国民党军集中周浑元（此人后来在长征途中对红军穷追不舍）第八纵队的 6 个师，从泰和县沙村一带向兴国老营盘方向轮番攻击。时任江西军区总指挥部总指挥兼政委的陈毅指挥兴国模范师和几个独立团，利用老营盘一带险峻的地形，构筑工事，进行防守。8 月 28 日，红军正与敌军激战，陈毅到兴国模范师各团阵地巡视战斗情况，刚巡视到十六团指挥部，一颗炮弹在他身后爆炸，弹片击中了陈毅的右大腿，顿时血流如注。由于弹片和碎骨一直没取出来，伤口愈合不好，发炎流脓。陈毅一直要求拍一次 X 光片，却未能如愿。

一直到红军转移前夕，周恩来去看望陈毅，得知情况后，马上要求给陈毅拍 X 光片。但是 X 光机和片子这时都已经打包了，准备随军撤离。周恩来命令打开机器，没有电，周恩来又命令把无线电台备用的汽油发电机运到医院，专门给陈毅拍了片子，做手术取出了弹片和碎骨。

但陈毅留下来，并不完全是因为受伤，还有其他复杂的因素。毕竟有好几位伤势严重的人是坐着担架完成长征的。1984年，美国著名作家、记者，《长征：前所未闻的故事》的作者索尔兹伯里在北京采访时，陈毅的老战友陈丕显还说："要是把陈毅也抬在担架上参加长征就好了。"

陈毅是军人，也是一名共产党员，他服从了留下来的命令。

瞿秋白也被留下来了。1927年八七会议后，28岁的瞿秋白取代陈独秀，成为中国共产党第二任最高领导人。瞿秋白虽然年轻，但却是中国共产党最早的党员之一，两次见过列宁，任教莫斯科东方大学中国班，刘少奇、任弼时、萧劲光、罗亦农等均是他的学生。他还翻译了《国际歌》以及大量马列主义著作，参与并执行了第一次国共合作，在黄埔军校任教过，参与领导了上海工人武装起义……在四一二反革命政变后的腥风血雨中，瞿秋白还在莫斯科郊外主持召开了中共六大。

但是以王明为首的"二十八个半布尔什维克"得到了米夫的支持，1931年1月，在上海召开的中共六届四中全会上，瞿秋白被解除了领导职务，在米夫的加持下，王明一步登天。这年6月，被顾顺章出卖的向忠发也叛变了，王明代理临时中央总书记。此时上海越来越危险，王明不愿留在中国，跑到莫斯科担任中共驻共产国际代表，博古接任临时中央总负责人。瞿秋白留在上海养病，其间与鲁迅先生结下深厚友谊，后者深情赠言："人生得一知己足矣，斯世当以同怀视之。"

1933年冬天，瞿秋白接到命令，从上海出发前往中央苏区。此时的他患有严重的肺结核，已经开始咳血。经过1个月的艰难辗转，他在1934年2月抵达瑞金，被任命为中华苏维埃共和国教育部部长。瞿秋白的身体很差，但病躯内有燃烧不完的革命热情，他主持制定了《苏维埃教育法规》，倡导创建了苏维埃大学，还建起了一个小小的图书馆。

瞿秋白觉察到了红军要转移的信号，自己还打好了几双草鞋，但转移的名单里却没有他。瞿秋白为此找到了张闻天，张闻天回忆说："高级干部，则一律由最高'三人团'决定。瞿秋白同志曾向我要求同走，我表示同情，曾向博古提出，博古反对。"博古的意见是：瞿秋白患有肺病，不适宜长途行军。瞿秋白自己找到了博古，但任凭他怎样请求，博古仍是无动于衷。从博古那里回来后，瞿秋白把自己的马送给了即将转移的徐特立。

　　后来被称为"长征四老"的徐特立、谢觉哉、林伯渠、董必武都在转移名单中，但58岁的何叔衡却被留下了。何叔衡是毛泽东的挚友，他们一起发起成立了新民学会，创立了长沙共产党早期组织，又一起作为长沙党组织代表参加了中共一大。毛泽东曾说："何胡子是一条牛，是一堆感情。"1931年，何叔衡到达中央苏区后，出任中华苏维埃共和国工农检察人民委员、代理内务人民委员和临时最高法庭主席，成为有口皆碑的"苏区包公""红色管家"。当毛泽东受到排挤的时候，他也被撤销了一切职务。得知自己不能随主力红军转移后，他准备了水酒和花生，为自己的同学、老乡也是老朋友林伯渠送行。那天晚上，他脱下身上的毛衣送给林伯渠，这是何叔衡来苏区前女儿何实山连夜为他织的，是他最珍惜的物件。林伯渠有诗记载道："去留心绪都嫌重，风雨荒鸡盼早鸣。赠我绨袍无限意，殷勤握手别梅坑。"这件毛衣，林伯渠一直保留着。今天，它陈列在中国国家博物馆，铭记着生离死别之际的不朽情谊，以及关乎命运的百感交集。

　　李维汉回忆说："何叔衡留下，是博古他们决定的。"

　　红一军团二师四团团长耿飚也在被留下的名单中。耿飚当时患上了严重的疟疾，一发作就发高烧、打寒战，他坚决不同意留下。二师政委刘亚楼拍板：不能留下这员爱将，抬也要抬着走！

二师师部统计参谋黄炜华在部队出发前夕病倒了，高烧40℃，不能走路。刘亚楼看黄炜华行动困难，对他说："我们要突围到敌人力量薄弱的地区和没有堡垒的地方去，你现在有病，是不是到后方医院去养病？"黄炜华答道："坚决不到后方去养病，请领导把我留在部队，让我随队行动。"刘亚楼听后，很长时间没有说话，最后还是下了决心，对卫生队政委王奇才说："请你派一副担架，把黄炜华抬上走！"

谁跟着转移，谁被留下来，是否有标准？在李维汉的回忆中，长征前，干部的去留问题，不是由组织局决定的。属于省委管的干部，由省委决定报中央；党中央机关、政府、部队、共青团、总工会等，由各单位的党团负责人和行政领导决定报中央，决定走的人再由组织局编队。

> 中央政府党团书记是洛甫，总工会委员长是刘少奇，党团书记是陈云，这些单位的留人名单，是分别由他们决定的。部队留人由总政治部决定，如邓小平随军长征就是总政治部决定的。我负责管的是苏区中央局的人。中央局有组织局、秘书处、宣传部。组织局还管妇女工作。中央局的秘书长是王首道，当时机要工作是邓颖超管的，李坚真也搞机要工作，他们三人都是随军长征的。
>
> 中央政治局常委决定留下一个领导机关，坚持斗争，叫中央分局。成员有项英、陈毅、瞿秋白等同志，由项英负责。关于留人问题，我没有参加意见，也未过问，是由中央政治局常委讨论决定的。

1943年11月13日，博古在中央政治局会议上说："当时三人团处理一切。干部的处理我负全责。"李维汉是一个光明磊落的革命家，许多年后，想起当年的走与留，他没有把责任全部推到博古身上，他自责的是，有四个人，他没有替他们争取：毛泽覃、周以栗、陈正人、贺昌。

毛泽覃是毛泽东的亲弟弟，当时在组织局工作，李维汉问过博古，是否让他走。博古不同意。周以栗曾任红一方面军总政治部主任，也担任过新华社前身——红色中华通讯社的负责人。长征前，他已在养病，博古决定把他留下。陈正人，曾任江西省苏维埃政府主席，长征前，也因为在养病，被博古留下了。贺昌，曾任北方局书记，中共六届四中全会时被撤职，长征前他负了伤，曾到李维汉那里要求随军走。李维汉问过博古，博古不同意。后来他牺牲了。李维汉回忆至此，充满叹息：

> 上述四个同志当时都在养病，没有工作，归组织局管。他们可以留下，也可以带走，病人可以坐担架长征嘛。他们如果不应该留而被留，我是负有一定责任。虽然博古不同意他们走，但我是组织局长，还有一定发言权，我可以争一下，但我没有争。

假若争取了，会有用吗？担任李德翻译的伍修权，对于当年的情况掌握得非常清楚，他回忆说：

> 有的为"左"倾路线领导者不喜欢的干部，则被他们乘机甩掉，留在根据地打游击，如瞿秋白同志，身体根本不适应游击环境，也被留下，结果使他不幸被俘牺牲；何叔衡、贺昌、刘伯坚等同志也是因此而牺牲的。事实证明，像董老、徐老等年高体弱的同志，

由于跟主力红军行动，都被保存了下来，安全到达了

陕北。最初他们还打算连毛泽东同志也不带走，当时

已将他排斥出中央领导核心，弄到雩都（即于都）去

搞调查研究。后来，因为他是中华苏维埃主席，在军

队中享有很高的威望，才被允许一起长征。如果毛泽

东同志当时也被留下，结果就难以预料了，我们党的

历史也可能成为另一个样子。

　　当时，李德、博古与毛泽东的关系很紧张，或许他们希望把毛泽东留下，但周恩来不答应。毛泽东是红军的创始人，是根据地的创始人，是苏维埃政府主席，在党内和红军中享有极高的威望，周恩来知道毛泽东对中国革命、对红军的重要意义。事实上，共产国际也不答应。

　　当留苏学生王明、博古一伙人把持了临时中央后，想方设法把毛泽东从军事领导岗位上排挤下去，并计划将毛泽东从苏区送到苏联去"养病"，但共产国际明确表示了反对，要求临时中央必须"团结"好毛泽东，并注意发挥毛的作用。广昌战役红军惨败后，共产国际震惊之余，已经意识到博古、李德排斥毛泽东的恶果，要求将毛泽东重新选为政治局委员。1935 年 7 月 25 日到 8 月 20 日，共产国际七大在莫斯科召开，毛泽东已被共产国际看成是中国苏维埃革命的"旗手"和"象征"，一度享有和共产国际七大主席季米特洛夫、七大名誉主席台尔曼等少数国际共产主义运动领导人一样的殊荣和赞誉——毛泽东和红军对此一无所知，因为他们从长征出发后就失去了与共产国际的联系，此时他们正陷在川西北的松潘一带，即将踏入茫茫草地。

　　博古与李德的一切计划，都要经过共产国际批准。所以，可以这么理解，他们确实有把毛泽东留下来的计划，但遭到周恩来的反对，也遭

到了共产国际的反对。

军旅作家王树增在他的《长征》一书中，曾这么写过毛泽东为什么没有留下来：

> 博古就毛泽东的问题与李德交换意见，李德给博古转述了斯大林常讲的一个希腊神话：每逢天神安泰与敌人作战失败，他就往母亲地神盖娅的身上一靠，这样他就能重新获得神奇的力量从而赢得作战的胜利。为此，敌人总是千方百计地隔断他与母亲的联系，想尽一切办法阻止他回到大地上。虽然李德一向认为"口头上服从，行动上反对"的毛泽东是个"危险的人物"，但此刻他讲的这个欧洲故事竟使博古一下子改变了主意：如果毛泽东留下，当中央红军主力部队撤离后，留在苏区的中央分局就会成为毛泽东的小天地。毛泽东当年在井冈山上仅仅只有几百人，不是后来也发展成了一个共和国吗？那么让毛泽东留下正是给了他重打锣鼓另开张的机会。要阻止这种后果的发生，就必须将毛泽东与他的"大地"的联系隔断。
>
> 就这样，毛泽东被批准跟随红军转移了。
>
> 没过多久，博古和李德几乎同时明白了用希腊神话解释中国革命是多么的幼稚。

这片洒满鲜血的土地，怎忍别离

人生自古伤别离，更何况红军离开的是他们用鲜血浇灌而成的苏区。至今仍在传唱的歌谣《十送红军》，激昂而悲怆。

苏区谁家不当红军？红军队伍里，有他们的儿子、丈夫、哥哥、弟弟……许多人，于此永别。

温坊战斗后，红一军团二师四团在钟屋村休整，杨成武和团长耿飚正在看文件，突然通信员气喘吁吁地跑进来了，说是杨政委的乡亲们来了。杨成武纳闷了，耿飚拉着他一起出门，怔住了：门外站着十来个长汀老乡，旁边还放着十来副盛得满满的担子，担子里盛着猪肉和闽西的土特产——笋干、芥菜、菜干，还有鸡蛋、红薯干、豆子、萝卜干、兔子、活鸭、活鸡等，当然少不了一双双刚缭的鞋子。大家抢着喊杨成武的小名"能俊"，杨成武的父亲杨殿华也在其中，用"热烈而又深沉的眼神"看着儿子。父子俩已经 6 年没有见面了。

杨成武的老家在长汀县张屋铺村，距离钟屋村有七八十里地。1929年 1 月，杨成武跟随张赤男，从长汀县城弃学到农村参加轰轰烈烈的古城暴动，之后，来不及跟父母打招呼，就跟随起义队伍编入红军，转战江西、湖南，再到闽西作战，也无机会回家。父子相见，都是热泪盈眶，他们还不知道，钟屋村一别，是更长久的分离。

多少闽西子弟离开家乡，再未回来？

多少闽西人民送别红军，再也等不到他们回来？

根据地的艰难创立、屡次反"围剿"、大大小小的战斗、形形色色

为有牺牲

的敌人、残酷的封锁、艰苦的生活……在闽西、赣南,整个苏区,有多少牺牲者,甚至连姓名都没有留下来。

他们的牺牲,都是为了让这片土地上的人,那些跟自己一样的人,能够过上"人"的日子。

上杭县才溪乡,是刘忠、王直、王奇才、王集成等勇士的家乡。土地革命战争时期,毛泽东曾九到上杭,三进才溪,写下了著名的《才溪乡调查》。才溪乡西面,有个小山村原名叫银坑,物产丰富,是一个很富饶的地方。但到了清代,土地兼并问题日益严重,土豪劣绅与官府相勾结,残酷压榨银坑群众。中央苏区(闽西)历史博物馆里的一张照片显示:地主甚至特制了"活底斗",斗底扳机灵活,能装能卸,进出之间相差甚大,收租时放大,放债时收小。银坑人民的生活日益贫困,不少人在本地无法生存下去,只好流浪他乡。据 20 世纪 30 年代不完全统计,全村 72 户人家,有 30 户被迫外流当乞丐,有 2 户被迫给人扛轿,有 2 户被迫出家当和尚。当时民间流传这样一首歌谣:"头一痛苦是工农,穿件衣衫补千重,三餐吃的米糠饭,夜晚无被钻秆窿。"外村人认为银坑村会这样贫穷悲惨是因为村运衰退,因此,就把这个村改叫"衰坑"。

1929 年 7 月 21 日,在共产党的领导和红四军的帮助下,才溪人民举行了武装暴动,推翻了地主阶级统治,建立了人民政权。暴动后,衰坑人民大力发展生产,拥军优属、支援前线、参军扩红,各项工作都取得显著成绩,衰坑面貌焕然一新。1933 年 11 月下旬,毛泽东来到才溪乡进行社会调查。在一次调查中,他得知了衰坑暴动前后的情况,十分高兴,说:"有这么多人参加红军,各项工作又搞得这么好,怎么会衰呢?有共产党领导,以后会更加兴旺发达起来的,衰坑这个名字不好,我看,不如改为发坑吧!"当地群众一听,觉得句句在理,频频点头说:"改得好,改得好。"

从"衰坑"到"发坑"——这是穷人为自己改命。

1934 年 1 月，《才溪乡调查》发表了，毛泽东把衰坑的新村名——发坑正式写进了这篇光辉著作。就在这个月，在江西瑞金召开的全苏区第二次工农兵代表大会上，发坑村光荣地被评为"模范村"。会议期间，毛泽东走到发坑村代表跟前，笑呵呵地握着他们的手，亲切地说："你们生产和支前，都取得那么大成绩，发坑村真发得快，发得好！"

《才溪乡调查》写道：上才溪乡青壮年男子 554 人，其中出外当红军、做工作的 485 人，约占 88%；下才溪乡青壮年男子 765 人，其中出外当红军、做工作的 533 人，也约占 70%。其中，"做工作的"绝大多数是苏区各级政府工作。中央苏区（闽西）历史博物馆统计显示：才溪乡一家 2 人当红军的有 200 户，一家 3 人当红军的有 46 户，一家 4 人当红军的 9 户，一家 5 人、一家 6 人当红军的各 1 户，兄弟当红军的 231 户，父子一起当红军的 9 户，叔侄当红军的 6 户，夫妻当红军的 9 户……下才溪乡发坑村贫苦农民林攀信有 3 个儿子——林金堂、林金森、林金香，同村另外一位贫苦农民林云彪也有 3 个儿子——林仲森、林仲德、林仲达，这 6 个青年，均是在扩红运动中参军，先后壮烈牺牲，都被誉为"红色三兄弟"。

国民党军五次"围剿"的主战场均在江西苏区，闽西战场大战相对较少，因此成了兵员和粮食的主要供给地。宁化县至今还流传着《禾口淮土比参军》的歌谣："保卫苏区有责任，禾口淮土比参军，禾口扩红一千个，淮土一千多两个。"禾口、淮土是宁化的两个乡，这首歌谣说的是淮土乡的新婚夫妇苏芹英和张恩铜坚决要求报名参加红军，结果淮土乡以扩红 1002 人的成绩胜出。

商业发达的汀州一度成为苏区经济之都。1931 年 12 月 25 日，周恩来在致中共临时中央政治局的信中感慨道："汀州的繁盛，简直为全国苏区之冠。"中国共产党当年在汀州城创造了前所未有的国营、合作、私营三种模式并存的苏维埃工商业，农业、财经、外贸等方面也取得显著的成就，因此获得"红色小上海"的美誉，至今还有众多央企来这里"寻根"。宁化县是中央苏区重要粮食生产基地，累计消灭荒田2万多亩，被誉为"中央苏区乌克兰"。1934年6月，形势紧急之际，临时中央颁发23万担粮食借给红军的紧急动员令，宁化县任务是5000担，一个多月完成7480担。苏区的青壮年男子上前线去了，妇女们也纷纷下地种田，春耕秋收，还留下了这样的山歌："韭菜开花一秆心，割掉髻子当红军。保护红军万万岁，割掉髻子也甘心。"

闽西这片土地上，浸透了不甘于世世代代被奴役者的鲜血。

钟屋村接龙桥，是红军征兵处，又称"红军桥"。桥的左侧柱子上有一处用刀划出来的直线，高约一米五，正好是一枝中正式步枪加上刺刀的高度，当时有说法"人有枪高，就当红军去吧"，能背着枪，不拖地行走的便可参军。但仍然有很多不够条件的少年，踮脚、求情、死缠烂打，就是要参加红军，后人称之为"生命的等高线"。松毛岭战役打得正激烈的时候，群众得知红军伤亡很大，急需补充兵员，纷纷报名参军。涂坊乡苏维埃主席涂大波48岁了，仍然带头报名，一下带动涂坊乡45人参军，涂东秀送4个儿子都去参军，党员马连发父子同时报名参军，又带动了一群村民同去……

钟屋村往南十几里，罗洪标的老家塘背村，有一个叫罗云然的老人，妻子姓马，有6个儿子。这对夫妻没有文化，就给6个儿子取名叫做罗马一、罗马二、罗马三、罗马四、罗马五、罗马六，老大、老二、老三都是老人亲自送到接龙桥参加红军的，3个儿子先后牺牲在反"围剿"战场上。当得知松毛岭战斗形势严峻后，他再一次义无反顾地将剩下的3个儿子送到征兵处报名参军。区苏维埃主席蔡信书动情地对他说："老罗，你就留个最小的儿子在身边吧！"罗云然老人却坚定地说："蔡主席，若不是你们红军来了分给我们家田地的话，孩子们早就饿死了，没有苏维埃就没有他们啊。我和 3 个孩子商量好了，就是断了香火，也要跟着红军干革命！"

罗云然这 3 个儿子，后来也都牺牲了。这样的感人故事，在中央苏区，并不罕见。有人或许不理解罗云然，但是，对这些淳朴的农民来说，还有什么比从做牛做马到翻身做人更好的呢？

遭遇过 1927 年四一二反革命政变，从血与火中走过来的共产党人，对于 1931 年 11 月 7 日成立的中华苏维埃共和国，感情之深厚是可以想象的。他们浴血奋战、胼手胝足，在穷乡僻壤间建立了一个属于自己的工农民主政权，一个真正属于人民的国家，他们改"瑞金"为"瑞京"，自豪声称"南京北京，不如瑞京"——虽然这里是偏远的农村，物资匮乏，甚至连吃盐都有困难，但这里有强健的精神、自由的人民。若干年后，美国记者斯诺谈到瑞金建政时感慨："在没有港口，没有码头，没有铁路的山林里建立起一个共和国，这是建国中的奇迹！"

无论男女，无论老少，都为守护穷人自己的政权拼尽全力。

1930 年 6 月中旬至下旬，红四军前委和中共闽西特委在福建召开了一次联席会议，会址先在长汀县南阳，后移至汀州城，毛泽东、朱德、陈毅、邓子恢、张鼎丞、谭震林等出席了这次会议。会议讨论了政治、军事、经济等问题，总结了中共闽西一大以后党在领导苏区建设和武装斗争各方面所取得的成就和经验，通过了《富农问题》《流氓问题》两个决议，再次肯定了平均分配土地的办法，并决定分田时除以"抽多补少"为原则外，增加"抽肥补瘦"的原则。这次会议总结了闽西土地革命的经验，进一步完善了党的土地分配政策，对中央苏区深入开展土地革命起到了积极的推动作用。

邓子恢在出席会议时，还遇到了一点"麻烦"——在长汀马洋洞乡的山凹路口上，4位儿童团员在那里站岗放哨，检查来往行人的路条。临近中午，邓子恢带领闽西苏维埃政府几位同志步行途经这里，由于没有带路条，被他们拦住了。闽西苏维埃政府一位同志小声说："小同志，那位是我们闽西苏维埃政府主席，我们是去南阳开会的，让我们过吧！"小同志回答说："我们的团长再三交代说，没有路条的，谁也不能通过。"他们左说右说，儿童团员就是不让通过，最后经与站岗的儿童团协商，派两位儿童团员陪同他们一起到南阳区苏维埃政府。到达区苏维埃政府后，区苏维埃主席迅速出来和大家握手，急忙地说："邓主席好，领导同志们好！"

这两个儿童团员这才知道拦住了"大人物"，有些难为情。但邓子恢亲切地摸着小同志的头说："你们敢于执行纪律，坚持原则，是大家学习的榜样，谢谢小同志。"

小同志嘴里的"我们的团长"，就是陈丕显，上杭县南阳区官连坑人，时年14岁。他负责组织儿童团认真检查路条的事，在闽西广为流传。由于陈丕显的领导工作出色，1933年春，他奉命调往共青团中央儿童局工作，不久被任命为共青团中央儿童局书记，被人们称为中央苏区的"红小鬼"。

在闽西苏区，无数儿童团员像陈丕显这样，虽然不能上战场，但依旧像战士一样，守护着自己的苏区家园。

伍修权是1931年5月从苏联回国的。他辗转到达广东大埔，通过国民党警察的反复检查后，由内河乘船至粤闽交界处的青溪，跟着交通员连夜步行前往闽西。越接近苏区，伍修权的心情就越激动。黑夜过去了，山林间无数的鸣禽飞鸟，伴着他们迎来了黎明。交通员指着远方被朝霞染红的山头说，那边就是苏区了。又说，现在正处于苏区和白区的交界地带，敌我对峙，互相出没，必须迅速通过。

　　为了避开国民党军队和地方保卫团的明堡暗哨，伍修权一行人又离开大道，专找人迹罕至的山间小径走。他们已经一步不停地连续跋涉了十几个小时，腿脚越来越沉重，汗水把眼睛渍得火辣辣地疼。走了一大段路后，路过一个深山中的小村，向老乡买了些粗糙点心和茶水，匆忙吃完，继续赶路。小憩了几次，到红日西斜时，翻上了一座山头。交通员头一个跑上去，敞开衣襟，边挥汗边兴奋地喊道："到啦，同志们，到家啦！"

　　家，就是苏区，就是伍修权万里奔波的最终目的地。三个月前，他由苏联远东的伯力开始，从东到西，又从西到东地两次横贯苏联，接着又由中国最北方的边疆到达最南方的省份，闯过了一道又一道有形和无形的，内部加外部的各种关卡，终于迈进了苏区的大门！

　　交通员指着山脚下一个村镇说，那就是闽粤赣省委及军区领导机关所在地虎岗。伍修权站在山顶举目望去，只见苏区山林田野，沐浴在一片火红色的落日余晖中。繁茂的树丛竹园迎风曼舞，村庄里正炊烟四起。他一时心醉神迷。

　　　　山下一处平地上还有许多儿童团员在操练，队列
　　整齐，精神抖擞。到处歌声飘扬，军号嘹亮，鸡鸣犬吠，
　　牛哞羊咩，是生机勃勃的动人景象。我深深地吸了几
　　口苏区的空气，只觉它是那么清新，那么香甜，连日
　　的紧张、劳累和饥渴一扫而光！

　　到了苏区，伍修权换上了红军的粗布军衣，领到了自己的全套装备，除了身上的军衣，还有一条夹被和一条毛巾。这点东西同他在苏联时的

"财产"相比，就有点寒碜了，他在国外除几套换季的军服外，还有各式西装、衬衫、皮鞋、马靴，单是大衣就有几件，还有一笔数目可观的存款。但是，他更加珍惜和喜欢自己刚换上的粗布军衣，因为"它是我们祖国自己的，是用许多同志的鲜血换来的！我出国的时候，我们的党还是很弱小的，现在不仅强大了许多，更有了自己的军队和大片的革命根据地，如今我也成了这个军队的一员，我多年的愿望实现了"。

无数人用鲜血和生命守护的这块土地，寄托了红军和苏区百姓最诚挚的情感。所以，广昌战役失利后，彭德怀怒骂李德"崽卖爷田心不痛"，不仅仅是军事方面的争执，更是出于对苏区这块土地的热爱。

伍修权为了缓和气氛，没有翻译"崽卖爷田心不痛"这句话。时任红三军团政委的杨尚昆也在现场，他回忆说：

> 刚正不阿的彭德怀同志，难以控制自己的感情，甚至有些急不择言，但意见都是中肯的，坦率的。我试图缓和一点气氛，也不可能。他接着说："一、三军团在赣闽奋战七八年，才打出这块根据地，容易吗？可是在你们指挥下，丧师失地，损兵折将。三军团这次要是听了你们的话，用多兵堆集守广昌，那就全完了！"他非常动情地说："你们至今还不认账，真是'崽卖爷田心不痛'！"也许是伍修权觉得这句话过于尖锐了，没有全部翻译过去。彭总看到李德没有强烈的反应，就意识到了，要我重新翻译。我如实地翻译了一遍。"封建，封建！"李德咆哮起来，"你是报复，因为你对撤销你军委副主席不满意。""现在是研究怎样才能战胜敌人，"德怀同志鄙视李德说，"我根本

没有想那些事，你卑鄙……"

如今，他们却要放弃浸染着战友、亲友的鲜血的土地，走向不知何处的远方。

这支由 8 万 6000 人组成的庞大的队伍中，有近 3 万闽西子弟，他们大多很年轻：杨成武与涂通今、刘云彪、阙桂兰、林伟四人同年，都是 20 岁，谢小梅与黄定成、刘始明、郭廷万、赖选章都是 21 岁，吴富莲、张福升 22 岁，林忠照、苏达清 23 岁，刘亚楼、赖际发、伍上同、廖仁和 24 岁，苏启胜 25 岁，郭滴人、王集成 27 岁，刘忠 28 岁，陈明 32 岁……罗洪标，只有 17 岁。

29 岁的张仰时任红三十四师一〇一团参谋，跟多数战友不一样的是，他参加长征时已经结婚了。

张仰是龙岩县西陈区陈陂村人，出生时家庭贫困，七八岁时就跟大人上山割茅草卖钱以谋生。张仰从小就很聪明，但无奈家里穷得上不了学，但是他每天干完活便到村里私塾的窗下听老师讲课。半年时间，他已将《三字经》背得滚瓜烂熟，还能解释《幼学琼林》的一些章节。私塾先生很感动，跟张仰父母商量，雇他到私塾当书童。4 年书童生涯后，张仰做出一个决定：进城继续读书。他到龙岩、漳州、厦门，白天打工，夜晚读书，这个苦孩子硬是以优异成绩考入了厦门集美师范学校。1932 年 4 月，红军东路军收复龙岩，张仰又做出了一个决定：离开厦门，参加红军。他加入了红军东路军，参加攻打漳州。漳州战役结束后，他随部队回龙岩，分配在龙岩独立团任秘书，同年冬入党。这一年，他还同本村姑娘陈春玉结了婚。1933 年，张仰被选派到上杭红军学校集训，毕业后，分配到福建独立师当参谋，不久调入红三十四师，参加了第五次反"围剿"作战。踏上长征路时，他还来不及跟妻子告别。

他们如此年轻，无所畏惧，但告别苏区乡亲和留下来的战友时，却心如刀绞。

张鼎丞、邓子恢、廖海涛、罗化成、刘永生、阮山、陈必亨、陈丕显……一批闽西籍的干部留了下来。

此时，陈必亨的父亲陈腾伟已经牺牲了两年时间——1932 年冬天，"还乡团"捉走了陈腾伟，逼迫他说出区、乡革命组织和活动情况。陈腾伟宁死不屈，不吐露苏维埃工作人员半点情况，被凶狠的敌人枪杀于彩霞桥河潭。

"还乡团"怀着对革命群众的满腔仇恨，枪杀了陈腾伟还不甘心，又把闽西农村冬天烤火用的火笼里的木炭倒在陈腾伟的遗体上，他穿的棉袄被烧得千疮百孔……父亲死后几天，陈必亨回到家乡，安慰母亲、弟弟："有共产党在，就不怕一切，也就有一切，阶级仇恨一定要报，家乡人民一定要重见太阳。"他鼓励亲人一定要坚持革命斗争，不要丧失斗志，不要怕反动派。

闽西，这是父辈、兄弟、战友们牺牲的一片土地。有的人离开了，有的人留下了，彼此挥手告别。有些人若干年后还能再见，有些人就此永别。

家乡渐远，前方遥远。

04

1934 年 11 月 21 日上午，湘江血战开始前 6 天。

28 名红军组成的便衣小队迅速向全州城接近，带领这支队伍的是刘忠。刘忠在这一年 6 月上旬接到命令，调任红一军团侦察科长。长征开始后，红一军团走在大军最前面，刘忠又在红一军团最前面。红军突破三道封锁线后，刘忠奉红一军团参谋长左权的命令，率侦察排和军团便衣队插到全州北，钳制敌主力堵击红军。11 月 20 日，他们到达湘江边的界首村，横渡湘江，在全州城附近侦察。21 日上午，红军侦察员化装进全州侦察。

刘忠很快接到报告：全州城内只有民团，没有国民党的正规部队！

当时，蒋介石与湖南、广西军阀各怀鬼胎，互相算计，桂军试图避开红军锋芒，成功地糊弄了蒋介石，主力全线南撤，从全州至兴安 60 多公里的湘江沿岸无重兵把守，湘江防线向红军敞开了。

这是天赐良机！占领全州，牢牢守住，就能将敌人挡在城北地带，掩护大部队过湘江。

然而，在李德的淫威之下，红军行动只能层层请示，结果错失了抢占全州的良机。不肯丢弃辎重而背着沉重包袱行军的红军，仍按部就班、慢悠悠地行进，耽误了最为宝贵的三天时间。

电影《血战湘江》一开头，时任红一军团军团长的林彪咬牙怒斥："李德，你个龟儿子，你错失了我的先机，只差六个半小时，六个半小时啊，你就是看地图也知道啊，全州不能丢……"

林彪骂李德"龟儿子",跟彭德怀骂他"崽卖爷田心不痛",颇有"异曲同工"之感。红军长征血战湘江时,李德34岁,比彭德怀小2岁,比林彪大7岁,其实都算是同辈人。但彭德怀、林彪不留情面的痛骂,其心中痛恨,可见一斑。只是彭德怀之骂乃真实历史,林彪之骂为艺术虚构——但无论如何,全州确实不能丢。

历史纷繁复杂,有太多真实的细节,有些细节无关紧要,有些细节,却是影响历史走向的一个密码。

比如全州。

历史的悲剧,由此拉开大幕。

长征路上第一座红军墓

长征开始，大军开动，在李德等人的盲目指挥之下，采取"甬道式"的搬家方式：第一、第三两个军团为左右前锋，第八、第九两个军团两翼掩护，第五军团殿后压阵，中间是军委总部、中央纵队和从根据地带出来的各种"坛坛罐罐"。蒋介石精心布置的前三道封锁线，红军没有付出太大牺牲就突破了。

当然，并不是没有牺牲，在第一道封锁线赣州信丰县毗邻广东南雄的百石村，红军就失去了他们的优秀师长——红三军团四师师长洪超。

洪超是湖北黄梅人，18岁参加南昌起义，后来跟随朱德、陈毅到井冈山，参与了著名的"朱毛会师"。他作战勇敢、指挥出色，荣获中革军委颁发的二等"红星奖章"。在五次反"围剿"战争中，他无役不与，开创和保卫中央苏区，厥功至伟，却成为长征途中最先陨落的将星。1974年11月，彭德怀临终前还嘱咐说："不要忘记洪超，他是我们中央红军长征路上牺牲的第一个师长。"

洪超的墓建在百石村的一座小山坡上，这是长征路上的第一座红军墓。离此不到30公里处，是红军的一座无名烈士碑，200多名红军指战员途中留下来养伤，在洪超牺牲四个月之后的一个雨夜被敌人杀害，他们没有留下名字。蜿蜒西去、北上，类似的有字无字的烈士碑，布满了长征路。

就是在赣粤湘交界处，阙桂兰当上了毛泽东的警卫员。当时他大声报告："报告毛主席，战士阙桂兰前来报到！"毛泽东的湖南话，把"阙"

念成"菊"，又是"菊"，又是"桂"又是"兰"，他笑道："你这个名字还很香嘛！就是笔画太多，是不是？"然后他说："你现在是中国普通的一个兵了，就叫你'中一'吧！"阙桂兰，就此改名"阙中一"。

在阙中一眼中，长征初期的毛泽东总是忧心忡忡，他已被剥夺权力，但一直密切关注红军动态，不时献计献策，但是，并不被采纳。

一路上，不断有伤亡，但更多的是非战斗减员。据统计，突破第一道封锁线，红军减员3700余人；突破第二道封锁线，红军减员9700余人；突破第三道封锁线，红军减员8600余人——这意味着，突破三道封锁线后，红军已经减员22000余人。

怎么会走这么远

长征，就是一场大浪淘沙，这世上不是所有人都是英雄，只有意志坚定者才能坚持到底，成就一番事业。这些逃兵，绝大部分是新兵。

多位长征亲历者都有长征初期逃兵较多的回忆。时任红五军团第十三师师长陈伯钧的日记中写道：

> "这几日三十九团逃跑现象最为严重，前后共计三四十名。"（10月31日）
>
> "近来落伍人员太多，有真正失联络的，有借故掉队的不一而足,对我之行军计划真有莫大障碍。"（11月5日）
>
> "行军——由文英经塘口过湖南热水圩到鱼旺，四十里。昨日各部逃亡现象极为严重，特别是三十八团有两名竟拖枪投敌。昨晚由陈云同志负责检查了一下，认为这种现象发生来源，主要是：第一，政治动员不够；第二，反对反革命斗争不深入，特派员工作及政治机关对肃反工作的领导均差；第三，连队支部工作不健全等。"（11月6日）

长征途中，红五军团一直殿后，陈伯钧的第十三师有"铁屁股"之称。红一军团则是前锋，一直走在队伍前面，时任红一军团一师三团党总支书记的肖锋在 11 月 16 日的日记中写道：

> "午后四时出发，向南经繁木村到石河宿营，行
> 程百余里。一路上有五名新兵开了小差。机枪连扩红
> 八名，掉队四名。搞革命真不容易，有的人吃不得苦，
> 有的人一心牵挂父母妻儿，有些人就干不了革命。说
> 实话，我心里也想念那可怜的瞎眼母亲，但我决不能
> 离开部队，要永远跟着共产党搞革命。"

红军长征前，进行了大规模的"扩红"工作。中央政府在发表的
"五一"劳动宣言中，号召苏区的每一个工人和农民武装起来，加入红
军中去。5 月 18 日，中革军委发布的《武装起来，到红军中去》宣言中，
提出 5、6、7 三个月中央苏区扩大红军 5 万的计划。9 月 1 日，中央组织局、
总动员武装部等又发出了 9 月间动员 3 万新战士上前线的通知，要求各
地完成的人数指标分配为：江西 1.1 万人，直属四县 7000 人，赣南 7000
人，福建 2300 人，会昌 1700 人，宁化 1000 人。

中央苏区本来就资源有限，江西加福建苏区总人口在 300 万左右，
由于连年"围剿"与反"围剿"，青壮年人口损失巨大。第五次反"围
剿"开始后，由于"左"倾错误瞎折腾，红军出现重大人员消耗，虽然
苏区兵源已经不足，但还是不得不继续"扩红"，苏区人力物力财力已
经到了枯竭的程度，此情况正中蒋介石下怀——"拼消耗"。电视剧《绝
命后卫师》中有个情节，上级要求红三十四师突击"扩红"6000 人，政
委程翠林表态坚决完成任务，但一〇一团团长苏达清却直言不讳："现在
干活耕地的都有谁？不少人家里面只剩了老人、小孩和妇女。如果继续
扩下去，那闽西不就挖空了吗？"罗明了解基层情况，建议在红白交界

区域"扩红",指标应该更灵活，不要一刀切，结果"左"倾领导者大为光火，将此建议作为"罗明路线"一大罪状。

新兵跟老兵的差距，不仅仅是战斗经验，更重要的是意志。1930年6月，刘忠所在的闽西地方武装正式编入红军，从长汀出发到江西打仗，他所在的十九大队在长汀编队时，全大队160人，从长汀出发到江西兴国，剩下不到100人，只能一路招兵。刘忠叹息说："当时福建部队离开家乡到江西，好像去了外国。"

留了下来的红军战士，在战斗中学习战斗，逐渐成长起来。刘忠和他的闽西兄弟，越战越勇，还学会了吃辣椒。

走了十天半个月后，大家就开始纳闷：怎么会走这么远？

出发两天，赖际发调任红一军团二师供给部部长兼作战后勤部部长，他接到上级命令：每人准备十天的粮食，两天的干粮。大家以为，走个十天就差不多了。

上级同时要求：为战士们多准备草鞋，应付长途行军，至少每人两双——这意味着，一个师要上万双。时间紧张，任务重，赖际发来不及多想，抓紧采购稻秸，抽调手巧的战士专门编织，还要求鞋底加厚一层。每个战士定出定额，每人每天要打三双草鞋。出发前，战士们都换上新草鞋，背上还背两双。有的战士还背捆稻秸，一边行军，一边编织草鞋。他们想这么大的行动，一走至少也得十天、半月，万万没料到，一走就是一年多。

草鞋，是红军的宝贝。一位私塾先生拿了几双草鞋给红军送行时还进行了"总结"：穿胶鞋虽然不浸水，但走滑路困难；穿上皮底鞋一踩一个坑，踏坏小路，再说挑起百八十斤重担，根本走不快。唯独用谷草编织的草鞋，一环一环像专门雕刻的锯齿，不管多么泥泞的路，穿上它走起来都很轻巧。下水田，脱鞋就干；走出稻田，管它湿干，一穿就走，非常方便。天气热,穿布鞋又憋又闷,而草鞋上下左右都透孔,轻快、舒服。草鞋的原料是稻秸,就地取材,省工省钱,编织技术简单。两人一对,你握绳,我编织,一学就会。

有时候,赖际发将自己骑的马让给病号骑,自己替炊事员背一口铜制行军锅,头戴斗笠,脚踏草鞋噜噜地走在队伍行列。到了驻地,忙着洗米、生火、煮饭。朱总司令行军途中遇见精神抖擞的赖际发,笑呵呵地说:"红军不光会打仗,消灭敌人,还要学会烧饭。饿着肚子不能打仗,也打不了胜仗。现在我们的主要任务是填饱肚,走好路。"又说:"你这位后勤部长为什么前边还加作战两个字呀!就是说现在供给比作战更重要了。"

天天行军,消耗的是草鞋和粮食,还有信心。山路崎岖,很耗鞋,两双草鞋快穿坏了,但是,大家还不知道往哪里去。

一直到了 11 月 8 日,中革军委鉴于红军主力转移已无秘密可保,才正式向部队通告说:中央红军这次进行转移,是为了到湘西去同红二、六军团会合,在那里建立新的革命根据地。此前,大家都不知道目的地。

其实毛泽东和红军中的有识之士,一直反对从湘桂边境去湘江的这条线路。红军进入群众基础较好的湘南之后,毛泽东建议,鉴于湘南敌人力量不强,又属于无堡垒地域,便于红军机动作战,乘各种敌军正在调动之际,薛岳和周浑元两支中央军尚未靠拢,组织力量进行反击,杀一个回马枪,寻歼敌人一路或一部,以扭转战局,变被动为主动。然后沿着潇水的西岸向北,进军至湖南邵阳,再相机打回中央苏区去。红三军团军团长彭德怀也建议:

以三军团迅速向湘潭、宁乡、益阳挺进,威胁长沙,
在灵活机动中抓住战机消灭敌军小股,迫使蒋军改变

部署，阻止、牵制敌人，同时我中央率领其他兵团，
进占溆浦、辰溪、沅陵一带，迅速发动群众，创造战场，
创造根据地，粉碎敌人进攻，否则，将被迫经过湘桂
边之西延山脉，同桂军作战，其后果是不利的。

但是，李德和博古从"全面进攻""全面防御"又走到了一个极端——"逃跑主义"。只想着早日与红二、六军团会合，一味向西退却，消极避战，丧失了红军在湘南歼敌的宝贵机会。

历史，真是充满了遗憾。

穷凶极恶的何键

1934 年 11 月 12 日，湘江血战开始前 15 天。

这一天，一架从南昌飞来的飞机，在长沙上空投下一封信：

> 芸樵兄勋鉴：
>
> 　　今委兄以大任，勿负党国之重托，党国命运在此
> 一役，望全力督剿。并录古诗一首相勉：昨夜秋风入
> 汉关，朔云边月满西山；更催飞将追骄虏，莫遣沙场
> 匹马还。

这是蒋介石给湖南省政府主席何键（字芸樵）的一封亲笔信，何键如接圣旨，打了鸡血一般，要当这个不让红军"匹马还"的"飞将军"。其实，当天蒋介石已任命何键为"追剿"军总司令，指挥西路军和薛岳、周浑元两部专事"追剿"。让一个地方军阀来指挥中央军，何键已经兴奋莫名，旋即又接到蒋介石的亲笔手谕，更是欣喜若狂。他将蒋介石的亲笔信大量复制，发放到部队。

同一天，蒋介石又令粤军陈济棠以主力部队进至粤、湘、桂边进行截击；令桂军白崇禧以 5 个师控制灌阳、兴安、全州至黄沙河一线，扼要据险堵截。如此，蒋介石共投入总兵力约 26 个师，近 30 万人，包括数十架战斗机，依仗其数量和装备上的绝对优势，以图在湘江东岸全歼红军。

但此刻蒋介石部队内部的各方势力都在动小心思，相互算计。

蒋介石从未真正统一过中国。1926 年 7 月 9 日，蒋介石就职国民革命军总司令并率师北伐，到 1928 年 12 月 29 日，张学良"东北易帜"——宣布奉吉黑三省改悬挂青天白日旗，改保安委员会为东北政务委员会，至此，国民党完成形式上的统一。但这只是形式上的，大大小小的军阀遍布全国，几大军阀如桂系李宗仁和白崇禧、西北冯玉祥、山西阎锡山，均是"我的地盘我做主"，军事、政治、经济自成一统。惨烈的军阀混战不时爆发，生灵涂炭。民国军阀们的逻辑是保存实力。实力，当然主要是部队和地盘。

在应付红军时，他们都心照不宣地遵循了这一逻辑。

中央军不紧不慢跟在红军后面，坐山观虎斗，等待红军与粤军、桂军及湘军火拼。陈济棠知道自己借道给红军瞒不过蒋介石，命令部队尾追，但以"保境安民"为主。部下心领神会，先头部队与红军始终保持一两天路程的距离。追到湖南蓝山，见红军已对广东毫无威胁，便都回防广东和赣南了。桂军极为忌惮中央军，他们明则反共，暗则防蒋。白崇禧制定的作战方针是：放开湘桂边境西进道路，以主力占领恭城、灌阳、兴安、义宁、龙胜侧面阵地，防止红军和国民党中央军向广西腹地深入，等到红军通过之后，向红军后续部队进行截击。白崇禧的名言是："老蒋恨我们比恨朱毛更甚。"

粤系与桂系的判断都没错，蒋介石就是想把红军赶入两广地区，让红军与粤系、桂系两败俱伤，中央军趁势收拾残局，既平了红军，又干掉了两广军阀。

1934 年 9 月中旬，顾祝同奉蒋介石之命，乘飞机从南昌飞到龙岩，飞机发生故障，中途迫降在新泉东边二十多华里的一块稻田里，整个机身翻了一半，陷入泥土中，顾祝同与驾驶员均受了轻伤。当时，宋希濂的三十六师驻扎在新泉，顾祝同在宋希濂的司令部住了一个晚上。两人相熟，身边又无他人，顾祝同对宋希濂讲过一段重要的话，当时叮嘱他不要对旁人说。许多年后，宋希濂还记得这段话：

委员长估计共军真正能作战的兵力，约为十五万人到二十万人（指中央苏区的红军而言）。至于那些梭镖队，只是摇旗呐喊，没有枪支，是谈不上有战斗力的。共军所占地区有限，他们的粮食、布匹、食盐、药品等都很缺乏。如我军不再失利，他们一定不能持久下去。委员长过去所最担心的，是怕共军由闽北窜到浙江、安徽、江苏一带去。共军扩展的范围愈大，我军兵力就愈难以对付。十九路军在福建的"变乱"，他们如同共军结合起来，形势是很严重的，委员长曾因此几晚不能安眠。福建事变的迅速平定，把十九路军消灭得这样彻底，是始料所不及的。这个问题的迅速解决，扭转了整个局势。我军的有力部队进驻闽西，和北路军联成一气，共军窜往皖浙苏的可能性减少了；而且缩小了对共军的包围圈，这一形势对我们是有利的。现我军把重兵放在北路和东路，采取稳扎稳打、逐步前进的办法。第一步先攻下宁都、长汀，然后再进取瑞金、兴国，压迫共军于赣江而消灭之。这是我们的作战目的。但委员长估计到我军压力过大，共军招架不住时，可能逃窜。他们这样多的人，想从赣江下游渡江西窜的可能性不大，唯一的就是从赣南窜入广东。委员长认为如万一共军窜往广东，我们一

为有牺牲

定能消灭它。因为共军离开根据地，到了广东，东临大海，活动的范围缩小了。陈济棠为了他自身利益，必然会拼命打；中央大军几十个师跟着进入广东，共军主力就很难生存了。现两广和中央处于对立的状态，阻碍国家的统一，这是使中央最头痛的。如共军入粤，我们大部队跟着进去，不仅可消灭共军，也可迫使陈济棠就范，岂不是一箭双雕吗？广东问题一解决，广西的李、白就孤立了，将来也比较容易解决。至于其他地方军阀，力量都不大，在政治上也没有什么号召力，是不敢与中央抗衡的。这样就可完成国家的统一。

蒋介石任命何键为"追剿"军总司令翌日，后者在长沙走马上任并召开军事会议，颁布了"第一次追剿计划书及命令"。当然，何键这个"追剿"计划完全是按照蒋介石的旨意拟定的，五路大军围歼红军于湘江之东，颇为毒辣。蒋介石的最佳打算，是把红军逼入广西腹地平乐、昭平、苍梧及附近大瑶山地区，红军一旦进入，白崇禧自然会拼尽全力，中央军主力迅速跟进，横扫八桂。

就在蒋介石抓紧谋划时，桂系潜入上海的谍报人员、白崇禧的老同学王建平也发来了密电。白崇禧一看，气急败坏："压迫共军由龙虎关两侧地区流窜平乐、昭平、苍梧，更以主力向东驱逐其进入广东新会、阳春地区，或者沿罗定、廉江逼入雷州半岛，预计两广兵力不足应付，自不能抗拒国军的大举进入，如此则一举而三害俱除，消灭了蒋的心腹大患。"

作为"三害"之一，白崇禧了解了蒋介石的毒计，自然也有自己的一番计划，那就是坚决堵住广西大门，不让红军进来。

何键的逻辑，也是希望把红军逐出湖南，避免红军深入湖南腹地。在各路人马中，他最积极。

在历史上以"坚决反共"而臭名昭著的何键，生于 1887 年，湖南醴陵人，跟白崇禧是保定军官学校第三期步兵科同学，1926 年冬升任第三十五军军长。时值北伐，农民运动轰轰烈烈，何键公开诬蔑农民运动，煽动反共气焰。蒋介石四一二反革命政变后，汪精卫武汉政府表面上还保持跟共产党的合作，但何键已迫不及待，1927 年 4 月底，他在汉口召集了一次反动军官会议，密商"反共清党"，举行军事叛变。当时叶挺师正驻武昌，武汉的工人纠察队力量也强，为了避开革命力量较强的武汉，何键决定在湖南发动事变。1927 年 5 月 21 日一夜之间，何键部下许克祥的反动军队杀害了共产党员、国民党左派和革命群众 100 多人，逮捕了 40 多人，这一天是电报中的"马日"，史称"马日事变"。长沙大街上到处挂着革命者和工农群众被"示众"的人头，监狱里关满了被捕的群众。6 月 1 日，仅在长沙城小吴门外，反动军队一次就屠杀了 130 人。随后，许克祥又命令反动军队分十五路赴湖南各县"清乡"，他亲率一路到湘乡等县，一周之内杀掉 600 多人。至 6 月 10 日左右，湖南各县有万余人被杀害。

北伐的国民革命军，士兵多数是农民，军官多数是地主。湖南是农民运动的高潮地，农民运动开展起来后，势必要得罪湖南地区的旧军官。许克祥听说他在乡间的父亲被当地农会戴了高帽子游街的消息，发誓要报共产党这个"辱父之仇"。何键的岳父也被戴了一顶高帽子，他对工农运动也满心仇恨。

7 月 15 日，汪精卫在武汉宣布"分共"，之前，他将何键的三十五军调往汉口，待机叛乱。何键早在 6 月 29 日就跳出高调反共了，汪精卫的反共宣言一发出，何键便立即出动军队"捣毁"了全国总工会，农民协会、工人纠察队等革命团体，大规模逮捕、屠杀共产党人和革命群众，其凶残程度不亚于蒋介石的四一二反革命政变。据国民党内部报告，在确定"分共"政策之后的短短几天，发生"捣毁"党部、残杀共产党员的县已有 35 个之多。何键部下一名团长在一个镇上便枪杀了 20 多名共产党员，不仅"捣毁"工会、农会和妇女协会，还强押妇女协会成员裸体游街，然后杀害。

至此，第一次国共合作彻底破裂，轰轰烈烈的大革命失败了。

此后，何键一直坚持反共。他的"丰功伟绩"是占领井冈山。1929年 1 月 26 日，湘、赣国民党军近十个兵团力，分三路合围井冈山，当时红军主力已由毛泽东、朱德带下山开辟新的根据地，留守红军不过千人，敌我力量悬殊，红军在顽强坚守了三天之后，从井冈山主峰的悬崖峭壁下的一条小路突围，在密林中攀行一天一夜，摆脱了国民党军的层层包围。何键随即对湘赣人民实行全面"清剿"，叫嚣"石头要过刀，茅草要过火，人要换种"，见人就杀，见屋就烧，见物就抢，到处断壁残垣、尸骸遍野，有些地区还成了惨不忍睹的"无人区"，根据地人民重陷水深火热之中。仅在井冈山的大井村，国民党军就一次杀害无辜农民 130 余人，当时，小井红军医院还有 100 余名重伤员未能突围出去，在一块稻田里被敌军集体用机枪扫射牺牲。何键随后又积极参加对中央革命根据地的第一、二、五次军事"围剿"，他的顽固反共立场，加上他在 1929 年蒋桂战争中拥蒋反桂，率部胁迫李宗仁、白崇禧下野，使他得到了蒋介石的赏识，被南京国民政府任命为湖南省政府主席。

正是何键，残忍杀害了毛泽东的夫人杨开慧和朱德的夫人伍若兰。1930 年 10 月，杨开慧在长沙被捕，她拒绝何键给出的条件，即退党并声明与毛泽东脱离关系。这一年 11 月 14 日，一个寒冷的冬日，刚满 29 岁的杨开慧在长沙识字岭被枪杀。她身中两枪，没有断气。极度痛苦下，杨开慧的指甲深深抠进了寒冬坚硬的泥土，嘴里满是泥沙，周围的枯草被血浸透了一大片。一个多月后，噩耗传到苏区，毛泽东极度悲伤，强抑内心悲痛，挥笔致函杨老夫人及杨开慧的亲属，沉痛地表示："开慧之死，百身莫赎。"伍若兰牺牲于1929年2月12日，她在江西寻乌一场遭遇战中被何键部下俘获，坚贞不屈，敌人残忍地砍下了她的头颅，悬挂在赣州城头。牺牲时，伍若兰年仅23岁，跟朱德新婚不到一年。

　　在中央红军突围之前，何键正忙着围追堵截红六军团。如今，中央红军进入湘南，往湘桂边境而去，这个双手沾满共产党人鲜血的屠夫，又开始露出獠牙了。

刘忠的遗憾

全州城外。

刘忠得知全州城内并没有国民党的正规部队，激动不已。此时，红一军团二师李棠萼参谋长率五团已进到界首村，停下未渡湘江。刘忠赶紧向他面告：全州城无国民党正规军，建议五团速渡湘江，进占全州城！

但是，李棠萼犹豫不决，说须电报军团批准才过湘江占全州。刘忠再次建议：机不可失，进全州城后电报军团首长。李棠萼仍不同意渡江，而是立即电告军团。一直等到下午2点，才接到军团首长回电：立即渡过湘江，进占全州。此时刘忠率的侦察部队已过湘江，李棠萼命刘忠进全州城，他率五团渡湘江跟进。刘忠率侦察部队迅速前进，下午4时到全州城郊，然而，时机已经失去了，国民党军队已进占全州城，并在城外设置了阵地，布置了警戒。

这支抢占了全州城的军队，是湘军第一路"追剿"军司令刘建绪的部队。之前，他得知了桂军撤离湘江防线的消息，立即报告何键，称白崇禧此举是要为红军西进让路，把红军引向湘西北。何键大为恼火，马上令刘建绪以三个师火速南下全州，填补桂军南撤留下的防御空白，一方面继续完成在湘江围歼红军的计划，另一方面将红军压向广西，不得使之进入湖南，让桂军自食其果。蒋介石接到何键的报告，连续给白崇禧发电，严斥桂军放弃职责，令湘军桂军必须按预定计划歼灭红军于湘江东岸地区。桂军无奈之下，一边跟蒋介石、何键打嘴仗，一边部队也随之动了起来，开始向湘江边出击。

敌人内部矛盾形成的湘江防线漏洞正在补上，形势立即逆转。

全州地处湘江上游，素有"广西北大门"之称，地势险要，易守难攻。李德再无能，也知道全州的重要性，他回忆说：

> 我们以强行军的速度前进，终于成功地在蒋介石大队人马到达之前，在刚刚测定的一段汉粤铁路旁边冲过了由较弱的湖南兵力把守的第三道封锁线。向第四道即大家知道的湘江沿岸的最后一道封锁线进军，尽管湘桂交界地区道路难行，以及后面紧追不舍的粤军不断给我后卫部队施加压力，我们还是顺利地完成了。
>
> 同时我们通过无线电侦察得知，蒋介石三四个师的兵力由周将军（注：指国民党中央军周浑元）指挥在我一侧平行方向进行追击，并力图夺取位于广西北部的县城全县（全州），同时打算渡过湘江，在这里堵住我主力，乘我军渡江之际消灭我们。当我们先头部队到达县城时，发现周已走在我们的前面了。
>
> 他们占领了县城，将主力埋伏在离县城不远的地方。县四周的城墙又高又厚，就像中国内地大部分古城一样。用我军的武器攻城看来不大可能，至少要消耗很多时间和付出很大伤亡。在全县的近郊进行决战也几乎不能成功，因为在这个地区兵力很难展开，而且此地居民主要是少数民族，如瑶族和苗族。因此我建议，从南面绕过全县，强渡湘江，在突破第四道封锁线之后，立即向湘桂黔交界三角地带前进，根据我

们的情报，敌人在那里没有修筑防御工事……

战场形势瞬息万变，在彼此还摸不清楚对方路线的情况下，当机立断最为关键。刘忠和他的侦察兵眼睁睁看着敌人的正规部队进了全州城，痛悔不已。危急之下，他只能率侦察部队绕道插到全州北，以微弱之力钳制迟阻敌人。这支小部队差点陷入敌人虎口，一直打到25日，才追上红军后卫部队。27日回到军团司令部，左权参谋长一见到刘忠，非常高兴："刘忠同志回来了，真不简单，我们以为你被敌人吃掉了。"刘忠向左权汇报了被敌包围和突围的情况，接着把二师参谋长李棠萼没有接受他的建议，耽误了时间，失去控制全州的机会做了汇报。

左权说："是的，若占领了全州城，通过这次敌人封锁线可能会顺利些。但因蒋介石的大兵已到全州地区，广西国民党军队从桂林北进，加以我军的长途行军作战，疲惫不堪，这是主要原因，不能归于李棠萼同志个人的责任……"

确实，左权说得也有道理。红军的困境，在于中央纵队"大搬家"式的缓慢行进，拖慢了全军的步伐，如果敏锐抓住敌人勾心斗角之下形成的空隙，以急行军的速度快速通过，湘江边，又怎么会有那么大牺牲呢？只是当年红军作战，已经失去前四次反"围剿"的凶猛灵动，大小事项均得请示李德，从这个角度来讲，李德虽然重视全州，但也逃避不了责任。

1935年8月，李棠萼在长征经过毛尔盖藏区时遭匪徒袭击身亡。

一直到晚年，刘忠都为错失了全州城而耿耿于怀——假如红军早一步占据了全州城，能减少多少同志牺牲……

05

第五章

湘江

时间就是生命

为了党中央的安全！为了红军的生存！

过江！过江！！

1934 年 11 月 27 日至 12 月 1 日，湘江血战。

这五个昼夜，皆是血与火。飞机投掷在江里的炸弹溅起巨大的水柱，机枪扫射之处，一条血肉模糊之路。无数的敌人怪叫着冲上来，又一次次溃退下去。年轻的红军战士，打完了子弹，挺着刺刀一次次白刃战，刺刀拼杀弯了，用石头砸，甚至用牙齿咬，死死撑着阵地不丢失……

这场血战，让一个又一个幸存者刻骨铭心、终生难忘。

15 年后的 1949 年 11 月底的一个夜晚，中国人民解放军十三兵团副司令李天佑驱车疾驰，原计划是赶到桂林兴安宿营，但夜色渐浓，就找了一个镇子停下来。李天佑刚在北京参加完中国人民政治协商会议第一次会议和中华人民共和国开国大典，这次来广西是要指挥解放全广西的战役。李天佑是桂林临桂人，但已多年没有回家乡了。他向小店老板打听这里是什么地方，老板回答："界首。"

界首！当天晚上，李天佑久久不能入睡。他想起了 15 年前血战湘江的情景，想起了自己踏着用美孚油桶搭成的浮桥跨过湘江，更想起了江面转弯处和两岸山坡上密密匝匝的红军遗体，那是数以万计的身着灰色军装的青年烈士堆成的尸山血海……

试问在中国人民解放军军史上，还有哪场战役，比湘江之战更为悲壮？

时间就是生命

兵贵神速。历来以快速机动、长途奔袭见长的红军,湘江一战,却恰恰在行军速度上吃了大亏。

史学界公认的是,红军曾经有一个可以快速且相对安全地通过湘江的"时间窗口",这来自蒋介石中央军与湘军、桂军之间的彼此算计。

11月21日晚,白崇禧以李宗仁的名义给蒋介石发了一封电报,称桂军兵力过少,难以四处对抗红军,希望蒋介石批准桂军主力南撤,集中兵力防止红军长驱直入,所留空白由湘军接防填补。这是白崇禧的精心设计,桂军的任务是堵住红军不让进入广西腹地,反正红军只是过路,中央军却虎视眈眈,想吃掉广西,更加需要提防。

桂军的打油诗是:"不怕朱毛借路过,就怕老蒋进屋坐。"

蒋介石不知是计,22日复电同意。白崇禧没等湘军接防,即刻下令连夜将在全州、兴安、灌阳布防的夏威所部主力撤往恭城,仅在全州、兴安、灌阳留有少数部队,根本不堪红军一击。此时湘军速度很慢,接到蒋介石的接防命令后,并没有即刻南下接防。一直到11月27日,湘军才进入全州县城。从22日桂军南撤到27日湘军进驻全州,整整5天,湘江边出现了一个无敌军大部队把守的"空廊",遗憾的是,红军没有抓住这个机会。

聂荣臻回忆说:

本来,当十一月十六日我五团攻占临武,敌人弃

　　　　　为有牺牲

守蓝山，我军继续向江华、永明（今江永）方向开进时，白崇禧一度命他的部队退守龙虎关和恭城，用意是既防止红军也防止蒋介石军队进广西。当时白崇禧部已经撤走，湘敌刘建绪部还没有赶到全州，灌江、湘江一线空虚得很，如果我们能抓住这一有利时机，没有那么多坛坛罐罐的拖累，是完全可以先敌到达湘江，抢先渡过湘江的。但我们丧失了这个宝贵的时机，直到十一月二十五日军委才发布命令，我军兵分两路渡江，这时的湘江就很难渡了。

是的，坛坛罐罐太多了。红军部队，前脚伸进了桂北，后腿还在湘南。红军前锋速度并不慢，桂军前脚跨出兴安、全州的湘江防线，红军先遣部队就随后插进了这一地区。

遗憾的是，红军的中央纵队和后面压阵的红五军团却还未走出嘉禾、宁远县境。也就是说，红军的前脚已伸进桂北纵深百里两个县境内，而后腿仍在东边三百里外的湘南。

当时，博古和李德恨不得把整个苏维埃共和国都搬走。李维汉回忆说：

文件、资料之类的东西不多，但中央政府机关的东西很多。如中央银行携带很多银元，财政部有大量苏维埃钞票，还有银元，都要挑着走。一边走，一边抄土豪的家，得了现洋，也挑着走。因为部队发的是苏维埃钞票，不能拿苏维埃钞票买老百姓的东西。印票子的石印机也抬着走。军委后勤部把制造军火的机器也带上了，要七八个人才抬得动。每个部几乎都要抬着机器走。卫生部带的坛坛罐罐也很多。真是大搬家，这个运输队成员多数是从劳改队放出来的，体力差，又是走夜路，有的挑到半路就不行了，只好另换人。

几乎所有参加过长征的红军将士的回忆中，无一不提长征初期的"坛坛罐罐"。2015年病逝的百岁老红军裴周玉，曾详细描述过当时"大搬家"的艰辛。

长征开始时，时年22岁的裴周玉，是国家政治保卫机关委派军委教导师的特派员，负责保卫工作。军委教导师在1934年8月底才成立，由各县独立团和游击队组建而成，直属中革军委领导，下设3个团，共6000人，张经武任师长，何长工当政委，孙毅任参谋长。长征前夕，军委教导师领受了任务：帮助中央机关担负1000多担物资的搬运任务。大家一听都惊呆了，他们渴望战斗，而不是搬运，但革命战士，必须服从命令。

教导师编在中央纵队第二纵队，战士们肩负着沉重的担子，怀着比这些担子还要沉重的心情，缓慢地上路了。这些担子，有的是用稻草捆绑的机器部件，小件的三五个人抬着，大件的要十来个人才能抬得动；有用青的、蓝的、灰的、黑的、绿的各色破布包扎捆绑的大包裹，战士们用肩扛或用扁担挑着走；有用锡铁皮、木板或竹片制作的各式箱子，两个人一前一后抬着走。这些东西夹在队伍中，弄得队不成队、行不成行，拖拖沓沓，全师拉了足有十几里长。第一天，足足走了16个小时，行程仅仅50华里。头一天行军，不少战士脚上就打了泡，一到宿营地，草草吃了顿饭就东倒西歪地睡着了。好在是刚开始行军，部队有热饭热菜吃，又有地方睡觉，所以休息几个小时就基本上解除了疲劳，继续上路。

　　　　　　　为有牺牲

但是，越走越艰难了。为了避免敌人飞机轰炸，也为了保密，长征初期，战士们一般是白天休息，晚上行军，加上不敢走大路，都挤在崇山峻岭间的山路甚至是羊肠小道上，再加上上路仓促，准备不足，没有进行深入的思想动员，行军的意图严格保密，许多基层干部不了解上级精神，只是盲目地跟着大部队走，一开始部队的思想就比较混乱，存在着各种各样的怀疑和谣言，逃亡现象几乎每天都在发生。走了一个月后，教导师没有参加什么大的战斗，但光是逃亡、掉队、伤残病等非战斗减员已超过三分之一。

山路本来就不好走，老天还不断地下雨，雨夜行军，道路泥泞，山坡陡滑，很多火把又点不着，这可苦了我们挑担子抬机器的战士了。天是黑洞洞的天，山是黑洞洞的山，雨点噼噼啪啪打在脸上，连眼都睁不开，衣服背包都湿透了。本来就很重的负担又加进了几斤雨水，好像背的不是包袱，而是整个大庾山压在肩上，让人喘不过气来，最讨厌的是路不好走，又陡又滑，好不容易迈出去一步，脚下一滑又退回去两步。一个人不小心滑倒了，就会碰倒一串，"哗啦啦"一声，一个个四脚朝天倒在地上一大片。身上的水和地上的泥粘在一起，人刚爬起来了，担子往肩上一放，脚下又一滑就又摔倒在地，爬一个山坡不知要摔倒多少次。

俗话说：上山容易下山难，上山靠力气，下山靠胆量。的确不假，雨天负重爬山，下山就更难了，一脚没踩稳就连人带担子滚下几十米，这一个还没爬起来，那一个就又滚下来，好像坐"滑梯"一样一个接着一个。然而这个滑梯可不是好玩的，人担着担子滚下来，不是人碰到了箱子上，就是箱子撞到人身上，或者是人和箱子一块儿撞到石头上，碰得人身上脸上青一块紫一块的，只好一瘸一拐地往前挪，一两个小时也走不出一二里路。

到了险要地段，大家都格外小心，手拉着手小心翼翼地走着。前面走着的几个战士因为脚踩空了或踩在虚石块上跌到悬崖下丧生了。每走一段悬崖都有这样牺牲的同志。幸存下来的同志一边流着眼泪，一边咒骂该死的老天爷，咒骂这该死的没完没了的大山，咒骂那该死的害人的担子，要不是这些鬼东西，好端端的壮小伙子怎么会掉下去呢？后来，当地的瑶族兄弟告诉我们："你们通过的这条路，名叫'鬼门关'，我们从来不敢一个人走这条路，你们挑着那么多东西，牵着骡马都过来了，这是有神仙保佑啊！"

教导师的速度越来越慢了，但又不能掉队，只得白天黑夜都赶路，有时一天只有三四个小时的休息，尤其是雨夜行军，伸手不见五指，山坡又陡又滑，不小心就会滚到山涧里去。大家都在与瞌睡做斗争，不少战士打瞌睡滚下去牺牲了，有人实在太困了，就边走边咬手指头。比疲惫更痛苦的是饥饿，每人带的几斤干粮很快吃完了，深山老林，没有人烟，没有村庄，有时几天也见不到一个人，有钱也无处去买粮。教导师因为是负重行军，总是落在别人后面，即使遇到有粮食的地方，粮食也早已被前面的部队买走了。部队吃饭就成了大问题，有时炊事员跑断了腿也

为有牺牲

找不到一粒粮食。又累又饿又冷，还要挑着重物，其中辛酸可想而知。

最痛苦的，是翻越陡坡。有一次，十来个人抬的大机器，爬了几个小时也没爬过去。干部们急得直流眼泪，又搓手又拍脑袋，就是拿不出一点儿好办法。最后，干部们找来一些绳子，又收集了战士们的绑腿拧在一起，一条一条地挂在机器部件上，前面十几个人像老牛拉犁耙一样拉着绳子和绑带，两侧有十几个人用双手抓着箱子，后面还有十几个人往前推，五六十个人弄着一件，旁边还有人"一二！""一二！"地喊着。喊一句，那笨家伙就稍稍挪动一点儿，就这样一步一步地挪着，挪不了几步，战士们已是满头大汗，只好又上来五六十人替换他们继续拉着推着挪着。两班人轮流倒替着，100多人簇拥着这个"庞然大物"，用了足足两个小时才爬过了四五米高的陡坡。后边的也如法炮制，整整花了一上午时间总算把这些笨重家伙"请"过了这溜滑陡峭的地段。

裴周玉当时正在部队最后负责收容队，每天都有几十个摔伤或生病的被收容，收容队的人越多，部队的负担就越重了，只好派人把那些残疾的或重病不愈的同志，送到老乡家里寄养起来，以减轻他们的痛苦和部队的拖累。

他们知道，必须加快速度，否则就会与主力失去联系。但是，有这些重物，又怎么可能加快速度？

红五军团殿后，他们最难受，前面走得慢，他们只能更慢，一直被敌人咬着，吃尽了苦头。陈伯钧回忆道：

> 如果我们那时一天走五十里路，就能走在敌人前面了。照理说战役应该选择道路，控制要点，压迫敌人在不利的道路上，我们在有利的道路上。可是恰恰相反，我们在长征中走的是山路小道，敌人走的是大

马路。我们沿着五岭山脉在大庾岭、骑田岭、越城岭上转来转去，走得很不痛快，而且是夜行军，一下雨路就相当滑，加上好多笨重的行李，就更困难。曾经有这样的事：一个夜晚从小山这边翻到小山那边，总共不到十里路，坐一下，走两步，行动就是这样缓慢。敌人走大路，我们走小路；敌人走得快，我们走得慢。所以丧失了很多机会，结果敌人就跑到了我们的前面。长征开始是摆起架子搬家，但碰到敌人一打，就拼命退却逃跑。口头上天天喊"备战"，实际上天天在"避战"，敌人来了打一下，赶快转移，而不想办法消灭敌人。这样的方式，毛主席形容为"叫花子打狗，一边打一边走"。叫花子一边走，一边打狗，狗咬不着就行了，也不准备把狗打死。长征的时候，前面先锋部队虽然打得好，但是后面走不动。前面打到一个地方就要守起来等，等后面部队到了再走。因为走不动，所以丧失了很多有利的机会，完全处于被动，处于消极逃跑的情况，而不是积极战斗的战略转移。

毛泽东当时随中央第二纵队行动，心急如焚。他病体未愈，虽然坐在担架上，但不时下来，左右察看，指挥部队加快前进。阙中一多次听毛泽东说，我们中央纵队早一分钟渡过湘江，阻击部队就减少一分伤亡，"一、三、五军团很英勇，精神很高尚，他们用已经疲惫不堪的身体挡住了敌人的炮火和100个团共40万兵力的攻击，很了不起。我们一定要争分夺秒，抢得时间，就是抢回了他们的宝贵生命"。

但是，怎么快得起来？

可是，你越想走快一点，越快不了，中央纵队的人马一眼望去长达10多里，黑压压的像没有头尾的长龙，驮着箱子、柜子的骡马，装着大麻袋、大包袱的小车，加上5000名挑着的担着的挑夫，乱糟糟地挤作一团，远远望去动都不动，急得司令员李维汉嗓子都喊哑了。我看见十几个战士吃力地抬着一个黑不溜秋的东西，不知是什么，上前一问，才知道是印刷厂印纸币的机器。我把情况说给主席听，主席气得见人就说："这怎么行，坛坛罐罐的重要，还是战士的鲜血重要？"几次找人解决，可这样的事直到过了湘江也没能解决得了。后来我们才知道，临时中央的领导博古和"大鼻子"国际代表李德听不进主席的话。

在与"三人团"的会议上，毛泽东提出不能这样下去了，要轻装前进。博古拒绝了：这些都是苏维埃共和国的财产，一定要完好无缺地搬到湘西去！

11月27日，刘亚楼率领红一军团的先头部队红二师首先渡过湘江，随后第二、四师各一部控制了界首至觉山铺一带渡口，找到四处浅滩徒涉，大部分人员涉水过了江，并架设了浮桥。这时，全州至兴安的湘江防线仍然没有敌人主力，兵力空虚。此时，中央纵队已到达文市一带。文市离湘江最近的渡口仅80公里路，如果以一部分兵力阻挡全州守敌南进，红军主力轻装前进，一两天内即可到达，仍可以较小的代价渡过湘江，突破第四道封锁线。可惜！红军总指挥部对敌情的这一重大变化并不了解，错过了过江的最佳时机。由于道路狭窄，辎重过多，中央纵队尚在越城岭南段缓慢行军，每天行军不到 25 公里，短短的 80 公里路，竟然花了整整四天时间才到达渡口。对于"左"倾错误领导指挥下的这种行进方式，毛泽东戏称为"叫花子搬家"，刘伯承讥笑是"抬轿子行军"，彭德怀更是干脆怒斥为"这是抬棺材送死"！事实证明了他们的说法。由于在速度上远落后于敌人，敌军有充裕的时间部署兵力应对红军。行军迟缓、指挥不力，让红军在过湘江时付出了数以万计将士的鲜血和生命。

什么叫"生死时速"？这就叫"生死时速"！

过了湘江，到了贵州黎平，红军整编，撤销教导师建制，归建到一、三军团，同时上面痛定思痛，决定将剩余的 400 多件物资全部破坏丢弃。消息传来，全师上下欢欣鼓舞，大家七手八脚地把包裹、箱子打开，里面有印刷机、修理器械、医疗器械，还有许多没用的废旧的枪支、枪托、枪柄、子弹壳、铁锤、钢条、蜡版、铁球等，甚至还有笤帚、擦机布、破工作服、烂手套……

见到这一大堆破烂，大家怒不可遏，义愤填膺。回想出发以来，这些破烂东西把我们胖的拖瘦了，瘦的拖病了，拖死了。那么多的战友没死在敌人枪炮下，却为搬运这些破烂而丧生，怎能不叫人痛心呢？就是这些破烂拖累得我们这个有 6000 人的教导师只剩下 2000 人了，而为掩护我们和这些破烂而牺牲的两翼部队的战友们，更是不计其数了。我们把一腔怒火集中在铁锤上，向着这些该死的东西狠狠砸去，砸得稀烂，放火把它们烧成灰烬还不解心头之恨。别看搬运这些东西费了那么大劲，烧起来却没费什么劲……

为了党中央的安全！为了红军的生存！

11月28日凌晨，桂军首先在新圩向红三军团发起进攻，湘江战役正式打响。

除了红五军团殿后阻击敌人外，湘江边的战场主要是三处：灌阳新圩、全州觉山铺、兴安界首。

新圩，位于广西灌阳县西北部，南距县城15公里，距湘江渡口三四十公里，一条从灌阳通往全州的公路从这里经过。新圩以北5公里的古岭头是红军前往渡口的必经之地。

红军一方，红三军团第五师师长李天佑、政委钟赤兵率十四、十五团（十三团归军团部指挥）和军委炮兵营3900余人扼守此地。国民党军方面，是桂军的7个团，以第十五军军长夏威为指挥官，第十五军四十四师（王赞斌）为主攻部队，第十五军四十五师一三四团（凌压西）为四十四师预备队，以第七军二十四师为第十五军预备队。

界首阻击战，也叫光华铺阻击战，界首是一座古圩，位于兴安县城以北15公里的湘江西岸，是中央红军过湘江时最重要的渡河点。在界首的湘江西岸江边，距离界首渡口不到100米的地方，有一座古老的祠堂，叫"三官堂"。红军架设的渡河浮桥主道，就从三官堂门前经过。红三军团军团长彭德怀的指挥所设在三官堂里。朱德、周恩来等中央领导人过江后，也曾进入三官堂，指挥部队渡江。

红三军团四师三个团驻守界首：谢嵩团长、苏振华政委率红十二团留守河东江南渠口，邓国清团长、张爱萍政委率红十一团前往石门及西北地域布防，沈述清团长、杨勇政委率红十团在湘江西岸界首南面桂黄公路边的一个小村庄光华铺一带布防。国民党军方面，是四个团的兵力：第十五军四十三师一二八团、一二七团，四十五师的一三三团、一三五团。

脚山铺是一个只有20多户人家的小村子，坐落在桂（林）黄（沙河）公路边，北距全州16公里，南距军委纵队渡河的界首渡口约30公里。脚山铺阻击战，是湘江战役中双方投入兵力最多的一场战斗。

红军方面，是林彪的红一军团。红一军团共三个师，即红一师、红二师、红十五师（少共国际师），据1934年10月8日红军花名册统计，红一军团共19880人。不过，经过前三道封锁线的不断减员，湘江战役时，红一军团的人数已经没有这么多。在脚山铺战斗的第一天，红一军团投入了红二师和红一师的一个团，共四个团。第二天便投入了红一、红二师的全部六个团。在国民党方面，是第1路"追剿"司令刘建绪指挥的湘军部队，包括十六师（章亮基）、六十二师（陶广）、六十三师（陈光中）和十九师（李觉）之一部（一个旅）、4个补充团、3个保安团。紧随湘军后面的，还有薛岳的5个师，也已推进到黄沙河。当时湘军的编制，每个师一万至一万二千人，湘军刘建绪部的总兵力达到六七万人。

可以说，红军无论是数量还是武器，都远远比不上敌人。红军的尖头子弹基本上都归机枪使用，步枪用的是苏区兵工厂翻造的子弹，弹头是电线芯熔化的，甚至连铅弹头也缺，有些不得不用坚硬的木头制成。况且红军经过一个多月的长途跋涉，已经疲惫不堪，弹药消耗也大。相形之下，敌人不仅人数众多，武器精良，还有飞机、重炮。

但是，红军却拥有无与伦比的勇气，惊天动地的牺牲式的勇气。

在新圩，桂军先是飞机轰炸、扫射，继而大炮轰击，接着是步兵轮番冲击，红军很快展开了白刃战。第一道防线被敌人突破，第二道防线也岌岌可危。李天佑派师参谋长胡震上前线替代受伤的十五团团长白志

　　　　　为有牺牲

文指挥作战，胡震上去没多久，在组织一次反击迂回包围战中，中弹牺牲。

胡震是湖南宁乡人，被敌弹击中胸部，牺牲时33岁。李天佑从电话里听到这个消息，愣了很久，不敢相信这是真的，他想起胡震刚刚辞行时用响亮的湖南口音说的一句话："只要还有一个人，就决不能让敌人进到新圩！"李天佑打电话给十四团团长黄冕昌，与他谈了中央纵队渡江的情况，严肃交代："无论如何不能后退！"

旋即，李天佑接到消息：黄冕昌也牺牲了……

黄团长先是腿部中弹负伤，却仍然坚持在火线指挥战斗。后来他跃出第三道阻击线战壕，欲到前沿阵地指挥战斗时，中弹牺牲。

黄冕昌牺牲时年仅24岁，他是广西凤山县巴追村人，壮族。1921年，他参加韦拔群组织的改造东兰同志会，后任农民自卫军中队长，曾带领48名农民自卫军徒步到南宁接受张云逸指挥的秘密军事训练。1929年12月11日，他带领农军参加百色起义，同时入党。

伤亡越来越大。战斗间隙，战士们问得最多的一句话，就是："我们还要守多久？"

李天佑不断接到电报：中央纵队正在向江边前进；中央纵队已接近江边；中央纵队先头部队已经开始渡江……每份电报，都要求"继续坚持"。李天佑深知，责任重大，一定不让敌人靠近湘江。同时又暗自希望中央纵队走快一些——"他们走快一步，这里就减少一点伤亡。"

红五师一直打到30日下午，红十八团赶到新圩接防，红五师迅速赶到界首东南的渠口与红十三团会合，从界首过江。

红五师，是彭德怀麾下的主力师，撤下来的时候，师参谋长、十四团团长、副团长及团参谋长、政治部主任牺牲了，十五团团长、十五团政委和十四团政委负重伤，营以下干部大部分都牺牲了。全师战斗之前有3000多人，下来的时候连伤兵也只剩下千余人。过江以后，红五师因重大伤亡只能缩编为一个团。

红十八团在新圩接防后，在阵地上坚持到 12 月 1 日。因为桂军疯狂进攻，红十八团伤亡惨重，被迫撤离阵地。然而桂军紧咬不放，红十八团陷入重围，一部在团长曾春鉴、政委吴子雄率领下突围而出，边打边撤，向湘江岸边转移，最后被桂军分割包围于全州古岭头一带。红十八团约2000 名将士大部分壮烈牺牲，只有少数战士突破重围，但又在随后的地方民团的"围剿"中惨遭杀害，只有为数不多的战士隐姓埋名，流落民间才得以幸存。

在界首，敌人的飞机白天反复轰炸，将红军临时架起的浮桥全部炸毁。红军在夜晚收集船只，再次架起浮桥。次日晨，又被敌机炸毁。红军又在炮火中，前仆后继，将浮桥又一次修通……

桂军打仗既凶悍又狡猾。29 日晚，一部分桂军趁夜迂回到红军阵地后面，直插界首渡口，红军与之在黑暗中激战，桂军人数众多，混战中两次攻到离三官堂不足 100 米的地方，直接威胁到彭德怀的指挥所。战到 30 日拂晓，界首渡口仍被一部分敌军占领，此时，军委第一纵队即将抵达东岸准备渡江，情况万分危急。当时，中央的主要领导人和中央红军的指挥机关，都在军委第一纵队！

红十团团长沈述清亲率一、二营直奔渡口，向盘踞渡口的桂军发起猛攻。敌我双方都没有工事作依托，在江边来回"拉锯"，战斗异常残酷。经反复冲杀，红十团终于夺回了界首渡口西岸，但沈述清团长在冲锋过程中不幸中弹牺牲，年仅 26 岁。

沈述清是湖南浏阳人，参加过平江起义，跟彭德怀一起上井冈山，他率部参加过历次反"围剿"作战，极其勇猛。

彭德怀痛失爱将，来不及悲伤，马上命令第四师参谋长杜中美接任红十团团长。杜中美率军将桂军残敌驱逐到了光华铺以南。30 日上午，军委第一纵队开始从界首渡过湘江，进抵界首西北之大田地域。关键时刻，桂军增兵，优势兵力在炮火的支援下，向红十团发起了疯狂反扑。30日中午，光华铺阵地失守。为了夺回光华铺，杜中美急忙组织反攻，在向张家岭高地发起冲锋时，杜中美中弹牺牲。红十团政委杨勇腿部也被弹片击中受伤，他临时代理团长，硬是顶住了敌人的进攻。

杜中美牺牲时35岁，他是陕西兴平县（今陕西省兴平市）人，早年丧母，上学较晚，直到28岁才初中毕业。1927年，他先后入团、入党。他曾参加国民党军杨虎城部，任连指导员，领导该部独立第十五旅第五连参加大冶兵变，加入中国工农红军第五军第五纵队，作战勇敢、机智。第五次反"围剿"中，彭德怀赞他是红军中的"张飞"。

沈述清和杜中美相继牺牲后，部队来不及将他们掩埋，只能将遗体放置在附近的煤窑里。战斗结束后，当地村民将与沈述清、杜中美遗体较近的10多具红军遗体，收拢在一起简单掩埋。

双方在界首恶战之际，桂军一个团悄悄渡过湘江，从湘江东岸直扑界首渡口，严重威胁到军委第二纵队，彭德怀调兵迅速打击东岸敌人，阻止其继续北上。30日黄昏后，中央第二纵队开始过江。红军所有兵力向光华铺之敌发起反攻，确保中央第二纵队安全过江。又是一夜苦战，12月1日清晨，茫茫大雾吞没了湘江，十几米外就看不清人脸，敌我双方在浓雾中激战，一直打到中午，完成了掩护任务的红军部队逐次撤出战场。

他们的身后，红军的鲜血，浸透了在炮火下已变成一片焦土的大地。

脚山铺，红军在村子周围的几座小山布防，小山的名字都很好听：黄帝岭、尖峰岭、冲天凤凰岭、美女梳头岭、米花山、怀中抱子山——但它们很快就成了炮火连天、血肉横飞的炼狱。

湘军先是飞机扫射轰炸，接着密集的炮火覆盖，然后，湘军步兵密集冲锋。红军拼死守卫阵地，敌人丢下一片尸体，败下阵去。翌日，湘军增加了一个师的兵力，进攻更加猛烈。红军的工事被炮火摧毁，各团的指挥所被迫不断地转移，但各部队仍凭险死守，相机反击。湘军判断红军兵力与火力均不足，遂改变打法，一部当面强攻，另一部迂回攻击。红军的形势骤然紧张起来，前沿阵地的几个小山头相继失守，后来，米花山、美女梳头岭阵地相继失守，湘军集中兵力重点进攻红二师五团防守的东面最前沿阵地尖峰岭。

红二师第五团政委易荡平率领两个连的战士坚守尖峰岭，战至 30 日中午，两个连伤亡殆尽，为了减轻其他山头红军守军的压力，易荡平没有按上级命令撤退，继续坚守。最后撤离时，他带领几名战士断后，跃过战壕时，腿部被子弹打穿。敌人见状，一边大喊"抓活的"，一边向他包抄过来。他举枪还击，子弹已经打光，警卫员要背他撤退，他拒绝了，让警卫员给他补一枪后快撤。警卫员颤抖着手举起枪，热泪长流，不忍心开枪。易荡平一把夺过枪，让警卫员快走，顶住自己的太阳穴扣动了扳机……

易荡平本不姓易，原名汤世积，1908 年出生于湖南浏阳达浒镇金坑村一个地主家庭。但他是地主阶级的"叛逆者"，参加了秋收起义，他宣布不再用汤世积的原名："我要以荡平天下不平为己任，不消灭反动派，决不放下枪杆子！从今天起，我正式改名易荡平。"汤氏家族子弟，有史可查的烈士就有23位，他们大多牺牲在第一次大革命时期、反"围剿"战斗以及红军长征途中。

尖峰岭陷落后，湘军随即猛攻陷于孤立的红四团阵地，杨成武在战斗中差点牺牲。他回忆说：

后面不断传来情况：

红星纵队（即中央纵队）正在接近湘江；

红星纵队已经渡过湘江，接近湘桂路；

红星纵队大部越过湘桂路……

几乎每一个消息，都要求我们坚持战斗，把敌人拖住。我们每一个指战员，都深深懂得此时此刻，每拖一分钟都有着极其重大的意义。我们边战边退，敌人死命猛追，加上天上的飞机轰炸，我们每走一步，几乎都要付出血的代价。可是，为了保卫党中央，谁都没有怨言和胆怯。

我们主要的任务，是挡住敌人从公路上压过来的猛烈攻势。一营在公路左边，二营在公路右边，三营在一营阵地之后。我本来在路右边指挥，但见一营渐渐不支，与敌人打起了交手仗，便想组织二营火力支援一营。这样我就从公路右侧横越公路，不料刚到路中央，一颗子弹飞来，打中了我的右腿膝下。这时，血流不止，我倒在公路上，根本不能走了。通信排的一个战士想来救我，但刚上路边，便负了伤。这时，敌人离我很近，一窝蜂似的向我拥来。他们疯狂地喊着："抓活的！抓活的！"

战士们见政委受伤倒地不起，纷纷前来营救，敌人火力炽烈，战士们一边拼命向敌人射击，一边拼命朝杨成武冲过来，倒下一个，又冲上来一个。二营副营长兼六连连长黄霖低姿匍匐着爬了过来，子弹打在他的前后左右，溅起一团尘埃。但他毫不犹豫，冒着弹雨爬到杨成武身边，抓住他的一只胳膊，将他拖出公路，黄霖此时已愤怒得两眼血红。他把杨成武交给了警卫员小白后，猛烈开火，压制敌人。小白迅速架起杨成武后撤，钻进了茂密的松林。

杨成武受伤时，红四团团长耿飚也陷入了苦战。敌人冲到了团指挥所，警卫员死死掩护，耿飚狂吼一声"拿马刀来"，挥刀上去厮杀。他是个武林高手，收拾完这股敌人后，耿飚身上喷满了血浆，血腥味让他干呕起来。他这段时间正受疟疾折磨，身体非常虚弱，但打起仗来仍然如下山猛虎。敌人实在太多了，红军建制已乱，见到敌人就打。大家一个个衣履褴褛、蓬头垢面，眉毛头发都被烟熏火燎过，只有两个白眼球还算干净，战士们只能通过耿飚身上背着的一个图袋，才能辨认出这是他们的团长。

12月1日，还出现了凶险的一幕：一股湘军冲过红军的防线，以浓密的树林作为掩护，迂回到了红一军团指挥部附近。当时林彪、聂荣臻、左权等高级将领正在吃早餐，还以为围过来的是自己人，差点给一窝端了。所幸红军将领个个身经百战，且提前做了紧急预案，最终有惊无险。聂荣臻后来回忆：

> 这一天，一军团军团部也遭受极大危险。敌人的迂回部队打到了我们军团部指挥所门口，这是多年没有的事。当时指挥所在一个山坡上，我们正在研究下一步行动计划，敌人已经端着刺刀上来了，我起初没有发觉，警卫员邱文熙同志很机警，他先看到了，回来告诉我。我说，恐怕是我们的部队上来了，你没有看错吧？他说没有看错。我到前面一看，果然是敌人。左权同志还在那里吃饭，我说，敌人上来了，赶紧走。于是我一面组织部队赶紧撤收电台，向一个山隘口转

　　　　为有牺牲

移，命一部分同志准备就地抗击敌人，一面命令警卫排长刘辉山同志赶紧去山坡下通知刘亚楼他那个政治部，让他们向预定方向紧急转移。刘辉山往下走的时候，敌人正向我们方向射击，一抬脚，一颗子弹奇怪地把他的脚板心打穿了。由于我们这次及时地采取了适当措施，摆脱了敌人，避免了损失……在我们撤退的时候，敌人的飞机活动很疯狂，撒下很多传单，说什么如果不投降就要葬身湘江，国民党政工人员编写的这些狂妄浅薄的宣传品，连他们自己的士兵都称之为卖狗皮膏药，更吓唬不倒英雄的红军，没有人去理它！可是敌人的飞机几乎是擦着树梢投弹、扫射，很多人被吸去了注意力，不注意往前走了。我说，快走！敌人的飞机下不来，要注意的是地面的敌人。快走！

红二师政委刘亚楼闻讯大惊，立马带队过来，将这股敌人压了下去。这是红一军团历史上从未有过的惊险。战罢，刘亚楼的警卫员惊呼起来——刘政委的帽檐上，被子弹穿了一个洞。

告别脚山铺战场时，大家频频回首。后人回忆，平生极少流泪的林彪，当时望着满山遍野的尸体，泪如泉涌。

过江！过江！！

1934 年 12 月 1 日凌晨 3 点 30 分，中央局、中革军委、总政治部给红军一、三军团下达了紧急的作战命令，这是军史上非常著名的一份电报：

> 一日战斗，关系我野战军全部西进，胜利可开辟今后的发展前途，退则我野战军将被敌层层切断。我一、三军团首长及其政治部应连夜派遣政工人员分入到各连队去进行战斗鼓动，要动员全体指战员认识今日作战的意义。我们不为胜利者，即为战败者。胜负关全局，人人要奋起作战的最高勇气，不顾一切牺牲，克服疲惫现象，以坚决的突击执行进攻与消灭敌人的任务，保证军委一号一时半作战命令全部实现。打退敌人占领的地方，消灭敌人进攻的部队，开辟西进的道路，保证我野战军全部突过封锁线，应是今日作战的基本口号。望高举着胜利的旗帜，向着火线上去。

不为胜利者，即为战败者。

红军，为生存而战！渡过湘江，就是胜利！

11 月 30 日下午到 12 月 1 日下午，军委一纵队、二纵队在光华铺、脚山铺和新圩三个阵地的红军殊死掩护下，从界首浮桥渡过湘江及桂黄路，进入越城岭山区。中央纵队安全过江后，红军作战部队也相继过江，12月1日下午3时，为阻止敌人追击，根据中革军委命令，红军工兵炸毁了浮桥。

刘昌在浮桥炸毁前拼命过了江。刘昌，闽西长汀县四都乡荣坑村人，湘江之畔，他看着一个又一个闽西同乡倒在枪林弹雨之下，红军将士的遗体，一度在浮桥一侧筑起"人坝"……当时在红五军团的刘昌，正准备过湘江时，敌人追了上来，危急时刻，红五军团参谋长刘伯承走了过来，命令刘昌组织部队利用水田垄阻击敌人，并给他们营配属了一个机枪连，布置在阵地上专门打敌人的飞机。

激战中，刘伯承又下了一道命令：组织挑夫把笨重的大炮、弹药、银元箱子全部拆开，将银元全部扔在岸上，将大炮零件抛进江中。刘昌后来回忆说，当时红军战士都不愿意做这件事情。银元多珍贵啊，大炮一路上搬到这，多不容易啊！但军人，就要服从命令！

意外情况出现了，敌军突然没了枪声——贪婪的敌人开始争抢银元。刘昌和战友们抓紧时间渡过江去。旋即，浮桥被炸毁。

这时，刚刚赶到江边的红九军团先头部队，只能涉水过江。军医涂通今，双手把药箱举过头顶，涉过湘江。在他的回忆中，初冬冰凉的湘江水，给他留下了刻骨铭心的记忆。林伟是在12月2日凌晨赶到湘江边的，追敌从北、东、南三个方向压迫过来，枪炮声不绝于耳。林伟回忆说：

> 红军队伍毫不犹豫地分成几十路队形，作紧急渡江。各单位首长在喊："不要掉队，要跟上，各单位在一起不要弄乱。"我们脱下长裤，举起皮包、包袱，一个一个不停地跳入江中，江水浸达腹部，真是冰凉入骨。后面的战斗枪炮声愈益接近，迫击炮弹零星地

落入附近的江中，掀起一个个很高的水柱。

> 我们一过江去，就立即进行了强度的行军，浸湿
> 透了的衣裤都没有来得及拧干，湿衣服紧贴着肌体，
> 冷得身襟颤抖。军委原命我军应于拂晓前要赶到茶寨，
> 行程九十里，又是小道，只有以半跑步似的才能达成。

有众多闽西子弟的红九军团损失巨大，其中红二十二师损失4000余人，减员严重。走在红九军团后面的红八军团，损失更为惨重，这是长征出发前夕中央苏区第二十一、第二十三师合编的一支年轻部队。长征出发时，中革军委的统计表格上显示该军团为10922人。11月17日，第八军团缩编，撤销"第二十一师"番号。渡过湘江后，12月1日晚，红八军团收容过江人员，整理队伍，发现红二十三师减员严重，全军团战斗人员仅剩600余人，连挑夫、勤杂人员等加起来，也只有1000余人。12月13日，中革军委决定撤销"第八军团"的番号，余部编入红五军团。

红八军团成为存在时间最短的一个军团。

长征出发时，红八、九军团走在两翼掩护，在湘桂边境的三峰山遭受桂军和民团阻击，无法按原定计划前进，不断改变路线，耽误了太多时间。结果敌人合围即将完成，红八、九军团随时都可能被中央军、桂军、湘军切断西进通道，成了处境最为危险的部队。尤其是红八军团，新兵多，战斗力不强。11月30日凌晨，红八军团赶到广西灌阳县水车地域，遇到了殿后的红五军团三十四师，此地距离湘江还有大约50公里。三十四师毅然阻击追敌，掩护红八军团尾随红九军团朝湘江进发。

一路上都有桂军的攻击，最危险的时候，桂军追兵最近时距军团指挥机关只有数十米，军团首长与机关人员一样，掏出手枪参战。12月1日午夜，混乱到达高潮，桂军四面扑来，黑暗中敌我难辨，乱仗纷纷，

红八军团建制完全被打乱，一路过去，伤亡遍地，溃兵四散。1日午后，红八军团先头部队陆续到达湘江边。此时界首浮桥已经被炸毁，界首渡口也已经被桂军占领。红八军团只好换地方过江，计划从位于界首下游12公里的凤凰嘴涉水过江。可是当红八军团先头部队赶到湘江东岸麻市村时，发现红五军团第十三师和红九军团部队正在凤凰嘴渡口抢渡。为了保证兄弟部队渡江，红八军团主动担负起后卫掩护任务，布置好警戒并赶紧煮饭。没有菜、没有盐，也没有碗，指战员们就用帽子装饭吃。饭还没吃完，从新圩追来的桂军四十四师又从旁边插了过来，敌机也前来轰炸扫射。红八军团战士多数是新兵，被桂军四十四师打得一片混乱，只有部分人员得以抢渡湘江。时任红八军团政治部主任的罗荣桓回忆，他在渡江后回头一看，身后就跟着一名十几岁扛着油印机的小红军战士。江面上漂满了红军战士的遗体，鲜血染红了湘江水。

12月1日下午，无线电队终于赶到了湘江东岸的麻子渡：

> 看到波光粼粼的江水，大家不约而同地欢呼起来。我们到底在敌人的前头赶到湘江了。可是，还没等大家缓过劲，后面枪声又响了，敌机也偏在这时赶来凑热闹。队伍在湘江边挤成一团，简直乱了套。我看见毕占云参谋长也赶到江边，便跑过去问他："参谋长，队伍怎么办？"他一挥手，"你带电台立刻过江。"我一看，江面有一百多米宽，水势也很急，但已经有人涉水渡过，看来江水不深，就喊了一声"无线电队跟我来！"带头冲进水里。大家跟着跳下水。江水深只及腰，但寒冷刺骨。敌机不停地扫射、投弹，把江水激起一簇簇浪花。队伍中不断有人倒下，被湍急的江

水卷走……走到江心，可恶的敌机再次俯冲过来，又扫射，又投弹，江面上水柱冲天而起。挑收发报机的同志应声倒下，收发报机随之沉入红红的血水中。"哎呀！收发报机……"有人失声喊道。话音未落，只见一个同志冲过去紧追了几步，把收发报机捞起来扛在自己的肩上。我一看，原来是运输排的一个班长，"好样的！"我高兴地表扬了他。又一架敌机俯冲下来，"哗哗"一排机关枪子弹打在我的面前。抬充电机的两个运输员，后面的被子弹夺去了生命。我抢上去，抬起充电机往前走。看着身边一个个同志就这样倒在江中而无法抢救，我心中万分难过。可是，眼前最要紧的是保护电台的安全，我急切地朝大家喊着："一定保住机器！""跨上对岸就是胜利！"大家奋力冲上对岸，猛跑几步，就利用沙滩的洼地卧倒了。

敌机又俯冲下来，"轰！轰！"两声巨响，弹片溅起的烂泥巴盖了我一身一脸；周围的同志也都成了泥人，可是，大家一动不动，用身体掩护着机器。敌机又扫射了一阵，飞走了。大家从地上爬起来，顾不得擦一下脸上的泥沙，抬着、挑着又跑。利用这个空隙，我们终于冲进了岸边那一片茂盛的树林。对岸枪声还在炒豆般地响着，我们在树林中向前奔跑。又冲出了几里路，后面的枪声渐渐停息了，我们才在一个山凹处停了下来。我抓紧时间清点了一下人员、装备，电台机器依然完好，只丢失了一副备用的双电池，可在我们的队伍中，许多熟悉的面孔不见了。我百感交集，

一时竟然不知说什么才好，大家也都沉默不语，有几
个同志在小心地擦拭着机器。一会儿，机器上的污泥
被擦干净，可一滴滴泪水，又滴在上面。

　　少共国际师也被打散了。这支队伍于 1933 年 9 月 3 日在宁都成立，当时中央苏区第五次反"围剿"即将开始，根据地里掀起了炽烈的扩军运动，青少年参军热火朝天，兴国、瑞金、宁都、长汀、建宁等县的广大青年团员和少先队员们，在各地团委负责干部的带领下，高举红旗，手拿梭镖、长枪，成群结队地向宁都集中。不到三个月，就有一万多人参加了少共国际师，其中青年团员占 70% 以上。经过连续作战，长征出发时，少共国际师有 7000 余人，归红一军团建制。

　　这支平均年龄不到 18 岁的队伍，在湘江血战中，先是抗击敌军 4 个团的追击，又在界首地段保卫渡口，他们子弹打完了，就用刺刀和手榴弹与敌人厮杀，付出了惨重的牺牲。正如《少共国际师歌》中唱的那样："坚决的，果敢的，武装上前线。做一个英勇无敌红色战斗员。最后一滴血，为着新中国。"红一军团渡过江后，发现少共国际师没有跟过来，于是又派了一个部队，重渡湘江，把少共国际师接了过来。此时，少共国际师只剩下 2700 余人……21 岁的年轻连长黄定成渡过湘江，一步三回头，永别了，他的少共国际师的战友，那些英气勃发的少年……

　　湘江边的战场，被鲜血染红。红军战士的遗体，倒在阵地上，浸在江水中。死亡的骡马、散乱的文件、零落的钞票，各种各样从中央苏区千里迢迢搬来的"坛坛罐罐"，散落一地。博古过江时，看着这一切，几乎崩溃。聂荣臻回忆说：

　　　突破第四道封锁线这一仗，是离开中央根据地打

得最激烈也是受损失最大的一仗。这时，红军由江西出发时的八万六千多人，经过一路上的各种减员，过了湘江，已不足四万人。博古同志感到责任重大，可是又一筹莫展，痛心疾首，在行军路上，他拿着一支手枪朝自己瞎比画。我说，你冷静一点，别开玩笑，防止走火。这不是瞎闹着玩的！越在困难的时候，作为领导人越要冷静，要敢于负责。

湘江战役是红军长征以来，历时最长、规模最大、战斗最激烈、损失最惨重的一次大战。据原中共中央党史研究室副主任石仲泉调查，中央红军损失高达 2 万多人，过江前有 5 万多人，过江后仅剩 3 万多人。其中，牺牲师级指挥员 7 人，团级指挥员 16 人。担任后卫的红五军团第三十四师和红三军团第六师第十八团被隔断在湘江东岸，全军尽没。红八军团整个军团不足 2000 人，被迫撤销建制。

肖锋在日记中沉痛写道："炊事员挑着饭担子，看到香喷喷的米饭没人吃，边走边哭……从中央苏区出征时，我团是两千七百多人，现在，仅剩下八九百人了。"

三年不饮湘江水，十年不食湘江鱼。

寸土千滴红军血，一步一尊英雄躯。

毛泽东是在 11 月 30 日傍晚时分过江的，渡口上人喊马嘶，浮桥由于超过了承载能力，摇摇晃晃。渡口周边，到处都是弹坑，还有几颗没爆炸的"臭弹"。毛泽东没有急着过江，他注视着缓慢前进的队伍，心情异常沉重。阙中一看到，他的眼睛湿润了。年轻的警卫员低声劝道："主席，咱们过江吧。"毛泽东良久才自言自语地说：

"过江，过了湘江就是胜利……"

12 月 1 日，红军主力渡过湘江，湘江血战基本结束。

朱德总司令向各军团发出电报："我八军团之一部被敌击散，我六师约一个团及红三十四师被切断，其余则已渡过湘江。"此刻，红三十四师正陷入桂军、湘军和国民党中央军的重重包围之中。

他们中的绝大多数人，永远看不到湘江了。

06

第六章

枫树脚

永别

为苏维埃流尽最后一滴血

『酒海井』里不屈的英魂

1934 年 12 月 18 日，湘江血战结束后的第 17 天。

湘南道县蚣坝镇石马神村一个叫将军塘的地方，一颗将星陨落——红军第三十四师师长陈树湘不甘被俘，断肠就义，给湘江血战画上了一个悲壮的句号。

后人无数次试图还原陈树湘牺牲前的心路历程——他是如何在担架上艰难地抬起身子，用双手撕开腹部伤口，于炽热的鲜血、温热的内脏中，扯出肠子，毅然绞断。

战争的残酷，就在于死亡瞬间即至。牺牲者根本无法留下什么遗言，更谈不上撕心裂肺的告别。但陈树湘有足够长的时间。湘南 12 月阴冷的冬天，在敌人颠簸的担架上，在短暂人生的最后时间，他想起了什么？

是长沙清水塘，毛泽东亲切招呼他这个卖菜少年为"春伢子"？是北伐途中的摧枯拉朽的快意？是井冈山上艰苦卓绝的战斗？是一次次保卫中央苏区的呐喊与冲锋？是踏上漫漫长路之后苏区父老乡亲悲怆的送别歌声？还是这段时间，朝夕相处的战士们一个个倒在血泊中的悲痛？

或者，上述一切都没有。他只是在苏醒之后听见敌人如获至宝的狞笑，心中就一个念头：我是红军的师长，绝不能成为敌人的俘虏！

此刻，他孤身一人，麾下六千闽西子弟，绝大多数已经牺牲。

他知道的是，在闽西子弟付出巨大牺牲后，中央红军已经突破湘江；他不知道的是，就在他决定断肠就义的当天，千里之外，贵州的崇山峻岭中，中共中央政治局召开了黎平会议——通道会议之后、遵义会议之前，关系中国共产党和红军命运的一场会议。

　　中国共产党人是唯物主义者，但后人在说到 1934 年 12 月 18 日这一天时，却在想象：当陈树湘的生命在剧烈的痛苦之中终结时，千里之外的黎平，会场上为红军前进方向激烈争吵的人们，那一瞬间会不会突然感到一种沉痛？

永别

    1934 年 11 月 26 日，湘南道县，红五军团三十四师一〇〇团团长韩伟突然接到师部通知，让他立即去军团接受任务。

    时年 28 岁的韩伟，是湖北黄陂县（今湖北省武汉市黄陂区）人，他有一份闪闪发光的革命简历：16 岁参加安源路矿工人大罢工，18 岁入团，20 岁入党，参加过北伐，曾在国民革命军叶挺独立团任战士，后参加湘赣边界秋收起义。前往井冈山的路上，毛泽东还跟韩伟交流如何发挥党团员在基层部队中的作用，他是"三湾改编"的见证者，时任第一营二连二排排长。毛泽东送给韩伟一个笔记本，并在扉页上写道："坚持到底就是胜利。"红四军从井冈山下来转战赣南后，韩伟成了毛泽东的第一任警卫排长。1931 年 11 月 7 日，中华苏维埃第一次全国代表大会在瑞金叶坪召开，宣告中华苏维埃共和国成立。当天进行了隆重的红军阅兵，已升任团长的韩伟代表红十二军接受临时中央政府检阅，朱德代表临时中央政府，将一面用黑绒线绣的有"沉着胜敌"四个大字的锦旗授予韩伟。这面锦旗，是临时中央政府授予人民军队的第一面锦旗。

    韩伟后来回忆说，是"沉着胜敌"四个字，让他在湘江战役中存活下来。

    当天同时接到任务的还有一〇〇团政委侯中辉。两人一路小跑，快到军团部时，红五军团军团长董振堂和军团参谋长刘伯承大步迎了出来，不一会儿，陈树湘师长和程翠林政委也赶来了。这次会议是军团首长单独召见师团干部布置任务。

参加这次会议的 6 个人，只有刘伯承和韩伟等到了中华人民共和国的诞生。

当时刘伯承是因为得罪了李德，被排挤到红五军团当参谋长。董振堂，震惊全国的"宁都起义"的领导者，1931 年 12 月 14 日深夜，国民党军第二十六路军 1.7 万余人在中共秘密特别支部以及董振堂、赵博生、季振同等人领导下，在江西宁都举行起义。从此，董振堂走上了一条不同的人生道路，从一个对中国前途命运感到迷茫的旧军阀，成长为有着坚定革命理想并为之奋斗到生命最后一刻的红军高级将领。

1895 年 12 月 21 日，董振堂出生于河北省新河县西李家庄一个贫困农民家庭。家里咬牙供他读书，他暗下决心要发愤图强，学好本领，救国救民。后来，他到保定陆军军官学校学炮科，最终以优异的成绩毕业，去了冯玉祥的西北军，不久被卷入军阀混战。中原大战后，冯玉祥失败，董振堂所部被蒋介石收编，派到江西打红军。董振堂痛苦、茫然，不知出路在何方，直到加入了红军。

1932 年 4 月卜旬，董振堂加入中国共产党。他把自己积攒下来的 3000 块银元全部作为党费上交。这事连毛泽东都被惊动了，让他给自己留些钱用，给家里也寄点，董振堂却说："现在我当了红军，又入了党，留着这些钱也没有用了，我要把一切献给党，甚至连生命也献给党！"在毛泽东的劝说下，他留下了 300 块银元，其余的全部作为党费——这个细节，颇见董振堂的性格。

长征开始后，擅长打防御战、阻击战的红五军团，始终走在队伍最后，被誉为"铁流后卫"。这次开会，是要给红三十四师交代艰巨的任务——坚决阻止尾追之敌，掩护红八军团通过苏江、泡江，尔后为全军后卫；万一被敌截断，返回湘南发展游击战争。两位军团首长以坚定的口气说：红三十四师是有光荣传统的部队，朱总司令、周总政委要我告诉你们，军委相信红三十四师能够完成这一伟大而艰巨的任务!

红三十四师,辖一〇〇、一〇一、一〇二3个团,6000余人,是一支在毛泽东、朱德亲自关怀和谭震林、罗瑞卿、萧劲光等具体帮助下,由闽西人民子弟兵逐步改编、组建起来的英雄部队。红三十四师正式成立于1933年春,首任师长周子昆、政委谭震林,归福建军区指挥,之后不久又改归红五军团指挥。1933年10月,红三十四师与红十九、二十师组成红七军团,师长周子昆、政委程翠林。1934年6月,陈树湘任师长,程翠林任政委,袁良惠任参谋长,朱良才任政治部主任,由红七军团再次调入红五军团。红三十四师师团干部大多数是原红四军调来的骨干或红军学校毕业的,作战经验丰富,指挥能力较强。整个部队士气旺盛,战斗力强,曾被《红色中华》报誉为"钢铁之师"。

在一年多的时间里,红三十四师虽然隶属关系几次变更,但始终服从命令听指挥,指到哪里,打到哪里,在第四、第五次反"围剿"中,屡建战功,包括松毛岭保卫战。

长征开始后,红三十四师是后卫的后卫。起初敌情不是很严重,进入湘南后,情况开始紧张起来。国民党中央军周浑元、薛岳两部紧紧咬着不放,弄得三十四师常常吃不上饭,睡不成觉,白天打仗,夜间行军,走走停停。实在烦得不行的红五军团索性停下来,狠狠收拾了一下追敌。只是当时博古和李德陷入了逃跑主义,红军没能在湘南趁敌立足未稳,歼其一部。

对于艰巨的掩护与断后任务,陈树湘、程翠林、韩伟、侯中辉深知:断后作战就意味着可能永远过不了湘江,但他们一致表示:"请军团首长转报朱总司令、周总政委,我们坚决完成军委交给的任务,为全军团争光!"

送别红三十四师四人时,两位军团首长一一和他们紧紧握手,依依不舍，一一叮咛。刘伯承说，你们既要完成军委赋予掩护全军抢渡湘江的任务，又要作好万一被敌截断后孤军作战的准备，这副担子很重啊！董振堂说，你们师团干部要组织好、指挥好，带领全师部队英勇作战，全军团期待着你们完成任务后迅速过江！

握在一起的手，有些颤抖。事后才知道，这一别，竟是战友的永别。

红三十四师的具体任务是：红三军团的李天佑指挥红五师在灌阳新圩枫树脚阻击从灌阳北上的桂军，11月30日上午，红六师十八团将去接防，红三十四师要在30日下午赶到枫树脚接替十八团。回师部路上，陈树湘做了分工：韩伟率一〇〇团先行，急进灌阳方向，接替红六师在枫树脚地域阻止桂敌北进之任务；陈树湘本人带师部和一〇一团居中；程政委带一〇二团跟进，在掩护红八军团通过苏江、泡江后，迅速西进，在文市、水车一线占领有利地形，阻击追敌周浑元等部，保证主力部队渡过。

悲剧大幕由此开启：红三十四师接到命令时，枫树脚已经失守了……这是中革军委的失误，当红五师奉命撤出战斗后，红六师十八团正遭强敌围攻，未能按时接替五师的防务。等于说，红三十四师要去的枫树脚，已不再是红军的阻击阵地，而是桂军两个师刚刚进占的地方。而国民党中央军周浑元部已迅速渡过潇水从道州尾追而来，向红三十四师右翼发起攻击，而从灌阳北进攻占新圩一带的桂军三个师，对红三十四师左翼发起了猛攻。还有一路湘军，也尾随而来。前后左右，都是敌人。

红三十四师，陷入了"死地"。

枫树脚，成为一个不祥的地名。

　　　　　　　为有牺牲

为苏维埃流尽最后一滴血

在文市、水车，红三十四师死死拖住了蒋、湘、桂大批敌军，将生的希望留给了友邻部队，成功掩护了红八、九军团赶往湘江。掩护任务结束后，红三十四师即按原计划朝新圩枫树脚接防。当他们踏上水车的灌江浮桥时，数架敌机飞来，对正在过河的红军战士进行轮番扫射、轰炸，红三十四师当场伤亡200余人。

敌机飞走后，红三十四师收拾队伍，继续前行，却走错了方向：地图上的一条直线，看似很近，却把他们诱入了山里，沿途皆是悬崖峭壁、羊肠小道，而且要翻越海拔1100米的观音山。

红三十四师从观音山下到洪水箐时，敌人层层包围上来。这时，他们收到中革军委两次电令：由东向西突围，取道杨柳井、大源，转向白露源，从界首之南涉过湘江。横穿灌阳至新圩公路，向西突围。红三十四师依照命令，从板桥铺一带穿过公路，向西突围，但再次进入崇山峻岭之中。

这是一条错误路线，所经地点，已被桂军攻占。

中共灌阳县委党史办原主任刘继元曾对红三十四师的悲剧缘起，进行过多次专题考察与分析。1992年，刘继元在《军事史林》杂志第四期上撰文分析道：

> 十一月二十九日下午……在敌人强大攻势下，红五师且战且退，枫树脚阵地已经丢失，退守到离该

地六华里的板桥铺以北。红六师也未能按时赶来接防。可是，军委二十九日下午三时仍命令红三十四师"三十日晨应接替六师在红（枫）树脚、泡江以北的部队，主力应控制于红（枫）树脚，顽强保持上述的地域，以抗击灌阳之敌"。这个电令致使红三十四师孤军钻入强大敌人中间。如果当时军事指挥者明了这一态势，而命令他们到我军阵地板桥铺以北接防，就不会钻进敌人中间，同时，还可以与被接防的红六师十八团共同阻击敌人，当敌人强大时，可以向湘江方向且战且退，交替掩护，共同渡过湘江。然而，由于情报不灵，指挥失误，不仅红三十四师未能渡过湘江，就连红六师十八团也因势单力薄在撤退中被敌人夹击，全团覆没……

……欲速而不达。当他们（三十四师）登上观音山顶时，已是十二月一日上午，我新圩防线已被敌人突破，通往湘江的大道已被敌人切断。十二月一日下午二时，因四面处敌，军委只好又按照地图上的直线，命令他们"由板桥铺向白露源前进，或由杨柳井经大源转向白露源前进，然后由白露源再经鳌鱼洲向大塘圩前进，以后则由界首之南的适当地域渡过湘水"，这样就使红三十四师进入了人烟稀少的崇山峻岭之中，行走在陡峭的羊肠小道上，翻越海拔一千多米的宝盖山，更拖延了到达湘江边的时间。而敌人却在大道上大踏步前进，早在前面部署就绪。

反之，如果选择山燕头→杨家田→大背头→立湾

为有牺牲

→新圩这条路线，情况就会完全不同。水车至新圩只有十三四公里，且是平地大道，两三个小时就可以到达，也就是说，三十日中午就可以与红六师十八团会合，既可避免横插到敌人中间，又可以按时接防，与该团往湘江方向交替掩护，节节抗击，共渡湘江。但是，这个"如果"毕竟未成现实。

曾任陈树湘警卫员的兰金甫后来回忆说，红三十四师是按照地图上画的几乎成直线的最近距离，走向新圩枫树脚。但地图上的最近距离，实际走起来，一路都是崇山峻岭。山林小道崎岖陡峭，长满荆棘野草，很多路段都是只容一人通过的小路，旁边就是深谷绝壁，非常危险难走。红三十四师两三千官兵携带装备辎重骡马，艰难跋涉，行军速度非常慢。

队伍登上观音山山顶时，已是12月1日中午，此前一直能听到的枫树脚阵地的枪炮声，此时已经完全消失了。侦察员回来报告，红十八团伤亡殆尽，已经撤出新圩枫树脚的最后阵地楠木山，残余部队向陈家背、古岭头退去。红三十四师已经陷入四面受敌、孤军作战的险恶境地。

若干年后，已定居桂北的掉队红军兰金甫，曾走了另一条路，从地图上看是弯路，实则是一条生路：

后来，我专门从水车夏云村出发，去走燕头、桂阳、杨家田、大背头、立田到新圩这条陈师长在地图上画弯线的路，虽然是弯路，但基本是平路，很好走，30多里路，我不到3个小时就走到了。现在看来，如果我们红三十四师当初走的是这条路，还是有可能在桂军攻占枫树脚的楠木山阵地前与红六师十八团会合，

　　　　然后与红十八团联手，集中力量节节抗击桂军，边打
　　　　边撤，可能可以一同渡过湘江。

　　历史无法假设……

　　对桂北地形完全不熟悉的红三十四师，被熟悉地形的桂军围住了，在观音山到洪水箐的险峻山头，红三十四师挖好了工事，严阵以待。敌人狂轰滥炸，步兵冲锋，但居高临下的红军，一次又一次击溃了他们。天黑了，擅长夜战和山地战的桂军偷偷摸上来，双方进行近距离恶战，最终敌人被打下去了，但连日恶战的红三十四师，也从6000人减员到了2000余人，闽西子弟的鲜血，洒在寒冷的桂北崇山峻岭间……

　　红三十四师连夜突围，仍然往新圩方向行进。12月3日凌晨三时，他们给中革军委发去电报，只有8个字："处境危急，请求指示。"很快，他们收到了署名朱德的"万万火急"电，得知大部队及敌人情况，对他们的具体指示是：

　　　　三十四师如于今三日夜经大塘圩从凤凰嘴渡河，
　　　　由咸水、界首之间能赶到洛江圩，有可能归还主力。
　　　　如时间上已不可能，应依你们自己决心，即改向兴安
　　　　以南前进，但你们须注意桂敌正向西移，兴安之南西
　　　　进之路较少，桂林河不能徒涉。你们必须准备在不能
　　　　与主力会合时，要有一时期发展游击战争的决心和
　　　　部署。

　　按照总部急电指示，红三十四师立即翻越宝盖山前往全州，到凤凰嘴渡湘江。宝盖山海拔1800米，茫茫冬雾弥漫，2000余人的队伍在这

时暂时避开了敌人的追击，但又遇到了另外一个敌人——饥饿。宝盖山上没有人烟，有钱也买不到食物。这支又冷又饿的孤军终于翻越了大山，从灌阳进入全州县境，看到了人家，但农民们受桂军恐吓，家家户户空无一人。饥寒交迫的红军战士们继续前行，走了几十里，没有碰到敌人。他们朝湘江而去，这是他们过江的最后一次努力。他们如此渴望这条江，江对面，有他们的红军兄弟，但他们不知道的是，敌人已经设置了陷阱。

红军大部队已过江，蒋介石大为恼怒。为了搪塞蒋介石，前几日也杀红了眼的桂军不会放过这支孤军。虽然桂军与蒋军有诸多矛盾，但桂军的反共本质是不会变的——1927 年，上海四一二反革命政变，具体执行的，就是白崇禧。

在全州县安和乡文塘村附近，红三十四师被桂军夏威指挥的十五军四十四师（缺一三二团）、四十三师包围了。敌人熟悉地形，以逸待劳，早就设下了埋伏。

残酷的战斗开始了。红军不顾一切代价，向桂军发起连续冲锋，试图向北打通前往湘江的通道，打出一条血路。但他们太疲惫了，人越来越少，即将弹尽粮绝。在一次又一次的冲锋中，红三十四师伤亡惨重，师政委程翠林、政治部主任张凯、一○二团团长吕官印、一○二团政委蔡中相继牺牲。

程翠林，湖南浏阳人。激战中，他在用电台给中革军委发报联络时，敌人一枚炮弹在他身边爆炸，这位参加过秋收起义的老革命倒下了，牺牲时仅 27 岁。

红军只能且战且退，退出战场，义塘战斗让红三十四师又损失了五六百人。前往湘江的路已被堵死，往何处去？如今，他们又失去了电台。陈树湘决定：向南撤退，从兴安寻路西进。但是，南边，也是密密匝匝的敌人。

12月3日晚上，暂时摆脱了桂军追击的红三十四师在岭脚村召开了师团干部会议。警卫员好不容易买来了一筐蒸熟的红薯，大家饿坏了，一边香甜地吃，一边开会。他们不知道，这是他们很多人最后的晚餐。

陈树湘决定：从敌人力量薄弱的部位突围出去，到湘南去打游击。如果突围不成，就为苏维埃中华人民共和国流尽最后一滴血。会议正要结束时，敌人追踪而来。红三十四师匆忙迎敌。恶战中，一〇一团团长苏达清、一〇一团政委彭竹峰、一〇〇团政委侯中辉3名团级指挥员相继阵亡。

苏达清23岁，这位因不愿意娶童养媳而逃婚参加红军的闽西青年，倒在远离家乡的地方。彭竹峰和侯中辉的年龄至今无人知晓。

去湘南！韩伟自告奋勇在前面开路。追兵越来越多，除了桂军，还有民团。4日晚上，他们翻越宝盖山，再次来到观音山。这时，红三十四师三个团，加起来只有六七百人了。晚上下起了雪，疲惫不堪的战士们就在雪中睡着了。5日凌晨三时许，桂军和民团1000多人摸了上来。枪声响起，红军战士们钻进树林，暂时摆脱了敌人，清点人数，已不足600人。

他们已经有两天没有吃东西了。敌人又上来了，饥饿的红军战士在大山里与敌人周旋。5日傍晚，他们退到了离灌江不远的地方。这是最后一次突围的机会。韩伟强烈要求陈树湘师长带着一〇一团、一〇二团突围，自己率一〇〇团还剩下的100余人断后，"部队突围去湘南打游击，不能没有师长！"陈树湘同意了。告别的时候，韩伟走上前，紧紧与师长拥抱，这是他们二人的永别。

敌人又上来了，韩伟指挥一〇〇团战士节节抵抗，拖住了众多敌人。

陈树湘带着另外两个团300余人，从水坝涉渡灌江，被一股桂军发现，敌人的机枪响起来，红军战士一个个倒下，掉进灌江，鲜血染红了江面。

陈树湘只能折返，从灌阳水车的八工田附近渡过灌江，经泡江翻越都庞岭，向东进入湘南的道州地域。他身边的人越来越少，已不足200人了。

红三十四师一〇二团侦察员罗金生，当年跟随陈树湘往湘南突围，他回忆过当时的悲壮一幕：

> 我们又退回到了灌阳的水车。那天晚上，下起了很大的雪，我们也十分疲倦和饥饿了，抓起地下的雪就狼吞虎咽地吃起来，然后大家背靠背在树林里过夜。天还没亮，突然枪声四起，敌人又把我们包围了。这时团部、师部都失去了联系，大家急忙想往山上撤退占领制高点，但是两边山上的机枪"嗒嗒"地向我们扫来。冲不上山，那么，只好向前突围，但是，前面又有一条小泥河。我们不管三七二十一，也要冲过小泥河突围出去。在冲过小泥河的时候，很多同志被打死在河里，尸体几乎堵断了小泥河的水。

当年的罗金生，只有20岁。他说，突围时，大家草鞋也没了，背包也丢了，已连续几天没有吃东西，又饿又困，枪里也没有一颗子弹了。这时敌人又赶起老百姓来搜山，满山遍野都是枪声人声。在这种情况下，大家商量决定分开跑，可能还冲得出去一些人。于是每人分了两块光洋，便各自散开突围。大家就这样被彻底打散了。之后罗金生隐姓埋名，留在了当地。

兰金甫当时突围成功，到了湘南的道州县境内，给当地一家地主打了几个月工之后，又转到桂北灌阳县的水车乡镰刀湾村定居下来。1983年，兰金甫对灌阳县党史办的几位同志回忆了他们从湘江受堵到返回灌阳、湘南的历险过程：

> 我们在灌阳梓木塘、龙桥等地到处遭到敌人袭击，
> 我们再次爬上洪水箐，往湘南退。在洪水箐，清早就
> 被敌人包围了，我们赶快占领山头，与敌人展开战斗，
> 在那里足足打了一天。到了夜晚，师、团失去了联系，
> 只好各自为战，分散突围。我们武器差，子弹少，不
> 然的话，那些民团哪是我们的对手。分散突围后，我
> 跟刘鹏及通信员三人在一起。我们在龙母箐被一伙敌
> 人追赶着，只好躲到一座小桥下面进行还击，打死了
> 他们几个。敌人越来越多，我们被迫边打边退。在山
> 里什么东西都捞不到吃，只好捡红薯根充饥。为了预
> 防万一被敌人捉住，刘鹏将他装公文的皮包也埋了。
> 几天后的一个晚上，我们从先公坝过灌江，坝上堆满
> 了战友们的遗体，很多已腐烂发臭。看到这种情景，
> 我们边走边流泪……

陈树湘率余部一百多人（有一百四十余人、不足二百人、二百多人等几种说法）于12月9日向东进入湖南。12月11日，陈树湘在抢渡牯子江时，遭到湖南江华县保安团伏击，腹部中弹受伤。受伤的陈树湘与部队分离，藏匿于四马桥附近的洪东庙疗伤，被道县保安军何汉部抓获。何汉欣喜若狂，用担架抬着陈树湘去请赏。陈树湘绞断肠子，壮烈牺牲，年仅29岁。残忍的敌人砍下他的脑袋，悬挂在他家乡长沙小吴门的城楼上。他的头颅，正对着一条小街，街上一间破烂不堪的小院里，躺着他多病的母亲。他用这种方式，与母亲完成了最后的相聚。

1934 年 12 月 18 日，《大公报》长沙版刊登了一篇报道，题为《伪师长陈树香之生前与死后》，误把"陈树湘"写成"陈树香"：

（邵阳特约通讯）昨，保安二十二团团长唐季侯来电称：（衔略）钧鉴：据职团何营长报告称："伪师长陈树香，长沙人，原名树春，住小吴门外瓦屋街陈宅。现年二十九。母在，妻名陈江英，年三十，无子女。行伍出身，原由独立第七师叛入匪军，本年始充师长。此次自赣省兴国出发。全师步枪四千余支，轻、重机枪四十余挺。该师担任后卫掩护部队。前在桂境因掩护渡河，被国军截断去路，故尔回窜。现在所率一〇一团，仅剩机关枪五挺，自动步枪三支。昨在八都被击溃后，只剩重机枪一挺，自动步枪三支。"又据该营长报称，"职于本日午前六时，由四眼桥率队解送伪师长陈树香及各俘虏人员、枪支、马匹回县，因该伪师长负伤甚重，无药医治，于上午八时许行抵石马乡竟尔毙命。当有该师修械员及通讯员兵在场亲见。兹议将死尸一具及各俘获员兵三人，连同步枪四支，解呈钧部核验处理"各等语。据此当经提讯各俘虏及据供称，本日被擒毙命之陈树香，确系伪三十四师师长等语，右项议呈云。

陈树湘是在毛泽东、何叔衡的影响下投身革命的。他作为叶挺独立团一员参加了北伐，参加了秋收起义，不久加入中国共产党，跟毛泽东上井冈山，为毛泽东、朱德做过警卫工作，身经百战，屡建奇功。然而，一代将星，却过早凋零。

电影《湘江血战》结尾，毛泽东迟迟不允许工兵炸掉湘江上面的浮桥，他听着东边隐约传来的枪声，希望等到自己曾经的警卫员回来。

红三十四师，最终在湘南的九嶷山走到了尽头。

陈树湘余部九十多名红军官兵（也有说为几十名、一百多名），转战于湘南道县、永明、江华、蓝山、宁远之间的山区，最多时，曾拉起了三百余人的队伍。1935年冬天，队伍遭到敌人重兵"围剿"，大部分牺牲，只有少数将士隐姓埋名，藏匿于民间，才得以幸存。

幸运的是，韩伟活下来了。

他们在掩护师部突围的战斗中，以"顶住敌人就是胜利"的口号，一边呐喊，一边向敌群投掷手榴弹，战斗极为激烈。敌人看红军人少，疯狂地往上冲。红军子弹打光了，就用手榴弹，手榴弹不多了，就与敌人拼刺刀。战斗空前惨烈，最终，弹尽粮绝的一〇〇团被迫退到山顶。此时，从团长到士兵，总共仅剩十多人。后面是陡峭的悬崖，已无路可退。敌人慢慢地从山腰三面包抄过来，黑压压的一片。夜色正浓，寒风凄凄。战隙中的寂静，最让人恐惧。一〇〇团的将士们身上沾满了鲜血，但是，透过硝烟，他们的脸上仍然呈现着坚毅不屈的表情。

"砸！把枪砸了！决不当俘虏！"韩伟的警卫员陈良西首先抡起手中的步枪，砸向石头。韩伟逐个凝视着战士们熟悉的脸庞，他们几乎都是他去"扩红"时参加红军的——龙岩东肖的陈良西、永定坎市的简佐才，一直跟在他的身边担任警卫员；龙岩东肖的张柄松是他的通讯员，还有永定来的兄弟俩李金闪、李金亮，上杭的吴品高，连城的郑树仁……

敌人逼上来了，面对弹药用尽的红军战士，他们端着枪叫嚣着要抓活的。韩伟大喊一声："战友们，跳崖！"便转身跳下。接着，十多位红军战士义无反顾地跳下了悬崖。他们无愧为来自闽西红土地的优秀子弟兵，用生命和鲜血谱写了一曲壮歌。

跳崖之后，韩伟、三营政委胡文轩和战士李金闪没有死。他们在跳崖时先落在一棵大树的树枝上，又从高枝跌到低枝，最后落入齐人高的茅草丛中，晕死了过去。醒来后，他们一道掩埋了牺牲的战友的遗体，拄着树枝追赶部队，途中再次遭遇敌人。李金闪为掩护韩伟脱险，抱着一名敌兵同归于尽。胡文轩不久也光荣牺牲。

韩伟在老乡家养好伤后，找不到组织和队伍，生活无着，只好混进国民党中央军薛岳部欧震的九十师押护班，当了一名士兵。他计划，潜回老家武汉，寻找组织。

还有一个人也活下来了，他叫朱良才，是红三十四师政治部主任，带伤参加长征。11 月 30 日，朱良才旧伤复发，血流不止。经过简单的包扎后，他躺在担架上坚持战斗。这时，参谋长刘伯承得知情况后，立马派人送朱良才到军委总医院抢救，他因此离开了红三十四师。

1955 年，朱良才成为开国上将，韩伟成为开国中将。

红三十四师的六千官兵，有幸活下来的不足五百人。据有关方面资料，红三十四师的六千闽西子弟，多数战死沙场，有的则在负伤后被冻死、饿死、病死。余下的四百多人，皆被国民党军或地方民团俘去，先关在广西的全州县城和桂林的监狱里。后来，白崇禧经请示李宗仁，在得到"遣返回原籍"的首肯之后，便用船沿漓江、桂江、西江经梧州运到广州，最后送到了福建厦门，再遣散回到闽西原籍。

这些被送回原籍的红军战俘，在国共合作抗日时期，多数重新参加了新四军等抗日革命队伍，继续为中国革命浴血奋斗。

红三十四师的番号，永远在红军队伍中消失了。

但是，血战湘江，红军失败了吗？在如此严重的"左"倾错误之前，在如此优势的敌军之前，红军最终仍然渡过了湘江，并且完成了觉醒。

诚如韩伟所言：红三十四师全师大部分牺牲，这是历史性的惩罚，是"左"倾错误造成的严重后果。

红军西去，所有人都在思考湘江血战的教训，一个新的时代，即将到来。从这个角度来说，红军并没有失败。

红三十四师的番号，虽然消失了，但这支队伍是不朽的，成为军史中的一个精神坐标。

正是有像红三十四师这样顾全大局、不怕牺牲的袍泽，主力红军渡过了湘江，蒋介石的图谋破产了。

人民不会忘记他们。

"酒海井"里不屈的英魂

从 12 月 2 日中央红军渡过湘江起，一直到 12 月 13 日中央红军离开广西，桂军及广西民团如附骨之疽，一路袭击、骚扰红军，其间双方小战斗无数，较大的战斗有两次，分别是红五军团的千家寺阻击战和红三军团的两河口阻击战。

12 月 5 日，夏威部四十三师偷袭红军后卫红五军团指挥机关所在地千家寺（今桂林市兴安县华江瑶族乡），红五军团仓促应战，边打边撤，向老山界方向转移。战斗中，红五军团十三师遭受了不少的损失。

12 月 15 日《大公报》长沙版报道说："朱、毛在千家寺被我梁津团突入大营，各匪首落荒而逃，是役获军实甚多。"时任桂军四十三师一二九团团长梁津在中华人民共和国成立后回忆，该团在千家寺俘获红军千余人，整个追击期间，该团共收容红军一千三百余人。

红五军团断后部队竭力抵抗，然后拼命向身后的大山跑去，当地人称作"老山界"的莽莽大山，扑面而来，给了他们无比的安全感。

枪声终于停歇下来。

湘江战役结束了，蒋介石妄想把红军消灭在堡垒区的计划失败了，何键通电曰："未能达以歼匪于漓水以东地区之任务，实深惭悚……"

军阀们又开始了彼此指责，何键给白崇禧发电，虽声称绝不透过，但夹枪带棒意思相当明显："留此一线之隙示能弥缝，竟命名残匪窜脱。揆诸天职与素志，只有自恨力薄，决无透过于人之理。所惜者，匪以狡计先使贵军主力偏其贺、富，及至展开于兴、灌以北地区时，我军原部

第六章　枫树脚

171

署于黄、全间之部队已追匪先进，以前后之相左，致夹击而未能……"

对战果大失所望的蒋介石，直接发电责问桂军："共匪势塞力竭，行将就歼，贵部违令开放通黔川要道，无异纵虎归山；数年努力，功败垂成。设竟因此而死灰复燃，永为党国祸害，……公论之谓何？中正之外，其谁信兄等与匪无私交耶？"他赤裸裸地说：你们桂系跟共产党有私交！

对蒋介石的责怪，桂军早已有心理准备。白崇禧复电，毫不客气地反唇相讥："职部仅兵力十八九个团，而指定担任之防线达千余公里，实已超过职等负荷能力……钧座手握百万之众，保持重兵于新宁、东安，不趁其疲敝未及喘息之际，一举而围歼于宁远、道县之间，反迟迟不前，抑又何意？得毋以桂为壑耶？虽然职部龙虎、永安一战，俘获七千余人，以较钧座竭全国赋税资源，带甲百万，旷时数年，又曾歼敌几许？"

白崇禧既推卸责任，虚报战功，自吹自擂，还极尽辛辣讽刺之能事，弄得老蒋哑口无言，回电不提此事，只是敦促桂军"向贵州尾追勿得稍纵"。

桂系为证明所谓的俘虏"七千余人"，还专门拍了《七千俘虏》的所谓纪录片。据当年参加拍摄的国民党第四集团军总司令部政治训练处少校科员周游交代，拍入镜头算得上的红军战俘仅有100多人，主要是一些跟随红军长征掉队的男女老幼，其他所谓"俘虏"都是由民团扮演的。为了凑镜头，千家寺被烧毁的10多间房子，本是桂系尾随红军部队不慎失火烧的，而桂系的电影队则把这些残余的烟火和颓墙断瓦也上了镜头凑数。

时任桂林区民团指挥部参谋长虞世熙也回忆说："红军大军过境后，沿途遗落一些病兵和因足痛不能行动的士兵或担夫，当时乡公所曾打电话来问我对这些兵夫如何处置，我叫他们将这些落伍的兵夫送到县里来，同时报总部请示。各乡送来的兵夫，我指定城北小学校为收容所，每天每人发给伙食费两角，共计收容了三百人左右（兴安、灌阳两县也收容了一些，但数目不详）。在收容完毕之后，即接总部电话要县府把这批落伍兵夫送到桂林交桂林区民团指挥部转送南宁总部。由于人数无多，他们就厚颜无耻地雇请一些平民化装成'俘虏'，制成《七千俘虏》的影片。"

影片拍好后，到各地放映，而白崇禧则将其作为向老蒋邀功和论战的"战绩"。边放电影，桂军还边讽刺中央军，说："蒋介石叫他们去'剿共'，他们偏要去'抗日'（指晒太阳）。"

5天5夜的湘江血战，没有人能够精确统计出有多少红军战士牺牲于此。还有许多战士，因饥饿或受伤掉队，有的流散后被好心的农民掩护而得救，有的被桂军或民团搜出，作为俘虏押送到桂林，而更多的红军伤员，则被反动地主和地方民团残酷杀害。

最残酷的杀戮发生在灌阳县的新圩一带。

新圩是军史中的一个痛点——在这一带，李天佑的红五师阻敌三天全师伤亡三分之二；在这一带，随后赶来接防的红六师第十八团全团覆没；在这一带，红三十四师被彻底打散。战斗结束了，大量红军伤病员，又在这里遭到残酷杀害。

红三十四师和红六师第十八团留下了大量伤员，除了少数的获救外，绝大多数红军伤员则遭到了地方反动民团惨无人道的残杀！

1978年12月15日，广西桂林行署文化局红军长征过桂北调查组，给地区文教办并桂林行署递交了《关于调查掉队红军的情况报告》，其中的一些文字，至今读来仍然令人悲愤：

（红军）有不少人因负伤和生病掉队，有的是被敌人截断队伍而掉队。这些同志大多数都被敌人杀害或俘虏。尤其是桂北的地主恶霸，因为红军过境时，打了他们这些土豪，红军过后就以百倍的疯狂，用最残忍的手段对待我们的掉队的红军战士。如灌阳水车乡的夏云村，我后卫三十四师留下90名被飞机炸伤的公务员，恶霸伪乡长邓恒生即向他们的民团发出赏钱，丢一名红军伤员到江里，赏银两元。结果，红军几十名伤员被丢到江里淹死，无一幸免。再如兴安县界首大桥头恶霸地主胡银亭一家，就杀害我红军掉队战士13人。金石公社永安大队的曾重阳，参加过杀害红军20人……据统计，在金石被害的红军达80余人。另外，在全州安和、石塘被害的红军就更多了。如在石塘公社余粮铺反动民团将红军衣服剥光，天寒地冻，红军只好在茅草堆里取暖，到夜晚民团就放火烧草，十几名红军被活活烧死……

灌阳县新圩乡下立湾村旁，有一座约三百米高的石山，石山脚下有一口天然的石壁深井，口小底宽，深二十多米，四围绝壁，井底为流动的地下河水。因这井上小下宽如酒坛，故当地农民称其为"酒海井"。站在井口往井底看，一团漆黑，阴森而恐怖，只听见地下河水的流动声，犹如揪心撕肺的哀号。

这口"酒海井"，从千万年前地壳变化将它造就出来起，里面就从来没有装过酒。然而，在1934年的12月2日，它却露出了狰狞的面孔，张开了血盆大口——一百多名被安置在下立湾祠堂的红军重伤员，全部被反动地主蒋连勋、蒋成勋和一班民团扒光全身衣物，而后用棕绳绑起

　　　　　　　为有牺牲

抬到"酒海井"，一个接一个地丢了下去。

那井口如同阎罗王的殿门，在短短半天内就吞噬了一百多位红军重伤员的生命！

当刽子手们将一百多名红军重伤员全部丢下井后，还围到井口细细听那漆黑窟窿的深处，是否还存在生命的最后挣扎。刽子手们用机枪朝井底扫射了几梭子弹后，才走了。他们要去做下一件事：瓜分那一大堆从红军身上剥下来的血衣血裤。

在中国乃至全世界的现代战争史上，像这样残杀伤员、战俘的事件都极为罕见！

中华人民共和国成立后，当地组织挖掘，在"酒海井"里，发现了捆绑红军的绳索和红军骸骨……

广西当地特有的喀斯特地形，既造就了秀甲天下的桂林山水，也形成了大大小小、难以计数的深山溶洞。

桂北，何止一个酒海井？

甑子岩，这是位于灌阳县新圩镇潮立村的深山溶洞，洞口直径约5米，溶洞深不见底。湘江血战后，当地农村长辈就告诫孩子们：不要到甑子岩附近去放牛，因为国民党把几十个红军活生生扔进了甑子岩。

湘江血战84年后，重庆洞穴探险队曾受邀来到这里勘测、挖掘。在洞底，他们挖出了遗骸，经鉴定，就是80多年前的人骨。第二次挖掘中，一个年龄稍大的队员，一边挖一边唱《国际歌》，捧起红军烈士的遗骸时，竟失声痛哭起来……

全州县两河镇板塘村旁，有一个耳木洞。《板塘红军烈士陵园碑记》记载，1934年11月底至12月初，红军沿湘桂古道进入全州两河，经聂家村、隔壁山、古岭头再到板塘村，红三军团、红八军团、红九军团等部队途经此地遭遇国民党桂军追击，许多战士受伤牺牲。其中一支因伤病落在后面的红军队伍，为了躲避敌人的"搜剿"，在群众帮助下躲进了板塘村旁的耳木洞里，后来不幸被敌人发现，惨遭烟熏，全部壮烈牺牲。

2019 年 1 月底，发掘人员先是在耳木塘溪流旁的竹丛底下，发掘到一具非常完整的小红军遗骸，通过后期的 DNA 鉴定，测出他的骨龄不到 14 岁。小红军倚靠崖壁，右手伸向不远处一只破碎的瓷碗……人们猜测：84 年前，这个身负重伤的小红军，因为流血过多，极度虚弱，看见右前方小碗里盛着雨水，想去拿碗喝水，但他用尽全身力气，手与碗只差几厘米，却一直够不着，直到生命最后时刻，也没有喝到这碗雨水……

随后，发掘队进入耳木洞，发现了红军遗骸，共发掘到 8 个完整的头骨，考古发掘专家估算，总共约有 20 具红军遗骸。寻找遗骸的发掘人员还在耳木洞洞底处发现一个里洞，洞口被泥石堵死，刨开之后，发现里洞约 10 米深，在里洞又发掘出了红军遗骸。随后对耳木洞的二期发掘中，在里洞共发掘出 9 个完整的头骨，约 15 具红军遗骸。里洞内还发现了好几具儿童及女性遗骸，而外洞全是男性遗骸。不难推断，当时耳木洞里的男性红军自觉承担了对妇女儿童的保护，将妇女儿童转移到了里洞，并对里洞进行了隐蔽。

现场的人，无不热泪长流。

第七章

桂北

桂北灌阳县排埠江李家田村，红三十四师一〇二团机枪连连长廖仁和赤身裸体倒在地上。初冬的桂北寒风凛冽，他浑身僵硬，知觉正在逐渐失去，已感受不到臀部伤口的剧痛。

　　这是湘江血战之后若干天，但廖仁和已经记不清具体是哪一天了，跟失去痛感一样，他失去了时间概念。

　　这个24岁的闽西青年几乎与死神狰狞的面孔脸贴脸了。就在这时，一双温暖的大手扶起了他。

悲悯与侠义

在桂北的尸山血海中，有多少难以言状的残酷，就有多少悲悯与侠义带来的温暖。

红军来之前，桂军发动宣传攻势，污名红军为青面獠牙之流寇，勒令百姓坚壁清野，入山躲藏，不得与红军接触。但桂北群众很快认识到，红军是老百姓自己的队伍，是穷人的救星，他们哪怕是丢掉性命也要以实际行动来支援红军。

从积极担任向导给红军带路，到捐出自家门板给红军搭建浮桥；从帮助红军筹粮筹款，倒腾出自家房屋给红军做指挥部或者安置伤员；从送饭送水、运送伤员，到现场参军，跟着红军离开家乡走向远方……他们有的负伤，有的遭到迫害，有的光荣牺牲。

湘江血战后，桂北人民不忍看到红军遗体无人收殓，更不忍看到伤病掉队的红军惨遭杀害，他们修起了大大小小的红军墓，救助了一个又一个处于死亡边缘的掉队红军。

红三十四师曾在全州县安和镇文塘乡有过一次惨烈的突围战。此战过后，漫山遍野都是红军遗体。当地群众在山上安葬红军，这座山原名水源山，是湘江的发源地之一，湘江血战后，当地群众把山名改为军山，此后不在山上从事生产活动——军山，就是葬红军的山。

当时文塘村民蒋元义在激战之后走出家门，来到战场，看到满山都是牺牲的红军。他还在一个红军军官身边捡到了一个铁皮文件箱，打开后，里面没有文件，只有一个折叠放大镜，但是箱子旁边有两堆灰烬。

这个铁皮箱和折叠放大镜，他一直妥善保管至今。

这位牺牲的红军军官个子高大，在他周围牺牲的都是十五六岁的小红军。另一位村民蒋世政在这位军官的遗体前蹲下来，用手抚摸他的面孔，叹息道："可怜你死在这里。"村民们把他和其他牺牲的红军就地掩埋了。

全州县党史记载，红三十四师一〇二团政委蔡中牺牲在文塘后龙山，随后师政委程翠林牺牲在黄陡坡。后人猜测，当年那位高高大大的红军军官，可能就是牺牲时年仅 28 岁的蔡中。

很多掉队的红军战士，在饥寒交迫、伤病缠身的绝境中，被善良而勇敢的桂北人民救了下来。《关于调查掉队红军的情况报告》中记载了这么一个细节：

> 红军战士伍业文和 15 名同志在全州咸水的黄沙掉队，15 人被反动派杀害了 14 人，伍业文被一名老和尚掩护了下来，把他藏在一个秘密的地方，后来被敌人知道了，把老和尚抓住拷打了 7 天，老和尚咬牙坚决不承认，敌人没办法，逼迫老和尚交一条枪的钱，才将他释放。

红三十四师一〇〇团团长韩伟就是得到了当地群众的无私救助，才得以幸存。救助人王本生的儿子王修艳许多年后回忆说：

> 爹爹名叫王本生，是一名草药医生。1934 年初冬的一天，隔壁村一村民脚受伤请爹爹上门诊治，他在路上遇到了两个受伤的红军。他脱下自己的长袍给其

中的一人穿上，把他们带回家。为躲避当地保安团，爹爹将红军藏在家中的红薯窖里，并从山上采来草药为他们疗伤。因当地保安团常来搜查，两人白天只在窖内活动，到了夜里，才能趁天黑出来透透风。当时救助红军很危险，如果被发现不仅自己被杀头，还要连累全村人。

20多天后，红军的伤已养好，他们决定趁年关前后混出溪川，去追赶大部队。爹爹晓得不能再留他们，就把家中所剩不多的黄豆炒了一些，给他们在路上当干粮，又准备了两根扁担，帮他们扮成挑夫模样，连夜送到界首。知道被救的人里有一个红军团长，已经是很后面的事。

资源县咸水口村，村民曾纪忠救下了一位名叫程笃华的红军。当时曾纪忠在咸水口开了一家榨油坊。1934年12月初，30多岁的程笃华倒在榨油坊门口，曾纪忠和家人马上把他抬回家里。

抬回来后，曾纪忠才发现，这位战士受伤严重，意识模糊，也不愿意开口说话。曾纪忠把他收留下来，让他与儿子曾广柱同睡一张床铺，在生活上精心照顾他。在曾家休养了3个月，这个伤兵的身体也慢慢恢复了。经过几个月的相处，他渐渐放下了戒备心，向曾家人如实相告了他红军的身份。从他的口中，曾纪忠知道他是湖北黄安（今湖北省黄冈市红安县）人，叫程笃华，1932年当的红军，长征时经过资源，因受伤严重而掉队……

知道程笃华是红军后，为防止国民党和当地民团对他的迫害，曾纪忠对外人称程笃华是自己的儿子，并叮嘱家人保守秘密，然后将他安排在离家数公里外的榨油厂帮工。程笃华也渐渐融入了曾家。但是，曾家人发现他一个人经常坐着发呆，猜想他一定有什么心事。一天晚上，程笃华跟曾纪忠说了隐藏在心里许久的话："我还是想回到部队。"曾纪忠看到程笃华眼里满是忧郁，就安慰他，说："那我让你哥帮你去打听一下，看红军到了哪儿。"

不出几天，曾纪忠就让儿子曾广悼、曾广源以商人的身份到贵州等地帮找红军，打听的结果是红军早过了贵州，听说已经往四川那边去了。找红军未果，国民党还时不时抓壮丁。那时实行"两丁抽一、三丁抽二"的抓兵制度，年满 18 岁到 45 岁的青壮年随时都有被抓兵的可能。为了不让程笃华被抓走，曾纪忠到处活动，每到抓壮丁时就让程笃华到山里或在深山的村子里躲避，这样总算熬了过去。

但是，由于程笃华受过重伤，加上想念部队和思念亲人，还是在 1945 年带着遗憾离世了。去世前，程笃华突然回光返照，大声喊了一句："等一下，等一下，我穿好草鞋就来……"喊完，就咽气了。

曾纪忠在一旁，闻此泪流满面。

此时，已是湘江血战 11 年后……

向死而生

廖仁和是在红三十四师强渡灌阳时遭遇空袭负伤的。

当时，身为机枪连连长的廖仁和佩带 10 响驳壳枪，带着 60 多名战士，他们分成 6 个班，每个班 1 挺重机枪、3 支步枪，没有枪的就扛子弹、背马刀。队伍刚踏上临时搭起的灌江浮桥，天上突然出现几架敌机。不一会儿，已盘旋到廖仁和他们的头顶，随即便狂轰滥炸起来，一时天摇地动，焦土飞扬，血肉横飞。廖仁和扑在一棵大水杨柳树脚下，屁股受了伤，免于一死。轰炸了约 10 分钟，敌机才飞走。他爬起来一看，刚架起的浮桥已被炸得七零八落，江里、岸边、树林里到处是牺牲的战友，很多都是他熟悉的面孔。

后来，当地群众在这里修了一座福建红军墓，安葬了 18 个闽西子弟，但无人知道 18 位烈士的姓名……

红三十四师的人越打越少，在文塘乡突围战后，他们重返灌阳，桂军如附骨之疽，紧追不放，在一场战斗中，桂军整团整营地向他们发起冲锋，满山遍野都是敌人。廖仁和带伤指挥机枪连凭着有利地势，交叉着向敌人射击。一个闽西战士干脆将机枪架在一棵树丫上站着射击，很奏效，廖仁和让其他战士仿着射击。前沿阵地上，敌人尸横遍野，只能溃败下去。

经多日劳顿奔波和血腥战斗，到达洪水箐椅子坪时，廖仁和臀部的伤口化脓了，疼痛难忍，无法行走。部队只好将他留下来养伤，寄住在一户群众家里。第二天一早，廖仁和又听到激烈的枪声，后来得知这是

为有牺牲

桂军和灌阳民团伍铭烈、易生玉部联合对红军发动突然围攻，战至天黑，红军才突出包围圈。

当时，国民党搜查红军很紧，廖仁和怕连累群众，伤势稍好点，就悄悄离开了椅子坪，打听部队消息。没有吃的，他就靠捡红薯根充饥，身体难以支撑。在排埠江李家田村时遭遇民团，一番搏斗后，廖仁和的右腿、左胯、右肩3处受伤。敌人抓住他，抢走了他仅剩的几块光洋，又剥光了他的衣服，然后将他推下山坡。

生死一线间，廖仁和的"转机"出现了——李家田村村民李绍伯，路过时发现了光着身子、冻得直发抖的负伤红军战士，马上把他带回家，并用草药给他疗伤。由于伤得不轻，伤口化脓，他留在了李绍伯家里，取出弹片儿个月后才恢复好。当时，李家劝他改姓，否则将遭民团毒手。但廖仁和的倔劲上来："我不怕死，我不改姓！"

1934年冬天，灌阳县水车乡，村民王桂清救下一位红军小战士。

这个战士只有17岁，名叫曾广贵，闽西上杭县庐丰乡上坊村人，湘江血战前为红三军团第六师司令部通信员。进入广西后，部队连夜翻越了一座大山，下山时，曾广贵一步踏空，掉进了大石坑，跌断了大腿骨，不能动弹。战友们为他弄了一副担架，抬起来走了一夜，第二天下午，来到了水车乡，部队马上要战斗，师首长叫卫生员给曾广贵上了药，安置在当地一户农家，给了两块光洋。钱用光了，这户农民再也无力照顾曾广贵，这时，王桂清出现了。许多年后，王桂清回忆说：

> 村里隔壁的人说，桂清，那边有个共产党娃仔，
> 队伍走了，他在那里好苦好可怜。我讲我去看一下。
> 我看到他躺在墙角，瘦得皮包骨，在打抖，我就问他
> 是不是好难过。我讲的话他不懂，他讲的话我也不懂，

我就叫他写，写一下什么情况。他就把受伤后被抬来
的情况写了。我很同情这个十六七岁的小红军，自己
虽然也穷，但我决心要救他。

当时，"通匪、窝匪、济匪"是要杀头的，王桂清冒着生命危险，
把曾广贵带回自己家里救治。为了不被发现，王桂清将自己睡的床垫高，
让曾广贵睡在床底，每天为他送饭，还请乡间草药医生给他治伤。

后来有人告密，曾广贵还是被乡警发现并抓走了。敌人随即来逼王
桂清：这个小红军有支手枪，是不是被你藏起来了？逼了王桂清两天三
夜，王桂清死也不承认，他确实没有见过曾广贵的枪。十几天后，敌人
过来威胁：再不把枪交出来，明天就枪毙小红军。

王桂清立即跑到乡政府，拦着乡警："你们不能枪毙他，要枪毙就枪
毙我！"敌人见他不怕威胁，就开始讹诈："不杀可以，你交上9块大洋，
当他的伙食费。"王桂清家里穷困潦倒，连家人都填不饱肚子，哪有救
人的钱？无奈之下，他跑到村里东拼西凑，筹够了钱，交了上去。但人
还是没放，一个叫蒋超权的乡警偷偷跑来告诉王桂清：小红军要被押送
到兴安县关押。

王桂清一听急了：小红军腿伤还没好，要是送到兴安去，哪里还活
得了？王桂清跟蒋超权是朋友，就跟他商量，请他想办法押送，送到半路，
王桂清去接小红军回来。蒋超权善良，答应了，把曾广贵半路交给王桂
清的徒弟，然后说小红军逃跑了。

曾广贵又一次死里逃生，被王桂清藏在自家牛栏。直到第二年三四
月，曾广贵的腿好些了，王桂清又把他送到邻居翟佑春家后面的小屋，
继续治伤。曾广贵后来回忆说：

我在那里住了三个多月，他给我送饭，一天三餐，
送三次。不是他徒弟送，就是王桂清送。三个多月呀，
一日三餐天天送，还请人帮我治伤，把我的断腿骨头
接好了，帮我洗衣换衣，洗脚洗澡，亲生父母都没这
么好，比亲生父母还好。他是我的救命恩人，我受他
的恩，是受恩的晚生……

一年过去了，敌人对红军伤员的搜查松缓下来。王桂清想，曾广贵
肯定想家了，让他给老家写封信，探听一下消息，让他父母也少担心些。
曾广贵就给上杭老家写了信，没想到，他老家收到了信，还回了信。曾
广贵把信念给王桂清听，两人都高兴得流了泪。

有一天，曾广贵父亲赶到水车乡来接儿子。正好那段时间王桂清到
外地做木工去了，不在家中。曾广贵只能哭着跪在王桂清门前，恭恭敬
敬磕了三个响头方才离去……

另一位掉队的闽西红军战士赖选章，也经历了九死一生。

他在进入广西境内没多久，就踩上了桂军和民团埋下的毒竹钉——
红军打仗是在阵地前埋竹钉，桂军却是在任何红军可能经过的地方都埋，
这样淬毒的竹钉，他们足足准备了两三百万枚。湘江血战前，白崇禧曾
检查桂军备战情况，看到一捆捆竹钉，还抬脚去踢。当时下属赶紧提醒：
白长官，小心有毒。白崇禧答道：怕什么，毒竹钉刺不穿我的牛皮靴子，
只会刺穿红军的草鞋。

果然，赖选章的脚就被刺中了。

刚被刺中时，他感觉还能忍受疼痛。他是团长黄永胜的警卫员，团
长把他的马给赖选章骑，他不要，也不要卫生员搀扶，拄着他的小马枪，
还能跟上队伍。但是，伤口很快溃烂化脓，腿脚红肿，他痛得直冒冷汗，

很难挪动脚步。正在这时，团部接到紧急命令，要他们三团火速赶到百多里外的全州脚山铺阻击湘军，确保中央纵队渡过湘江。

黄永胜把炊事班长叫过来，给了自己的警卫员一小袋两三斤的炒米，下马握了握他的手，又拍了拍他的肩，眼睛红红的，没讲一句话，转身上马就匆匆走了。赖选章鼻子酸酸的，眼泪差点就流出来了——这是他们见的最后一面。到了晚年，他还很遗憾——自己背包里还装着两双专门为团长打的草鞋，忘记给团长了。

他和兄弟部队掉队的伤病战友一起，慢慢走，朝凤凰麻市湘江渡口走。他们走过蒋家岭，过文市浮桥，过马鞍岭、桐木岭、鲁水、老屋里，在白露住了一夜。当时有许多部队在那里过夜，第二天一觉醒来，部队都走了。他一个人慢慢走过石塘，走到麻市，走到凤凰嘴湘江边，正好看到涂着青天白日标志的敌机飞到，轰炸扫射渡江红军。轰炸完毕，敌人围拢上来，枪炮齐射抢渡的红军。湘江的水，被红军的鲜血染红。

这是赖选章最痛苦的时候，他既无法凭借自己的力量抢渡湘江，更无法跟战友一起杀敌，只能眼睁睁地看着战友们一个个牺牲……他在凤凰嘴渡口附近一间破旧小柴房的禾草堆里躲了三天，悲愤之下，脚伤发作，昏过去又醒来，醒来又昏过去。

从凤凰嘴渡江的红军大部队走远了，没能渡江的战友们走散了，渡口四周都是桂军和民团，正在来回搜捕红军掉队伤病员。赖选章躺在禾草堆上痛得缩成一团，奄奄一息。天差不多黑的时候，柴房里进来个挑了一担烂东西的干瘦老人。老人看见他这个样子，从怀里掏出个小纸包，一层层打开，拿出一小颗黑东西，掐下一小点，放进他嘴里，倒了一碗水喂他吃下。

赖选章吃下了这一小点东西后，伤口竟然没那么痛了，人也有了点精神——他后来才知道，那是鸦片烟。

为有牺牲

这个干瘦老人把赖选章带回了家，还找来了乡间草药医生为他治疗。赖选章在老人家里住了十几天，先吃白米干饭，后来吃稀饭，稀饭越来越稀。终于有一天，老人告诉赖选章：他抽鸦片，囊空如洗，没钱买米了，现在无法再留他了，很对不起，只能把他送到余粮铺一个朋友家里去。赖选章很感激老人，临走前，把积攒下来的四五块光洋都送给了老人。

　　在余粮铺这户人家，赖选章又住了二十几天。这家人对他很好，为他治病，还想方设法增加营养，他的脚伤好得差不多了。当时桂军和民团在余粮铺到处搜捕掉队红军，这家人又把赖选章送到另外一个朋友家里藏了起来，一藏又是二十几天，他的脚伤终于痊愈了。他萌生了找部队的想法，对余粮铺的这家人说："你们对我好我记在心里，我现在不能给你们当崽，我要去找红军。不管我找不找得到红军，我都会回来给你们当崽，一言为定。"

　　赖选章和另外一位姓曾的红军伤员，开始边打工边找红军，从广西到贵州到湖南，找了大半年，找不到红军，无奈之下，只能回到余粮铺。但那户好心人家的房子，已在一场火灾中被烧掉，这家人不知去向……

　　赖选章怅然良久，在当地定居下来，给人帮工为生。午夜梦回，他常常想起那根改变了自己命运的毒竹钉——如果没有踩上去，会怎么样？

　　或许，跟着部队走向了远方。或许，就牺牲在湘江边……

漫漫回乡路

也有掉队的红军，辗转回到了家乡。回乡之路，漫漫长长。

红三十四师一○一团参谋张仰在突围中受重伤被俘，除了枪伤之外，当时他还患着肺病，遭受了敌人的百般折磨，奄奄一息。敌人以为他快要死了，把他从俘房营抬出来，丢在野外一个草寮里，让他自生自灭。

幸亏路过的当地群众发现张仰还有一口气，赶紧抬回去救治。康复后，张仰想去追赶队伍，但此时红军早已离开。张仰只能想办法回家，在漫长的归途中，老乡给他凑的盘缠花光了，他一路乞讨着回到了龙岩西陂乡陈陂村老家。妻子陈春玉看到往昔回村时骑马佩枪、气宇轩昂的丈夫，此刻衣衫褴褛、伤痕累累，心如刀割。

作为当时红军中为数不多的知识分子，张仰没有留下从桂北如何一路艰辛回到老家的任何回忆文字，这让他的后人和研究者深感遗憾。但另外一位红军战士，却写下了详细的回乡过程。

红一军团一师三团八连班长朱镇中在觉山铺阻击战中，被子弹打穿了左脚踝，伤口鲜血直流，摔倒在地，当晚被转送到救护站后便昏迷过去。第二天清晨，他被枪声惊醒，才发现部队因情况紧急已经转移。

此时，年仅18岁的朱镇中，拖着肿得发木的左脚，咬紧牙关，爬行在山路上，寻找着部队。傍晚时，他爬到一座大青山脚下。这时，左腿已经肿得老粗，再也爬不动了。正好碰到一个后卫部队的炊事员，给他吃了点东西，又找了两个老百姓临时做了一副简易担架，把他送去找队伍。朱镇中一上担架就昏睡过去了，半夜时冻醒过来，才发现一个人

为有牺牲

孤零零地躺在山路上，两个民夫不知去向。怎么办？躺在这儿等死吗？朱镇中忍着剧痛，向山顶爬去。

爬行两天多后，他翻过大山，爬到了山脚的一座桥头边。此时的他，体力耗尽，伤口的血水和着脓水往外冒，钻心的疼痛让他接近虚脱。他强忍着剧痛爬到桥对面一棵树下，又一次昏迷了过去。不知过了多久，他迷迷糊糊听到有人呼唤"共产党伢子"，睁眼一望，只见一个两手黝黑、红黑脸膛上带有铁末灰、40多岁的汉子，和善地蹲在身旁，见朱镇中醒过来，连忙扶他坐起。

这是个铁匠。朱镇中急忙问他："老乡，我们部队开到哪里去了？"铁匠悄悄地说："过老山界往贵州高头去哩，已经走了3天啦！"再痛再累再饿，朱镇中也不曾掉泪，但一听说部队已走远，顿时失声痛哭起来。

铁匠坐在他的面前，用手抚摸着他血糊糊的伤脚，劝慰说："哭什么，伤成这个样子走不得了！"又问："你这个共产党伢子多大？哪里人？在队伍里干什么事？"朱镇中对这个心地善良的老乡充满信任，一五一十告诉了他。铁匠说："听说你们红军是好队伍，专帮穷人打富豪。你把伤养好了再去找部队，要得不要得？"朱镇中同意了。

铁匠弯腰把他背起，一口气走了两三里路，把他背到粟家园子（今龙溪村）一个荒废的菜园的草堆下隐蔽起来。

接下来，铁匠给朱镇中找了医生，仔细检查了伤口，敷上草药，朱镇中感觉疼痛减轻多了。铁匠又把他接到家里安顿下来，全家人都在堂屋里迎接这个负伤的外地人。奶奶尤其心疼朱镇中，常含着眼泪说："伢子造孽，要吃斋哟。"朱镇中感觉像回到自家一样温暖。在铁匠一家人的精心护理下，两个多月之后，朱镇中的伤慢慢地好了，不久，便丢掉了拐棍，慢慢锻炼走路。桂北的春天来得早，朱镇中还穿着过冬的衣服。奶奶对铁匠说："你不知道这伢子没有衣服穿呀？"铁匠马上卖了几支鸟铳，给他做了身衣服。其实，铁匠家里非常穷苦，春季断粮了，找地主家借高利贷买了一点米，都给朱镇中吃了，他们自家吃野菜和蕨根做的粑粑——他们坚决不让朱镇中吃粑粑，说这个容易引起伤口化脓。

一个战士离开了部队，就像游子离开爹娘。随着时间的流逝和伤口的痊愈，朱镇中越来越想念部队。他很想赶紧去找部队，但又难于开口。铁匠善解人意，又担心地主知情后会残害小红军，于是说，现在不知道红军部队的消息，是不是先回江西老家去？朱镇中高兴极了，他坚信，江西肯定还有红军，人熟地熟，一定能找到。为了回苏区去寻找部队，他又串联了失散在龙溪村的其他伤员，有欧阳光、老杨、老程等，结伙一起走。几个难友，老杨是福建上杭县人，欧阳光是江西会昌人，老程是江西宁都人。朱镇中还找到了同样是负伤掉队的江西同乡陈新州，但后者拒绝回乡——他在老家打过地主，如果他回去，担心没命。

秋收后，铁匠坚持卖了一些谷子，凑了4块银洋，让妻子给缝在一顶破斗笠的几个地方，说是防止路上被坏人打劫。离别那天，铁匠一家准备了丰盛的酒菜给朱镇中送行。铁匠一筷接一筷地给他夹菜，一家人都哭了，舍不得让他走。

一行四个人最终还是出发了。自油榨坪、粟家园子出发，经大埠头（今广西省桂林市资源县），过湖南的新宁、新化、宝庆府（今湖南省邵阳市）、衡阳、茶陵，到江西的莲花、吉安、泰和、兴国、于都、瑞金。一路上跋山涉水，历尽艰辛。当时，他们手里没有地图，全凭一张嘴问路，问到哪走到哪，走了很多弯路。朱镇中的伤复发了，左腿肿得发光，脓血直流，但他咬紧牙关，一拐一步、一步一拐地坚持走下去。

好在朱镇中身上有4块大洋，那时，一块大洋能值100个铜板，有的地方能值120个铜板。在饭馆里，煮一顿饭需付10多个铜板。吃完三四斗米，大洋用去了3块，还余1块，大家不让他再花了，留着到家用。

他们坚持说:"现在没有米了,一块两块大洋也帮不了我们的忙,反正我们要讨饭,你就不用拿出来用了。"

一行人走过宝庆府(今湖南邵阳)就开始讨饭,边走边讨吃。当看到村庄里家家户户屋顶冒烟时,他们就一齐进村分家分户要饭吃,吃饱了继续走。有时讨三顿饭,但为了赶路,多数是每天讨两顿饭吃。

一路上,公路上的涵洞、靠山边的禾草堆、堤田埂下、茶亭子都是他们的好旅舍。为避免麻烦,每天下午看见太阳将要离开地面,村子里家家户户冒烟时,就要开始选择睡觉的地方了。比较起来,他们喜欢睡涵洞,湖南新化、宝庆一带,天旱无雨水,涵洞既干净又干燥,还没有蚊子。他们从田里抱几把草铺上,白天走累了,晚上睡得很香甜。

到衡阳后,第一次进大城市的他们茫然无措,幸好遇到好心人,讨到一些铜板,决定找个小旅馆住下再说。又遇到一个好心的老板娘接纳了他们,把他们送上二楼的一间小屋里住,一再嘱咐:"晚上 12 点钟,有人来检查,到时你们不能讲话,不能咳嗽。我把你们的门锁起来,给你们送饭吃,还给你们一只便桶,大小便就在房里解。明天早饭吃早些,吃过早饭,从我们店后乘渡船过江,跨过铁路,走上公路,就到你们江西方向了。"四个人很担心,晚上 12 点,警察果然来查夜了,走到二楼这间房前问:"这房间住客没有?"店主说:"这几间房几天来都没有住客。"耳听着警察皮鞋声慢慢走远去,他们紧张的心情才轻松下来。

翌日清晨,朱镇中四人足足地吃了一顿饱饭。老板娘只象征性地收了点铜板,叫店员把他们送到江边码头渡船上,并指明:"渡过江后,跨过铁路,上公路,到茶陵,就是你们江西了。"

终于要回到江西了!走到赣江边,四个人心潮澎湃,他们在赣江分别,含着热泪,紧紧握着手,互相祝愿着共过患难的战友。老杨回上杭,同欧阳光一起走。朱镇中回瑞金。老程则在离开湖南衡阳不远时,就留下帮人做长工去了——他祖祖辈辈受地主的压迫剥削，在苏区少先队时，他曾给地主戴过高帽子，打过地主。因此，回去怕被地主杀害，不敢回家。

苏区此时已经沦陷。但朱镇中回到苏区，群众一听说他是长征中负伤掉队的战士，纷纷出来看望，问个不停，有的是父母打听儿子，有的是老婆打听老公，有的是姐妹打听兄弟……朱镇中都不认识，乡亲们虽然很失望，但仍然纷纷从家里拿菜端饭给他吃。他终于结束了乞讨的日子。快到瑞金时，他理了发，在河里洗了把脸，精神抖擞。

1936年的瑞金城，到处充满白色恐怖。国民党军八十三师配合福建国民党反动武装对瑞金、长汀山区的游击队进行大规模的"清剿"。朱镇中四处悄悄打听游击队在哪里。这年秋天，他终于打听到在瑞金武阳区的一座深山密林里有游击队活动。他把自己打扮成一个种田人，身上披着件夹衣，朝山区进发。每当遇见白军时，就故意顺着田埂边走边看田里的豆苗，一会儿又蹲在田野里拨拨豆苗草。见敌人走过之后，立即将衣服往肩上一搭，迈着大步走到大山脚下，一进到山里，他就松了一口气。

他在深山密林中找了很久，终于，碰到了两个身着便衣的年轻人，对方掏出手枪，对准他的胸口。为了试探对方的身份，朱镇中沉住气，故意神秘地说："我口袋里有钱，你们可以拿去。"对方手一扬，气冲冲地说："谁要你的钱！"顿时，朱镇中舒了口气，紧张的心情便放松了。他们不要钱，无疑他们不是土匪，可能是游击队。

朱镇中讲了自己的来历，对方写了一张条子，并指明了路。果然是游击队！朱镇中沿着河岸爬过层层山崖，终于找到了游击队。在一个隘口，哨兵出现了，两把枪对准朱镇中的胸口。朱镇中看着身穿灰色服装、头戴红五星军帽的红军战士，激动得说不出话来。两个哨兵警惕地盯着他。他露出了许久未有的灿烂笑容，泪，就这样落了下来。

第八章

遵义

消逝在乌江的勇士

路线正确了

自己的路，自己走

湘江血战1个月后，红军干部团特科营工兵连九班班长石长阶永远消失在乌江的激流之中。当时，他还不满20岁，他的行囊中，有一封再也无法寄出去的家书：

父母亲二位大人鉴，敬禀者：

自儿离家已有三个多月了，也不知二位大人身体如何，儿在外为国家效力，为中华民族解放出力，也不能在二位大人身边常问安，望父母二位大人康健。

血战湘江后，党中央和红军痛定思痛，从湖南通道到贵州黎平、猴场，再到遵义，完成了中国革命史上生死攸关的伟大转折。遵义会议的故事，已有无数人、无数次讲过。石长阶，一个在各种史料里都罕见记载的名字，跟遵义会议有什么关系？

消逝在乌江的勇士

　　刘忠带领他的军团便衣队赶到乌江边时，敌人在西岸守备，不断向他们开枪，渡船都被敌人沉于西岸。他们人少却精悍，一路过来，夜袭施秉城，轻取紫荆关，挡路的黔军一触即溃——黔军有"双枪兵"之称，一支步枪、一把烟枪，个个面黄肌瘦，战斗力极差，跟彪悍的桂军形成鲜明对比。但是，如今摆在红军面前的难题，是乌江。

　　早在1934年12月底，刘忠手下的侦察连连长刘云彪就接到了渡江侦察的任务，派出刘品章等6人组成的侦察小分队，趁夜冒雨偷渡乌江，抓获3名俘虏，获得遵义、桐梓、乌江一线的王家烈部队布防情况，为红军作战提供了准确情报。

　　乌江是贵州境内最大的河流，江面宽200多米，水流湍急，两岸悬崖峭壁，刀砍斧削般，令人望而生畏，死死挡住红军的前进道路。红军西入贵州，大出敌人意料。蒋介石、何键原定在湘西同红军决战的计划落空，遂调兵遣将，紧追红军而来，号称要让乌江变成"第二个湘江"。守江黔军给上司的电报中，夸下海口："江防工事，重叠坚固，官兵勤劳不懈，扼险固守，可保无虞。"

　　1935年元旦当天，中共中央政治局在猴场召开会议，重申黎平会议关于创建川黔边新苏区根据地的决议，决定红军抢渡乌江，攻占遵义。当天，红一军团一师一团到达乌江边的回龙场渡口，团长杨得志看到，滔滔江水翻着白浪，呼呼的吼叫声回响在两岸刀劈般的悬崖峭壁间，震耳欲聋，别说渡过去，就是站岸边，人也感到颠簸不宁。当地老乡说，渡乌江，一定要有三个条件：大木船、大晴天、好船夫。但现在红军一个条件都不具备，怎么办？

大家讨论下来，决定就地取材——扎竹筏！没多久，就扎成了一个一丈多宽两丈多长的竹筏，战士们纷纷争着报名，要划第一个竹筏冲过乌江去。最终前卫营8名熟悉水性的战士被挑中先行试渡。8位战士，每人都配足了武器弹药。没有木桨，就用经过挑选的竹竿和木棍代替。此时天快黑了，8名勇士划着竹筏离开浅滩，江边所有人的眼睛都紧紧盯着他们。10米，15米……竹筏艰难地冲过一个险浪又一个险浪，又前进了几米，突然，竹筏像被抛出了水面，一个小山似的浪头向竹筏猛扑过去，把它吞没了。天下着雪，冰凉刺骨，但杨得志感到身上在出汗。还好，竹筏又从水中冒出来了。杨得志从望远镜里模模糊糊地看到，上面还是8位同志，他们仍在奋力地向前划。

激浪此起彼伏，漩涡一个接着一个，竹筏在艰难行进，岸上的人紧张得几乎能听到心跳声。突然，有人"哎呀"大叫一声，杨得志急忙举起望远镜，隐隐约约看到，竹筏在江心好像斜立起来了，它披着白色的浪条，上面却不见一个人影。

8位勇士呢？

汹涌的江水，刹那间把竹筏推倒，迅速地冲向了下游。几个黑点在浪涛中时闪时现，不一会儿，完全埋进了漩涡。

许多年后，杨得志还记得当时内心的痛苦：

> 我目不转睛地望着江面，望着那刚才还闪现出来的那些黑点。我知道那就是8位勇士，我是多么希望再看到他们啊！他们再也没有漂浮出水面，我再也没有看到那8位勇士的身影……岸上的喧嚷声一下子停

下来。江水的吼声代替了同志们对战友们的呼唤……

风还在刮，雨雪还在下。黎林同志和我并肩凝视着恶浪翻滚的江心，一句话也没说。此时此刻又能说什么呢？我们两个人痛苦地度过了几秒钟，但总觉得这时间很长，很长。

一定要渡过乌江去！战士们并没有被刚才的不幸吓倒，不惧牺牲，争先恐后请求任务。一营营长孙继先又挑选了10名勇士，将渡江地点改到刚才渡江点下游几十米水流相对较缓的地方。战士们跳上竹筏，孙继先说："同志们，一定要渡过去，就是一个人，也要渡过去！全团的希望就在你们身上！"

已是漆黑一片，只听见寒风呼号，半个多小时过去了，岸边的人度时如年。终于，他们听到对岸山下传来两声枪响！成功了！其他的竹筏相继出动，机枪、步枪、"三七"小炮一起开火，不多时，只见对面山顶上红光闪闪，夹杂着"嗵嗵"的爆炸声，那是红军勇士把手榴弹投入敌堡了，接着机枪吼叫起来了！岸边一片欢呼声。

就在红一团渡乌江的同时，红一军团二师师长陈光、政委刘亚楼带着先锋四团，也在距离回龙场渡口往西50公里外的江界河渡口开始渡江。杨成武腿伤初愈，与疟疾在身、脸色青白的耿飚团长商量一番，先以火力试探对方，查明对方火力点，然后选人凫水过江，拉一条缆绳过去。战士们纷纷报名，争得不可开交。连长毛振华毛遂自荐，说自己在湘江边长大，熟悉水性，枪法又好，强渡任务非他莫属。

毛振华时年25岁，湖南人，参加过南昌起义，曾当过贺龙的警卫员，后来起义部队被打散，亦辗转多地。1930年红军攻打长沙时，他又找到了部队，参加过中央苏区五次反"围剿"，红军长征开始后，他任红一军团二师四团三连连长，是耿飚杨成武手下猛将。1月2日清晨，毛振华带着7名勇士，喝罢一碗酒，脱下上衣，腰里插着驳壳枪，头上顶着一捆手榴弹，拖着缆绳，跃入江中。刚下过一场雪，天寒地冻，勇士们浑然无惧，朝江心游去。

敌人突然密集射击，还有一发发迫击炮弹，在江心炸起水柱，炮弹炸断了缆绳，已经游到江中的勇士们只能再折返回来。上岸的只有7个人，有一位战士，在江中冻的时间太久，又负了伤，风大浪急，体力不支，被冲走了——这一位牺牲的闽西子弟，没有留下姓名。

第二次强渡，放在夜间，第一个竹筏下水了，毛振华带领几个战士先过去，约定以电筒光和火柴光为信号。旋即，第二个竹筏、第三个竹筏相继出发。大家焦急地等待着，半个小时后，杨成武接到报告：第二个竹筏、第三个竹筏都被浪冲回来了，差点翻掉。但第一个竹筏始终没有回来，对岸也始终没有发回信号。杨成武揪下帽子，很难过：毛连长他们，凶多吉少……

3日凌晨，中革军委消息传来，同时军委工兵委也来了——追兵已迫近，四团要抓紧时间完成渡江任务，搭建浮桥，否则背水一战，将会非常危急。四团指战员听到这一消息，情绪激昂，纷纷请战，哪怕做出最大的牺牲，也要确保党中央和我军主力渡江。

第一批三个竹筏下水朝对岸冲去，我军各种武器朝对岸齐射，以掩护战友。突然对岸崖下也响起了枪声——毛振华几人昨晚摸黑靠上了对岸，但后续战友未至，头上敌人在忙着修工事，为了不暴露，所以没发信号。天下着雪，江边甚寒，他们只能搂在一起取暖。半夜，毛振华发现机枪手不见了，几人一番找，都没找着，这个机枪手是刚从白军中过来的新战士，是不是在生死关头动摇了？没多久，那个战士回来了，原来他拉肚子。拂晓时分，大部队强渡过来了，毛振华几人突然从敌人鼻子底下跳了出来！

1935年1月15日的《红星》报长征专号第8期上，在《伟大的开始——一九三五年的第一个战斗》这篇"前线通讯"中，详细报道了红军强渡乌江的作战经过：

> 第一次强渡的领导者是"勇"团（即第一军团第一师先遣团）三连连长毛正（振）华同志，他率领三个筏子不顾一切牺牲，在敌火力射击底下奔杀而过。行至中流，因敌火力的威胁，同行的两个筏子被水冲走，惟有毛正（振）华同志孤军奋斗，胜利的（地）到达彼岸，被冲走的二个筏子不久亦自河的下游爬上来，此行计五人：毛正（振）华、刘昌华（洪）、钟家通、温赞元、丁胜心。一登河的彼岸时，因众寡悬殊，不能遂行驱逐敌人的任务，困守于石崖下，忍饥挨冻，直至第二天，"勇"团作第二次强渡尝试，二连连长杨尚坤同志带一机枪班一步枪班奔杀过河时，才发觉他们在那里。这时毛正（振）华同志如虎生翼地一口气爬上山，拿起轻机枪一阵猛射，随即占领敌人的主要阵地。但敌人犹不甘心，集结二营以上兵力作孤注一掷，向我们三班人实行反冲锋，一次二次三次四次，我们三班人的顽强抗战，终于稳住了敌人反冲锋，最后以五个连续炸弹，完全击溃敌人，夺取了敌人视为天险的高崖！

敌人被打跑了，但红军先头部队占领阵地没多久，黑压压一片敌人又反扑回来，把红军压到江边。关键时刻，红军"炮神"赵章成出现了，赵章成原来在白军部队当过炮兵副连长，受过正规训练，1931年在江西参加红军。乌江边，赵章成只有五发迫击炮弹，没有瞄准镜，他闭上一只眼吊了吊线，炮弹入膛，一发试射后，三发嗵嗵打出去，呈品字形的三个炸点的前后左右，倒了一大片敌人，其余敌人落荒而逃。

强渡的同时，架桥工作也在紧张进行。刘伯承现场指挥。这是对红军巨大的考验——如何在乌江上架起一座浮桥来。

杨成武、赖际发这对闽西战友，自长征开始就在一起并肩战斗，如今并肩站在乌江边，苦思冥想。

经测量，乌江江心最深处5米左右，流速每秒钟1.8米，水急浪高，对岸还有敌人的炮火枪弹，架浮桥绝非易事。工兵连决定利用当地现成的竹子，扎竹排，搭浮桥。大家四处搜集材料，用竹排、横木、门板做成了一节一节的桥板。桥板做好后，怎么把它们一个一个放在水里固定呢？在浅水里倒好办，可是一到湍急的深水区，桥板就顺着水势往下游漂去。怎么办？整个搭起的浮桥需要一百多个桥板，怎么才能控制住它们，让它们为红军所用呢？

时间紧迫，追兵越来越近。寒风中，大家急得头上冒汗。这时，工兵教员谭希林建议：用大石头做"石锚"把门桥拖住。红军试着把三四百斤的石头推到水里，但是因为石头重量不够，表面又光滑，仍然拖不住一节门桥。大的石头需要现去开采，时间上根本不允许。后来，红军改用篓子装石头的办法，来改做"石锚"。用竹片编成结实的大篓子，里面装满大大小小的石头，中间交叉三根两头削尖的长木棍，作为锚，这样，一个"石锚"足足有一两千斤重，一下水，真的把门桥死死地拖住了。这个难题解决了，大家干劲十足，浮桥在大家的努力下一步一步地向前伸展着。但是，绳子不够了，情急之下战士们纷纷解下了自己的绑腿带，仍不够用，大家想起还有一些打土豪收缴的各色布匹，就把它们都拿来派上了用场，总算又解决了一个问题。

有些"石锚"被急流冲走了，有人说"水打千斤石，难打四两铁"，又去找铁匠用的铁墩，在江中固定一根大竹桩，将竹排一个个拴在竹桩上，一座壮观的浮桥出现了。

从红军开始架桥，对面敌人的炮火就没有停过，不少红军战士带伤工作。19岁的石长阶，参加红军前干过船工，他一次次运送桥板和大"石锚"到江中，最后一次运送时，敌人的炮弹弹片击中了他，这位高大魁梧的青年一头栽倒在水里，桥板滑落下来，顺着水流直冲向已经架好的一部分浮桥。战友们赶紧去拦住急速冲下来的桥板，一连去抢救石长阶。突然，石长阶从水中站了起来，用胸口拼命地抵着桥板，不让它冲走。浮桥终于被保住了，但石长阶被大家救上岸后，已经不行了。不满20岁的他，永远无法给满心思念的父母问安了。

浮桥架起来了，这是一个奇迹。林伟在1935年1月4日的日记中写道："我们等到十点多钟才从这个竹制浮桥上过去，桥摇摆得很厉害，在桥边眺望，大江沿岸巍峨的山峰一座接连一座，一块一块的大岩石，山下急流的碧绿江水，真是天险境地。"毛泽东、朱德、周恩来等随同军委纵队是在2日渡过乌江的，毛泽东过桥时感叹："红军中间有神人！"

敌人追到乌江边时，红军已将浮桥烧毁，这下轮到敌人面对乌江天险，一筹莫展了。全军渡过乌江后，中革军委专门表彰和奖励了红四团渡江战斗的英雄：三连连长毛振华颁发红星奖章一枚，其余每人均奖军衣一套。获奖的主要干部有：一营营长罗有保、三连连长毛振华、机枪连连长林玉、二连政治指导员王海云、二连青年干事钟锦友、二连二班班长江大标、二连连长杨尚坤等8名。获奖的战士有：涉水及撑排的孙明、王家福、王友才、唐占钦、赖采份等5名；英勇冲锋、顽强作战的曾传林、

为有牺牲

刘昌洪、钟家通、朱光宣、林文来、刘福炳、罗家平、丁胜心等9名。

更多的是那些没有留下名字的牺牲者。在回龙场渡口，红一师一团派专人寻找最初那8名落水勇士的下落，一天、两天、三天……却始终没有找到。杨得志回忆道：

> 每当我想起乌江，眼前便现出那8位勇士的英姿，是啊，他们同奔腾咆哮、力劈山崖的乌江一样，将永存于世。乌江的浪涛声更是人民怀念自己的英雄儿女所发出的呼唤，也是英雄们希望和激励后人所发出的嘱托！

路线正确了

1935 年元月，20 岁的刘始明全副武装地站在遵义老城琵琶桥一栋中西合璧的两层豪华楼房下执勤，他能听到楼上会议室传来的争吵声，还有他熟悉的那个湖南口音。刘始明是闽西上杭县下王村人，他跟大部分闽西战友拥有同样的经历：出身贫寒，参加了农民暴动，后来由赤卫队员变成红军，并加入中国共产党，在一次次反"围剿"战争中迅速成长。

刘始明此时的身份是中央纵队干部团特科营一连一排的战士。干部团是在长征开始前夕成立的，由红军大学等 4 所中央苏区红军干部学校合并组成。干部团的成员都是部队选调上来的有战斗经验的班排长以上的干部和政治工作人员，主要任务是警卫党中央和中央军委机关，保卫中央领导同志的安全，并负责储备、培训和为部队输送干部，必要时也参加一些战斗。

这场会议连续开了三天，最后一天会议结束时，刘始明看到，各位领导同志走出会场时有说有笑，互相话别，让他倍感亲切。只是，那个外国人李德满脸不高兴。李德不高兴，刘始明却很高兴，红军指战员里，有几个喜欢这个瞎指挥的洋人？

后来有人说，李德在会上大发雷霆，踢翻了炭火盆，把桌子也推翻了，当时在现场翻译的伍修权回忆："这我没见到。"他记得，当时会场的气氛虽然很严肃，斗争很激烈，但是发言还是理性的。李德不断地抽烟，垂头丧气，神情十分沮丧。他已意识到"无可奈何花落去"，只能硬着头皮听大家对他的批判发言。

这场会议结束时，是 1935 年 1 月 17 日夜晚。阙中一提着马灯，护送毛泽东从会场回到古寺巷。他看到，毛泽东虽然脸颊消瘦、满眼血丝，但精神饱满，谈笑风生。回到住处，毛泽东一反平日只睡门板的习惯，就往大家特地为他安排的那张黄铜大床上一躺，轻声对阙中一说："小阙，今晚我要早点睡。"

刘始明、阙中一亲历的，就是著名的遵义会议。当时出席会议的有：政治局委员毛泽东、洛甫（张闻天）、周恩来、朱德、陈云、博古；政治局候补委员王稼祥、刘少奇、邓发、凯丰；红军总参谋长刘伯承，总政治部代主任李富春，红一军团军团长林彪、政委聂荣臻，红三军团军团长彭德怀、政委杨尚昆，红五军团政委李卓然，中央秘书长邓小平。李德及担任翻译的伍修权列席会议。

遵义会议做出了四项决定：一是增选毛泽东担任中共中央政治局常委；二是委托张闻天起草《中共中央关于反对敌人五次"围剿"的总结决议》（通称《遵义会议决议》）；三是对中共中央政治局常委分工进行调整；四是取消博古和李德的最高军事指挥权。根据会议决定，2 月 5 日，中共中央政治局常委进行分工调整，由张闻天代替博古在党内负总责，毛泽东协助周恩来负责军事指挥。2 月 8 日，中共中央政治局正式通过了《遵义会议决议》。该决议从正反两方面总结了红军反"围剿"作战的经验教训，肯定了毛泽东等在领导红军长期作战中形成的基本作战原则，严肃指出博古、李德要对军事领导上的错误负主要责任。随后不久，中革军委设立前敌司令部，朱德任司令员，毛泽东任政委。3 月中旬，中共中央政治局又决定，成立毛泽东、周恩来、王稼祥组成的三人军事指挥小组（也被称为"新三人团"），全权负责军事指挥。至此，以王明为代表的"左"倾教条主义在中共中央长达 4 年之久的统治结束了。此时距离毛泽东被剥夺军权，已有两年多时间。

时至今日，当年参会代表均已离开人世，但毛泽东手书的"遵义会议会址"六个大字，遒劲有力，仍在诉说着遵义会议的伟大意义。这六个字题写于 1964 年 11 月，毛泽东先写下"遵义会议"四个字，继而在另一张宣纸上又写下"会址"二字，这是全国唯一一处毛泽东亲笔题字的革命纪念馆，可见他对遵义会议的重视。

中央红军是在 1 月 7 日凌晨"骗开"遵义城的。6 日下午，刘伯承亲自率领红一军团二师六团，冒雨攻占了离遵义 15 公里的外围据点深溪水，全歼敌军一个营，一个也没让跑出去。审讯俘虏后，得知遵义城有敌军 3 个团，他们对红军的神速行动，尚未察觉。红六团团长朱水秋、政委王集成商量，以先头部队化装成黔军溃兵，智取遵义。刘伯承批准了。经过湘江血战之后，中央红军当时很艰难，弹药消耗大，伤亡严重，智取是最好的选择。刘伯承说："装敌人一定要装得像，千万不能叫敌人看出来。"

6 日晚上 9 点，部队出发了，红军一个连队加一个侦察排，刘云彪就在队中，还集中了全团二三十个司号员，全部换上敌人的服装，十几个经过教育的俘虏，也跟着上路了。天降大雨，漆黑一团，路滑得像泼上了油，队列里不时地响起"扑通""啪唧"的声音，差不多每个人都摔过跤。摔一跤后，就成了个泥人。有的草鞋被烂泥拔掉，要想捡起来，可那鞋就像用胶粘在地上似的，怎么拽也拽不出来。扔了吧，真舍不得；捡吧，就要耽搁老半天，影响大队人马前进的速度。于是很多人干脆赤着脚，踏着碎石、烂泥、荆棘，继续前进。急行了两个多小时以后，大雨停了，遵义到了。

夜幕中，前方有一点灯光，悬在半空。俘虏兵说：遵义到了，那是遵义城上岗楼的灯光。红军装成败退下来的样子，慌慌忙忙往城根跑去，城楼上凶狠喝问："干什么的？"枪栓拉得呱啦呱啦直响。俘虏用贵州话

为有牺牲

从容地回答："自己人。""哪一部分的？"城楼上又问。这时，俘虏的连长就按着红军事先给他安排的内容，悲悲切切地回答了："我们是外围营的，今天叫'共匪'包围了，庄子丢了，营长也打死了，我是一连连长，领着一部分弟兄好歹逃了出来。现在'共匪'还在追我们，请快开城门，救救我们！"城楼上继续盘问，红军战士马上造势，许多人乱糟糟地喊，催促开门。城头手电筒照下来，一看确实是黔军的大盖帽，于是放心打开了城门。王集成回忆了精彩一幕：

　　当他们确实认清我们这些戴大盖帽的是"自己人"的时候，才说："等着，别吵，这就给你们开门！"我们一听，都憋住笑，悄悄地上好刺刀，推上子弹，等着敌人开门来迎接"自己人"。"哗啦"一声，城内卸下了门闩。随之，"吱——""吱——"的两声，又高又厚的城门敞开了。敌人恐慌地问我们侦察排的同志："怎么'共匪'已经过乌江啦？来得好快呀！"

　　"是啊！现在已经进了遵义城！"侦察排的几个虎将把枪口指着那两个敌人的太阳穴，严厉地说："告诉你们，我们就是中国工农红军！"那两个敌兵吓得"啊！"了一声，就像面条一样瘫在地上了。

　　于是，我们大队人马便一下子涌进城去。割了电线，收拾了城楼上的敌人，二三十个司号员就一齐吹起了冲锋号。这时，后续部队像风一样向街里冲进去。霎时，遵义城热闹起来了，激昂嘹亮的军号声中夹杂着惊心动魄的枪声；英勇杀敌的呼喊混合着敌人的哭叫。大多数敌人还没有来得及穿衣服就当了俘虏，只

有少数敌人狼狈不堪地从北门逃窜了。1月7日早晨，
我们宣告遵义城解放了。老百姓都走出家门，排列在
街旁，挥着彩旗，大放爆竹，兴高采烈地欢迎着自己
的子弟兵，庆贺着翻身喜日的到来。

红军进了遵义城，面临着的一个"烦恼"是：他们不得不向老乡不
断解释，红军没有"水马"。黔军原以为乌江天险，红军不可逾越，结
果红军这么飞速地就打进了遵义城，于是"红军有'水马'"的传闻不
胫而走。老百姓围着红军，纷纷要看"水马"。红军指战员们哭笑不得，
连日来的紧张情绪，也终于放松了一下。

此时，国民党中央军追兵尚被乌江阻隔，黔军闻风丧胆，又四分五裂。
遵义会议得以从容举行，红军也有了一段宝贵的休整时间。

遵义会议精神传达下来后，红军一片沸腾，百感交集。杨成武当时
率红四团进遵义后，马不停蹄地乘胜追击，打下了娄山关、桐梓城、牛
栏关，一直打到长江南岸的松坎，警戒从四川、重庆过来的敌人。驻守
松坎期间，耿飚调任一师参谋长，红四团迎来了新团长黄开湘。就是在
松坎，杨成武看到了通报遵义会议精神的电报：

> 我拿着电文纸的手，簌簌地抖个不停，热泪滚滚，
> 情不自禁。尽管这不是正式传达，电文也非常简要，
> 但它却立即在全团指战员中引起了强烈的反响，同志
> 们奔走相告，群情激奋。领导我们打了那么多胜仗的
> 毛主席，终于回到军委的领导岗位上来了。这是一个
> 多么振奋人心的喜讯啊！我不禁想起了从这次战略转
> 移以来，一路上，指战员们一直盼望毛主席来指挥的

为有牺牲

那种急切心情；想起了湘江之滨的血与火；想起了五次反"围剿"中的一场场恶战，啊，那么多的好友，血染江流，横尸沙场，他们要是能看到今天的伟大变化，该多么高兴啊！

在遵义团溪镇，红五军团政委李卓然站在一张桌子上，向大家传达遵义会议精神。当他讲到选举毛泽东同志为政治局常委，恢复毛泽东同志对红军的领导时，人群中立刻爆发出长时间的热烈掌声，人人喜笑颜开。当时在下面听传达的连指导员廖鼎祥回忆说：

> 遵义会议像春天一样，给部队带来了新的希望和鼓舞。过去的疑虑和埋怨情绪一扫而光，增强了团结。在这以前，同志们常问：今天走，明天走，到底走到哪里去？去干什么？在哪里开辟新的根据地？当时我不知道，请示上级也说不清楚。天天动员，天天做思想工作，磨破嘴皮，只一句话：坚决跟党走，服从命令定有前途。现在，真如拨开重雾，看见了阳光，大家精神振奋，情绪非常高涨，个个准备迎接新的战斗。

"左"倾错误，给中国革命带来了惨重的损失，用毛泽东的话来说，"白区损失了百分之百，苏区损失了百分之九十"。长征途中，红军中受到王明"左"倾错误打击的干部，一提起过去的错误领导和它给革命带来的损失时，无不痛心疾首，气得又捶桌子又打板凳。很多人都记得传达遵义会议精神时，大家聚精会神，时值贵州多雨季节，但红军将士们冒雨听传达，几个小时都不离场避雨。

一个新时代到来了！

被"左"倾错误迫害过的干部们，也迎来了解放。广昌战役后，曾经被李德威胁要枪毙的萧劲光，得知遵义会议精神后，激动得差点掉下泪来。这次会议，纠正了包括他在内的一批干部的冤案，摘掉了他头上那顶"罪犯"的帽子。虽然萧劲光的党籍在过金沙江以后，通过组织手续才得到恢复，但是，压在他心上的那块沉重的石头终于被搬掉了。

罗明虽然尚未完全平反，但遵义会议后，他的待遇好了许多。中央起用了一批此前被"左"倾错误打压的干部，罗明担任红三军团政治部地方工作部部长。在遵义城，他见到了离开苏区后未曾见面的妻子谢小梅。长征开始时，罗明分配在后勤司令部政治部当宣传联络员，还兼任收容工作，经常代背几个背包和枪支，每天很晚才到宿舍点。谢小梅则被安排在红一方面军中央纵队干部团休养连，成为长征部队中红一方面军30名女红军中的一员。刚生完孩子，谢小梅虚弱得连话都说不出来。但她没有获得骑马、坐担架的优待，只能凭自己的双脚背着行李和粮食袋行军。疲劳得实在走不动时，她就拉着马的尾巴走。由于丈夫的缘故，谢小梅动辄受到"不遵守组织纪律"的严厉批评。如今境遇不一样了，夫妻相见，喜出望外。

路线正确了，大家都看到了希望。朱德在遵义会议后，特地赋诗一首："群龙得首自腾翔，路线精通走一行。左右偏差能纠正，天空无限任飞扬。"

自己的路，自己走

1965年，湘江血战31周年，17岁就当上少共国际师政委的萧华，此时已年近五旬。他难忘长征岁月，用半年时间，完成了12首情感真挚的史诗。随后，作曲家晨耕、生茂、唐轲、遇秋选择其中的10首谱成了组歌，分别描绘了10个环环相扣的战斗生活场面，并巧妙地把各地区的民间曲调与红军传统歌曲的曲调融合在一起，最终汇成了一部著名的大型声乐套曲——《长征组歌》。

《长征组歌》第一部分为《告别》，开头是：

> 红旗飘，军号响
>
> 子弟兵，别故乡
>
> 王明路线滔天罪
>
> 五次"围剿"敌猖狂
>
> 红军急切上征途
>
> 战略转移去远方

王明，以这种方式被写进了歌词。《长征组歌》唱响中国大地时，王明借养病理由，滞留苏联不归。当时中苏两党关系已经恶化，王明公开在苏联报刊上发表文章，对毛泽东和中共中央进行诽谤、攻击。

在中国共产党历史上，王明是一个绕不过去的人。他生于1904年，原名陈绍禹，安徽金寨人，自幼聪颖，1925年10月入党，同年11月赴莫斯科中山大学学习。他学习很努力，能说一口流利俄语，以马克思理论家自诩，深得巴维尔·亚历山大罗维奇·米夫的赏识。

米夫这个人，也不简单，历任莫斯科中山大学校长、共产国际东方部副部长、共产国际驻中国代表团团长。王明进入他的"小圈子"，从此飞黄腾达。1931年1月，中共中央六届四中全会在上海秘密召开，米夫"钦点"原来连中央委员都不是的王明，进入政治局成为委员，名义上向忠发继任总书记，但实际上王明大权独揽。这一年6月，向忠发被捕叛变，斯大林指示米夫以共产国际名义指定由王明为代理书记，党内由此开始了第三次"左"倾错误的统治。同年9月，党中央机关遭到破坏，王明随米夫去苏联，任中共驻共产国际代表，王明去苏联前，指定中央由博古负责。博古后来在上海也待不下去了，到了中央苏区，执行的还是王明那一套"左"倾错误。

血战湘江后，红军元气大伤命悬一线时，毅然改变了继续前往湘西北"死地"的原计划，最终在遵义迎来了伟大转折。遵义会议的另一个非凡意义是，中共中央在没有得到共产国际指示的情况下，自行改组了中共中央政治局及政治局常委会。当时担任中转任务的上海电台损坏，长征途中的中共中央无法与共产国际取得联络，生死攸关之际，党依靠自己作出了正确决定。

现在很难想象，在相当长的一段时间内，中国共产党理论上只是共产国际的一个支部，受万里之外的共产国际遥控指挥。20世纪上半叶，包括中国共产党在内的东方落后国家的革命运动和民族解放运动，大都是在它的推动、组织、指导或影响下起步的。

中国共产党与共产国际的关系，颇多纠葛，非常复杂。打个比方，中国共产党是在共产国际这个"保姆"的精心呵护下诞生与成长的，幼年时期，只能走别人指定的路。但是当娃娃已长成青年，"保姆"对他

　　　　为有牺牲

却还像对待孩子一样处处管束、种种代劳，恨不得让这青年完全按自己的成长经验成长，完全按自己指定的路走路，而且要求他必须完全以自己为中心……结果，可想而知。

毛泽东对此有精辟论述，1963 年 9 月 3 日，毛泽东会见印尼共产党代表团，他说：

> 有先生有好处，也有坏处。不要先生，自己读书，自己写字，自己想问题。这也是一条真理。过去我们就是由先生把着手学写字。从一九二一年党成立到一九三四年，我们就是吃了先生的亏。纲领由先生起草，中央全会的决议也由先生起草，特别是一九三四年，使我们遭到了很大的损失。从那之后，我们就懂得要自己想问题。我们认识中国，花了几十年的时间。中国人不懂中国情况，这怎么行！真正懂得独立自主是从遵义会议开始的。这次会议批判了教条主义。教条主义者说苏联一切都对，不把苏联的经验同中国的实际相结合。

1964 年 3 月 23 日，毛泽东会见并宴请日本共产党代表团，又说道：

> 我们得到一条经验，任何一个党的纲领或文件，只能由本国党来决定，不能由外国党决定。我们在这个问题上吃过亏。我们为什么走了二万五千里，军队由三十万人变成二万五千人，南方根据地全部丧失，白区的党几乎损失百分之百？这就是由于王明路线。

一九三一年我们党的四中全会决议，就是共产国际给
我们起草的，并强加于我们。这个决议也是从俄文翻
译过来的。以后我们独立自主。在长征路上，我们批
判了"左"倾冒险主义。从那时起，即从一九三五年
一月起到一九四五年的十年中，我们进行过整风，
用说服的方法把全党团结起来。我们的军队又由
二万五千人发展到一百二十万，根据地的人口有一亿。

1960 年 7 月，中共中央在河北省秦皇岛市北戴河召开省、市、自治区党委书记会议上，周恩来作了一个报告《共产国际和中国共产党》，他说："共产国际的成立和解散，都是必要的。共产国际从成立到解散共存在 24 年（1919—1943），3 个 8 年。毛泽东同志说它是两头好，中间差。两头好，也有一些问题；中间差，也不是一无是处。共产国际的成立，当然是必要的。它对各国党的建立和成长起了很大的作用。后来各国党成长了，成熟了，共产国际就没有存在的必要了……"

"两头好，中间差"，非常精辟地论述了共产国际与中国共产党的关系。

其中"中间差"是指 1927 年到 1935 年，中国共产党在大革命失败后，植根农村创建革命根据地，继而成立苏维埃政权，直到放弃苏区被迫长征扎根陕北。回看这段历史，有"枪杆子出政权"的觉醒，有"农村包围城市"的智慧，有"星星之火，可以燎原"的信心，有建立政权为中华人民共和国进行"伟大预演"的激情，但也有不顾中国革命实际照搬苏联经验的惨痛教训。

中华苏维埃共和国既是中华人民共和国的"伟大预演"，也留下了共产国际照搬苏联经验的惨痛教训。例如，在共产国际"帮助"中华苏

维埃共和国拟定的法律中，规定中国革命的力量可以享有国民权利与待遇的，只有工人和贫苦农民两部分人。这种绝对的划分，让中国共产党自我孤立了。敌人已经大举压境，苏区在军事错误应对的同时，过左的错误政策，把反对民族资产阶级和反帝反封建并列，混淆了民主革命和社会主义革命的界限，一大恶果就是导致苏区经济在战争重压之下陷入崩溃，财政枯竭，已无力支撑红军完成第五次反"围剿"。

毛泽东曾说过："土地革命战争时期，党内机会主义的主要特点是'左'……把赤白对立绝对化；对中小资产阶级实行过左政策，片面强调工人利益而把工商业很快搞垮了；主张地主不分田、富农分坏田，并损伤了一部分中农的利益。当然，我们党在农村中还是有群众的，不能说是在农民中完全孤立。总之，土地革命战争时期实行'左'的政策的结果，我们没能孤立蒋介石，而是孤立了自己。"

值得一提的是，遵义会议，是中国共产党集体觉醒的结果。除了毛泽东的努力外，党和红军的领导干部也在长久的思考中，作出了正确的选择。早在血战湘江前，党和红军已经因"左"倾错误而遭受严重损失，许多领导干部从奉李德、博古为圭臬，到亲身经历了血淋淋的现实，他们愤怒、困惑、反思，一路走向遵义。

犯错不可怕，可怕的，是不会反思为什么会犯错。最可怕的是，清楚为什么犯错误，但自我安慰这是别人的原因，等待别人以后改正，完全丧失了危急关头自我拯救的信心。但党和红军的高级干部在遵义完成了一次自我拯救。

唯有如此，烈士们洒在湘江的血，才不会白流。

遵义会议之所以是"伟大转折"，其意义就在于：自己的命运由自己决定，党和红军摆脱了共产国际指定中共中央领导的束缚，自己选出了自己的领导核心！

邓小平在回顾党的领导集体时曾指出："在历史上，遵义会议以前，我们的党没有形成过一个成熟的党中央。从陈独秀、瞿秋白、向忠发、李立三到王明，都没有形成过有能力的中央。我们党的领导集体，是从遵义会议开始逐步形成的，也就是毛刘周朱和任弼时同志。"

1937年，全民族抗战爆发后，王明以中共驻共产国际代表、共产国际执行委员会委员和主席团委员的身份回国，行前又受到了斯大林和季米特洛夫的接见，因此，王明以共产国际代言人自居。后来，他到武汉任长江局书记，继续唯共产国际马首是瞻，且教条执行，从原来的"打倒一切"，又走到另一个极端："团结一切"，否认抗日统一战线中的独立自主原则，主张抗日民族统一战线中"一切经过统一战线"，"一切服从统一战线"，放弃党对统一战线的领导权。历史对此的评价是：右倾投降主义错误。

用今天的眼光来看，王明的问题，是以共产国际即苏联的利益为中心，而不是以中国共产党的利益作为自己的出发点。

王明自以为有共产国际作靠山，认为中央应放到武汉来，并经常以中央的名义发指示，不赞成张闻天、毛泽东继续行使中央的权力，甚至要求把中共中央的机关报等都搬到武汉去办，在延安开政治局会议都是王明打电报通报延安会议日程，不可避免地影响了中共中央自身的团结和指示的权威性。

但时过境迁，王明的靠山米夫已在苏联大肃反中遭到清洗，失去共产国际的信任，共产国际领导人季米特洛夫得知王明在武汉以中央自居时，态度明确：应该"在毛泽东为首的领导下解决党内团结问题"。

这是共产国际最关键的一次，也是它最后一次从组织上直接干预中国党的内部事务。

相比于跟着共产国际亦步亦趋、教条执行、动辄走向极端的王明来说，毛泽东是个实事求是的人。他深谙"度"的把握，既有定力，又很灵活，更关键的是，他始终以中国革命利益为核心利益，虽然十分重视十月革命的经验和苏联社会主义建设的经验，但是，毛泽东坚决反对把十月革命的模式强加在中国革命头上、要求一切照办的倾向，坚决反对苏联领导人和共产国际领导人按照自己的经验和自己的利益在中国头上挥舞的指挥棒。

1938年，毛泽东在一次讲话中强调指出，中国共产党必须"学会把马克思列宁主义的理论应用于中国的具体的环境"。他说："成为伟大中华民族的一部分而和这个民族血肉相连的共产党员，离开中国特点来谈马克思主义，只是抽象的空洞的马克思主义。因此，使马克思主义在中国具体化，使之在其每一表现中带着必须有的中国的特性，即是说，按照中国的特点去应用它，成为全党亟待了解并亟须解决的问题。"

1943年5月，共产国际公开宣布解散，声言这是为了适应反法西斯战争的发展，便于各国共产党独立处理问题。苏共中央发表决定，完全同意解散共产国际。万里之外的中国重庆，蒋介石欣喜若狂，指示手下炮制反共文章，而在延安，因受到批评一直称病不出的王明，如丧考妣。此时的毛泽东，白天晚上都在开会。

白天，毛泽东主持中共中央政治局会议，讨论共产国际解散一事。会议认为：共产国际已完成自己的历史使命，各国共产党更加需要根据自己民族的特殊情况和历史条件，独立地解决一切问题，"中国共产党在革命斗争中曾经获得共产国际许多帮助；但是，很久以来，中国共产党人已能够完全独立地根据自己民族的具体情况和特殊条件，决定自己的政治方针、政策和行动。""共产国际的解散，将使中国共产党人的自信心与创造性更加加强，将使党和中国人民的联系更加巩固，将使党的战斗力量更加提高。""中国共产党人是马克思列宁主义者，因为马克思列宁主义是科学，而科学是没有国界的。中国共产党人必将继续根据自己的国情，灵活地运用和发挥马克思列宁主义，以服务于我民族的抗战建国事业。"

晚上，毛泽东出席中共中央书记处召集的延安干部大会，作关于解散共产国际的报告，他提出：共产国际的解散，不是为了减弱各国共产党，而是为了加强各国共产党，使各国共产党更加民族化。他强调：有两种团结是绝对必要的，一种是党内的团结，一种是党同人民的团结，这些就是战胜艰难环境的无价之宝。全党同志必须珍爱这两个无价之宝，全党同志团结在中央的周围，只要共产党人团结一致，同心同德，任何强大的敌人，任何困难的环境，都会被我们战胜的。我们全体党的干部应当和广大群众打成一片，克服一切脱离群众的官僚主义，"我们共产党人不是要做官，而是要革命，我们人人要有彻底的革命精神，我们不要有一时一刻脱离群众。只要我们不脱离群众，我们就一定会胜利。"

这正是毛泽东的中心思想：自己的路，自己走，外面的力量是靠不住的，靠得住的，是自己的人民！

09

赤水

『有多少生死与共的战友，在我身边倒下』

不要负伤！不要掉队！

革命理想高于天

1935 年 1 月 28 日，湘江血战两个月后，在赤水河畔，红军又遭遇了一次危机。

赤水，就是四渡赤水的赤水。

1960 年 5 月，二战名将蒙哥马利来华访问。在毛泽东接见他时，蒙哥马利由衷地说："阁下指挥的辽沈、淮海、平津三大战役，可以与世界上任何伟大的战役相媲美。"毛泽东却微笑着摇摇头："'四渡赤水'才是我一生的'得意之笔'！"

"四渡赤水出奇兵，毛主席用兵真如神！"四渡赤水，确实是毛泽东高超军事指挥艺术的突出体现。但鲜为人知的是，四渡赤水，是由一场失败的战斗引发的，而这场战斗，是毛泽东在遵义会议上重新回到红军领导岗位后亲自指挥的第一场战斗。

"危"与"机"，转化只在一瞬间。

毛泽东打败仗的地方，叫青杠坡。

"有多少生死与共的战友，在我身边倒下"

青杠坡战斗凶险到什么程度？

当时，敌人差几十米，就打到一个叫"漏风垭"的地方，这里是中革军委指挥部前沿，指挥所后面，就是赤水。朱德的夫人康克清在撤退中，被跑到最前面的一个敌兵一把抓住了她的背包。康克清猛一转身，甩脱背包，这才逃出——这一幕极像1929年2月2日的圳下战斗。圳下村位于赣粤闽三省交界的寻乌县，因为警戒出了问题，赣军冲进村子时，大家都不知道，从井冈山下来的红四军的军部差点被一窝端，中国革命历史险些被改写。当时枪声响起时，敌军已越过了毛泽东的住房，朱德差点被堵在屋里，他摘下战死的警卫员的冲锋枪，杀出了一条血路，但妻子伍若兰落入了敌手。最惊险的莫过于陈毅，他披着大衣快步撤离时，被突然冲上来的敌人一把抓住了大衣。他急中生智，把大衣向后一抛，正好罩住敌人的脑袋，方才脱身。

当初，红军并没想到青杠坡一战会打成这样。

遵义会议结束后，中央红军从1月19日离开遵义，分三路向川南开进，当时的计划是"由黔北地域经过川南渡江后转入新的地域，协同四方面军，由四川西北方面实行总的反攻，而以二、六军团在川、黔、湘、鄂之交活动，来钳制四川东南'会剿'之敌，配合此反攻，以粉碎敌人新的围攻，并争取四川赤化"。在这个时候，红军根本没有考虑过渡赤水的问题，而是想占领土城，从宜宾、泸州之间渡过长江和红四方面军会合。

1月26日，毛泽东同朱德、周恩来、刘伯承在土城察看地形，选择了青杠坡作为歼灭尾追过来的川军郭勋祺部之处。青杠坡位于土城东北3公里处，是土城通往习水县城的交通要道，此处是一个不足两平方公里的葫芦形隘口，适合诱敌深入，而后围歼。中革军委接到的情报是：川军大约四个团，郭勋祺两个团在前，潘佐的两个团在后。敌人数量不多，红军信心满满。

28日晨5时，战斗打响，异常惨烈，红军发现，对方不是不堪一击的贵州"双枪兵"，而且人数众多，这些川军为了阻挡红军进入四川，拼了老命。而且红军后来才知道，情报出现了重大失误，虽然截取到敌人电报，却误把"旅"翻译成了"团"……

双方残酷拉锯，毛泽东果断令红一军团红二师（出发攻打习水县城）返回增援。在援军未抵达之前，红军阵地一度被攻破，双方进行了白刃战，红军子弹打光，就用石头砸敌人，后来连石头都所剩无几了。战况最危急的时刻，朱德决定到前线指挥作战，毛泽东犹豫了，一支接一支地吸烟。朱德把帽子一脱，说："老伙计，不要光考虑我个人的安危，只要红军胜利，区区一个朱德又何惜！"毛泽东同意了，朱德与刘伯承上了一线，给红军将士极大信心。

敌人发起第六次冲锋时，红军伤亡惨重，防线岌岌可危，毛泽东决定：干部团上去！

干部团在长征开始前夕组建，由原红军大学、彭杨步校、公略步校和特科学校等合并组成，陈赓被任命为干部团团长，该团的其他领导成员是：政委宋任穷、参谋长毕士悌、政治处主任莫文骅、党总支书记方强。干部团下设4个营和1个上级干部队。第1营为步兵营，营长李荣、政委刘道生；第2营为步兵营，营长黄彦斌、政委丁秋生；第3营为政治营，营长林芳英、政委罗贵波；第4营为特科营，营长韦国清、政委黄骅；上级干部队队长萧劲光、政委余鸿泽（后为莫文骅），下设指挥科、政治科、地方工作科。包括团长陈赓在内的干部团不少成员，是遭"左"倾错误领导者打击迫害的受害者，比如萧劲光，在第五次反"围剿"战争中差点被李德枪毙，幸而被毛泽东抢救下来。

　　他们都是身经百战的红军将领，如今作为普通士兵来冲锋，如猛虎下山，瞬间把敌人压了下去。敌人又有大部队来增援，一度反守为攻。但干部团仍拼死奋战，一直坚持到下午2时许，红一军团红二师返回增援，干部团又与之协同作战，连续反击，终于打退了敌人的进攻，巩固了阵地。这次反击作战，干部团立了大功。一直在前沿拿着望远镜观察的毛泽东，高兴地称赞："陈赓行，可以当军长！"

　　黄昏时分，双方僵持，毛泽东意识到，敌军援军将至，红军消耗不起，这场战不能再打了。中革军委召开了紧急会议，这是红军在战斗中召开的唯一一次紧急会议，会议决定：撤出战斗，作战部队与军委纵队应立即轻装，从土城渡过赤水河西进。

　　于是，有了一渡赤水。

　　青杠坡一战，红军歼敌3000多人，自身也伤亡3000多人。来自闽西长汀的陈先多牺牲于此。陈先多是一名军医，牺牲时为红一军团第二师卫生部长，年仅29岁。他是长汀县河田镇南塘村人，1918年冬，以优异成绩考入长汀省立第七中学，在校期间参与反帝爱国宣传活动，结识了张赤男。1924年3月，经保荐，进入长汀福音医院办的医疗班学习，"五卅"运动爆发，他参加了张赤男、罗化成等发起的反帝示威游行。1927年9月，南昌起义部队途经长汀，陈先多参军，并随起义军南下，用学到的医学知识医治护理伤病员。南昌起义军在潮汕失败后，陈先多与主力部队失散，辗转回到长汀，继续地下工作。1928年1月，他以开医疗诊所为名，建立起秘密革命联络点，5月，加入中国共产党，6月，

　　　　　　　为有牺牲

任南塘村党支部书记兼农会主任，积极搞好党和农会的组织发展工作。1930年1月，参加中国工农红军，在红一军团担任军医，转战闽赣，参加了中央苏区第一至第五次反"围剿"作战，深入前线开展医疗救护。长征开始后，他一路抢救伤病员，使许多战士重返前线。

现在已无从知晓陈先多牺牲的详情，他踏上长征之路后，家人就一直不知其生死，直到1983年10月15日，家里收到民政部颁发的一张革命烈士证明书，证明书上名字是陈先多，关于他牺牲的情况，只是寥寥数笔："1930年于濯田参加红四军任医官，战斗中负伤后下落不明。"

当时战事危急，无数牺牲者默默倒下，血沃大地，战友甚至来不及收殓他们的遗体……

一渡赤水，摆脱了川军的追击。红军到达云南扎西，正值甲戌年除夕，天降大雪。红军进行了短暂的休整，其间进行了"扎西整编"，全军缩编为16个团，扎西地区3000名战士补充进部队，此前在遵义地区有5000余名优秀青年参加红军。也是在扎西，正式通过了遵义会议决议。

此时，敌情愈发紧张，国民党重兵合围，川军与滇军朝扎西压迫过来。中革军委经研究，决定放弃北渡长江方案，还是回师黔北，于是有了二渡赤水。2月19日至21日，中央红军由太平渡、二郎滩东渡赤水河，再次进入黔北，直逼娄山关。黔军重兵把守，红一、三军团交替进攻，另一支红军在当地向导带领下，冒着粉身碎骨的危险，攀着葛藤，踩着崖缝，悄悄爬上了娄山关左翼的制高点点金山，居高临下朝关口敌人射击。敌人屡次反攻点金山不下，指挥官又被打死，阵脚大乱，最终在红军夹击中，崩溃了。毛泽东登上娄山关，激情满怀写下《忆秦娥·娄山关》："雄关漫道真如铁，而今迈步从头越。"

红军乘胜追击，从娄山关上直压遵义城，先下新城，再攻老城，在向老城敌人进攻时，红三军团参谋长邓萍来前线观察敌情，被敌人一颗流弹击中，当场牺牲。当时红三军团四师政治部主任张爱萍正和邓萍在一起，两人隐蔽在城下河滩边一个小土墩的草丛中，用望远镜观察地形。邓萍正跟张爱萍说话，布置任务。

> 突然，他的头栽到我的右臂上，我还没弄清怎么一回事，他那为革命事业英勇献身的殷红的热血已染满我的衣襟。邓萍同志不幸中弹。没有来得及说完要说的话就悲壮地牺牲了。邓萍同志是黄埔军校的早期学生，曾参加过平江起义，作战指挥英勇顽强、沉着、果断，是彭军团长有力的助手，是我党优秀的干部和指挥员，他的牺牲使我异常悲痛，长期(时)间地怀念他。
>
> 在艰苦的革命战争中，有多少生死与共的战友，在我身边倒下，他们往往来不及说完一句话，来不及投出一颗手榴弹，就和我们永别了! 中国革命的历史就是用无数烈士的鲜血和生命写成的……

邓萍是红军长征期间牺牲的职务最高的将领，在"为邓萍同志报仇"的口号声中，红军战士向遵义老城发起了猛攻。2月28日凌晨，红军再次占领遵义城，并控制了城南的红花岗、老鸦山一线高地。张爱萍用电话向彭德怀报告了邓萍牺牲的噩耗，彭德怀痛惜之情无以发泄，竟忍不住骂起来："狗娘养的! 你们这些不怕死的统统给我死了算了!"

但红军将士来不及悲伤，一路尾随的国民党中央军吴奇伟率五十九师和九十三师，已从贵阳扑向了遵义。在红花岗、老鸦山阵地，红军与敌人展开激战，红军越战越猛，打疯了一般，敌人终于全线崩溃。吴奇伟逃过乌江后，担心红军追来，立刻砍断浮桥，尚未过江的1000余人和大批辎重，都被红军俘获。

这是红军长征以来最大的一次胜利，5 天之内，连下桐梓、娄山关、遵义，毙伤敌 2400 余人，俘敌 3000 余人，蒋介石自认此为"国军追击以来的奇耻大辱"。

蒋介石认真揣度红军动向，又开始调兵遣将。3 月 18 日，红军从茅台三渡赤水，进入川南，迅速脱离险境，避免了背水一战。蒋介石大伤脑筋，不知红军是何用意，误以为红军又要渡江入川。红军将计就计，派一支小部队佯装要北渡长江。蒋介石中计，调集各路大军云集川南，欲与红军决战。红军却在 3 月 21 日至 22 日分别从二郎滩、九溪口、太平渡四渡赤水，把川、滇、黔三省军阀部队和国民党中央军全部甩在赤水河西岸。蒋介石的碉堡白砌了，十分崩溃，判断红军将第三次占领遵义，于是亲自飞到贵阳督战，欲在遵义地区与红军决一死战。红军才不让他如愿，奇兵突袭乌江，再次跨越天险，把近 50 万"追剿"敌军丢在赤水以西、乌江以北。四渡赤水，红军灵活机动，声东击西，矫若游龙，处处主动，却把敌人拖得疲于奔命。

接下来，红军的计划是引出滇军主力，于是造势直趋贵阳。这一下，坐镇贵阳的蒋介石坐不住了。红军一度打到贵阳城郊，用石灰到处刷下醒目的标语："攻进贵阳城，活捉蒋介石！"此时贵阳城里兵力空虚，蒋介石甚至让人准备了快马与轿子，还有一套逃跑路上用来化装的便服，计划跑路。他紧急调遣滇军主力孙渡部来贵阳"勤王"，结果孙渡在半路上差点被红军便衣队打死，而红军掉转枪头，突然进入了兵力已调出的云南，刘忠带着一师侦察连和便衣队，向昆明前进，扬言红军要攻打昆明，这下轮到"云南王"龙云手忙脚乱了。

当昆明城里乱成一团时，红军主力直奔金沙江皎平渡，而蒋介石半天才反应过来，红军要过金沙江了，但他的判断是：红军在元谋县的龙街渡口。他们又错了。

　　红军往金沙江进军过程中，颇多神来之笔，担任前锋的杨成武和黄开湘让战士们换上国民党军装，不发一枪一弹，赚开了禄劝、武定、元谋三座县城。所到之处，受到国民党县长和当地头面人物的热烈欢迎。毛泽东评价说："我们的敌人要都是像他们这样愚蠢，革命早就成功了。"

　　刘忠率领的侦察队最后渡过江，他指挥大家把七只渡船全部沉到西岸江底。七天过后，国民党军才赶到江边，望江兴叹。中央红军文工团还专门编了一部剧，名为《破草鞋》，讲几十万国民党军牛皮吹破天，结果得到的，只是红军战士丢下的破草鞋。红军战士可喜欢看这个了，他们笑得前仰后合，手掌拍得通红。

　　　　　为有牺牲

不要负伤！不要掉队！

在二渡赤水后的娄山关战斗中，罗明负伤了。

遵义会议后复出的罗明，担任红三军团政治部地方工作部长，胡耀邦当时是该部秘书。攻打娄山关时，罗明等人在山顶大道上救护伤员，突然指挥部发出防空警报，大家纷纷隐蔽。但罗明和胡耀邦担心暴露目标，影响红三军团指挥部，两人赶紧收拾山顶大路上堆放的杂物和各色标语纸张，这时敌机投下三枚炸弹，罗明和胡耀邦均被弹片射中。罗明受伤较重，大量流血，只能用担架抬下山。胡耀邦大腿受伤，因担架缺乏，只能自己缓缓步行。在下山路上，碰到肖月华和廖似光，两位大姐赶紧把运被盖的小毛驴给胡耀邦骑上。

红军四渡赤水，行至贵州西部北盘江时，中央找罗明谈话，说他因受伤不能适应急行军和长途行军，让他和妻子谢小梅留在贵州，到贵阳郊区搞农运工作。罗明表示愿意随军行动，但还是服从了组织安排。看着大部队远去，他们心情沉重——接下来，是一条九死一生之路。

长征途中，如果因为负伤掉队，往往就意味着死亡。在苏区作战时，有红军医院，有可靠的乡亲，有安全的后方。但踏上长征路，就完全不一样了。

多位经历过长征的老红军，都在自己的日记里写过伤员的悲剧。肖锋写道：

（1934年11月23日）在湘南宁远，飞机投弹，七连陈敬群副连长腿被炸断，还硬不让人包扎，自己拉响手榴弹牺牲。他知道部队离开苏区，伤员不好安排，不愿意给队伍增加困难，情愿自我牺牲，同志们都感到很惋惜。

（1934年11月26日）整天与敌厮杀，伤亡三十余人，转移二十五里，最大问题是伤员无法安置，只好原地放在群众家，到白区作战，最困难的是无后方，伤员无法收容，伤了等于死亡。二营六连排长何玉香负重伤，宁死也不愿留下。三营通讯班长刘挺楷，腿被打伤，要把他留下，他打天翻地不干，说爬着也要跟红军走。

（1935年2月7日）早晨到新桥，第一次过赤水河，回师政归建，向谭主任汇报战斗及处理伤员情况。三团特派员袁纪录同志，福建人，重伤后安置在夹口山岩村。他不愿留下，最后抱着我的腿说，肖主任，你干脆把我打死吧！战友啊，我们要行军，实在无法，只好含泪离别。

长征途中医疗条件极差，能够找到一块门板搭一个手术台就很不错了，手术刀是民用剪刀代替的，没有绷带就把被子撕成条。还得有人举着油灯照明。药品和医疗器械是无价之宝。当年消毒灭菌和抗感染的药物本来就极少，长征中就更是稀缺。受技术和物质条件的限制，当时只能做一些诸如消毒、包扎、固定、止血、缝合、取子弹、取骨片这样的处置和小手术，至于断肢和内脏手术，根本没法做。

红九军团在长征中处于右后卫位置，一个重要任务就是收容主力部

　　　　　为有牺牲

队掉队的伤病员。遇有敌情时，红军常常要急行军或强行军，有时候一天一夜赶百多里地，体弱掉队的很多。如果发生战斗，还会有大批伤员下来，医务人员拼死也要把伤员抢救下来。军医涂通今回忆说，他救护过的伤员不计其数。当年，有不少同志由于没有得到手术和输血输液的机会，本可以得救的，却失去了生命。

涂通今一直记得自己的助手，一个20出头的小伙子，姓杨，相当肯干。长征路上，他的肚子疼，行军打仗都忍着，后来肚子越来越大，知道可能是阑尾炎，但是没有抗生素，没有消炎药，最后肠穿孔了，眼睁睁看着不行了。到了赤水河边的茅台镇附近，大家流着泪把他埋了，向他默哀。

长征路上，尤其是四渡赤水期间，地面有国民党追兵，天上有国民党飞机，红军部队快速机动，一旦掉队，很难追上队伍。

涂通今差点送了命。第一次抢渡赤水时，部队夜间行军，长满荆棘的山路极难走，寒风呼啸，冷雨纷飞，涂通今一下没有看清前边战友的白毛巾，一脚踩空，滑到悬崖下。等到醒来时，才发现自己被一棵长在峭壁上的老松树托住。他拼命呼救，最终被收容队用接在一起的绑腿绳拉上来。后来他才知道，就在那个晚上，不少战友葬身于悬崖之下……

他是幸运的，此前在湖南汝城西南延寿圩的恶战中，部队拥挤在一个谷道里，前有湘军堵截，后有粤军追击。红军且战且走，为了甩掉敌人，急行军中，有的伤员跟不上就留在战场上。涂通今忙着处置伤员，忙完后，发现部队已经不知去向了……他和十多个伤病员成了一支孤军，留下就是死，他们互相搀扶，甩开一切伤痛、饥饿、劳累，拼命寻找部队。一路上不时听到敌人的枪声，到了第三天早上，远远发现一支队伍，走近一看，原来是红一军团的同志，其中还有涂通今在红军卫生学校的同学黄则安。找到了战友，大家拥抱在一起，喜极而泣。

不少红军战士受伤之后，宁愿忍受巨大痛苦，也要跟队伍一起行动。

郭廷万，龙岩县江山镇铜钵村人，不到16岁参加红军，作战英勇无畏，不怕流血牺牲。在反"围剿"的一次战斗中，他右胸负伤，用两块银元往伤口上一堵，绷带一扎，仍然坚持率领部队行军打仗。血战湘江时，郭廷万在红一军团，负伤后赶上了队伍。在赤水河，他的左小腿又负伤了，没法正常行走。然而当时一无坐骑，二无担架，郭廷万不愿意掉队，于是找到一根木棍，拄着木棍咬牙跟上队伍，坚持不掉队。他就这样拄着这根木棍，渡过金沙江，走过泸定桥，翻雪山，过草地，一直走到陕北。

　　对长征路上的红军战士来说，红军大部队，就是一个温暖安全的大家庭。现在，罗明、谢小梅夫妻要离开这个大家庭了。

　　谢小梅实在没想到，自己也会有离开队伍的一天。长征开始后，她的一大任务是照顾伤员，遇到重伤员，组织如果决定留下，她们要将重伤员安置到老乡家里后，再追赶队伍。这是她们认为最困难的工作——有时，她们找了很多家，老百姓也不愿意收留；有时，老百姓愿意收留，重伤员又不愿意留下。有的甚至抱住她们的大腿不放，苦苦恳求不要留下他们。

　　那时，她们说服重伤员留下的语言是那么苍白，分别时重伤员的恳求、呻吟和无助，谢小梅久久不能忘怀，多年后回忆起来，她都感受到刻骨铭心的歉疚。但是，她也要离开大部队了，起初，她也不理解，她问丈夫："这是为什么？"丈夫就一句话："这是组织决定，是工作需要。我们都是共产党员，条件再艰苦，也要坚决服从，努力完成组织交给的任务。"

　　按照计划，罗明、谢小梅与一个叫朱祺（又名朱阿根）的干部一起留下，后者负责此行路费、经费的分配。他们三人打扮成来贵州做生意的广西商人，在一个四川籍老人的带领下，朝贵阳而去。然而刚走到关岭县，他们就被敌人抓住了。红军在贵州纵横驰骋，全省震动，黔军打仗不行，但欺负老百姓非常在行。他们发现罗明一行语言有异，怀疑不是生意人，便将他们带到县监狱关了起来。狱卒问谢小梅从何而来，谢小梅答道：做生意经过县城，被部队误会抓进来的。当时，法官开审，先提审朱祺，不一会儿就回来了。罗明发现朱祺拿着自己的行李，准备不辞而别，就有些奇怪，追问后朱祺说，他同向导先走。后来罗明、谢小梅夫妻才知道，朱祺用钱买通了法官，法官放了他，又担心他说出实情，赶紧让他离开关岭。

法官再提审罗明和谢小梅，一口咬定他俩是共产党，夫妻二人坚持说是生意人，法官气势汹汹，一人打了二十大板，关回牢房。第二天再审罗明，法官开口就问："那姓朱的有金戒指，你有没有？"罗明说自己没有。"那你婆娘有没有？""不知道，如果有，可以给你。"罗明知道谢小梅身上，有组织留给她的两个金戒指，关键时刻可以卖作路费。法官逼着罗明写张条子给妻子："若有金戒指，就交给法官。"谢小梅见到条子后，就将一个金戒指交给法官。可是，贪婪的法官，依然关着这对夫妻。

监狱的老年狱卒很同情这对夫妻，关了十多天后，狱卒悄悄告诉罗明：县长换人了，待会儿新县长和法官要来监狱，你就喊冤。果然，新县长来了，罗明大声喊冤，县长问了情况，又问陪同的法官："他们真是小商人？"法官心中有鬼，说是。于是，新县长就把他俩给放了。

夫妻俩决定，还是去贵阳，为了安全起见，罗明化名林友松，谢小梅化名张玉梅。从关岭到贵阳，夫妻俩步行了两天半，每天走七八十里。他们不敢走大路而走小路，夜宿不进城，途中没钱就靠卖衣服换铜钱买糍粑吃。到了贵阳，两人夹在一群老百姓当中混进城去，找了个小旅馆住下。住了一个星期，店主要钱，夫妻俩哪里还有钱？店主就介绍谢小梅到一个保长家当用人。罗明去当了清洁工，打扫街道。后来又调到消防队，每天要挑几十担水，干的都是苦活累活。罗明重伤初愈，身体吃不消，累得肺病复发，吐血了，消防队害怕被传染，把他开掉了。无活干，又无钱治病，罗明来找谢小梅商量。保长嫌弃他，不让他进屋。可怜的夫妻俩，只能在外面说话，商量好写信回家，要求寄些钱来。在等寄钱的这些日子，罗明在城里天主堂找了个地方，放了块草席睡觉。家里寄钱来了，夫妻俩在贵阳没有固定地址，只能寄到保长家，50块银元，被保长扣去30块。不过，保长见这对夫妻家里真有钱寄来，倒也真相信了他俩是生意人。

手里有了点钱，度过燃眉之急，夫妻俩决定，还是按组织要求，去贵阳郊外搞农运工作。但他们在城里怎么都找不到朱祺，只能出城自己干，结果还没出城，又被守门的黔军抓起来了。他们吊打罗明，逼他承认自己是共产党员。罗明任凭又吊又打，坚持不松口。这时，谢小梅找了保长，请他帮忙把罗明保了出来。原来，按照贵州当地风俗，妇女出城都要坐轿子，他俩这么走着出城，自然引起注意。翌日，罗明雇了个轿子，谢小梅坐在里面，罗明跟着走，夫妻二人这才成功出城。到了贵阳郊区，他俩找了个旅馆住下，想在店里找个事情干，店主人不答应，因为是近郊，国民党管得严，生人没有路条，不敢收留。夫妻俩很焦虑：举目无亲，又找不到组织，无法立足，如何开展工作？只能离开。

他们从贵阳来到黔桂交界的六寨，同样无法立足，于是从贵州独山坐汽车到了柳州，又从柳州搭船到了梧州，再搭船到了广州。罗明在广州读过书，不敢暴露，悄悄在大埔会馆外面等到熟人，借了点路费。熟人说：赶紧走，广州到处在抓共产党。罗明、谢小梅坐船到了香港，卖掉最后一个金戒指，匆匆前往上海，去寻找组织。

在中央红军强渡大渡河、飞夺泸定桥、翻越大雪山时，这对夫妻也在进行着属于他们的一场"长征"。这场长征同样艰难险阻，同样危机重重，但他们同样信念坚定、一往无前。

夫妻俩千辛万苦到了上海投奔罗明堂兄罗悬弧，没想到很快却被堂弟罗调金出卖了。罗调金 1926 年入党，大革命失败后，他脱离党组织，后来又吸上了鸦片。为了 300 块大洋，他出卖了罗明。就在罗明夫妻抵达上海后的第三天，罗调金借口带罗明去看病，结果人力车直接把罗明带到了国民党的警察局。罗明感觉不妙，便叫停车，但车一直不停，直到特务出现，罗明又被捕了。他被推进一个房间锁了起来，心中又气又恨，后倒在地上，口吐鲜血，昏迷了过去。特务赶紧把他送到医院治病，严加看守。焦虑不安的谢小梅，在医院看到了丈夫，到处都是宪兵，手里提着驳壳枪。夫妻相对无言，谢小梅恨不得把罗调金这个鸦片鬼打死。在医院外面的一间茶楼，"鸦片鬼"开始做谢小梅的工作，让她劝告丈夫离开共产党，可以到国民党当大官，"当了官，不但对你有好处，可享受，对我也好，可以当一官半职……"絮絮叨叨说了半天，谢小梅只冷笑一声："人已经落到你的手里，生死我们已经不在乎！"

　　罗调金第二天就把谢小梅送到"医院"关了起来。谢小梅怒骂："今天可惜没有枪，有的话马上打死你！"把他吓得低头不语，因为他知道谢小梅不是开玩笑，她是参加长征的中央苏区 30 名女红军之一。

　　无论特务如何审讯，罗明什么都不说，有一次特务把那个消失的朱祺带过来与罗明、谢小梅对证，这对夫妻才明白过来：朱祺叛变了！夫妻俩否认认识朱祺，但这个叛徒兴奋地对特务说，他就是罗明，"罗明路线"的罗明，错不了。只见叛徒穿着竹纱长衫，洋洋得意，又对谢小梅说："小梅呀，你现在像什么呢，面黄肌瘦，何必这样顽固。"谢小梅怒骂：无耻叛徒！不管特务怎么威逼利诱，拷问党的秘密，夫妻二人都不开口，他们已经做好了为革命牺牲的准备。

　　没多久，武装特务将夫妻二人押上汽车，开到野外又返回城里，然后开到火车站，把他俩送上开往南京的火车。到了南京，罗明被关进特别监狱，谢小梅作为家属，也被软禁起来。有一天，两个武装士兵押罗明出去，谢小梅看到了，她以为丈夫被押去枪决，绝望凄厉地喊了一声："阿罗！"千言万语涌上心头，这一年，她才 22 岁，却已经历常人终其一生都难以经历的大起大落、生离死别、颠沛流离。

但罗明不久又被押了回来，并被允许跟妻子见面 5 分钟。他告诉妻子：刚才见到罗卓英了。原来，罗明被捕后，罗悬弧心急如焚，找族兄罗云樵帮忙。罗云樵在上海开饼干厂，是个大亨，他想起一个人——罗卓英，也是广东大埔罗氏本家。1918 年，罗卓英高中毕业来上海，罗云樵资助他考上了保定军官学校，罗卓英一直感恩在心。罗卓英的结拜兄弟陈诚，是蒋介石嫡系，参加过第三、四、五次对中央红军的"围剿"，堪称红军死敌。他听说罗明被捕，当面训斥罗调金："我在江西到处找罗明，还通知部队，抓到了罗明也不能乱杀，你怎么能去告密？"他想办法把罗明从上海弄到南京，见面就说："你到江西走一趟，共产党给我打平了，你去看一下。"罗明答道："不去，一定不去！"

罗卓英非常震惊，他知道"罗明路线"的事，心想共产党都反对你罗明了，你还不回去让他们看看？他不知道，一个纯粹的共产党人的党性和胸怀。罗明坚持不从，罗卓英无奈，只能把罗明关押起来。各种诱惑、各种恐吓，罗明和谢小梅都挺过来了。一直到日寇步步紧逼，国共开始讨论第二次合作，罗明、谢小梅才得以脱身，回到大埔教书，他们积极主动寻找到了党组织，并在党的领导下工作。

此时，罗明与谢小梅的战友，已经战斗在华北大地抗日前线。

　　　　　　　　　　为有牺牲

革命理想高于天

天已大亮，罗洪标饿醒了。这是 1935 年 4 月 17 日上午，终其一生，他都始终清晰记得这个时间。

在前一日，罗洪标所在的红九军团，遭遇了组建以来最大的一次失败。1935 年 3 月 27 日，军委命令红九军团伴装主力，吸引敌人北上，红军主力乘机继续向南突进，南渡乌江，把敌人重兵甩在乌江北岸。红九军团完成掩护任务后，准备在沙士镇南渡乌江时，却发现浮桥已被拆毁，敌人旋即控制了渡口，红九军团被阻于乌江北岸，向黔西方向转移，开始了两个多月的孤军作战。

也就是说，红九军团，整整一个军团，掉队了。

这支孤军，陷入了极大的危机中：乌江北岸强敌如云，"前有狼，后有虎"，都想吃掉落单的红九军团。红九军团的战士们也觉察到了方向不对，继而又知道与大部队分开了，一些战士，难免有些悲观情绪。

抓住时机打场胜仗，既摆脱追兵，又振奋士气。于是，有了 4 月 4 日的老木孔之战。老木孔在今天的贵州省遵义市凤冈县，重峦叠嶂、林木繁茂，春雾弥漫中，隐藏着整个红九军团。战前动员：这是关键一战，有敌无我，必须杀出一条血路。敌人是黔军犹国才部五个团，红九军团参谋长郭天民回忆说，当时拟定的战术是：不打头，不打尾，集中力量伏击敌人的指挥机关，打乱他们的指挥系统，然后击溃全军。战斗发起的时机则尽可能选择中午前后，因为这时敌军军官和士兵们鸦片烟瘾发作，战斗力最弱。

红军耐心等待。下午一时，敌军头头脑脑或骑着马，或坐着轿子、滑竿进到伏击圈，战斗打响。敌军大惊，犹国才和柏辉章带着亲随逃之夭夭，敌人被打了个措手不及。但他们毕竟人数众多，战斗一度胶着。红九军团全员上阵，侦察连、特别连、工兵连都投入了战斗。关键时刻，黔军顶不住了，他们是为长官而战，红军却是为生存而战。而且，中午时分，他们的确烟瘾犯了。

黔军崩溃了，漫山遍野开始逃亡，还有跪下投降的，也有索性就钻在草丛里过烟瘾的。是役，红九军团毙、伤敌千余人，俘敌1800人，缴获大量武器弹药，这是红九军团自从长征出发以来取得的最大胜利，暂时摆脱了敌人的追击，士气大振。罗洪标在战斗中表现出色，被任命为连指导员。

但没多久，红九军团就遭遇了组建以来最大的失败。

4月15日上午，红九军团抵达大定县猫场镇。猫场位于大定、毕节、纳雍三县交界的六冲河畔，镇子四周，皆是高山，这不是一个好的宿营地，四周高山若被敌人控制，非常危险。但红九军团骄傲了，认为黔军已是手下败将，不足为虑——他们见到红军逃命还来不及，哪敢主动进攻？

事实证明，千万不能有侥幸心理。

4月16日4点刚过，天还没亮，部队准备转移，罗洪标带领七连走在最前面。刚走出镇子西口，突然从东面传来密集的枪声。敌人居高临下，火力密集，红九军团乱了。事后才知道，袭击红九军团的是黔军残部刘鹤鸣团。刘团在娄山关战斗中已被红军打残了，部队损失很大，只剩下五六百人。他们一直尾随红军，红军宿营猫场，他们在十几里外的牛场与当地土匪和民团一叨咕，决定凭借熟悉的地形，在猫场偷袭红军。其实红九军团当时有三千来人，敌军拼凑在一起，也就千把人，红军是自己大意了。郭天民回忆，承认是接二连三的胜利，产生了麻痹情绪。

罗洪标也回忆，其实 16 日午夜刚过时，哨兵就感觉不对劲，但当时担任后卫的八团团长崔建勋正在酣睡，哨兵三次报告，崔团长都置之不理，大部队定好四点半出发，但崔团长四点不到，就提前把岗哨撤了下来，而且全团从镇外高地撤回到了镇里。正是他的一连串错误，导致了敌人偷袭成功。同在红九军团的林伟在日记中，把"猫场"写成了"毛场"，崔团长则写成了"崔营长"："我八团连哨曾数次报告说毕节方向曾有大批火光向我方运动，但崔营长都麻痹大意，未曾向团部报告。"这个崔建勋后来不知所终。

猫场战斗持续一天，罕见史料记载，红九军团具体损失，有说 400 多人，也有说 600 多人，总之是一次惨重损失。为了掩护大部队撤退，罗洪标主动提出带一个排留下断后。他命令留在阵地上的战士向敌人冲锋，大家呐喊着冲出阵地，朝敌人打光了子弹，也在敌人的密集火力下一个个倒下了。罗洪标冲进敌人所在的松林时，发现身边已经一个战士也没有了，他立刻隐蔽起来。此时天色已经发暗，敌人走出松林，开始搜索我方阵地。枪声渐渐平息下来，罗洪标在松林里陆续又发现了几个红军战士：一个叫牛福海的排长，闽西武平人；一个叫张国华的排长，湖南浏阳人；还有两个是重机枪排的战士，都是江西人，一个姓陈，一个姓吴。五个人已经一天一夜没吃东西，找到个安全的地方，一下就睡过去了。

醒来后，大家犯愁了，接下来怎么办？五个人当中，罗洪标、张国华、牛福海是党员，小吴和小陈是团员，罗洪标手里有把驳壳枪，牛福海有把步枪，但子弹都打光了。他们找了老百姓打听，得知红九军团已经远去，白军在猫场到处搜查红军，还警告老百姓若窝藏红军就杀无赦。

五个掉队的红军战士，上演了一个理想信念高于天的真实传奇。

他们组成了一个战斗小分队，罗洪标级别最高，担任临时党团小组组长，"虽然脱离了红军，但我们永远是红军的一员"，一定要找到红军！他们日伏夜行，风餐露宿，没吃的就挖野菜充饥。某一日，他们来到一个叫响水的地方，身无分文，小吴又得疟疾打摆子，陷入昏迷状态，实在无法再往前走了，就到一个叫陈大业的农民家里借宿。陈大业同情红军，认为小吴的病必须到县城找医生治疗，建议他们把枪卖给附近一个叫杨增益的土匪，筹钱给小吴治病。

卖枪？这是一个艰难的决定。红军武器来之不易，而且管理非常严格，以后归队了，怎么解释？大家让罗洪标拿主意。罗洪标左思右想，还是决定：卖枪！没有子弹的枪，只能是累赘，而且，小吴的病再也不能耽误了，人没了，还要枪干什么？以后还可以找敌人夺枪！罗洪标说：他个人来负一切责任。

小吴留下休养，陈大业带着罗洪标四人去找土匪杨增益。杨增益祖籍湖南，也是穷苦人出身，当下谈妥：驳壳枪40元，步枪20元，一共60块大洋。不过他又提出：让罗洪标四人在他那里多住几天，走时再付钱。商量下来，张国华与陈大业还有杨增益几个手下送小吴到县城治病，罗洪标、牛福海和小陈留在土匪窝。接下来，杨增益极力拉他们入伙，罗洪标则给他灌输革命道理。一周后，张国华与小吴来了，小吴的病情已稳定下来，又过了半个月，小吴的病好得差不多了，罗洪标坚决要离开。杨增益如约给了60块大洋，罗洪标退回10块算伙食费，其中6块给杨增益、4块转交陈大业。但张国华留下来了，说有红军消息再通知他。

一行四人，扮作商人到了毕节县城，分头打听红军消息，都是些坏消息，说什么"朱毛红军残部流窜"，还有说朱德已经伤重身亡，没有确切消息。罗洪标建议：不能坐吃山空，用剩下的钱做点小生意，既解决吃饭问题，还可借此掩护，继续打听红军消息。大家赞同，牛福海留在县城卖汤圆，罗洪标与小陈、小吴当货郎，带一些小百货和盐巴到乡下去卖，再收些山货回城。他们没赚到啥钱，一次下乡还遭遇土匪，山货和钱被抢劫一空，只能乞讨着回到毕节城里。祸不单行的是，快到县城时，他们被抓了壮丁，关了起来。壮丁的日子极其苦难，挨打，挨饿，罗洪标策划逃跑，这对于他们这种身经百战的红军战士来说，不算太难。他们终于等到机会，迅速解决了两个哨兵，带着两支步枪，找到牛福海，连夜出城。出城后一直往北走，找了隐蔽处，埋下两支步枪，继续打听红军消息。此时正值秋收，他们四人给地主打短工。此地主极小气，活很累，一天两顿，管吃管住，干满三个月，每人五块大洋，如果晚起，就不给钱。罗洪标四人只想找个落脚点，也不跟地主计较了。于是一边干活，一边打听。

1936年正月十五，他们正在田里干活，送饭的工友说：有红军到了黔西，县城保安团慌了，地主也慌了。罗洪标大喜，把锄头一扔，对同伴说："走，找部队去！"顾不上吃饭，也顾不上找地主要工钱，一人抓起几块饼子就跑，跑到埋枪的地方，起出枪，一个晚上跑了上百里，草鞋都跑掉了。中午，他们接近了大定县城，远远看去，红旗招展。罗洪标的眼泪，瞬间就掉了出来。

他们掉队流落贵州已经快10个月了，无时无刻不在盼望这一刻！

四人提着枪，迅速冲过去，红军岗哨不明就里，喝令停下，朝天鸣枪，把他们包围起来。他们呵呵笑着，像遇到久别重逢的亲人，上去就要跟哨兵握手，搞得对方很紧张。罗洪标说："我们是红军，是红九军团掉队的。"对方一脸诧异。他们被当俘虏一样给押进城，折腾一番，才知道，这支红军不是中央红军，而是红二、六军团！

红九军团在5月6日顺利渡过金沙江，5月21日与红三军团会师，成功回归主力部队，没有成为第二个红三十四师。罗洪标则跟着红二、红六军团走完了长征。后来贺龙常开一个玩笑，红二、红六军团也走过中央红军走过的一些地方，还帮中央红军解决了一些遗留问题，比如"捡"回了罗洪标。罗洪标还见到了久违的萧克——1930 年 6 月到 1931 年 5 月，萧克任红四军十二师师长，张赤男是师政委，罗洪标是张赤男的勤务员。

留在土匪杨增益那里的张国华，动员杨增益部一百多人参加了红军。令人痛惜的是，当红二、红六军团要转移时，土匪纷纷反水，杨增益杀害了张国华，他随后被抓获处决。

许多年后，罗洪标都还一直记得跟他一起寻找部队的张国华——他参加过秋收起义和湘南暴动，留在家乡的七个亲人，都被何键的部队杀害，连两个不满 10 岁的孩子，都没逃过厄运。他在说服杨增益部参加红军时起了关键作用，没想到最终却死在杨增益手里……

罗洪标又开始了自己的长征路，回首再看乌蒙山，想起自己寻找队伍的经历，突然脚底生风。

在残酷的战争年代，是什么支撑一个人坚持下来？

是理想信念！

10

第十章

蜀道

与天奋斗，与地奋斗，与人奋斗

宣言书，宣传队，播种队

饥饿，沼泽，死亡

1935 年 5 月 20 日，湘江血战近半年。

在大渡河激流的咆哮声中，一支川军小部队沿着河南岸快速行军，抵达一个渡口。此处地势险要，筑有堡垒，守卫渡口的川军问清楚他们是从越西县城遭遇红军败退过来，赶紧把他们放入，然后一个个被枪顶住了。原来这支川军是红军侦察队假扮的，领头的是刘忠，还有他的好搭档刘云彪，当然中间也有前川军——他们在小相岭被俘后，志愿加入了红军。

红军进入四川，才真正体验到了——蜀道之难，难于上青天。

李白当年由蜀入秦所走的蜀道，需要翻越大巴山、秦岭两大山脉，深谷陡崖，异常险峻。李白不知道，在他身后一千多年，有一支衣衫褴褛如乞丐、目光灼灼若圣徒的庞大队伍，走的是另一条蜀道，他们从云贵高原北上，艰难跋涉于川西横断山脉，朝着黄土高原进发，这是中国地理第一阶梯与第二阶梯的分界线，大山大河，山路崎岖，水流湍急，人迹罕至。这是此地千百年来人口规模最大的一次迁徙，他们忍受酷热、严寒、饥饿、疲惫，还有追击、埋伏、堵截、偷袭。

死神如影随形，牺牲随时发生。

但，他们一往无前。

与天奋斗，与地奋斗，与人奋斗

中央红军渡过金沙江后，迅速北进，战略机动灵活。打会理时，打不下，就不打，其间在会理城外召开了著名的会理会议，毛泽东严厉批评了林彪："你是个娃娃，你懂得什么！"原来是四渡赤水时，部队忽东忽西，大规模迂回机动，难免要多走些路，队伍比较疲惫。林彪对此不理解，认为会"拖垮部队"，一再鼓吹要"走捷径"。他先是鼓动彭德怀出来指挥，被拒后，又给中央写信，要求毛泽东下台，并到处找人联名，又被拒。会理会议批评了林彪的错误，一致同意毛泽东的意见，决定立即北上，向四川西北部前进，会合红四方面军，创建川陕甘边根据地。

此时红军又面临一次生死时速：追兵已到金沙江一线，前头截击的敌人正在向大渡河疾进。谁先赶到大渡河，谁就抢得先机。红军离开会理，轻取德昌，绕过西昌不打，抵达泸沽，从泸沽到大渡河有两条路：一条是从泸沽越小相岭，经越西到大树堡，大树堡过江就是富林，由此踏上通往雅安、成都的大道，国民党有重兵把守；另一条路崎岖难走，从泸沽到冕宁，到达安顺场，这条路崎岖难走，敌人防范较松。军委分析情况后决定：主力部队走敌人以为红军不会走的冕宁一线，通过彝族区，直插安顺场。同时，派一支小部队佯装主力，经越西向大树堡前进，摆出由此渡江攻打成都的架势，牵制敌人。在左权、刘亚楼的亲自率领下，刘忠的侦察队，走的就是小相岭—越西—晒经关—大树堡这条线。他们智取大树堡后，开始砍树造船，一副要在大树堡强渡的模样。对岸的富林守兵惊恐万分，赶紧调兵遣将，防范红军从此强渡。

　　　　　为有牺牲

刘忠不知道，他们智取的这个名叫大树堡的渡口，正是70多年前石达开余部覆没之地。当时，石达开被困于大渡河，为了保全部下几千人的性命，石达开决定向清军投降，当时有2000多名太平军被安置在大树堡。但是，石达开被押往成都的第二天，背信弃义的清军会合土司武装，将大树堡的太平军一一斩杀。

　　红军渡过金沙江后，蒋介石一度气急败坏，看了地图后，又信心满满地要把红军变成"石达开第二"——他总是自信地认为红军会落入他精心设置的包围圈，天时地利，一举全歼。蒋介石手下高参杨永泰是个狠毒角色，他献计说，红军此时处境，与当年石达开实在相似：两者西进路线大体一致，抵达川西后，前面是天险大渡河，后面是庞大追兵，石达开与朱毛红军入川西的兵力相同，均为三四万"疲惫之师"，而清军人数与"蒋委员长的追剿部队"的数字也大体相同。

　　杨永泰甚至拿封建迷信作依据，说石达开与朱毛红军西进入川的年辰、属相、季节也相同。石达开入川西，是清同治二年，为癸亥年，属猪；朱毛红军入川西是乙亥年，也属猪，而且均在5月江河涨水季节，欲渡大渡河十分困难。听这"狗头军师"分析下来，蒋介石心花怒放：朱毛红军必定重蹈石达开覆辙，朱德、毛泽东会成为"石达开第二"！

　　蒋介石自恃堂堂委员长，视红军为"匪"，红军离开苏区，就成了"流寇"，没有安身之处，没有资源支持，历史上，朝廷眼中的"流寇"有几个能成气候的？蒋介石在得知红军离开中央苏区时就说："不问共军是南下或西行、北进，只要他们离开江西，就除去我心腹之患。"他断定红军"流徙千里，四面受制，下山猛虎，不难就擒"，湘江、乌江、金沙江，现在，是曾经困死一代豪杰石达开的大渡河了。

　　但红军岂是蒋介石所定义的"流寇"。

　　在安顺场，当地的恶霸地主兼国民党守军营长赖执中，坚信红军不会这么早到来，甚至认为红军不会到安顺场来，所以他不同意把安顺场"坚壁清野"，因为一条街基本上都是他的财产。但是，假如红军来了怎么办？赖执中给自己留了一艘小船，计划红军来了就乘船逃到对岸去，但是，红军若神兵天降，他的这条小船，也被隆重地写进了历史。有了船，红军马上组织强渡，刘伯承、聂荣臻亲临前线指挥，杨得志让营长孙继先挑选强渡人员，萧华亲自吹响军号，神炮手赵章成再显神功，17位勇士首批强渡成功，他们名留青史：熊尚林、罗会明、刘长发、张表克、张桂成、萧汉尧、王华亭、廖洪山、赖秋发、曾先吉、郭世苍、张成球、萧桂兰、朱祥云、谢良明、丁流民、陈万清。

但仅靠安顺场渡河太慢，杨成武、黄开湘奉命率红二师四团从安顺场出发，沿大渡河西岸直奔160公里外的泸定桥。他们走的多是羊肠小道，第一天才走了40公里。翌日天未亮就出发，接到军委命令：必须明天夺取泸定桥。

> 黄、杨（黄开湘、杨成武）：军委来电，限左路军于明天夺取泸定桥。你们要用最高度的行军力和坚决机动的手段，去完成这一光荣伟大的任务。你们要在此次战斗中突破过去夺取道州和五团夺取鸭溪一天跑160里的纪录。你们是火线上的英雄，红军中的模范，相信你们一定能够完成此一任务。我们准备着庆祝你们的胜利！

这意味着他们一天一夜，要走120公里。"走完二百四，赶到泸定桥"成为全团将士响亮的口号，伤病、疲惫、饥饿都被甩到一边，他们一路夺取关口，消灭敌人，有时还得架桥，天偏偏又下起大雨……什么都难不倒他们，走不动了，大家拉着一起走；渴了，接雨水喝；没时间烧火做饭，就吃生米……杨成武回忆：

> 我们在和时间赛跑，敌人也没有睡觉。大渡河东岸原来有杨森的四个旅和刘文辉的四个团守着，现在听说我们在往泸定桥进军，他们匆匆忙忙抽调两个旅的兵力，沿着大渡河东岸火速向泸定桥出发增援。我们几乎是与敌人隔河赛跑。
>
> 为了保证任务的坚守完成，一路行军，我们还一路举行"飞行集会"，你看，一簇簇、一堆堆的人临时凑到一起，只那么几分钟，就散了；这群人刚散，接着出现了更多的人群，他们一面跑，一面激动地说着什么。原来，这是连队党支部委员会和党小组在一边行军，一边开会动员，时间不允许他们坐下来静静开会，只能进行这样紧张的"飞行集会"。

杨成武在湘江战役时腿上负的伤还没全好，但他坚持不肯骑马，还要跟大家比赛，看谁先到泸定桥。他们成功地在第二天早上六点赶到了泸定桥畔。黄开湘和杨成武仔细观察了地形及对岸敌人的情况，决定组成夺桥突击队，选出22名突击队员作为先锋。在全团火力的掩护下，22名突击队员攀上铁索桥冲向对岸，一个连队跟在后面，背着枪，腋下夹着木板，一边爬一边铺桥板。22名突击队员拼死冲过桥，杀入敌群，他们之中有3人牺牲。旋即，杨成武带队杀到，黄开湘率领的后续部队也过了江，到明月升起时，红军已经占领了泸定城。晚上10点左右，从安顺场渡河然后急行军过来的红一师也赶到了，他们一路狂奔，一路激战。

中革军委为了表彰飞夺泸定桥的红四团，除了颁发一面锦旗以外，还给 22 个首先过桥的突击队员以及团长、政委发了奖，奖给每人一套列宁服、一支钢笔、一个日记本、一个搪瓷碗、一双筷子。这是当时最高的物质奖励了。

遗憾的是，因为当时战事紧急，22 名突击队员里留下姓名的，只有 5 名：廖大珠、王海云、李友林、刘金山、刘梓华。

夺下泸定桥当天深夜十二点，刘伯承、聂荣臻也到了泸定桥。两人在桥上左看右看，都很激动，刘伯承在桥板上重重跺了三脚，感慨万千："泸定桥，泸定桥，我们为你花了多少精力，费了多少心血！现在我们胜利了！我们胜利了！"聂荣臻也有一段话，是对强渡大渡河、飞夺泸定桥最精辟的论述：

> 单从战役的指挥来说，我认为我们的确走了几步关键性的险棋。我们都走胜了。单就一军团范围来说，这次胜利，是几个部队自觉地互相在战术上密切配合、执行统一战役计划取得的结果。如果没有五团远离主力去吸引敌人对安顺场的注意力，一团在安顺场能否夺得那条小船渡河成功，还是一个疑问。固然夺得那条小船带有一定的偶然性。如果不是一师渡江，与二师四团夹江而上，飞夺泸定桥是否能够那样及时得手，也很难预料，固然四团动作神速勇猛确有独到之处。如果我们当时夺不到泸定桥，我军又是一个怎样的处境？那就很难设想。总之，当时棋势虽险，我们终于取得成功。确实来之不易，但也决非偶然。我们和国民党的斗争，常常是棋高一着，出敌意外。这是因为

我们是中国共产党领导的工农红军，有敌人根本不能
和我们相比的政治素质和以劣胜优的机动灵活的战术
素养，特别是我军指战员那种无限忠于党、忠于人民、
忠于中国革命的伟大的牺牲精神，所以时时能绝处逢
生，再开得胜之旗，重结必胜之果。

读红军长征历史，总有一个感觉：关键时刻，只要一次失败，红军
就可能陷入绝境。例如，渡不过乌江、渡不过金沙江、渡不过大渡河，
又比如，打不下娄山关、过不了腊子口……在蒋介石看来，红军就不可
能成功，红军只能重蹈石达开的覆辙。因为，他掌握的资源，他能调动
的兵力，他拥有的武器……哪是红军能够相比的？这完全是一场场极不
对称的战斗，但是，红军为何偏偏每次都能死里逃生，绝地反击，钻出
他布下的天罗地网？

不得不说，这就是精神的力量。在滂沱大雨中拼死奔跑的红军战士，
饿得只能吃生米也不肯停下脚步的红军战士，明知万分危险却为抢突击
任务争得面红耳赤的红军战士……红军的意志力，在关键时刻，改变了
命运的碾压，改变了历史的走向，也改变了自己的命运。

红军的意志力从何而来？是什么让他们不同于中国历史上的任何旧
军队？

首先，红军战士有信仰，知道"为谁而战"。

"为谁而战"，一直是中国旧军队的重大困扰。以往，部队往往就是
军阀的本钱甚至私产。到了近代，湘淮军阀延续了"兵为将有"的陋习，
袁世凯小站练兵，以德国军制为蓝本，在中国近代军制史上是一个重大
的转折。但选拔将领、教育士兵，仍然旨在打造"袁家军"，培植专属
于自己的势力，麾下官兵，"吃袁大帅饭，为袁大帅打仗"。国民党军队

亦是如此，虽然兵多将广，却派系林立，将领拥兵自重，一个个都打着小心思、小算盘，战场上见死不救的事，数不胜数。

1932年7月，日军侵犯热河，时任南京国民政府行政院长的汪精卫，令当时占据华北的张学良出兵抵抗，后者拒不执行命令，还回电暗示汪精卫无权指挥华北军事。张学良晚年在回忆录中，还原了当年与汪精卫的对话。当时汪精卫说，日本人给的压力太大，你的军队动一动，跟日本人打一打，就可以了，先平息一下舆论。张学良如是回复："汪先生，你这是在说什么话？让我的部下打一下，让我的部下拿生命来换你们的政治生命？我张学良从来没有靠牺牲我部下的生命，来换取我的政治生命。为这事，你中央政府也好，你也好，都别来找我！"汪精卫闻言后，气得落泪。

在这样的思想下，这样的军队、这样的政府、这样的政党，怎么可能不垮台？

相比之下，共产党极为重视政治工作。1927年，秋收起义失败后，毛泽东率领的起义部队，从湖南浏阳文家市走到江西永新三湾村，这一路危机四伏，抵达三湾时，起义队伍已不足千人，最惨痛的是，总指挥卢德铭也牺牲了。但毛泽东做了一个令人吃惊的决定，他当众宣布：参加革命，完全自愿，愿留者留，不愿留者，发给路费，离队——当然，枪支不能带走。又走了一批人，但留下的队伍，还能坚持多久？严峻的现实是：逃跑已经公开化，投机分子竟然互相询问："你走不走？""你准备往哪儿去？"只要再有一场失利，还会有更多人逃亡。归根结底，这支队伍还没有脱离旧军队的习气。人员鱼龙混杂，有意志坚定的战士，也有一身江湖气的兵痞，有接受过正规军事训练的黄埔学生，也有开始满腔热情但一失败就萌生退意的年轻农民，有的人知道为革命而战，有的人却把自己当成了雇佣兵……"人心涣散，思想混乱"这个问题不解

　　　　　为有牺牲

决，即使上了山，也照样无法避免覆亡的命运。

这时，三湾改编出现了："支部建在连上"，在部队各级都设立了党的组织，班设小组，连有支部，营、团有党委。这是一个重大的创造，它对于党整合军队并在军队中顺利实现自己的意志，起到了非常重要的作用。毛泽东后来在《井冈山的斗争》中，说到对调整军队和党组织结构所起的重要作用时，这么写道："红军所以艰难奋战而不溃散，'支部建在连上'是一个重要原因。"

可以说，从三湾改编开始，中国共产党领导的武装已经脱胎换骨了，"党指挥枪"，从此成为中国共产党对人民军队绝对领导原则的形象表述。诚如历史见证者罗荣桓后来的回忆："三湾改编，实际上是我军的新生，正是从这时开始，确立了党对军队的领导。"如果不是这样，红军"即使不被强大的敌人消灭，也只能变成流寇"。

其次，红军战士得到了梦寐以求的平等。

"旧军队的官兵之间历史界限分明，秋收起义队伍，在官兵待遇、部队管理等方面，基本沿用国民党军队的规矩。官兵平时伙食不一样，士兵吃大灶，连以上军官吃小灶——四菜一汤，官兵差距不小。尤其是黄埔军校出身的军官，都有皮帽、皮带、皮鞋、皮包、皮鞭，人称'五皮军官'。这些'五皮军官'非但伙食特殊，而且凡事都高人一等，打骂士兵更是家常便饭。"官兵平等，在军队内实行民主主义，也是三湾改编的重要内容：连、营、团各级设立了士兵委员会，废除繁文缛节，不准打骂士兵，经济公开，士兵管理伙食，官兵待遇平等。

这些规定，极大地调动了士兵的革命热情。宋任穷曾在井冈山时期担任过士兵委员会主任，他回忆说："士兵委员会的工作，一个是政治民主，一个是经济民主，分伙食尾子，管理伙食，管理经济。那时来自旧军队的军官很多，打人骂人的军阀习气严重，士兵委员会就同他们那种旧习气作斗争。"

当年,井冈山本来经济基础差,加上敌人封锁,红军的生活非常艰苦,时任二十八团团长的粟裕回忆说,当时每天的伙食除粮食外,油盐菜金五个铜板,基本上餐餐吃红米、南瓜。南瓜吃了胀肚子,不好受。最困难的是部队吃不到盐。

今天,来井冈山的游客,总要品尝红米饭南瓜汤,人们很难想象,当年红军官兵每天都吃这个。人们更难想象的是,在如此艰苦卓绝的条件下,红军还能保持旺盛的革命乐观主义。《毛泽东选集》第一卷中写道:"从军长到伙夫,除粮食外一律吃五分钱的伙食。发零用钱,两角即一律两角,四角即一律四角。因此士兵也不怨恨什么人。"当年苏区的歌这么唱道:"当兵就要当红军,处处工农来欢迎,官长士兵都一样,没有人来压迫人……"

"没有人来压迫人"——这是对千年来不平等制度的反抗,是大写的"人"字,是健全的人格的觉醒。

中国共产党领导人民军队建设,从"三湾改编"开始,到1929年12月底通过《古田会议决议》而定型,思想建党、政治建军是贯穿《古田会议决议》全文的主线,在中国共产党创建新的革命军队进程中具有里程碑式的重大意义。因为有党的绝对领导、政治工作的生命线作用,这支部队从此拥有了"神奇"的力量,打败了,愈挫愈勇;打散了,又很快聚集起来,而且从来没有发生过成建制的部队叛变投降,从来没有一个内部野心家的阴谋能够得逞。

过了大渡河,中央红军过荥经、天全、芦山、宝兴,进占大硗碛,翻越夹金山,实现了与红四方面军的会合。在荥经县,敌机袭击军委纵队,扔下了炸弹,毛泽东的警卫班长胡长保腹部中弹,阙中一清晰记得当时的一幕:

　　　　　　　为有牺牲

主席坐下来，把班长的头放在自己的手臂上，轻轻地说："小胡同志，你坚持住，我们把你抬到水子地，找到医生就能治好的。"班长把头微微摇了一下，两眼湿漉漉地望着主席，断断续续、一字一顿地说："主席，我不能跟你去新苏区了……新苏区……"他喃喃地说："我说过了，到了新苏区，我要给你造一间漂亮的房子，我……是木匠啊！"

他又说了几句话后，便在毛泽东的怀中闭上了双眼。毛泽东悲痛地从胡长保脖子下抽出手来，把他轻轻放在地上，然后打开一床夹被，轻轻盖在他的身上。

宣言书，宣传队，播种队

正逢白蜡树下虫子的时候，23 岁的彝族青年阿尔木呷受部落委派，偷偷跑回了越西县城，看看传说中的红军到底是什么模样。

县衙门里，人山人海，挤得水泄不通。在大堂上和监狱门前的院子里，燃着几堆熊熊大火，红军正把一大捆一大捆的公文往火里投。天快黑了，火光映着他们红红的脸。彝族群众欢声笑语，"红军瓦瓦苦"（红军万岁）的欢呼声响个不断。在这里，阿尔木呷目睹了终生难忘的一幕：

> 几个魁伟的红军战士抬起一根大木杠，走到坚固、高大、阴森可怕的监狱铁门前，又开腿摆好架势，喊了声"预备——撞！"猛力往前一撞，只听到"喀嚓"一声巨响，铁门倒在地下了。"红军瓦瓦苦！红军瓦瓦苦！"一片感激的呼声，在半空回荡。我激动得不知哪来的一股劲，一下子挤过了许多人，到了监狱门前。顺着火把的光往里一看，呀！黑洞洞的屋子里传来一片叮叮当当的金属声音，跟着又扑来一股浓烈得令人发呕的腥臭味。可红军的战士们并不怕这些，他们举着火把提着钉锤往里走，边走边喊："老乡们，你们受苦了，我们红军救大家来了！"我跟着进去仔细一看，呵，这里面的人哪里还像人呀！他们一个个在烂泥、屎尿、污水坑里；头发都有尺把长，蓬散在

为有牺牲

脸上，有的赤裸着身子，有的只用一块破布遮住下体，拳头粗的铁链、脚镣、手铐，却沉重地箍在他们瘦得像枯藤一样的身上。红军战士们细心地给他们锤开锁链，逐个地把他们背到外面。我和许多群众也进去往外背，一共背出来二百多个。他们都是我们的彝族兄弟，其中有普雄峨勒、阿侯、沽基等家支的大小头人，有的在这监狱里坐了六七年，有的坐了十几年。在坐监中被木棒打死、烙铁烫死、竹竿插死的，那就没法计算了。他们是什么"罪"呢？有的是没有执行"以夷治夷"（国民党唆使彝族人民互相残杀）的政策，不忍心残杀其他家支；有的是没有按"章"给国民党反动政府和军队送青年妇女；有的是交不起花样翻新的苛捐杂税……为了"杀一儆百"，反动政府兴了个"换班坐牢制"：要是哪一家支有一个头人违反了一点反动政府的规定，从他开始，这个家支所有的头人和他的儿孙，都要长期轮换着坐牢。说是"轮"，实际上是有去无回，不死在里面，留着一口气回来也同样是死。因此，有的家支一代一代地，逐渐被这样折磨绝了。

有的群众见到了自己的亲人，痛心地流泪了。有的发觉自己的亲人被折磨死了，便号啕大哭起来。哭的人越来越多，越哭越伤心。我也忍不住哭了起来。死者亲属抱着战士们痛哭流涕，请求为他们报仇。战士们流着泪安慰大家："我们一定记住乡亲们的嘱托，消灭万恶的国民党，为广大受难者复仇。"我心里一阵伤心，一阵悲愤，情不自禁地喊了声："我要参加你们，打国民党去！"沉重的空气被我这突如其来的呼喊打破了。"对，我也参加，打国民党去！"接二连三的许多人都报名要求参加红军。红军战士们鼓掌欢迎我们，叫我们一会儿去登记入伍。

阿尔木呷就这样参加了红军。蒋介石要是知道彝族人居然没有伏击红军却参加了红军，估计是要又惊又气又恨。在他的计划中，彝民区与大渡河一样，都是能有效阻挡红军前进的绝地凶境。他不知道的是，在他眼中的"野人"，却是红军心中的"兄弟"。刘伯承与小叶丹彝海结盟的故事，早已为人熟知。正是因为取得了彝族同胞的信任，红军才能迅速通过大凉山彝民区，抵达大渡河，跑赢了生死时速。

当时的四川大凉山彝族区还处于奴隶社会。红军总部工兵连是最先进入彝民区的，他们先是惊讶地看到一群赤身裸体的男女老少狼狈地走过来，原来他们是躲避红军的国民党政府官员，为逃命冒险进入了彝民区。工兵连正在想这是怎么回事的时候，也被彝民包围了，上来就抢枪剥衣服。彝民拿的是大刀长矛，红军战士个个有枪，愤怒之际，拉开枪栓，但连指导员罗荣被扒得精光之际，仍大声喊："总部命令，不准开枪！"整整一连人，赤条条退出了彝民区，被跟上来的红军部队一番哄笑："工兵连真凉快啊！"不过，笑归笑，大家纷纷给光身子的工兵兄弟凑衣服，衣服不够，就披着麻袋。工兵连能征善战，这次不仅枪被缴了，衣服也被扒光，还被兄弟部队嘲笑，一个个都想不通，连长指导员赶紧做思想工作，表扬战士们认真执行党的政策。好在与刘伯承结拜为兄弟的小叶丹，翌日就归还了他们的衣服与枪支。他们再过彝民区时，不但没有阻拦，反而受到热烈欢迎。

彝族兄弟了解了红军后，恨不能与其推心置腹、生死与共。刘忠率侦察连佯装主力攻占大树堡时，不少彝族兄弟参加了战斗，他们背着大刀长矛跟红军一起行动，还帮炊事员挑担子、背铜锅，遇到国民党军队，一拥而上，把敌人的军官和县长刺死，砍下脑袋，缴了俘虏兵的枪，还把俘虏兵的衣服裤子脱了精光，但他们不杀士兵。战斗结束后，天降大雨，两三百个被脱光衣服的俘虏兵像落汤鸡，又不敢在彝民区停留，只好跟着刘忠他们一起行动。后来左权、刘亚楼安排收留了这些士兵，拿红军战士的衣服给他们穿——毕竟他们也是穷苦人。

据统计，红军长征途中曾经过苗族、瑶族、壮族、侗族、土家族、水族、黎族、布依族、仡佬族、纳西族、彝族、藏族、白族、羌族、回族、东乡族、裕固族等十多个少数民族聚居区或杂居区，占红军长征经过地区的50%以上。那是民国之外的另一个中国，一些少数民族遭受的剥削与压榨，是今人难以想象的。蒋介石也利用红军长征途经地一些少数民族生产落后、消息闭塞、平时对汉人积怨深重的特点，一度企图让他们变成阻挡红军前进的"棋子"。红军长征开始后，国民党地方政府、军阀与地主拼命进行反动宣传，百般污蔑，甚至把红军描写成"青面獠牙""专吃人脑花和娃娃"的魔鬼，加重了少数民族群众对红军的恐惧，不少人听闻红军要来，弃家出走，躲进深山老林。也有一些少数民族对红军怀有敌意，阻止红军通过，甚至劫杀红军伤病员和落单的小队红军。

肖锋在1935年8月5日的日记中写道：

> 午睡时起床到屋后解手，突然有三个藏民打扮的人从小树林里拼命跑来抓我，我急得提着裤子就跑。我的老天，差一点被他们杀了。这里情况复杂，反动派挑动民族矛盾，可得当心！

他写这天日记的时候，在今天的四川阿坝黑水县扎窝镇俄窝村。藏民武装零星袭击，给红军造成了不少伤亡，但他们得到命令，宁可牺牲，也不许开枪。如果有大量藏民进攻，红军机枪朝天连发。藏民害怕机枪，机枪一响，就退下去了。

从某种意义上来说，红军长征途中，不仅要面对敌人的枪炮，还要面对敌人的谣言。

掌握了国家资源的国民党政府，始终对红军进行体系化的抹黑，如《申报》就刊登文章煞有介事地说，红军征兵是包围一个村庄，青壮年不愿意参加红军的，就会被割掉耳朵。他们造谣的手段，非常卑劣。血战湘江后，红军经瑶族、苗族少数民族地区西进，不少当地群众见红军就躲，满脸恐惧，后来才发现：红军刚开拔，借用群众民居的宿营地就起火了。红军一边救火，一边派人搜捕纵火者。结果捉到七八个穿着红军军装的人，一听口音均为广西人，他们供认是受国民党龙胜县政府所派，专烧民房，嫁祸红军，还能每天得两元大洋。至于身上的红军军装，是抓到掉队的红军后，残酷地将其杀掉后从其身上剥下的。他们穿上红军军装，冒充有病的掉队人员，天天随在红军队伍后面走，伺机做坏事；或者冒充红军侦察队，在红军将到达时，先放火烧民房，使得红军无安身之地。

镇上的大火被扑灭后，红军召开了全镇居民大会，公审这些纵火犯。得知真相的群众十分愤怒，几百人当即拥上前，将这七八名坏蛋，打得奄奄一息。红军赶紧劝阻，告诉大家：红军是帮助百姓的。哪家房子被烧的，红军把没收土豪的洋钱来救济你们。大家快到那边去领钱。应群众的强烈要求，红军将这些纵火犯拖出去当场枪毙了。镇上的群众被红军的举措深深地感动，有100多人报名当了红军。

针对国民党军派人放火嫁祸红军一事，中革军委在《关于防止红军宿营地失火和反革命分子纵火的指示》中专门提醒广大将士注意："查近数日红军宿营地屡次失火，其原因：一、烤火疏忽；二、主要的是反革命有计划地纵火，例如昨十号龙坪、广南城、平溪、流源四地同时起火，在龙坪便捕获放火反动[分子]，且身藏小刀。"

长征中，红军积极开展民族工作、群众工作。他们经过少数民族地区时，积极宣传共产党的政策和红军的纪律，提倡民族平等，反对民族压迫，尊重少数民族的宗教信仰和风俗习惯，支持和帮助少数民族开展对反动政权的经济和政治斗争，帮助少数民族建立武装和人民政权……

红军中的宣传队，做了大量工作。郭滴人，原本是闽西革命根据地的创建人之一、福建省委重要领导。受"罗明路线"影响，长征开始后，他被安排在红三军团担任宣传鼓动员兼做地方工作，尽心尽力。

1934年12月，红三军团进入广西龙胜县境内，这里地处湖南、贵州、广西三地交界，是少数民族聚居地区，除了壮族、苗族外，还有一部分瑶族同胞。红军路过瑶族村寨时，当地居民弄脏或切断水源、埋藏粮食、带走牲口，青壮年和妇女小孩逃散一空。红军找不到向导，得不到粮食和水源，还时常遭受瑶人武装袭击。面对这些困难，郭滴人每到一村，发动军团政工人员在村里刷写标语、张贴布告，宣传红军政策和纪律，宣传红军和瑶族人是一家人、是亲兄弟。红军不住房东不在的房子，而是露宿屋檐下。红军居住过的地方，总是打扫干净，遇到群众来不及转移的粮食，战士们总是妥善给予保存。有时部队实在找不到粮食，战士们总是细心地从群众埋藏的粮食中匀出一部分，按当地时价将银元补上。

红军的举动，很快感动了当地瑶民，当他们回到村庄，看到满街的红军标语和布告，看到干净的院落，看到红军盛过的粮食上压着光洋，立刻对红军有了新的认识。

一看瑶族同胞回来了，郭滴人马上积极宣传党的少数民族政策，在瑶族同胞中产生了很大的反响，当地群众开始为红军筹集粮食，派向导为红军带路，还接受了一部分红军伤病员到山寨养伤治病，众多瑶族青年报名参加红军。

在红军中，违反民族政策，则会受到严厉的处罚。贺子珍的弟弟、毛泽东的小舅子贺敏仁，有一次饿得难受，在藏区喇嘛寺偷拿钱物想买吃的，违反了民族政策，结果被处决。

可以说，正是因为有了正确的民族政策，才有了长征的胜利。

一路上，少数民族无私地帮助红军筹措粮食，红军也时刻不忘解群众燃眉之急。红军打下黔西北重要集镇瓢儿井后，没收反动首领的盐庄，一小时之内，号召了一千多人分盐，王首道这么回忆："如山如海的人争着要盐，附近许多苗人也来要盐，往来背盐的人好像蚂蚁一样，忙个不了。"陆定一在过老山界时，路遇一户瑶家，这户人家过得很艰难，"她拿出仅有的一点米，放在房中间木头架成的一个灰堆——瑶民的灶上，煮粥吃。她对我们道歉，说是没有米，也没有大锅，否则愿意煮些给部队充饥。我们给她钱，她不要，好不容易来了一个认识的同志，带有米袋子，三天粮食，虽然明知前面粮食困难，我们把这整个的米袋子送给她，她非常喜欢地接受了。"

陆定一还写了一个细节：这户瑶民的房子和篱笆，是用枯竹编成，他生怕红军会拆来当火把，于是写了几条标语，用米汤贴在外面醒目处，要红军的部队不准拆屋子篱笆做火把。

尽管红军被抹黑、被诬蔑、被丑化，但红军用实际行动为自己正名。所到之处，感化一方，播下红色种子，燃起革命烈火。

在智取遵义的战斗中，王集成先俘虏了遵义城外十五里的一批敌人，为了详细地了解遵义的情况，红军从俘虏中找了一个连长、一个排长和十几个出身贫寒的士兵，进行谈话。

刚开始，俘虏们答起话来总是结结巴巴的。王集成见他们这样害怕，首先讲清了红军的俘虏政策，说明红军是打军阀、地主，为了穷人翻身的工农队伍。并且告诉他们：红军今天就要打遵义，谁了解遵义的情况，应当详细报告，说得对的事后有赏。

那位连长一听，急忙站了起来说："长官，红军对我们这么好，小人哪敢不效劳！"接着他把遵义的工事、守敌的实力，一一讲了，并画了一幅地图。

最后，红军发给他们每人3块银元。虽然红军生活很困难，没有钱，但是对俘虏还是仁至义尽的。俘虏们手捧着银元感激地说："我们当官的说你们红鼻子，绿眼珠，杀人放火，抓着我们挖眼剖腹，我们真害怕，没想到你们竟是最好的人，是我们的救命恩人！"不少俘虏当场加入红军，帮助赚开了遵义城。

红军并非红鼻子、绿眼珠的恶魔，而是把人民利益看得至高无上的革命队伍。过草地前，红军在藏区筹粮，非常艰难，当时正值青稞麦成熟季节，红军总政治部专门发布了《关于收割番人麦子事的通令》：

（一）各部队只有在用其他办法不能得到粮食的时候，才许到番人田中去收割已成熟的麦子。

（二）首先收割土司头子的麦子，只有在迫不得已时，才去收割普通番人的麦子。

（三）收割普通番人的麦子写在木板上，插在田中，番人回来可拿木板向红军部队领回价钱。

（四）只收割已成熟的麦子，严禁收割未熟的麦子及洋芋等。

（五）收割麦子时应连根拔起或用镰刀去割，应将全丘麦田割干净，严禁零星拔麦头，践踏田中麦子……

通令里的番人就是藏民。红军这么做，也是出于无奈。红军到来时，由于受国民党反动政府的欺骗宣传，藏族群众大都躲进了深山老林。为消除藏族群众的误解，红军发布布告，阐述了红军的性质、宗旨和中国共产党抗日救国的主张。同时，红军严格执行党的民族政策和宗教政策，尊重藏族同胞的风俗习惯和宗教信仰，严禁红军进入寺院，实行现金交易和公平买卖。有藏族群众放心不下自家的牛，偷偷下山一看，牛一头没少，而且也没瘦——红军喂养得好好的，让他大为感动。于是整个村子的藏民都下山了，与红军一起收割青稞麦。

罗洪标在猫场一战与红九军团失散后，找到红二、六军团，完成了剩下的长征路。红二、六军团走过的少数民族地区最多、高海拔地带最多、翻越雪山最多，也是最后完成长征的队伍。在藏区，他们也经历了藏族群众起初畏之如虎、之后亲如兄弟的转变。罗洪标记得，一个喇嘛由衷地对红军首长说："汉官说贵军是匪徒，青面獠牙，杀人如麻，消灭寺庙，共产共妻，罪恶滔天。老百姓都被吓得逃跑了。今天亲眼见到你们，知道汉官说的不是真话。"

乡亲们回到家后，发现藏粮的地方都有红军留下的字条和钱，相信喇嘛跟他们说的都是真的。藏民对长期压榨他们的国民党地方官吏和军队十分痛恨，对照之下，认定红军是好人。藏族同胞耿直诚信，慷慨好客，对红军实心实意，主动把家里的余粮和饲料卖给红军。

在四川得荣县，贺龙亲自出面，请一位德高望重的喇嘛主持当通司（翻译兼向导），再三交流，终于说动了他，答应为红军带路，还带了两个年轻的喇嘛随军一起行动。翻过雪山，进入了巴塘县，此时部队已经缺粮。

当地的老百姓同样受到欺骗，对被妖魔化的红军避而远之。还是那个喇嘛主持发挥了作用，首先说服了当地最有影响力的白玉寺院的活佛，并将贺龙等红军将领引见给他。活佛在寺院里接待了贺龙等人，双方谈得非常融洽。在白玉停留的几天里，贺龙几乎每天都亲自拜访活佛，增进了友谊。活佛不仅把寺院的几千斤存粮和几十头牦牛送给红军，还派出寺里的喇嘛到周围村镇动员藏民帮助红军，使我们筹粮的工作比较顺利。

但此时，红二军团却遇到了大问题，因为已经没有多少钱可以拿出来用了。后来与喇嘛商量，红军给寺院护寺僧兵提供一批枪支弹药做交换，由寺院拿出一些钱补偿藏民。在一些没有人在的藏民家里，只能写下欠条。我们宣传队在一户无人的藏民家找到了近百斤青稞，请喇嘛用藏文写了一个欠条，大致内容是这样的："我们是红军，借粮一袋，留此为凭。凡遇红军，可凭此索取银洋两元。中国工农红军第二军团政治部宣传队。"

为了更好执行党的民族政策，红军甚至在长征途中出版的《红星》报（1935 年 5 月 22 日第 17 期第 2 版）专门发了一个通知，纠正沿用狗旁书写少数民族族名，一律改用人旁。

犭这一狗旁，过去我们也常常沿用起来，加在猺、狪、猓猓等字上，这同样是少数民族所不愿意的，也应纠正，一律改用人旁如傜、侗、倮倮等。

红军这么做，不是出于功利目的，而是源于他们的信仰。"人的解放"，是马克思、恩格斯理论研究的出发点和落脚点，马克思主义就是关于"人的解放"的学说，"人的解放"，也是马克思主义的最高目标。解放自己，解放一切受压迫的人，这是红军战士朴素而真挚的追求，他们为此不惜牺牲一切。

困牛山，地处贵州省东北部铜仁市石阡县和思南县的交界地带，山势南高北低，南端的虎井沟，宽不足 10 米，长约 300 米，靠着困牛山的悬崖最高有 70 多米。这里曾发生过一场惨烈却鲜为人知的战斗。1934 年 8 月，红六军团先行突围西进，10 月 5 日，红六军团五个团进入石阡县。7 日，遭遇国民党桂军，甘溪战斗失利，红六军团被截为三段，陷入重围。16 日，困牛山战斗打响，师长龙云和团长田海清率红十五师五十二团 800 多名壮士断后，拖住湘黔敌军和地方民团。红军刚上困牛山就听到枪声，发觉遭遇了埋伏，于是双方展开血战，子弹声、喊杀声响彻山谷，师长龙云率部分战士冲出重围，团长田海清壮烈牺牲，其余战士誓死掩护。

久攻不下的敌人使出毒计，他们驱赶当地百姓走在前面当"肉盾"，朝红军阵地压迫过去。红军战士只能朝天开枪威慑敌人，敌人一看这招管用，就在老百姓背后逼迫他们往前走。面对步步逼近的敌军和被胁迫走在敌人前面的百姓，红军战士不忍心对群众开枪，边打边退至悬崖边。最后的时刻到了，是开枪，还是当俘虏？

100 多名红军战士砸毁枪支，集体纵身跳下悬崖。

原本浑身颤抖、惊恐万分的老百姓，齐齐跪倒，泣不成声。

年轻的红军战士牺牲了，他们的英魂却在这片土地永生。

老百姓从此明白：红军，是我们自己的军队！

为有牺牲

饥饿，沼泽，死亡

今天，我发现一个同志在泥水中挣扎，身体缩成一团，浑身都是泥浆。他紧紧地攥住步枪，这支汉阳造已经活像一根泥棍。我以为他是跌进泥坑里，打算爬出来，就扶他站起身来。我把他拉起来后，他勉强挪动了两步，全身重量就都压在我身上了，实在重得很，我几乎支不住他，更不用提行走了。我放了手，要他自己走，他又跌倒下去，泥浆四溅，可是还用力抓住步枪，打算站起来。我又拉他起来，可是他身体太重，我则太虚弱，拉也拉不起来了。我看他就要断气，想起身边还有炒青稞，便喂给他，可是他连嚼都不能嚼，看来不是口粮可以解救得了的。我小心翼翼地把炒青稞放回干粮袋里，等他咽了气，便站起身来，继续前进，让他独自躺在那里。后来，我们到了休息地，我从干粮袋里拿出炒青稞来，可是我实在吃不下去。我一直惦记着那些垂死的同志。我别无办法，只有眼看他跌倒在地而不能助一臂之力，我要不这样，也只有倒下去，跟部队失去联系，而终于死亡。话虽如此，我还是咽不下那些炒青稞。

草地，是众多长征亲历者挥之不去的梦魇。

若尔盖大草原，位于川西北青藏高原与四川盆地的连接地段，历史上一直为松潘其所辖，所以也叫松潘草地，面积约 1.52 万平方公里，海拔在 3000~4000 米。在红军过草地之前，此处除了极少数藏民放牧出没外，绝少行人，连中国历史学家和地理学家也尚未勘察过这个地方，探险家们也没有涉足这里，更别说一支庞大的部队从此经过了。

　　这不是寻常意义上的草原，更准确来说，是一片沼泽地，白河（即噶曲河）和黑河（即墨曲河）由南至北纵贯其间，河道弯弯曲曲，支流纵横，由于水流迟缓，排水不良，积水而成的泥潭星罗棋布，形成了大片的沼泽。多年的水草，长得盘根错节，联结成片片草甸覆盖于沼泽面上。草甸下面积水淤黑，腐草堆积，泥泞不堪，浅处齐膝，深处没顶。人、畜在草地上行走，须脚踏草丛根部，沿草甸跳跃前进。不然的话，就会陷入泥潭。无论是人还是牲畜，一旦陷入其中，越挣扎则会陷得越深，如无人救助，将很难自拔，直至污浊的泥水淹过头顶，被草地吞噬为止。由于水流不畅，恶臭的沼泽水无法饮用，稍有外伤的人和牲畜，伤口被水浸泡后就会红肿溃烂，很难医治。地处高海拔地带，草地气候也非常恶劣，年平均气温在零摄氏度以下，红军是 8 月份过草地的，此时正值草地雨季，降水占年降水量的 90%，大量的降雨，使本来就泥泞不堪的沼泽地更加显得"千疮百孔"。

　　红军向西北进发，是被迫走入这块草地的，另一条道路，已布满了国民党军队。蒋介石判断：松潘草地是北面天然地障，飞渡不易，红军只能走进他的包围圈。毛泽东毅然决定：横跨草地，北出甘南！

　　长征途中一直担任前锋的杨成武，又承担了率领草地先遣团探路的任务。

　　1935 年 8 月 21 日清晨，先遣团背着武器、粮食、木柴和路标，穿过一片密林，前面就是草地了。杨成武骑在马上，举目望去，有触目惊

为有牺牲

心之感，只见草地上弥漫着阴森迷蒙的浓雾，根本分不清东西南北，处处都是积水，散发着腐臭的气味。藏族老通司说：只能找最密的草根走，一个跟一个，千万不要喝草地上的水。杨成武策马走进了草地，大部队继而跟上，开始了军事史上罕见的艰苦行军，这也是人类与大自然的一次殊死抗争。

毒水、泥沼、大雨、湍急的河流……无一不无情地吞噬着红军战士的生命。越往草地深处走，人越虚弱，牺牲的人越多。肖锋在 8 月 24 日的日记中沉痛写道：

> 进入草地第四天了。
>
> 清晨出发，到分水岭东南宿营，究竟走多远无法正确计算。好多单位都没有粮食了，菜和肉干也吃光了。军团政治部民运部有位干事，过分水岭不久，就突然倒在草地牺牲了。
>
> 草地的水因为长年泡着腐草，又黑又臭又有毒，根本不能吃用。口干得要命，有的喝了几口，肚子马上发胀，甚至胀死。脚上被草根刺破，毒水一泡，就红肿溃烂。
>
> 炮连神炮手吴民选班长，江西于都县人，十四岁参加红军。他肚胀、脚肿，两天没吃东西了，走不动，战友们轮流背，背不动，就用木架当滑车拉。这样坚持了两天，实在不行了，快咽气时他拉着我的手流着眼泪说：总支书，你们快走吧，不要管我了，快跟着毛主席打出去。有空时给我家去封信，告诉我妈妈、哥哥、姐姐，叫他们好好活着，工农革命一定会胜利的。

侦察连三排战士张伍才，福建人，二十五岁，刚进草地时，是尖兵班的开路先锋，昨日掉队，饿得头昏眼花，半夜追赶队伍，陷在烂泥潭里，无法出来，光荣牺牲。

　　工兵连三排副排长，是位非常好的同志。一路上，他为老弱病残的战士背枪，挽扶病号行军，可自己太累了，在路上稍一休息，就中风致命。

　　警卫连战士卢堂宝，江西兴国县人，十九岁，参加过中央苏区第二、三、四、五次反"围剿"。这次过草地，因吃草蘑菇中毒，光荣牺牲。

　　天黑后，我们在草地露营。军团聂政委找我去汇报军团前梯队四天过草地的情况。我说，根据十四个单位统计，已掉队二百五十人，牺牲一百二十多人。大家心情十分难过。聂政委指示，越是困难的时候，越要注意发挥党支部的堡垒作用。没有粮食，就拔野菜、选野菇、割皮带吃，担子挑不动就丢掉吧。实在不行时，骑的骡马也可以杀掉吃。

　　许多掉队的战士，连病带饿，有的连拔野菜、选野菇的力气也没有了，看了心里实在难过。四个军团在这草地上，困难实在多。前面的部队把野菜、野菇吃光了，后面的部队就没有什么吃的东西了。有的同志实在饿得没有办法，看到前面部队拉的屎里还有没消化的青稞麦，就一粒一粒拣出来，用水洗干净，再用茶缸煮了充饥。

　　半夜，通讯连汇报，三个通讯员和一名炊事员吃

野蘑菇中毒，有的快要断气了，有的浑身发紫，得赶
快抢救，并通知大家注意。

究竟有多少红军牺牲在茫茫草地，可能永远是一个未知数了。在中央苏区（闽西）历史博物馆，只记载了一个草地牺牲者的名字：连尧，龙岩市新罗区东城街道办事处东新村人，1929年参加革命，历任龙岩县苏维埃政府劳动部长、中央财政部总务科长，1934年10月参加长征，1935年在过草地时牺牲。遗像上的连尧，浓眉大眼，神情倔强。牺牲时，他32岁。

在残酷无情的草地面前，人很弱小，一足踏空，可能就是灭顶之灾。但人又很伟大，哪怕是面对能够轻易夺走自己生命的困境，也不会退缩，即使在生命最后时刻，也坚信自己选择的道路是正确的，坚信自己追求的胜利一定会实现。这正是生而为人的荣耀，这份荣耀，属于永不言败的红军。

进草地才两天，阙中一的小腿就被草木茬戳了两个小洞。起初他没在意，谁知被毒水一泡，伤口化脓溃烂了，小腿肿成大腿一样。他将起裤管，用手轻轻按了下伤口，一股又臭又腥的脓血流了下来。他横下一条心，双眼一闭，使劲把脓血往外挤，直到指尖触到了骨头。草地湿寒逼人，他疼得满头大汗，每走一步，都痛得直抽冷气，加上饥饿和寒冷，阙中一慢慢跟不上队伍了，闻着草地散发的阵阵腐臭味，看着旁边战友的遗体，他知道，自己怕是走不出去了。突然，他听到了毛泽东的声音："阙中一！骑我的马走！"

阙中一看着形销骨立的毛泽东，又是感动又是着急，坚决不肯上马，毛泽东说："不要犟了，快上马吧！"阙中一带着哭腔说："主席，你丢下我吧，不要管我了……"毛泽东细心劝说："你要有走出草地的决心，

你已经走了一万多里路了，艰苦奋战 10 个月，是为了倒在草地上？上马，这是命令！"阙中一骑上马的那一刻，眼泪像断了线的珠子吧嗒吧嗒打在马颈上。许多年后，他还记得当时的心情：世上哪有这种事？统帅在走路，士兵却骑着他的马！

过草地时，涂通今任左路军第三十二军八团卫生所所长，他让战士走得慢一点——空气稀薄缺氧，战士们个个面色如土。但即使缓慢行走，也感到十分吃力，呼吸急促，甚至跌倒。涂通今带领军医，用注射强心针或樟脑酒精嗅闻的方法，救了一些战士。再苦再累，卫生人员的工作也不能稍有马虎。每日到达宿营地后，首先选择一块比较干燥的山坡，搭起帐篷支上炉灶，捡来干牛粪点上火，消毒医疗器材，给病人看病、换药、发药，包括伤病员烫脚、开饭，医务人员也尽力帮他们做。有一次，他们正准备搭帐篷拾牛粪，天气骤变，雨水冰雹齐下，十几人个个浇得像落汤鸡，牛粪打湿了，火也点不着了，真是伤心着急。风雨一过，满天星斗，他们又开始工作了。休息对长征路上的医务人员来说，有时真比吃饭还重要。

当然，吃饭也是一个大问题。卫生所有十几人，发给他们一头牦牛驮粮食，等粮食吃完了，只好把牦牛杀掉吃了。

饥饿，是草地行军的最大挑战。红军进入草地前，进行了大规模筹粮工作，但困难重重。事实上，长征途中，越往北走，粮食筹措越困难，尤其到了过草地的时候，那是中国革命史上一段刻骨铭心的饥饿记忆，在茫茫草地上饿得前胸贴后背的红军将士，感觉此前吃过的苦，真不叫苦了。时任红军总政治部宣传部部长的陆定一就写过：翻过贵州省黔东南境内的老山界后，发现了一个新的现象：在每条溪流的旁边，有很多饥饿的战士等不及炊事员做饭，自己用脸盆、饭盒子、口杯煮稀饭吃，"老山界是我们长征中所过的第一座难走的山。这个山使部队中开始发生了一种习气，那就是用脸盆、饭盒子、口杯煮饭吃煮东西吃，这种习惯一直到很久才把它革除。但是当我们走过了金沙江、大渡河、雪山草地之后，老山界的困难，比起这些地方来，已是微乎其微，不足道的了。"是的，在老山界，战士的口杯里，还能煮上大米，但是，到了草地，只能煮牛皮带了……

读红军的回忆录，不难发现：过草地前，关于"吃"的内容，并不多，偶尔穿插其间。但关于草地的回忆，主要就是：饿。红军进入草地前，准备了青稞炒面，但是，草地中很难找到干净的水。带的是青稞麦，更多时候来不及磨面，只能一颗颗咬着吃，既吃不饱，又难消化。原来准备可以吃五六天的干粮，两三天就吃完了，断粮后，就只能靠吃野菜充饥，不少人中毒。前面的部队把野菜树皮吃完了，后续部队就只好将身上的皮带、皮鞋，甚至皮毛坎肩、马鞍子，都切成细丝，煮着或者烤着吃。彭德怀、黄克诚等红军高级将领，甚至含泪杀死了跟随自己多年的坐骑，就为了让战士们有肉吃。

从草原出来后，红军发动包座战役，围点打援，先围歼敌四十九师，后攻入了上包座大戒寺，敌人逃跑前，放火焚烧粮食，饥饿的红军战士一边灭火，一边抓起粮食大把吞嚼……

赖际发差点饿死在草地中。

作为"粮秣官"，进草地前，赖际发带队全力筹粮，有一次翻进一个土围子，土墙太高，他朝下跳时，被一个石墩绊倒，把门牙给磕掉了。战士们让他休息一下止止血，赖际发开玩笑道："肚子太饿了，见了土都啃。"反动头人把粮食埋了起来，赖际发率筹粮队每人拿着一根枪通条到青稞地，这找找，那探探。在一块斜坡地里，遇上一位藏族妇女领着一个两岁多的小孩在劳动，她用生硬的汉语说："大军好，难为，难为。"赖际发问她哪里有粮食，她只是不说话，通过小通司做了许多的工作，她终于说："粮食没得，糌粑多多有，硬地没得。"意思是说松地上可挖到糌粑面。战士们分头寻找，果然找出了土司头人埋藏的食物。

进入草地，部队很快就缺粮了，赖际发动员有经验的同志挖野菜，但可吃的野菜，像大黄叶、野葱、酸果、苦菜、野白鹤草等都被前边过路的部队吃光了，赖际发又动员全团同志把自己的枪皮带、腰皮带和土造牛皮斗篷都拿出来，集中到供给处统一分配。他告诉大家：先用火烧成粉状，再拌上野菜充饥，渡过难关。

赖际发首先献出了自己的皮腰带，这条皮带，他很爱惜，扎在身上已有几年了。从身上解下来时，大家还开玩笑说："你舍得吗？"不要小看这根牛皮带，拿去用火一烤，把它刮净和一些野菜煮一煮，够三人吃一顿，就能支持三位同志走半天路。但皮子怎么煮也煮不烂，由于肚子实在饿了，大家用小刀把牛皮切得细细的，慢慢地嚼烂吃到肚里。

大家慢慢有了经验，牛皮带煮过后再用火烧成"皮煎饼"，配上黄花草、车前子、树皮、树根、草根、苦菜煮成的"三鲜汤"，算是行军一天以后的佳肴。有个战士还编了几句顺口溜：

牛皮牛皮真牛皮，
煮了半天不动弹，
我们用刀把你剁，
感谢牛皮救了命。

赖际发身上一点干粮都没有了，他的脚后跟又长了冻疮，红肿流血，肉芽被水侵袭得比扎针还痛，只好饿着肚子，忍痛走路。他渐渐走不动了，头昏眼花，全身无力，他知道，是饿坏了，他翻开身上背的干粮袋，多少还有一点面粉粘在布袋上，把这点面粉放在面盆里，果然黏黏糊糊有一点像"面汤"，于是把这"面汤"煮了喝下去，又把马缰绳的牛皮带，用火一节一节烧，吃一节喝口水，身上有点力气，再往前撑着走一段路。距离走出草地还有十几里时，他彻底不行了，浑身没有一点力气，站也站不起来，想爬也爬不动，连说话都没有力气了，他绝望地趴在地上，心想自己是不是就这样在草地光荣了。这时，闽西老乡邱子明过来，把他背了起来，赖际发个头小，又瘦弱，邱子明背着他，慢慢地，一步一步向前挪动。

生死关头，最见情谊。赖际发用尽最后的力气说："邱大哥，我这一辈子可忘不了你，你把我背出草地，走完了长征路，我再咽气，一生也不亏了。"邱子明说："你在说胡话，马上到目的地了，那里有人家、有吃、有喝、有药，胜利在望。"但是，渐渐地邱子明也没有力气了，他说，先坐下喘喘气，但一坐下，就再也站不起来了。两个闽西红军子弟兵瘫倒在地，正绝望间，萧华策马过来，一看是这两人，立马把两人拖出了草地。

昏昏沉沉间，赖际发骤然感觉身体下面的地坚实了，战友们围着他，跟他开玩笑："老赖，你搞的粮食填了我们的肚皮，你可是前心贴后心，忍饥挨饿被马拖过来的哟！"

他连笑的力气都没有了，摊开四肢，像拥抱着大地。

草地！草地！

终于战胜了你……

第十一章

河东　河西

他们即将到达胜利终点，他们倒下了

『我们今天革命打仗为的是什么？』

『作为一个革命者，牺牲是早已意料到了』

1937 年 4 月，湘江血战近两年半。

戈壁朔风强劲，吴富莲醒来时，伤口剧痛，只听蹄声嘚嘚，大地在快速后退。

她发现自己被一个凶悍的马匪横架在马鞍上，正在风雪中疾奔。这位身经百战的女红军想跳下马，却发现手脚都被捆得严严实实的，几天水米未进，一点力气也没有了的她，在再度昏迷之前，挣扎着往后望去。

风雪迷蒙，吴富莲什么都看不见，枪声已经沉寂下来。但她看到了血与火，听到了不屈的呐喊！

他们即将到达胜利终点，他们倒下了

吴富莲随红一方面军参加长征后，任红军野战医院政治处干事。1935 年 6 月，红一、四方面军在四川懋功会师，随后中央政治局在两河口召开扩大会议，明确两军共同北上，在川陕廿创建根据地。吴富莲所在的中央卫生部和红五、九军团及红四方面军主力一起编为左路军，左路军由朱德、张国焘指挥，右路军则由徐向前、陈昌浩指挥，中共中央和中革军委随右路军行动。

右路军过草地后，打下包座，也顺势打开了北上通道，形势大好，但左路军迟迟未至——张国焘动了歪心思。

红四方面军当时兵强马壮人也多，张国焘产生"谁的枪多谁当老大"的邪念。这种想法，是当时军阀的主流价值观，但张国焘忘记了：他不是军阀，他是一个共产党人。

事实上，张国焘的邪念，从两支红军刚刚会师就开始了，有些细节，耐人寻味：其一，红一、四方面军于 1935 年 6 月会师，在庆祝会师盛会上，一切庆祝的表面排场都有了——旗帜、标语、大碗热气腾腾的鸡和肉，大堆的饭和菜，大锅的汤和大罐的酒，还有当地酿造的烈性白酒。但双方都对对方部队的人数提出了疑问，张国焘曾走到周恩来面前说："你们有多少人？"周反问道："你们有多少人？"张说："我们有十万。"周回答："我们有三万。"

其二，红一、四方面军会师后，从两位领导人身上可以看出明显的差别：张国焘的脸面丰满红润，虽不肥胖，但身上肉滚滚的，毫无疾苦之色。毛泽东则很瘦，面色憔悴，皱纹很深。张国焘的灰色军装十分合身，而毛泽东仍穿着他长征时的老军服，又破又旧，缀满了补丁。

其三，红军刚刚进驻毛儿盖，周恩来就草拟了攻打松潘的作战计划。他把计划交给了张国焘，但张却改变了计划，他不是立即组织攻打松潘，而是派他的三十军前去佯攻，三十军包围了松潘，却没有发起攻击。1943年国共合作期间，胡宗南在重庆的一次谈话中曾透露："当时我们人很少。我的司令部设在城里的一座庭院里。我记得我曾想过如果红军包围了松潘，要是我被抓住，该怎么办？"胡宗南还记得，他在黄埔军校时周恩来当过他的老师，他想"他会照顾我的"。但是，胡宗南不需要找他的老师帮忙。援兵一到，三十军就撤走了。因为张国焘不想北上，他认为国民党太强，红军应该向西和向南走。

自己兵多，张国焘认为自己应该当"老大"。徐向前回忆说，两河口会议后，张国焘为取代毛泽东的领导地位，授意一些人给中央提出报告。如陈昌浩在行军途中致电中央："请焘任军委主席，朱德任总前敌指挥，周副主席兼参谋长。中政局决大方针后，给军委独断专行。"张国焘还在公开场合与私下谈话中，散布"中央政治路线有问题""一方面军的损失和减员应由中央负责""遵义会议是不合法的""军事指挥不统一"等言论，进行挑拨和煽动。张国焘是老资格的中央政治局委员，只有他能出席中央政治局的会议，又是红四方面军的最高领导人，他散布的话很容易迷惑和欺骗人。

分歧在左路军过草地时爆发了。大敌当前，主力分开，乃兵家大忌。中央一再催促张国焘率左路军北上，徐向前、陈昌浩也不断劝告，可张国焘就是按兵不动。中央焦急万分，反复沟通，张国焘这才率左路军进了草地。但进入草地第三天，张国焘又变卦了，他借口草地中一条南北流向的噶曲河因降雨涨水，无法渡过。其实这条河完全可以涉渡，朱德的警卫员潘开文和另外一个战士就骑马过去了，河最深处，也只到马肚子。但张国焘就是不愿意过河，与朱德大吵一架，红五军军长董振堂坚持要过河，张国焘的部下黄超仗势扑上去，打了董振堂几个耳光。董振堂率领的红五军团，一直是中央红军长征的"铁流后卫"，居然受此侮辱。

张国焘铁了心不听党中央号令，非要南下，还要求陈昌浩、徐向前率右路军南下，并暗示陈昌浩："彻底开展党内斗争。"毛泽东、周恩来、朱德等人维护红军团结的努力失败，最终红一、四方面军分裂，毛泽东仅率领7000名红军北上，张国焘率领83000余名红军南下。当时情形非常紧张，彭德怀向毛泽东建议："为了避免红军打红军的不幸事，在这种被迫的情况下，可不可以扣押人质？"毛泽东想了一会儿，说："不可。"关键时刻，叶剑英把"彻底开展党内斗争"的电报内容告诉了毛泽东，然后若无其事地回去，又拿了全军唯一一张甘肃地图和自己的手枪，率军委纵队与毛泽东会合。毛泽东此后多次提起"叶剑英同志在关键时刻是立了大功的"，赞曰："诸葛一生唯谨慎，吕端大事不糊涂。"

9月10日清晨，中央率红一方面军单独北进，陈昌浩、徐向前大为惊讶，前方部队不明真相，打电话来问："中央红军走了，还对我们警戒，打不打？"陈昌浩拿着电话筒，问："怎么办？"徐向前坚决说："哪有红军打红军的道理？叫他们听指挥，无论如何不能打！"陈昌浩完全同意，这样一场悲剧才没有发生。红四方面军副参谋长李特率几十个骑兵追了上来，大呼小叫地让原来红四方面军的人回去，李特还情绪激动地走向毛泽东，质问他为什么"开小差"。李特是留苏学生，性格火暴，习惯挎一把大左轮手枪。阚中一回忆，当时警卫员高度警惕，他跟在毛泽东旁边，紧攥驳壳枪。个子高大的李德，迅速走过去双手抱住了李特，李德个子高大，李特挣不脱。毛泽东讲了一席话，最后说："我告诉你们，四川坝子有敌人重兵，你们冲不出去；我们现在向北走，给你们开路，

　　　　　　为有牺牲

我估计不出一年，你们也会跟着我们北上。"

毛泽东预言非常准确，红四方面军南下受挫，张国焘提出要"打到成都吃大米"，没想到四川军阀空前团结。在1935年11月的百丈关之役中，川军展现了死保川西平原的决心和作战能力。又是那个在青杠坡力扛红军的郭勋祺，在百丈关再显剽悍本色。红四方面军虽然给敌人重大杀伤，但自身也伤亡惨重，被迫放弃战役目标后撤，翌年4月又转移至道孚、炉霍、甘孜地区。至此，南下红军由8万人减至4万余人。1936年6月30日，红二、六军团与红四方面军于甘孜会师；7月5日，根据中革军委的电令，红二、六军团加上红四方面军划归的三十二军合编为红二方面军，由贺龙任总指挥，任弼时为政委；10月9日，红一、四方面军在甘肃会宁会师；10月22日，红一、二、四方面军在将台堡会师，长征就此胜利结束。

这一年时间里，中央与张国焘电文往来不断，但说服不了张国焘。1935年10月5日，张国焘在四川理番卓木碉（今马尔康脚木足）召开高级干部会议，宣布另立"中央"，成立"中央委员会""中央政治局""中央书记处""中央军事委员会"和"常务委员会"，自封为"主席"，并通过了"组织决议"，决定"毛泽东、周恩来、博古、洛甫应撤销工作，开除中央委员及党籍，并下令通缉。杨尚昆、叶剑英应免职查办"。

12月5日，张国焘狂妄要求中共中央"不得再冒用党中央名义"，只能称北方局，中华苏维埃共和国中央政府、红一方面军也只能称陕甘政府和北路军。至此，张国焘分裂党和红军的行动发展到登峰造极的地步。鉴于张国焘分裂党和红军的严重性，中共中央政治局于1936年1月22日作出《中央关于张国焘同志成立第二"中央"的决定》，责令张国焘立即取消他所成立的"中央"等机构，停止一切反党活动，并决定在党内公布俄界会议通过的《中央关于张国焘同志的错误的决定》。从莫斯科回国到达陕北的张浩，也以共产国际代表的身份致电张国焘，要他立即取消另立的"中央"。由于张国焘的分裂行动不得人心，加之红四方面军南下失败，在这种情况下，1936年6月6日，张国焘才宣布取消他另立的"中央"。

在他的反复折腾下，红四方面军过了几次雪山、草地，留在红四方面军的朱德、刘伯承等苦不堪言。陈伯钧在日记里，就记下自己的坐骑被夺走的事，他反复找张国焘申诉，要求还他坐骑、还他马鞍、还他望远镜。

张国焘"折腾"的时候，红一方面军迅速北上，打下了天险腊子口。腊子口是川西北通往甘南的天然屏障，两侧岩壁陡峭、山势险峻、悬崖千丈、高与天齐，远远望去东西峭壁形似一扇门户，巍然对峙，地势非常险峻。腊子河沿峡谷飞流，河上有座一米多宽的木桥，敌人把隘口作为防守重点，在桥头和两侧山腰均构筑了碉堡，并在山坡上修筑大量防御工事和军需仓库，妄图凭借天险把红军遏阻在腊子口以南的峡谷中。此时红军又一次陷入危险之中：左侧有土司上万骑兵，右侧有胡宗南主力，如不能很快突破腊子口，就会面临被敌人三面合围的危险。

杨成武、黄开湘再次担当突破重任，正面攻击受阻，敌人居高临下，机枪子弹如暴雨，手榴弹如冰雹。红军的军事民主优势又发挥了作用，杨成武、黄开湘带营、连长下到连队，大家一起想办法，想出来的办法是：兵分两路，一路继续从正面夺桥，另一路迂回到敌人背后，爬上悬崖，占领制高点。一个擅长攀缘的苗族战士挺身而出，爬到悬崖顶，放下长绳，曾经强渡乌江的毛振华连长率领战士在黑夜中一个个跟着爬了上去。黄开湘负责迂回，杨成武负责正面进攻，指挥红军连夜战斗，敌人的弹片在桥头三十米内的崖路上铺了厚厚一层，正面进攻还是难以突破，杨成武焦虑地等着悬崖顶上的信号。天快亮了，"万分焦虑和盼望之际"

为有牺牲

的杨成武，终于看到夜幕中爆开一颗红色信号弹，接着，又是一颗绿色信号弹，这是杨成武终生难忘的美丽颜色，山上山下同时吹响了冲锋号，在晨曦中，红军战士开始了总攻。

后来杨成武才知道，毛振华率领一连爬到山顶后，漆黑一片，又不能照明，冒险摸黑找路时，毛振华一脚踏空，摔进一个深坑，头部受伤。他忍痛与战士们继续寻路，虽然花了不少时间，但终于出现在敌人的头顶，若神兵天降。

激战三个小时，敌人终于溃败，沿峡谷向北逃去，一路纵火，峡谷两侧荒草、树木燃起熊熊大火。红军战士穿越火谷，一口气追到岷州城，占领了城东关。整个甘肃大震，以为红军要攻打岷州城，但红军次日挥师东去，占领了哈达铺，这是红军久违了的一个富有的大集镇。红军在这里进行了难得的休整，毛泽东也正是在这里，看到了报纸上刘志丹陕北根据地和徐海东红二十五军的消息。中央决定，到陕北苏区去！

渡过渭河，中央在通渭县榜罗镇召开了政治局常委会议，第一次明确以陕北苏区作为红军长征的落脚点和中国革命的大本营，改变了此前俄界会议"到接近苏联的地区去"的决定。历史证明：这是一个英明的决定。

红军快速突破了西兰公路，路上还打了一个小仗，缴获了国民党"西北剿总"的子弹、军衣，最大的收获是缴获了300余匹军马。毛泽东决定：组建中央红军第一支骑兵部队，把原来一纵队的侦察连改为骑兵侦察连，第一任连长是梁兴初，副连长是刘云彪——是役，刘云彪率领侦察连迂回埋伏在青石嘴，敌人逃窜时，没有一个能够逃过他们的防线。21岁的刘云彪浓眉下双眼炯炯有神，他第一次见到这么多骏马，高兴坏了。这位中等个头、长方脸的长汀青年，作为侦察兵，长征路上一直走在最前面。他强壮如虎，这一年走下来，却时不时猛烈咳嗽，他不知道，肺病正在侵蚀着他原本健壮的身体。

是的，走了一年，胜利在望了。

但是，毛振华却在此时牺牲了。

河连湾村，位于甘肃环县洪德镇的一个河谷中，依山傍水。那位强渡乌江、血战腊子口的英雄连长毛振华，生命定格于此，他没能走完即将结束的长征。杨成武闻讯大恸：

这个村镇的一头，有个土围子，一股民团和地主武装龟缩在里边，不时地向我们放冷枪。

我们的大队部刚驻下来，就听到前面枪声大作。一听那声音，我就知道部队在打土围子。过了不久，一个同志跑来报告说：一连长毛振华同志中弹。我大吃一惊，忙跑到前面去。毛振华同志一动不动地躺在一间土屋的门前，头上流着血，子弹是从额骨打进去的，他静静地像是熟睡了似的紧闭着眼睛。我用双手托起他的头大声呼唤着："毛振华！毛振华！"他没有回答。他永远不能回答了。我用手伸到他的衣服底下，尚有余温，可他的心脏却已停止了跳动。

毛振华同志的牺牲，是我们的一个很大损失。我非常痛心，放下烈士的遗体，抬头见一连指导员站在一旁，便大声地问："指导员，你们怎么搞的！"指导员也很难过，沉痛地说："战斗打响了，毛连长要上……"我劈头盖脑地打断了他的话："他要上你就让他上？唉？"

"我……都怨我！"他滴下泪来。我还是怒不可遏，继续说道："为了这么个破土围子，牺牲我们的好连长，值吗？这个仗完全可以不打，用火力把敌人控制起来，明天一早我们就离开这里了，你们偏要打这一仗！"指导员自知错了，更加难过。他默默地低下了头。是啊，我们的英雄——毛连长像一颗明亮的星陨落在了河连湾，多叫人心痛！

杨成武、黄开湘，许多许多人，围在毛振华的遗体前，脱下他的血衣，没有新衣服，只能打开毛振华的小包袱，找到一件他刚洗净的旧军服——他攀爬腊子口悬崖时穿的那件衣服，给他换上。旷野里，北风怒号，毛振华被放入墓坑，杨成武跪下来，双手捧起一捧黄土，轻轻撒在烈士脸上。黄开湘也捧起了土，他的双手在剧烈颤抖。

黄开湘随后也牺牲了。

1935 年 10 月 19 日，中央红军在吴起镇与陕北红军会师，标志着红一方面军主力胜利地完成历时一年、纵横 11 个省、行程二万五千里的长征。然而，作为前锋全程走完长征、打了无数硬仗的黄开湘，却倒在了这里。高强度的行军作战，摧毁了他的身体，在连日高烧下，昏沉中，他自己扣响了放在枕头下的手枪……杨成武此时也在重病中，闻讯挣扎着骑马赶来，然而，他的亲密战友、与他从四渡赤水就朝夕相处的黄开湘，已经长眠于一抔新土之下了。

本来重病在身，又受战友牺牲刺激的杨成武，回到窑洞就昏迷了过去。他病得如此严重，几乎要被病魔击垮，首长、战友都过来看他，作最后的告别。但他的生命力顽强，最终还是挺过来了。在杨成武重病期间，红军打响了直罗镇战役，取得歼敌一个师又一个团的重大胜利，敌师长牛元峰自杀。此役巩固了陕甘根据地，为中共中央把全国革命的大本营设在西北举行了奠基礼。

胜利来之不易。就在直罗镇战役中,中央委员、红军战将黄甦牺牲了。战前,黄甦已被中革军委任命为陕南第七十三师政委,他主动请求参加这一战役后再赴任。在争夺一个山头时,他带头冲锋,身中数弹,再也没有站起来。黄甦是广东佛山人,早年在香港做工,参加过省港大罢工和广州起义,1930年12月,黄甦奉命离开香港到闽西革命根据地,在多个部队担任师政委,参加了历次反"围剿"战斗。面对第五次反"围剿"失利后部队情绪低沉的情况,他鼓励大家:"我们党还在,红军还在,跟着党跟着红军,我们一定能战胜困难,战胜敌人。"长征开始后,他任红一军团第一师政治委员,与师长李聚奎率部强渡乌江、攻占遵义、四渡赤水、强渡大渡河,策应第二师四团夺占泸定桥……无役不与,千辛万苦,却倒在了即将胜利的终点。

毛振华、黄开湘……他们都是即将到达胜利终点的人,他们的牺牲,悲剧意味十足。

但是,他们不牺牲,又会是谁牺牲?

漫漫长征,无论第一步,还是最后一步,他们从来不畏惧牺牲。

正是如此,长征才得以胜利。

"我们今天革命打仗为的是什么？"

红军长征胜利结束，但危机远未消除。

事实上，红军长征一结束，就在为扩大生存空间而四处谋求突围之道。陕北地域广阔但土地贫瘠，无法养活一支大军，三大主力红军会师后，这一矛盾更加尖锐。徐向前回忆说：

> 中央又将陕甘宁根据地的困难情况，向我们作了通报："陕甘宁苏区版图颇大，东西长约一千二百里，南北亦六百里，现有盐池、定边、靖边、安定、安塞、延川、保安、环县、豫旺九城在我手中。""各县论地情则山多，沟深林稀，水缺土质松，人户少，交通运输不便，不宜大部队运动。人口总数只四十余万，苏区内当红军的已超过三万，物产一般贫乏，农产除小米外，小麦及杂粮均缺，不能供给大军久驻。"彭德怀也给我发过一个电报，内容和中央的电报差不多，我印象很深。我军在甘南占领的地区，人口约八十万，而陕甘宁根据地的人口，才四十余万，相比之下，我们的处境还好些。

除了贫瘠的土地，红军还面临着更大的威胁——强敌环伺：中央红军初到时，陕甘根据地的南部和西南部，有杨虎城的十七路军和张学良的东北军，北部有西北军井岳秀师和高桂滋师，东边是阎锡山的晋绥军，西边是凶悍的"马家军"。红军三大主力会师后，此前一直在外地与红军分散作战的国民党嫡系部队也合围过来，虎视眈眈，獠牙森森。

今日翻阅红军会师后一个时间段的记载，能够读出当年红军重压之下何处可去的焦虑，在毛泽东的电文中，多处出现"猛烈扩大红军"，"猛烈"二字，足见当年的紧张局势。

生存！生存！！生存！！！

在红四方面军与红二方面军尚在长征时，红一方面军一边发动群众、"猛烈扩红"，一边先后组织了东征和西征，竭力扩大生存空间。东征以中国人民红军抗日先锋军的名义，由彭德怀任司令，毛泽东任政委，东渡黄河，与阎锡山部激战。

东征的时候，赖际发调任新编的三十一军任民运部副部长，到山西接受了一项特殊任务——接一位中央首长过黄河。后来，他接到这位首长时才知道，是毛泽东。当时阎锡山的晋军就在附近活动，还抓走了赖际发布下的两个哨兵。赖际发紧张得要死，握住毛泽东的手就说："咱们快走吧，附近到处都是阎军。"毛泽东愣了，说："你这位福建佬，待客太急慢了吧！我们走了那么多路，肚子咕噜咕噜在打转转，总得管顿饱饭吃吧。"赖际发赶紧说："正好前天打了头野猪，还没吃完。"于是毛泽东开心吃了起来，赖际发还不断催促："请主席快吃，快拔腿！"毛泽东像没听到一样，问："有没有辣子？"辣子取来了，毛泽东一口菜一口饭吃得很香，看着赖际发急得满头是汗的样子，笑了："莫急，长征时敌人追得那么紧，跟他绕来绕去，你也经过四渡赤水啊！现在黄河边上跟他阎老西绕他几转转嘛……"这时，战士悄悄来报，阎军已经退走了，赖际发这才知道，毛泽东过黄河时，红军主力部队已佯装向太原接近，黄河边的晋军慌得都回去保老巢了。大家听毛泽东一讲，都咯咯笑起来。

为有牺牲

红军入晋，蒋介石紧急调集 10 个师分两路增援阎锡山。红军在收获战果后，撤回河西，结束东征。值得一提的是，红军骑兵在东征中发挥了重要作用。此时，已经是骑兵侦察营营长的刘云彪，指挥部队作为东征的一把尖刀，快速机动、不怕牺牲、连续战斗、多处歼敌。他们沿同蒲路向南推进时，与敌军一个骑兵连遭遇，马刀雪亮，纵横冲杀，全歼了这股敌人。经过对所俘敌军进行抗日宣传后，绝大部分愿意留下抗日，骑兵营得到扩充。

西征方向是陕、甘、宁三省边界——国民党军队力量的薄弱区。红军组成西方野战军，由彭德怀任司令兼政委，在激烈战斗后开辟了纵横 400 余里的新根据地，与陕甘老根据地连成一片。

与此同时，红军初到陕北，与张学良的东北军打了几场恶仗，一战崂山，二战榆林桥，三战直罗镇，把东北军打得丢盔弃甲。中共中央分析形势，加大了对东北军、西北军的统战力度。经多轮会谈，张学良最终接受了中国共产党关于停止内战、共同抗日的政治主张。在争取张学良的同时，中共中央进一步加强了对杨虎城的说服工作。经过多次谈判，杨虎城表示赞成互不侵犯、取消经济封锁、建立军事联络、联合抗日等主张。从 1936 年上半年开始，红军同东北军、西北军之间，实际上停止了敌对状态，基本上形成了统战的"三位一体"局面。

但是，危机远未解除，敌情仍然严重。

1936 年 9 月，红二、四方面军长征进入陕甘宁，即将与红一方面军会师，但国民党嫡系部队胡宗南第一军、王均第三军、毛炳文第三十七军及关麟征、杜聿明的第二十五师等十万大军也随之而来，控制了西安到兰州的公路。在东面，国民党又新增了三十万大军，控制了潼关以南的陇海铁路——这是蒋介石摆平 1936 年 6 月至 9 月的"两广事变"后调来的生力军。再加上蒋介石趁红军东征，以"增援"之名硬"掺沙子"

挤进山西的汤恩伯与陈诚两支人马，就此形成了国民党嫡系部队与"马家军"对红军铁壁合围的态势。

此时，日寇虎视眈眈，逐步蚕食，华北上空战云密布，全国抗日情绪高涨。但蒋介石此时铁了心要"攘外必先安内"，趁粤派元老胡汉民病逝，想趁机吞并广东，结果激起广东实力派陈济棠与广西实力派李宗仁、白崇禧联合，以抗日名义举兵反蒋，两广军队改称抗日救国军，北上湖南，内战一触即发，蒋介石使出他擅长的分化收买手段，化解了危机。针对国内风起云涌的抗日呼声，蒋介石不闻不听，甚至镇压。11月23日，全国各界救国联合会领导人沈钧儒、章乃器、邹韬奋、李公朴、王造时、沙千里、史良7人，在上海被国民党政府非法逮捕入狱，即震惊中外的"七君子事件"。对于屡"剿"不灭的红军，蒋介石信心满满，声称："'剿共'已达最后五分钟成功的阶段！"

1935年，华北事变后，面对日本的步步紧逼，以蒋介石为首的国民党当局，一方面打算利用苏联牵制日本，为此南京政府与苏联的关系有所改善；另一方面，在以军事力量消灭共产党为主的方针下，也打算利用抗日的旗帜，以极苛刻的条件同共产党谈判，以达到"溶共"的目的。所以，从1935年冬开始，国民党先后在上海、南京、莫斯科秘密同中国共产党人接触。

蒋介石一边派人与中共代表秘密谈判，一边调遣重兵在西北地区企图"剿灭"陕甘根据地和红军，意欲政治、军事双管齐下，迫使共产党和红军就范。

1936年10月11日，中共中央和中央军委发布了《十月份作战纲领》，即宁夏战役计划。其要点是：红一、红二、红四方面军会师后，集中力量向北发展，在西兰大道以北、黄河以东、同心以南、环县以西的地域内，三军密切配合，打几个歼灭战，对尾追红军之敌予以狠狠打击，而后消

　　　　　　　为有牺牲

灭马鸿逵势力，占领宁夏，把陕北、陇东、宁夏作为根据地和大后方，并伺机打通苏联。

然而，战局突变，红军正在渡黄河时，被国民党中央军关麟征部突入，截为两段。留在黄河东岸的红军主力，被逼入甘北定边、盐池一带的狭小地带；徐向前和陈昌浩率领已渡过黄河的部队组成西路军，开始了悲壮的行军。

吴富莲此时任西路军妇女先锋团政委，王泉媛为团长，直属于总部领导。妇女先锋团是以1934年3月在川陕根据地成立的原红四方面军妇女独立团为基础扩编而成的，战士都是20岁左右的女青年。此次整编为先锋团时共有1300余人，编成3个营，9个连。1936年11月初，全团随西路军总部渡过黄河，投入残酷的战斗之中。

一年前，3位闽西女红军跟随中央红军长征，当吴富莲渡过黄河走向残酷战场时，邓六金正转战陕北，谢小梅陪丈夫罗明在广东大埔教书。

两万余人的西路军，与马步芳、马步青等部在甘肃的永登、古浪和河西走廊地区进行了艰苦战斗。西路军由于无根据地作依托，又无兵员、物资的补充，孤军奋战，虽然击毙伤俘敌约2.5万人，但在敌众我寡的极端不利的情况下最终失败。历史上留下了一个个红军战士用血染红的战场：

11月16日至18日，血战古浪，杀伤敌人2000余人，自身伤亡亦达2400余人，红九军参谋长陈伯稚、二十五师师长王海清、二十七师政委易汉文壮烈牺牲；

11月22日至24日，血战四十里铺，杀伤敌2400人，自身伤亡2000人，撤至永昌东南八坝，又与敌激战两日一夜，弹药消耗殆尽，仍将敌杀退，阵前敌人遗尸800余具；12月初，敌向永昌以西水磨关迂回，企图切断永昌、山丹之间联系，三十军与敌激战一昼夜，杀伤敌人600余人。敌人继而以优势兵力猛攻永昌，三十军据城死守，击落敌机一架，敌人在伤亡2000余人后被迫撤退。

永昌战斗同时，红五军在山丹与敌激战。12月4日，红五军多次打败敌人进攻后，还以主力向敌人薄弱环节——东北阵地的民团出击，一举将敌击溃，但在追击逃敌时被敌骑兵逆袭，伤亡颇重。

12月下旬，西路军撤离山丹、永昌地区，冒着凛冽风雪继续西进，此时部队已由过河时的21000人减至15000余人。1937年元旦当天，红五军军长董振堂、政治部主任杨克明攻克高台。1月12日，敌人五个骑兵旅、两个步兵旅及炮兵团、民团共两万余人，一部兵力钳制倪家营子，主力围攻高台。

红五军依托城外工事进行抗击，激战数日后，在敌优势兵力压迫下全部退入城内坚守。20日，敌人倾全力攻城，炮火猛烈，部队遭到严重伤亡，但全体指战员依然前仆后继，浴血苦战。敌人每次攀上城头，都被大刀和刺刀砍戳下去。不少伤员扭住敌人跳下城墙，与敌同归于尽。关键时刻，收编的民团叛变，打开城门接应，敌人突入城内。最后的时刻到了，红五军与敌人逐街逐屋展开争夺，子弹、手榴弹打完，便以大刀、刺刀、石头搏斗，刀刃卷缺，石头打尽，便用拳打、口咬……苦战十余小时，敌人仍不断扑来，红军陷于力竭援绝的境地。军长董振堂、政治部主任杨克明、十三师师长叶崇本、参谋长刘培基以下3000余人大部壮烈牺牲，一部突围出来进入南山的部队，又被反动地方武装残害。总部得悉红五军情况危急，乃派骑兵师接应，但出动不远即在与敌激战中大部损失，师长董俊彦、政治委员秦贤道亦壮烈牺牲。

敌人在猛攻高台同时，以五个团另一个营围攻临泽。城内红军，除一个警卫连外均为机关和后勤人员，守备力量异常薄弱。这危急关头，机关干部、医务人员、修械工、饲养员、担架员，无论男女全都投入战斗。

　　　　　　　为有牺牲

经过三昼夜苦战，大部突出重围，到达倪家营子地区。

倪家营子，又一个悲壮的地名：数量庞大的敌军，每次进攻都先以大炮轰击，继以集团冲锋，许多前沿屯庄的寨墙全被轰塌，房屋均被焚毁，但红军仍坚守在断垣残壁之间与敌苦战。由于子弹极端缺乏，几乎全凭肉搏格斗消灭敌人。每当敌军蜂拥至前，红军指战员即一跃而出攻入敌群，挥动大刀、木棍及一切可以作为武器的物件与敌拼杀。不仅轻伤员，连重伤员也是誓死不下火线，他们中有的自行拉响手榴弹，以自己垂危的生命与冲至跟前的敌人同归于尽；有的指战员当手中的武器被毁之后，即赤手空拳与敌格斗，拔掉敌人胡子，咬掉敌人耳朵，扼杀敌人……血战足足有半个月，杀伤敌人近万人，西路军自身也付出惨重伤亡，全部兵力已不足万人。

战至2月27日，西路军伤亡过大，被迫撤出倪家营子，转移到威敌堡、三道流沟一带，敌人追踪而至，在野外沙滩层层筑起工事，围困西路军，继续发起集团冲锋，西路军第三十军、第九军被敌人切断，弹尽粮绝，只能向祁连山突围，刚到梨园口，敌人骑兵飞旋而至，第九军为掩护第三十军，与敌恶战，迫敌后退，但第九军政委陈海松、第二十五师政委杨朝礼、第九军政治部宣传部长黄思彦，均在战斗中英勇牺牲。西路军余部边战边撤，退入祁连山，部队兵力加上大批伤员在内，已不满3000人，经过四个多月的艰苦战斗，西路军至此归于失败。

敌人仍残酷追杀，西路军供给部长郑义斋、第八十八师政治部主任张卿云、政治部敌军工作部部长曾日三、地方工作部部长吴永康等相继牺牲，接任第五军军长的孙玉清、第八十八师师长熊厚发被俘，英勇不屈，就义于青海西宁。李先念、李卓然带领余部进入戈壁，最困难时只能饮人溺、马血，经过47天艰苦行程，终于经过星星峡进入新疆，只剩下420人……

董振堂牺牲后，残暴的敌人砍下了他的头颅，悬挂在高台城楼上。他是红军时期牺牲的最高将领之一，牺牲时任中央军委委员、红五军军长，时年42岁。他牺牲的噩耗传到延安，中共中央在宝塔山下为他举行了隆重的追悼会，毛泽东深情地说，"路遥知马力"，董振堂是"坚决革命的同志"。

董振堂是河北新河人，燕赵之地，自古多慷慨悲歌之士。忠义，是董振堂的性格特征，但是，加入红军后，他的思想发生了巨大转变，从一个信仰和服从长官的旧军人，成长为以共产主义为信仰的红军高级将领。信仰的力量，支撑他到生命最后一刻。

新河自古多灾而民性不屈，尤其是在19世纪末20世纪初，华北大地苦难深重，风云激荡。董振堂出身贫困农家，家里咬牙供他读书，他很刻苦，写得一手好字，暗下决心，发奋读书，学好本领，救国救民。后来他到保定陆军军官学校学炮科，这个学校是中国近代史上第一所正规陆军军校，毕业生后来不少到黄埔军校当教官。董振堂以优异成绩毕业，去了冯玉祥的西北军，卷入军阀混战。中原大战后，冯玉祥失败，董振堂所部被蒋介石收编，派到江西打红军。他痛苦、茫然，不知出路在何方——直到加入红军。

宁都起义后，董振堂带头撕掉了国民党军的帽化、胸章、领章，但要成为一名真正的红军将领，他还需要面临政治思想的彻底转变。他成功完成了转变。在中国历史上，经历了三湾改编和古田会议、确定了"党领导枪"的中国工农红军，是一支崭新的军队。董振堂热爱这支军队。刚加入红军不久，董振堂看到朱德总司令生活朴素，就给他送了一条毛毯，这是董振堂以前在北京买的，当时买了两条，紫地大花，厚实松软，俄国货。这条毛毯一直陪着朱德经历了长征的日日夜夜，直到抵达陕北革命根据地。西安事变后，周恩来要去西安谈判，正值冬天，朱德又把

　　　　　　　为有牺牲

这条毛毯送给了周恩来御寒。1937 年 4 月 25 日，周恩来乘卡车从延安出发，前往西安继续同国民党谈判。路途颠簸，便把毛毯垫在背后。在途经甘泉县崂山时，遭到土匪袭击。这是周恩来一生中遇到的最大危险之一。打退土匪后，周恩来派人找回毛毯，发现已被枪弹打穿了十余处。到西安后，周恩来派人找城里最好的织补店修补。

很难还原周恩来当时的心情——这条破了十几个洞的毛毯的原主人董振堂，在三个多月前，已经悲壮牺牲了……

1935 年 4 月，红军在贵州北部山区急行军时，国家政治保卫局局长邓发的妻子陈慧清分娩了，痛得满地打滚，敌人追上来了，与红军后卫激烈交火。董振堂拎着枪跑过来问：还有多久能生出孩子？谁也不知道。董振堂又跑回阵地，大喊："你们一定要打出一个生孩子的时间来！"

他们不顾牺牲，坚守阵地，整整两个小时后，孩子生出来了。这个可怜的孩子随即被包裹起来，放在地上，留下一张请人收养的字条和几块银元，产妇匆匆上路。阻击的战士见到她，怒目而视，董振堂大怒："你们瞪什么瞪！我们今天革命打仗为的是什么？"

为先烈的艰辛，更为先烈的担当感动。

"作为一个革命者，牺牲是早已意料到了"

祁连雪，祁连血。

红军西路军出征时总人数 21800 余人，战死者约 7000 人，其中团以上干部143 人，军、师以上干部20 多人；被俘后遭残酷杀害者约5600人；被营救返回延安者约4700 人；失散流落在沿途的约 4500 人。马匪对西路军进行了惨无人道的残害，尤其是嗜血的马步芳，大肆杀害西路军被俘虏的战士。

五军一部和总部后勤部队从临泽城撤往倪家营时，将二百多名重伤员安置在一个屯庄后的第三天，敌旅长马彪指着他们凶狠地狂吼："能带走的带走，不能带走的一刮打掉（一律枪毙）。"面对敌人的吼叫，大家都十分沉静地闭上了眼睛，无一人乞求饶命和投降。

对被俘红军的甄别屠杀从集中到甘州城和凉州城就开始了，被押解到永登和西宁前后，又遭马敌数十次残暴分解后的血腥屠杀。马步芳密令将被俘人员中老弱病伤走不动的就地杀害，所以驻张掖的敌三百旅伙同民团，在东教场、王母宫、牛王宫、下滩子、十里行宫、北城墙下、义园广场、韩家花园等处多次残杀和活埋被俘红军共二千一百二十人。其中活

为有牺牲

埋一千六百三十三人，枪杀刀砍四百零七人，火烧五十三人……在西宁，马步芳一个月内就在南郊的杨家滩、东塔院、苦水沟等处的荒沟里，大规模活埋红军三次共一千三百人。他们每次残杀前，把年纪稍大的或伤残病弱的分别关押，每天只供粗糙饮食一顿，几天过去就有许多人被折磨死去，剩下的大部分在夜间秘密屠杀。敌人在动手之前哄骗说："送你们去医院治疗。""送你们回家去。""把你们送到兰州去。"背后却指示手枪团、执法队、传令队，将红军在天快黑时押到南郊一带的沟壑中残害。不准掌灯、不准鸣枪，要求不留痕迹，不漏一人。指战员大义凛然，高呼："红军万岁！""中国共产党万岁！""十八年后又是一条好汉！""怕死的不是红军，为了革命，为了真理，这是我们自己选择的道路。"

落入敌手的女红军，命运更为悲惨。

西路军西渡黄河后，平均年龄不足 20 岁的妇女先锋团，巾帼不让须眉，与男战士一样战斗。河西作战环境极其艰苦，她们不仅缺少武器弹药，缺衣少食，甚至连基本的生活也不能保证，女战士来月经的时候，没有任何东西可用，只能用沙子来垫……

她们首战吴家山，大胜一条山，坚守永昌城，攻克高台、山丹城。在高台城的守护战中，妇女团第三营与坚守高台的第五军的将士们并肩战斗，当敌人攻上城头时，男女战士都投入肉搏战，三营的女战士大部分在血战中牺牲。在临泽一战中，妇女团损失近 400 人。从倪家营子突围出去，转移到梨园口时，被敌人追上。此时，吴富莲与团长王泉媛率妇女先锋团女扮男装，改用红三十军八十八师二六八团番号，接管二六八团阵地，掩护主力突围。她们在梨园口一带与敌血战三昼夜，完成掩护主力突围的任务。此后，妇女先锋团在祁连山中与敌周旋多日，4月上旬又被敌军包围，全团同敌军激战，终因敌众我寡，部队被打散。吴富莲与几名战士突出重围后在深山里坚持了几个月，不幸被搜山的敌人抓住。王泉媛与妇女团特派员曾广澜等也先后被捕。

马家军对被俘幸存下来的女红军战士进行了惨无人道的迫害，大多被集体轮奸，然后分给部下做妻妾、丫鬟，甚至转卖多处。被俘女红军主要被集中在西宁新剧团"中山医院"和羊毛工厂。在羊毛工厂的人，白天做苦力撕羊毛，撕不好就挨鞭打，年岁较大的女战士随时都被工头拉去奸污，饱受凌辱，有的被残害致死。从俘房营逃出来的部分女战士，隐姓埋名沿途要饭、做工、放羊，只有个别人回到大部队或是家乡，不少人永远流落在了大西北。

吴富莲负伤被俘后，暴露了身份，敌人以官位利禄诱惑，她丝毫不为所动。敌人又凶狠地用马刀对着她，胁迫她投降，吴富莲视死如归，坚定地说："作为一个革命者，牺牲是早已意料到了。"敌人无可奈何，将她关押进监狱，企图以残酷折磨迫使她屈服。在监狱里，红军战士们一个个被折磨得面黄肌瘦、蓬头垢面，却没有一个屈服者。敌人为了羞辱女红军，故意把她们押上街示众，想让沿途老百姓看她们的狼狈相，看看当红军的"下场"。

吴富莲看穿了敌人的诡计，低声向队伍传话："虎倒威不倒，打起精神走路！"女俘们虽然穿着单衣，披着毡片，但一个个坚强地昂着头，还不时向两旁人群招手。老百姓见了，都忍不住掉泪。

敌人想尽办法，企图制服女俘。当他们见酷刑折磨无效时，便采取了"慰问"、发衣服、训话、看淫秽电影、组织"参观"等花招，还忽悠所谓"释放自由"——实为像牛马一样，强行把红军女战士分配给敌人军官做妾，妄图以此"感化"这些女红军，但无一有效。

面对敌人的百般折磨，吴富莲以绝食斗争进行反抗，最后吞针而死，年仅 25 岁。

她本来是福建长汀乡间一个贫苦的童养媳，如果没有红军，她或许就像闽西、中国农村千千万万的女人一样，受地主盘剥，受封建禁锢，命如草芥，自生自灭。但她或许可以活得很长，至少不会在 25 岁就死去，死在荒凉的大西北。吴富莲后悔选择当红军吗？从她的这句话"作为一个革命者，牺牲是早已意料到了"可以看出，她不后悔，她很自豪，她为无数中国女性，找到了另一种活法，也在争取改变女性的命运。

今人说民国，总会提起那些敢爱敢恨甚至爱得惊世骇俗的女子，譬如萧红、丁玲、陆小曼、张爱玲、董竹君、张幼仪、林徽因……但在她们耀眼的光环之外，却有着无数沉默的无法反抗悲剧命运的女性。实际上，民国是一个精英群体与普罗大众分离的年代。精英群体寻求自我解放的同时，普罗大众仍在延续千年的封建制度之下挣扎呼号。中国封建制度的一大可怕之处，就是对女性的压迫，她们脖子上套着封建政权、族权、神权、夫权四条绳索，毫无自主地位。

马克思主义是"改变世界"的理论，也是人的解放理论。没有妇女解放和进步，哪有人类解放和进步？中国妇女不解放，又何谈中国人的解放？

1931 年 11 月 7 日，中华苏维埃第一次全国代表大会在瑞金召开，11 月 27 日，毛泽东在中华苏维埃共和国中央执行委员会第一次会议上当选为主席，项英、张国焘当选为副主席。翌日，毛泽东与项英、张国焘签署颁布《中华苏维埃共和国暂行税则》《中华苏维埃共和国婚姻条例》，中央执行委员会关于暂行婚姻条件的决议指出："目前在苏区男女婚姻，已取得自由的基础，应确定婚姻以自由为原则，而废除一切封建的包办、强迫与买卖的婚姻制度。"

解除了封建婚姻束缚，吴富莲等人才摆脱了童养媳的宿命，开始能够自主掌控自己的命运，包括爱情。对一个人来说，还有什么比找到做人的尊严更有吸引力？

妇女先锋团，这支转战川陕甘、屡立奇功的巾帼队伍，从此消失了。但是，正是因为吴富莲等人拥抱革命、不怕牺牲的实践，让中国女性若干年后，能够响亮喊出："妇女能顶半边天！"

西路军覆没了，但他们的故事，并没结束。

被俘人员中，有人秘密建立了党支部，与敌人有计划地展开了斗争。在敌人押解转移途中，行至平凉四十里铺时，他们收到了红军侦察员夹在大饼里的纸条，上面写着："四十里铺以东是游击区。"当晚，滂沱大雨。大部分人乘机夺路逃出，回到了"援西军"——党中央在西路军陷入苦战时，一直想办法援救，其中包括组织了"援西军"。

千辛万苦，也要找到组织；千辛万苦，也要救助同志。

为有牺牲

12

第十二章

密林

『共产主义是人类最伟大的理想』

炼狱中的『死亡军团』

『他是重生亲父母，我是斗争好儿郎』

1938年3月1日，湘江血战已过去3年又3个月时间。

闽西龙岩白土镇，一群形销骨立然而慷慨激昂的战士列队出发了，这是由闽西子弟组成的新四军第二支队。行前，他们发布了《国民革命军新编第四军第二支队全体指战员为出发抗敌告别父老书》。

> 父老、伯叔、兄弟、诸姑姐妹们!
>
> 看! 日本鬼子肮脏的血手已经探进我们华中华南来了! 它的贪婪无厌的欲壑，它的穷凶极恶的兽行，是要把我们全中国的锦绣山河与五千年的灿烂文化吞噬下去，是要把四万万五千万炎黄胄裔变成奴隶牛马! 今天为着祖国的河山，为着自己的生存，为着子孙的前途，我们大踏步地上前线去和日本鬼子拼命了!

他们经历了三年多炼狱般的密林游击战争，消瘦，更显得眼睛犹如黑色的火焰。他们离开家乡，一路回首。

别了，这洒遍血汗的大地!

"共产主义是人类最伟大的理想"

1935 年 6 月 18 日，闽西长汀罗汉岭，上午十时许，瞿秋白面对行刑队发表了人生最后一次演讲。

这次演讲持续了大约十分钟，瞿秋白用坚毅的语气说道：共产主义是人类最伟大的理想，是要实现一个没有剥削没有压迫的世界，使人人都能过美好幸福的生活。相信这个理想迟早一定会实现，中国共产党最后一定会胜利，国民党的反动统治最后一定会失败……他讲完后，举起右手，高呼："打倒国民党！中国共产党万岁！共产主义万岁！"雄壮激昂的口号声回荡长空。

国民党军三十六师政训处长蒋先启命令士兵：开枪。

中央红军主力长征后，瞿秋白留在江西瑞金坚持游击战争，任中共苏区中央分局宣传部长，一段时间坚持出版《红色中华》报，迷惑敌人。1935 年 2 月 11 日，他与同样留守的何叔衡、邓子恢（时任中共苏区中央分局委员）根据中共苏区中央分局的部署，从江西南部向闽西转移，到达长汀四都，与中共福建省委和福建军区会合。24 日，福建军区派部分武装护送瞿秋白、何叔衡、邓子恢去永定张鼎丞处，在长汀水口遭到国民党军福建保安第十四团的袭击。负责护送的保卫队长丁头牌胆怯无能，看到敌人冲过来，居然丢下队伍，独自逃命去了。邓子恢当机立断，组织队伍向对面高山冲去，试图打开一个缺口突围，但当他们冲到另一座高山时，敌人另一支部队已从侧翼包抄过来，堵住了去路。

在这场战斗中，何叔衡为了不拖累大家，毅然跳崖。敌特务连长曾

为有牺牲

起和传令兵熊辉在山崖下发现了身负重伤的何叔衡。搜身的时候，何叔衡奋起反抗，两个匪兵对准他的胸口连开两枪，然后抢走了300多元港币。这位中共一大代表的鲜血，染红了他身下的稻田。瞿秋白体力不支，躲在灌木丛中，被搜山的敌人发现。只有邓子恢和几个战士侥幸脱险。

在狱中，叛徒指认了瞿秋白的身份，国民党如获至宝，派出一个连将他从上杭监狱押至长汀三十六师司令部。这是汀州城靠西头路南的一个院落，曾经是福建省苏维埃政府所在地。进大门有一个小天井，靠左手边有一间厢房，长一丈一尺左右，宽七八尺，门向南，窗子向西，室内一张中式床安置在东边靠着墙、一张书桌安置在西边靠着窗户、一个洗脸架安置在北头，还有一把木椅和一条板凳，窗外是一棵石榴树——瞿秋白自到长汀那天起到就义止，就住在这间屋子里。

国民党努力劝降瞿秋白，以顾顺章的事例，劝瞿秋白不要"顽固迷信"，承诺他归顺后"可以担任大学教授，也可以化名做编译工作……我们为国家爱惜你的生命"。瞿秋白从容应答："我不是顾顺章，我是瞿秋白。你认为他这样做是识时务，我情愿做一个不识时务笨拙的人，不愿做个出卖灵魂的识时务者！"

无论国民党怎么努力，都无法动摇这个病弱的共产党人。

宋希濂见到了瞿秋白，后者身躯单弱，脸部清瘦，两人有过一番谈话，还争论起来。宋希濂后来详细记录下来了：

> 记得我回到长汀后的第三天，我到秋白先生室内去看他，先谈了一些生活情形和他的身体情况后，转而谈到政治问题。我说："我这次回来，从龙岩到长汀这一段，数百里间，人烟稀少，田地荒芜，有不少的房舍被毁坏了，我想以前不会是这样荒凉的。这是

你们共产党人搞阶级斗争的结果。我是在农村里生长的，当了多年军人，走过许多地方，有五百亩地以上的地主，在每一个县里，都是为数甚微，没收这样几个地主的土地，能解决什么问题？至于为数较多，有几十亩地的小地主，大多都是祖先几代辛勤劳动积蓄起几个钱，才逐步购置一些田，成为小地主，他们的生活水平如果同大城市里的资本家比较起来，简直有天壤之别。向这样的一些小地主进行斗争，弄得他们家破人亡，未免太残酷了！因此我觉得孙中山先生说中国社会只有大贫小贫之分，阶级斗争不适合于我国国情，是很有道理的。"秋白先生说："孙中山先生领导辛亥革命，推翻了几千年来的专制统治，这是对于国家的伟大贡献。但中山先生的三民主义，把中外的学说都吸收一些，实际上是一个杂货摊，是一种不彻底的革命。中山先生一生的大部分时间都生活在大都市里，对于中国的社会情形，尤其是农村情况，并没有认真调查研究过。中国的土地，大部分都集中在地主富农手里，只是地区之间有程度的差别而已。我们共产党人革命的目的，是要消灭剥削，不管是大地主还是小地主，不管是大资本家或是小资本家，他们都是属于剥削阶级，即地主阶级和资产阶级。有地主，就有被剥削的农民，有资本家，就有被剥削的工人，怎能说阶级斗争不适合于我国国情呢？显然这种说法是错误的。"

秋白先生在这个问题上说了许多的话，我记不完

为有牺牲

全，只能概述当时他所说的大意。接着秋白先生又说："宋先生，你一路上看到有些地方人烟稀少、田地荒芜的情形，当然是事实。但是不是因为我们共产党人搞阶级斗争，弄得劳动力减少了，有土地没有人耕种呢？事情不是这样的。我们为了保卫苏区，有许多壮年人参加红军或地方武装，使农村劳动力受到一些影响，是不可避免的。但你们对我们施行严密的封锁，苏区的经济完全靠发展生产来自给，在你们未向我们进攻以前，这些地方的田地并无荒废的情形，你们来了，老百姓逃跑了，土地无人耕种，所以显得荒凉，我想主要的是这个原因。至于一些房舍被毁坏，恐怕大部分是由于战争。"我和他进行了争论，争论的详细情形我记不清楚了，只记得在最后我曾说过这样几句话："根据江西省政府最近的调查报告，说自民国十六年（即一九二七年）共产党在南昌暴动起，随后在农村搞分田运动，一直到共军退出江西根据地，仅七年的时间，江西省人口减少了八百万，我过去读历史，说黄巢杀人八百万，感到寒栗，今天你们搞阶级斗争，更不知道要死多少人，实在是太可怕了！"秋白先生对江西省政府的调查报告，表示怀疑，认为是有意夸大数字，借此来诬蔑共产党。同时秋白先生又说，在激烈的阶级斗争过程中，人员的死亡和人口的减少，是免不了的，造成这种情形，主要是要由国民党负责，因为国民党先后调集了百万以上的军队来围攻我们。

第一次国共合作时期，瞿秋白曾任国民党中央执行委员会候补委员、国民党政治委员会成员。宋希濂当时是黄埔军校一期学员，读过瞿秋白的著作，听过其讲演，敬佩瞿秋白的人品、学问。事实上在国民党军三十六师，类似宋希濂这样当年受过瞿秋白影响的军官，不在少数。国民党上层在讨论瞿秋白的案子时，蔡元培提出，在中国像瞿秋白这样有才气的文学家实为少有，应网开一面，不宜滥杀，但却遭到戴季陶等人的反对，他叫嚣道："此人赤化了千万青年，这样的人不杀，杀谁？"6月2日，蒋介石从武昌行营发来一道密令：瞿匪秋白即在闽就地枪决，照相呈验。6月18日上午8时，囚室外的石榴花正开得一树火红，敌人向瞿秋白出示这道密令，他泰然自若，伏案写下："夕阳明灭乱山中，落叶寒泉听不穷。已忍伶俜十年事，心持半偈万缘空。"

最后的时刻到了，宋希濂和司令部的大部分军官，一百多人先后自发地走到囚禁瞿秋白的小屋外面，为他送别。瞿秋白向他们看了一眼，神态自若，缓步从容地走出大门。宋希濂回忆说："时间只是一刹那，但秋白先生这种视死如归的伟大精神，使我们这些人既震惊，又感动。"

瞿秋白一路高唱着他自己翻译的《国际歌》走向刑场，他提出了两个要求：一、子弹不要打他的头，二、他不下跪。最终，他以盘腿而坐的姿势牺牲。

瞿秋白就义后，身在上海的鲁迅闻讯，悲痛欲绝，许广平回忆说："秋白同志被俘及逝世以后，鲁迅在很长一个时期内悲痛不已，甚至连执笔写字也振作不起来了。"此时，鲁迅先生的生命也进入了倒计时，他非常关心留在上海的瞿秋白夫人杨之华的安危，得知杨之华安全抵达苏联，并与14岁的女儿瞿独伊会合后，才放下心来。直到生命最后时刻，鲁迅先生还一直在关心瞿秋白遗著文集《海上述林》的出版。

同样在长汀，另外一位著名的共产党人阮山也牺牲了。

阮山是闽西永定县湖雷镇上南村人，虽家贫却好学，从福州法政大学毕业后，他不愿做官，期望教育救国，回乡组织募捐，在上湖雷拱桥头创办了"毓秀学堂"，自任校长。他接触到马克思主义后，一心投入革命事业。1926年春，他在厦门由罗明介绍加入中国共产党。这一年夏天，他奉命回到永定县，与林心尧等人一起组建福建省第一个农村党支部——中共永定支部，阮山担任支部书记。他以"毓秀学堂"为活动基地，举办平民夜校。他擅长做群众工作，创作了《救穷歌》《土豪恶》《军阀的罪恶》《耕田苦》等大量具有鲜明阶级性和战斗性的山歌。他创作的山歌通俗易懂，深入人心，流传很广，获得"山歌部长"之美誉。

1928年6月，阮山与张鼎丞、卢肇西等人领导了震撼八闽的"永定暴动"，张鼎丞任总指挥，阮山任副总指挥。1929年5月，毛泽东、朱德领导的红四军第二次入闽，解放了永定。在湖雷召开的赤卫队和地方干部会议上，毛泽东亲自宣布成立湖雷区革命委员会，推举阮山任主席。阮山是个多面手，既能带兵打仗，又精于理财。1930年6月，阮山从红军团长调任闽西苏维埃政府财政部长，后又任闽西工农银行首任行长，为开创闽西苏区的金融事业作出了重大贡献。1932年初，由于党的工作需要，阮山被调到江西瑞金，任中华苏维埃中央临时政府教育部社会教育局局长，致力于中央苏区文化教育事业。

中央红军主力北上长征后，阮山根据党的指示，留在苏区坚持斗争。1934年隆冬一个寒风凛冽的夜晚，阮山被叛徒杀害于长汀四都谢坊乡，时年46岁。当时叛徒割下阮山头颅逃至江西邀功，以致阮山尸首分离，阮山的儿子阮化鹏闻知父亲遇害后，曾到长汀四都和江西瑞金四处寻找，均没能找到阮山的遗体……

1935年，是南方三年游击战争最艰难的一年。留在中央苏区的人，一个接一个牺牲了。这一年3月6日，闽粤赣边红军游击纵队司令员古柏在广东龙川上平鸳鸯坑突围时牺牲，年仅29岁。古柏曾以中共寻乌县委书记身份全力协助毛泽东进行"寻乌调查"，后来作为红四军前委秘书长在毛泽东身边工作。在王明"左"倾教条主义统治时期，他坚定地支持毛泽东的正确主张，并因此受到错误批判。中央红军长征后，他被留了下来。1937年秋，毛泽东在给古柏亲属的亲笔信中这样写道："吾友古柏，英俊奋发，为国牺牲，殊堪悲悼。愿古氏同胞，继其遗志，共达自由解放之目的。"

就在古柏牺牲同一天，阮啸仙在江西信丰、大余交界的马岭的突围战斗中，中弹牺牲。阮啸仙是中国共产党早期党员之一，大革命时期著名的农民运动领袖，还是人民审计制度的创建者和奠基人，他牺牲时38岁，时任中共赣南省委书记兼赣南军区政治委员。

古柏、阮啸仙牺牲后4天，中央分局委员、中央军区政治部主任贺昌率部在江西会昌强渡濂江计划突围前往闽西长汀时，陷入敌军重围。贺昌指挥机枪排向敌人猛射，阵地前敌人伏尸累累，但敌人火力太强，用迫击炮向红军机枪点轰击，部队被打散了，贺昌身上好几处中弹，伤势严重，敌人围拢上来，贺昌高呼"红军万岁""共产党万岁"的口号，用最后一颗子弹射向自己。贺昌是山西省早期青年运动、工人运动的卓越领导人，中共早期的高级党务工作者，年仅17岁就成为共青团太原地委书记。他牺牲时，年仅29岁。

贺昌牺牲后11天，3月21日，赣南军区政治部主任刘伯坚在江西省大余县金莲山上被敌人杀害，壮烈牺牲，时年40岁。刘伯坚早年到欧洲勤工俭学，是最早加入中国共产党的党员之一，还是聂荣臻的入党介绍人。他曾在冯玉祥的西北军做兵运工作，影响深远，也是宁都起义的主要推动者之一。长征开始后，他奉命留守苏区，在于都河上多处架桥，他的挚友叶剑英与他依依惜别，亦是永别。中华人民共和国成立后，叶剑英赋诗怀念当年刘伯坚于都河惜别之情："红军抗日事长征，夜渡于都溅溅鸣。梁上伯坚来击筑，荆卿豪气渐离情。"

同年4月20日，闽西武平、会昌边境之梅子坝山区大禾乡上湖村，福建省委书记万永诚、省军区司令员龙腾云率部，遭到国民党军第八师陶峙岳部一个团的伏击，红军浴血奋战，弹尽粮绝，全军覆没。万永诚、龙腾云与数百红军战士壮烈牺牲，此役成了福建省委、省苏维埃政府、省军区"最后一战"。

4月26日，红军独立师师长毛泽覃牺牲了。他率领的独立师已被打散，他和战友在瑞金一个叫"黄田坑"的村子里陷入敌人重围。30岁的毛泽覃掩护战友撤退，自己双腿先后中弹。他忍住剧痛，双腿跪在地上，继续朝潮水般的敌人射击。子弹又飞过来，穿透了他的胸膛……他的妻子、时任赣州县委书记的贺怡这年5月得知丈夫牺牲的消息，泪如雨下。同年10月，中央红军到达陕北的第七天，毛泽民从部下缴获的一个敌电台中听到毛泽覃牺牲的消息，匆匆赶往大哥毛泽东家。毛泽东听说此事后沉默好久，没有说话。

1935年1月29日在江西省玉山县怀玉山，一场惨烈的战斗后，兵力单薄的红军失败了，时任红十军团军政委员会主席的方志敏被俘，囚于南昌国民党驻赣绥靖公署军法处看守所。他严词拒绝了国民党的劝降，实践了自己"努力到死，奋斗到死"的誓言。这一年8月6日，方志敏被秘密杀害于南昌市下沙窝，时年36岁。

敌人无法屈服共产党人的精神，只能摧毁他们的肉体，但是，敌人妄想用共产党人的死，来完成一次示众，向围观的老百姓传导恐惧。方志敏在他著名的遗作《可爱的中国》中就这么写道："我在被俘以后，经过绳子的绑缚，经过钉上粗重的脚镣，经过无数次的拍照，经过装甲车的押解，经过几次群众会上活的示众，以至关入笼子里……"

第十二章 密林

广东军阀俘虏刘伯坚后，为了"炫耀"所谓胜利，也故意押着负伤戴镣的刘伯坚，在大余县最繁华的青菜街（今建国街）走过示众。然而，敌人未能如愿。刘伯坚写下了著名的《带镣行》，他虽然左腿受伤，走在街上，一瘸一拐，然而气宇轩昂，使路旁的人们敬佩不已。

带镣长街行，蹒跚复蹒跚，

市人争瞩目，我心无愧怍。

带镣长街行，镣声何铿锵，

市人皆惊讶，我心自安详。

带镣长街行，志气愈轩昂，

拼（拼）作阶下囚，工农齐解放。

这个在繁华长街戴镣行走的共产党人形象，是中国共产党历史上永恒的瞬间。

类似的场景，还有很多。1929 年 5 月 3 日下午，井冈山脚下的莲花县，35 岁的中共莲花县委书记刘仁堪走到了生命的终点。他在刑场不断怒斥敌人、发动群众，敌人暴跳如雷，用匕首割掉刘仁堪的舌头。他浑身是血，无法言语，却用脚指头沾上鲜血，在站立的方桌上，写下了"革命成功万岁"几个大字。

闽东党组织和红军的领导人之一詹寅，因叛徒出卖，1935 年 3 月 1 日在寿宁县后章村被敌抓获。敌人利诱不成，开始残酷刑讯，先把他的腿打断，又抬着他到处游街，敌人以为这样就能够使詹寅屈服，以为这样就能羞辱共产党人，以为这样就能吓倒老百姓，但是他们错了。詹寅不管被如何折磨，仍然抓住一切机会，向围观的群众高呼坚持斗争的口号。敌人恼羞成怒，又割去了詹寅的双耳，把铁钉钉进他的手指……

敌人以为这样就能击垮詹寅了，于是，他们召开了一个群众大会，逼迫詹寅上去讲话，要他讲革命完了、红军被消灭了。詹寅此时已是一个血人，四肢、脊背和筋骨都已被折断，无法动弹，他被绑在椅子上，抬往了高台。但詹寅仍然昂起头来，向乡亲们做最后一次演讲："我们共产党是为穷人打天下的，革命总有一天会胜利！我死了没关系，还有其他人。共产党是杀不完的！"敌人一拥而上，多是反动军官、恶霸地主的家属，他们用剪刀、锥子在他头上、脸上、身上一顿乱戳。两个多小时的残忍折磨后，一颗不屈的心脏，停止了跳动。

1936年1月23日，龙岩北山，天降大雪，时任闽西南军政委员会党务部长、永东特委书记的郭义为，身上仅穿着一条短裤，戴着脚镣手铐，卓立风雪之中，面对行刑队的枪口。

郭义为，曾用名周全，是上杭县漱溪区古楼乡佛岭村人，生于1909年，家境贫寒，9岁丧父，全靠慈母四处筹措，他在16岁考上了上杭中学，1928年，19岁的郭义为入党。中央红军长征后，郭义为留守，直接领导了一支坚强精干的武装——永定游击大队，在极其艰苦的环境下不断打击敌人。1935年12月初的一个早晨，由于叛徒告密，国民党第十军突然包围了永定县溪南古木乡大山上的游击队驻地，当时闽西南军政委员会主席张鼎丞来不及撤离，驻地还有党的重要文件，也来不及转移。危急关头，郭义为挺身而出："警卫班的同志跟我来！"他带着山上唯一的武装警卫班朝敌人搜寻方向冲去，与敌人展开激烈搏斗，因敌众我寡，警卫班全体战士壮烈牺牲，郭义为不幸被捕。而张鼎丞等则安全撤退，党的文件也安全转移了。

郭义为被解赴龙岩，国民党军挖空心思，企图叫他"改邪归正"，但他斩钉截铁地说："我郭义为堂堂的共产党员，终生为革命，半点不含糊，死就死得，改就改不得！"为安慰家中慈母，他避开敌人的严密监视，用小纸条亲笔写下了遗言，将它夹入毛衣内，托前来探监的哥哥带回家中，这张纸条后来一直保存到中华人民共和国成立。遗言是："慈母见儿莫挂念，寄件毛衣作留念。我名周全周到底，牺牲革命就成功。名扬飘飘共产了，红旗世代在天空。业可养身须着意，事非于己莫劳心。龙游狭海遭虾戏，凤入牢笼被鸟欺。要为天下奇男子，经历人间万里程。"

郭义为在狱中坚贞不屈，英勇斗争，使敌人一无所获。敌人用尽一切办法，都无法让郭义为屈服，终于下了毒手。

风雪之中，枪口森森，郭义为在他27岁生命的最后一刻，大声高喊："中国共产党万岁！"

他们用自己的死，来彰显信仰的力量，接近奋斗的目标。

他们牺牲了，但革命并未失败，也正因为有他们的牺牲，革命不会失败。

炼狱中的"死亡军团"

中央红军主力长征后,中央苏区进入了炼狱模式。

蒋介石命令国民党军一路追击红军,另一路加紧对苏区的"清剿",决不能让苏维埃再存在下去了。

苏区陷落了,国民党军每占领一地,就进行灭绝人性的烧杀奸抢。卷土重来的土豪劣绅、流氓恶棍,组织"还乡团""铲共团",肆无忌惮地进行阶级报复。无数共产党员和革命群众被活埋、挖心、肢解、碎割,到处是"国破家亡"的惨痛景象!据后来的粗略统计,在白军侵占中央苏区的最初几个月内,瑞金被杀1.8万多人,于都被杀3600多人,宁都被杀4700多人,兴国被杀2100多人,会昌被杀972人,长汀被杀3237人……被完全毁坏的村庄145个,房屋近3.5万间。在近3年的时间里,整个中央苏区被反动派杀害的革命干部和群众达70多万人,占该区域人口的五分之一!

蒋介石要求对江西苏区"石头要过刀,茅草要过烧",国民党军的《剿匪报告》中如是写道,"清剿区"内,"剿匪之地,百物荡尽,一望荒凉;无不焚之居,无不伐之树,无不杀之鸡犬,无遗留之壮丁,间阎不见炊烟,田野但闻鬼哭"。一直到中华人民共和国成立,中央苏区尚是人烟稀少,处处还能见到残垣断壁。

其他苏区也遭受浩劫。

侵入湘鄂赣苏区的国民党军因数年来屡"剿"屡败而恼羞成怒,狂叫着"宁可错杀一千,不要漏掉一个",不管男女老幼,皆不放过。他们杀人的手段极为残忍，刀砍、火烧、活埋、枪决等手段层出不穷。浏阳双洞乡大光洞龙塘一次被活埋99人，萤火洞一次被活埋88人，各地被活埋的人不计其数。平江县连云山一带，老百姓被反动派杀得尸横遍野，几乎断绝人烟。反动派在临湘药姑大山一带，过去杀人以人头来计数，后来杀人如麻，竟只能以耳朵来计数……

敌人如此疯狂，湘鄂赣人亡财尽，一片荒凉。以平江的辜家洞为例，此地在革命前有700多户、3700多人、500多栋房屋、300多个纸棚、800多个纸槽、1200多亩水田、2家油铺、30家商店、6所小学。经反动派的反复摧残之后，全村无人烟，房屋只剩两间半，田园完全荒芜，茶山、竹林全都被毁，纸槽全部被破坏……辜家洞变成了"孤家洞"。

鄂豫皖根据地亦是如此。红二十五军西征后，敌人除了派大军追杀外，还留下正规军、保安团和许多反动民团，共约17万人，以追、堵、围、截等手段，对留下的红军和党政机关人员，实施"梳篦式"的"清剿"，所谓"驻尽山头，宰尽猪牛，见人就杀，鸡犬不留"。国民党军第十一路军一个姓马的旅长，在金寨的柳树庄挖了一个长达几里路的大坑，一夜活埋革命群众3500人。商城县反动民团头子顾敬之猖狂地叫嚣：要"开人肉案子"。他在汤家汇周围百十里内，用铡刀杀害革命战士和群众一万多人。在金寨县南溪，国民党军队一次齐肩活埋200多名群众，然后用牛拉铁犁将人头犁去。后因杀人太多，便将割人头领赏改为割耳朵领赏。敌第五十四师在上楼房等地枪杀群众后，割下烈士的耳朵达7担之多……

1936年6月，美国记者埃德加·斯诺到陕甘宁边区采访，来自湖北大悟县的徐海东告诉他：自己家族有66人被杀，其中近亲27人、远亲39人。埃德加·斯诺惊呆了，不敢相信自己的耳朵，失声问："什么？"徐海东告诉他：是的，66人。

为有牺牲

徐海东后来在回忆录中写道："蒋介石曾下令一旦占领我的家乡，姓徐的一个也不能留。"当地人一度不敢姓徐。1949 年 10 月，徐海东自己掏钱，在家乡湖北大悟新城镇江冲村建起了"徐海东亲属烈士墓"，有其伯父徐有义、四哥徐元海、五哥徐元波，堂兄徐元大、元洪、元典、元兴、元庆，侄儿徐文初、文治、文阶、文庭、文朗、文雄、少东等人。此时，家乡已经没有跟徐海东同辈的老人了……

闽西也是敌人"清剿"的重地，据不完全统计，在三年游击战争期间，闽西受国民党摧残杀害和被迫流亡致死的群众 166079 人，被灭绝户 44031 户，被拆毁、烧毁的房屋 207576 间，被毁灭村庄 539 个，被荒废的耕地 155445 亩……整个闽西地区，不论城镇和乡村，不论高山或要道都布满了炮楼和碉堡。龙岩白土镇方圆不过 10 多里的地方，就有 70 多个碉堡。敌人在龙漳公路沿线，每隔几百米就筑起炮楼、碉堡，驻守部队，而且各炮楼、碉堡的火力可以交叉射击。敌人还修筑公路，架设电话，企图以此来围困游击队，全面进攻游击队。

红军留守部队被打散后，国民党军又将军事进攻为主改为军事、政治、经济"三管齐下"的策略，重提"三分军事、七分政治"的口号。所谓"七分政治"，归纳起来：一是"移民并村"，将百姓移住到有驻兵、有碉堡、被反动武装包围的乡村，村内以兵驻守村口，切断群众与红军的联系。二是组织保甲制度，实行连坐法。蒋介石集古今中外的一切反动办法，来对付共产党和红军游击队。保甲制度，是以 10 户为一甲，设甲长；一村为一保，设保长；10 村为一联保，设联保主任，在有保甲的乡村内，实行连坐具结，互相监视。如发现共产党不报告，就要杀头。许多群众因此遭受屠杀，保甲长也难幸免，龙岩白土镇，一次就被杀了10 多个保甲长。实行连坐法的具体规定是：如有一家通红军被发觉，连坐的 10 家都要遭杀害。永定的内山有一个村子，村里 30 多口人都被连坐杀光；上杭县坑口乡的莲塘村有 28 户，全村 80 余人被杀光。长汀河田区苏维埃主席刘保兴一家七口人，妻子已怀孕，全部被反动民团活埋。长汀四都乡楼子坝村有 34 户 143 人，除一位外出探亲未归的妇女外，全部被国民党军杀害，房屋也被烧光，楼子坝一夜间成了"无人村"。三是利用叛徒瓦解革命。敌人还实行自首政策，发布所谓"自首自新条例"，引诱红军中的动摇分子出来投降。如果有人投降了，则利用他造谣惑众；或引诱红军家属叫其儿子、丈夫回家。在实行自首政策的同时，又实行屠杀政策，颁布所谓"十杀"令，凡是所谓"通匪、窝匪、济匪"的人都要杀。四是实行"计口售粮""计口售盐"等反动措施，以切断红军的粮食来源等。

在国民党军残酷的"清剿"政策下，红军游击队的活动极为困难：碉堡、炮楼林立，百姓被迫移民，断绝了红军游击队的粮食及一切接济。南瓜、野菜成为唯一的食品。白天烧火不能冒烟，晚上烧火不能露光，走路不能留下痕迹，咳嗽不能发出声响，等等。在敌人残酷的封锁与围捕之下，红军游击队只能隐藏在深山老林中，风餐露宿，这里住一夜，那里过一宿，有时一天要换几个地方，常常与死亡擦肩而过。中共一大代表、时任中央分局委员的陈潭秋在闽西永定一次突围战中，警卫班战士全部牺牲，敌人冲到了他跟前。危急中，陈潭秋急中生智，将身上带的经费朝敌人撒去。敌人忙着抢钱，陈潭秋逃过一劫。

廖海涛是敌人欲除之而后快的人之一。

1935 年 4 月，闽西南党政军领导干部联席会议召开，会议推选张鼎丞为闽西南军政委员会主席，廖海涛等为闽西南军政委员会委员。会后，根据部署，廖海涛担任杭代县军政委员会主席，陈必亨、蓝荣玉任副主席，在双髻山地区领导红军游击队和人民开展斗争。一天深夜，廖海涛率领杭代县游击队奇袭大洋坝民团炮楼，缴获几十支枪、几担子弹，处决了反共

为有牺牲

民团头目。此事震惊了省垣，国民党便派省保安团长李佩琼抓了廖海涛之母、妻和幼子作人质，借此逼他投降。当接到"劝降"书时，廖海涛当即挥笔写下："只有铁骨铮铮的共产党员，没有屈膝投降的布尔什维克！"

敌人恼羞成怒，当即枪杀其母，焚毁其住房，妻子惨死他乡，刚满周岁的幼子被抛入黄潭河活活淹死……忍着巨大的痛苦，廖海涛依然坚持在双髻山进行革命游击斗争。从此，廖海涛有了一个伴随他一生的称号——"铁石人"。

廖海涛的战友陈必亨也牺牲了。

1936年1月1日，闽西南军政委员会在双髻山召开第二次会议。3月4日，陈必亨奉命下山，翌日，他遭到叛徒出卖，敌人在他经过之地布下了陷阱。在上杭县溪口乡白石凹村，陈必亨与战友范瑞章被事先埋好的土炮炸成重伤。范瑞章隐藏在草丛中，被敌人发现，英勇牺牲。陈必亨负伤后，隐藏在厕所里。被敌人发现后，他与民团展开搏斗，最后壮烈牺牲。他的头颅被敌人割下来，悬挂于太拔市场示众，惨不忍睹。

为了在闽西这片土地上建设一个新世界，陈必亨全家付出巨大的代价，他的父亲陈腾伟牺牲了，母亲王程娣与弟弟陈必俊遭受过敌人的酷刑……如今，他也献出了自己的生命，年仅21岁。

张溪兜也是牺牲者。

1937年1月1日，张溪兜得知婆婆张三姑被捕的消息，马上想到家里夹墙中的文件和武器，立即连夜赶到后田。次日下午四点钟左右，当他们刚把文件、武器转移到榴坑，和同志们正在接头户的阁楼上开会时，被民团暗探发现了。100多个敌人很快包围了榴坑。张溪兜果断地让同志们先撤，自己躲进一间牛栏朝敌人射击，把火力引向自己。

敌军官大声叫嚷："给我抓活的，谁抓到张溪兜，赏100块光洋！"

敌人蜂拥而上，张溪兜打完了所有子弹，身上多处中弹，壮烈牺牲，时年 32 岁。这位龙岩县第一位女党员，用生命践行了自己的入党誓言。

但并非所有人都是廖海涛、陈必亨、张溪兜。在这种严峻形势下，不少意志薄弱者，选择了叛变。其中最大的叛徒，当数龚楚。

龚楚资历显赫：他参加过南昌起义，1928 年 4 月底，朱德、毛泽东在井冈山会师，5 月 4 日在砻市召开庆祝大会，宣布成立红四军。6 月，龚楚任红四军前委常务委员兼十师二十九团党代表，与毛泽东、朱德并称为"红四军前委三人小组"。当时，中共中央湖南省委给红四军前委的信，都把红四军称为"朱毛龚"。龚楚还参加了百色起义，百色起义后，成立了红七军，张云逸任军长，邓小平任政治委员，龚楚任参谋长。第五次反"围剿"期间，因军委总参谋长刘伯承患病在汀州医院疗养，龚楚一度代理军委总参谋长。长征开始后，楚龚留在中央苏区，任中央军区参谋长，当时司令员兼政治委员是项英。

这么一个肩负重任的高级将领，却在最艰难的 1935 年背叛了革命。5 月 2 日，龚楚带着一个连由湘南临武基地赴郴县黄茅村。当晚，他托词身体不适，于晚饭后就寝。趁警卫酣睡之际，他半夜三更悄然逃离，投奔了国民党，由此得了一个不光彩的称号——"红军第一叛将"。龚楚为了赢得国民党的信任，穷凶极恶，假意召集开会，将北山游击队诱入设好的埋伏圈，胁迫游击队员投降。游击队员奋起反抗，除贺敏学身中三弹，硬是翻滚下山冲出包围，另有八九人带伤冲出会场外，其余 50 余人壮烈牺牲。这是长征留下来的部队突围到赣粤边后，损失最大、性质最严重的"北山事件"。

1935 年 10 月 20 日，龚楚又带领粤军"抄剿"项英、陈毅的驻地，途中偶遇外出采购粮食和物品的红军侦察员吴少华等，遂要吴少华带路去见项英、陈毅。好在吴少华识破了龚楚阴谋，在到达营地前抢先登山，通知哨兵鸣枪报警，项英、陈毅、李乐天、杨尚奎、陈丕显等人才得以迅速转移，躲过一劫。10月底，龚楚引导国民党3个师向湘南游击区发动进攻，使湘粤赣游击支队受到严重损失，中共湘粤赣特委宣传部长方维夏当场殉国，湘粤赣游击支队司令兼政委蔡会文重伤被俘后壮烈牺牲，中共湘粤赣特委书记陈山负伤被俘。

在红军长征前就投降了敌人的孔荷宠，此时也不遗余力地帮助国民党军"清剿"。孔荷宠担任过湘鄂赣军区总指挥、红十六军军长等要职，1934年7月25日向国民党第三十六军周浑元部投降，并带上中央在瑞金的首脑机关分布图作晋见礼。蒋介石获此消息大喜，称为"红军瓦解的先声"，亲自接见孔荷宠，并陪同他坐豪华型小车绕南昌城周游一圈。同时，蒋介石迅速让侍卫室主任调动空军，按孔荷宠所献图标轰炸瑞金沙洲坝。由于孔荷宠的出逃引起了保卫机关的高度重视，中央机关及时迁往瑞金城西十九公里处的云石山，才避免了重大损失，加之蒋介石的飞行员素质不高，投弹不准，只炸毁中央大礼堂一角。

红军长征后，国民党政府任命孔为湘鄂赣边区招抚特派员，专事策反，确实成功诱降了一批红军中的"软骨头"。

在闽西，时任闽西南军政委员会参谋长的朱森，也在1935年5月17日向国民党第二绥靖区司令官李默庵投降了。国民党委任他为第五十二师参谋长，指挥一个团的兵力，专事破坏岩永边、（龙）岩宁（化）沿线游击队的交通站。他还给党的高干与红军将领写信诱降。时任红军独九团政委兼军政委员会主席方方回忆说：

> 他又掏出一封信来。我一看，原来是朱匪写给我们二人和贺万得的信，信里说："现在主力红军已在四川被歼，蒋东路纵队决心驻剿闽西南游击队，然后准备对日作战，你们如果来降，绥署保证职升一级，否

则……""呸！滚你娘的！"看到这里，我立即把信
扯碎，叫王思源划着一根火柴把它烧光了。

朱森叛变后，飞扬跋扈，经常坐轿、骑马指挥"清剿"。红军针锋
相对，组织"狙击队""打狗队"严惩叛徒，朱森这才吓得收敛了很多。
闽西老百姓也特别恨朱森，称他为"劈面鬼"，主动给红军报信："劈面
鬼"刚来过，你们要小心！

　　　　为有牺牲

"他是重生亲父母，我是斗争好儿郎"

1944 年，陈毅在延安向美国观察组外交官谢韦思介绍南方游击战争时说："我们像野兽一样地生活。"

但他们不是野兽，他们是有着坚定信仰、不怕牺牲的共产党人。中国共产党的历史有一种强烈的反差——残酷的环境与乐观的心态，战士们无论多苦多累，一听说要打仗，就很高兴，纷纷请战。

闽西的红军战士们发明了"散兵群"战术，以三至五个政治坚定、枪法娴熟的战士，组成战斗小组，麻痹、迷惑、钳制、分散敌人的兵力，疲劳、杀伤、消耗敌人的战斗力，增加敌人的恐慌，瓦解敌人的斗志。在龙岩永靖地区的一场战斗中，17 名战士分成 4 个战斗小组，四面放枪，以 200 发子弹，击溃了敌人一个团，毙伤敌 20 余人。当敌人准备庆祝红军已被"剿灭"，计划在龙岩召开"剿匪"祝捷大会时，红军战士甚至夜袭了敌人在龙岩的医院，缴获了大量药品，俘虏了 100 余名伤病员。离开时，红军指战员还拿起医院的电话，拨给了敌十师师长李默庵：小心点，别吹牛。

历史残酷底色中的亮色，总是令人动容。

在闽西一场战斗后，方方一行二十几人转移，在河边遭到敌人射击。有人主张冒险过河，但一下河没走几步，方方就被水卷走，幸亏战友罗忠毅眼明手快，力气又大，一手把他抓了回来。罗忠毅是湖北襄阳人，随国民党二十六路军起义后加入红军。中央红军主力长征后，时任福建军区第三分区副司令兼参谋长的罗忠毅留了下来。于是大家放弃渡河，躲在芦荻里，准备和敌人拼命。突然大雨倾盆，洗净了他们一行人的沿途脚迹。敌人到了河边，找不到红军，遂向着另一方向搜索去了。方方、罗忠毅等人等雨停了，再要渡河时，对岸又出现了敌人，只得折回，找个田寮，烧火烤干了衣服。到了夜间，他们想通过一个村庄另想办法渡河，在村口碰到一个老百姓，得知叛徒朱森带了人马在村里，他们只能在荒山里，背靠背地坐了一夜。翌日清晨，他们隐蔽到一片大森林中，此时侦察员报告，四面高山上都有敌人，朱森带人在搜山了。这支小部队已经二十四小时没有吃饭了，紧急关头，大家咬紧牙关，不顾饥饿和疲劳，飞速穿过几个山头，脱离了危险。

大家找到一片小树林，又饥又累，七倒八歪地睡在落叶上面。此时雨后新晴，四周蟋蟀齐鸣。刚经历过生死考验的红军战士们，享受着这难得的恬静时光。方方在整理自己的皮包时，无意中发现了妻子的一帧相片。他捧在手里，久久凝视。被一个叫"老兵"的小鬼看见了，一嚷，许多人都争着要看。

他们都还年轻，这个瞬间，他们浑然忘记了死亡、苦难、疲惫，沉醉在短暂的快乐当中。

革命终将胜利的信念，始终支撑着他们——即使他们并不认为自己能撑到胜利的那一天，但只要革命能够胜利，就足够了。

在《赣南游击词》中，陈毅写道："靠人民，支援永不忘。他是重生亲父母，我是斗争好儿郎。革命强中强。"这是真情实感。如果没有人民支持，这三年南方游击战争，怎么可能坚持下来？

敌人采取各种办法，封山封坑、移民并村，想阻断红军与群众的联系。但群众利用初一、十五开禁日上山打柴的机会，带些粮食、盐、咸鱼和报纸、情报，在深山里到处丢，让游击队去拾。靠近大山的村子，敌人来搜山搜村时，群众就在山内山外、村内村外、墙头、树梢、窗口等地

　　　　　为有牺牲

方做暗号，游击队看到这些暗号就及时避开了……

红军长征后的苏区，一些红军重伤员不能随主力部队长征，分散在各个野战医院，缺医少药，处境艰难。苏区群众听说后，纷纷跑到医院，没儿子的认领儿子，没女婿的认女婿，背的背，驮的驮，抬的抬，接到各自家中……他们的儿子、女婿踏上了长征路，或者已经牺牲在保卫苏区的战斗中。这些红军伤员，就是他们的儿子、女婿。

在张溪兜牺牲之后不到一个月，她的忠实战友陈客嫲也牺牲了。陈客嫲的故事，荡气回肠，堪称传奇。

中央红军主力长征后，陈客嫲的儿子和弟弟都惨遭敌人杀害，满怀仇恨的她担负起了地下交通员的工作，她的家，成为红八团的秘密联络点，为红军游击队筹集粮食、药品，传递情报。她曾经挑着粪桶，闯过敌人的岗哨，到了山上，她把粪便倒在田里，然后熟练地取下木桶的竹箍，小心地拆下桶板，取出藏在木桶夹层里的大米、盐巴和咸菜藏进洞里——这是特制的双层木桶。

1936年9月的一个下午，中共闽西特委几位领导同志下山了解情况，在陈客嫲家开会，突然敌军闯进了村子，在村口放哨的群众急喊："牛吃麦子啦！"陈客嫲迅速掩护特委同志撤退，自己吸引敌人往另一处跑去。敌人抓住她后，严刑拷打，陈客嫲坚贞不屈。9月14日夜，陈客嫲与其他6人一起，被国民党军推出去枪决——但是，子弹未中要害，她醒来后，爬到了泉井村女儿家门口。女儿将血肉模糊的妈妈抱到屋里时，看到子弹从妈妈的下巴穿过去，那里有一个圆洞，还在流血……

为了安全，游击队将陈客嫲接上山治疗。顽强的她，在养好伤后，继续为红军筹集粮食、药品。她说："我是死过一次的人了，这条命是白来的。如果再被敌人抓住，大不了就是死。就算前回已经死了，这会儿不管再活多长时间，都是白赚！"她工作更积极了，"死而复生"的故事，让敌人大为恐慌。1937年1月25日，敌人再次抓获她后，在龙岩白土镇墟场的中心街上架起柴堆，将陈客嫲推上去，点燃了柴堆。烈火中，陈客嫲一遍遍高呼"红军万岁"，直至生命最后一刻。

在人民群众无畏牺牲的支持下，南方游击战争撑过了最艰难的时刻。

1936年12月中旬，冷雨纷飞，方方正在深山密林的寮子里写东西，忽然来了一个身披蓑衣的老乡。这位老乡与方方熟悉，他手提一壶酒，边行边叫："蒋介石被捉住了啊！同志，今晚请你喝酒吃鸡肉。"

方方大惊："到底是怎么一回事，为何这样大惊小怪？"

老乡从身上掏出一份汕头的《星华日报》，赫然印着特大字："蒋介石西安被扣，张学良主张抗日。"整个寮子里的工作人员都欢呼起来，有的说："这回蒋介石真是该杀了！"有的嫌那个老乡买来的酒和鸡太少，马上凑份子、派光洋，请他再去买酒和肉，准备大吃一顿。当晚，每个人都喝得醉醺醺的，方方也喝了半斤高粱酒。大家还叫来了理发员，把方方一脸的胡子剃光了。

没过多久，那个老乡垂头丧气地又拿了一份《星华日报》来，说："蒋介石从西安飞回南京了。"许多人真是不相信自己的耳朵，一再问他："真的吗？"看了报纸，很是沮丧，有人埋怨老乡说："报凶报吉都是你。"

但局势毕竟改变了，很快，国共开始第二次合作。经过反复谈判，根据双方协议，在江西、福建、浙江、安徽、河南、湖北、湖南、广东8省境内15个红军游击区（广东省琼崖区除外）坚持游击战争的中国工农红军和游击队于1937年10月改编为国民革命军陆军新编第四军（简称新四军），叶挺任军长，项英任副军长，张云逸任参谋长，袁国平任政治部主任，周子昆任副参谋长，邓子恢任政治部副主任。辖4个支队和1个特务营：第1支队由湘鄂赣边、湘赣边、赣粤边、皖浙赣边、湘南一部分红军游击队编成，陈毅任司令员，傅秋涛任副司令员，辖第1、第 2 团；第 2 支队由闽西、闽赣边、闽粤边及浙南等地红军游击队编成，张鼎丞任司令员，谭震林（后粟裕）任副司令员，辖第 3、第 4 团；第 3 支队由闽北、闽东红军游击队编成，张云逸兼司令员，后谭震林任副司令员，辖第 5、第 6 团；第 4 支队由活动在鄂豫皖边的红二十八军和鄂豫边红军游击队编成，高敬亭任司令员，辖第 7、第 8、第 9 团和手枪团；军直属特务营由湘南另一部分、闽中等地红军游击队编成。全军共 1 万余人。

1937 年 10 月 4 日，陈毅从大余出发，前往吉安，在路过老营盘时重访了三年前自己受伤的战场。陈毅感慨万千，写下了经典的诗篇："大战当年血海翻，今朝独上老营盘。荒台废址无人识，一抚伤痕一泫然。"

他想起了近在咫尺的死神，想起了惊心动魄的转移，想起了在密林里，警卫员把他受伤化脓的腿捆在树上，一直把伤口里的脓全部挤尽并挤出一块之前手术未取出来的碎骨，他痛得浑身发抖，却从此治好了腿伤……

伤痕累累的人，又开始了新的战斗。

13

信仰的力量，足以改变历史走向

『一个共产党员，应该无条件地服务中央』

假如没有长征，共产党会怎样？

1938 年 8 月，湘江血战已过去近 4 年时间。

延安杨家岭中央大礼堂，毛泽东与 28 个身经百战的井冈山战将合影——1927 年秋天，大家一起上井冈山，在三湾改编时还有 700 多人，11 年后，能够活着到达延安的幸存者不多了。后来毛泽东还在这张照片上题词："井冈山的同志们。"照片拍完第二天，参加合影的不少人就要去抗日一线战场。

这张照片上，韩伟站在第二排右起第六个位置。

经历九死一生，他回来了。

信仰的力量，足以改变历史走向

1937 年 1 月 13 日，中共中央和中央军委进驻延安。史载，当时欢迎的人群从北门一直排到数里外的大砭沟口，锣鼓和唢呐齐鸣，毛泽东衣着简朴，频频向欢迎的人群挥手致意，走进了延安城。

从此，延安成为抗日战争和解放战争的指挥中心和战略总后方，成为举世闻名的革命圣地。

1 月的陕北大地，天寒地冻，但当时的毛泽东，心情应该是颇为舒畅的——长征到达陕北后，之前的艰难岁月，终于要告一段落了。

很多人都以为，当年红军经过二万五千里长征后"胜利到达延安"，其实不然。从长征胜利到进驻延安期间，中共中央和红军还经历了一年多异常凶险的时光。

1936 年 10 月底，西路军被截断只能孤军西进、红军主力在黄河东岸被国民党军队铁壁合围之际，蒋介石顿时感觉胜券在握，他逼迫张学良、杨虎城：你俩如果再不积极进攻红军，就分别调到福建和安徽去。他的逻辑是，既然你俩"剿共"不力，不可信任，就请你们让出地盘，我让听我命令的人来打红军。对于张学良和杨虎城来说，让出西北地盘，到人生地不熟且处于中央军势力范围的福建和安徽，完全是死路一条。他俩被逼到了绝境。

同时，蒋介石针对正在上海进行的与中共的秘密谈判，开出了羞辱性的条件。

1936 年 11 月 10 日，中共代表潘汉年在上海沧州饭店同陈立夫会谈。

陈立夫配合蒋介石在西北的军事行动，态度突变，提出必须取消对立的政权和军队，红军可保留3000人，师长以上领导一律解职出洋，半年后按才录用，并要周恩来出来谈判。潘汉年严词拒绝。

红军又到了最危险的时候，不得不做出"第二次长征"的计划。

11月8日，中共中央秘密制订了《作战新计划》，征求朱德、张国焘、彭德怀、贺龙、任弼时5人的意见，准备在两星期内做出最后决定。这即是人们通常所说的"新长征计划"。该计划要点是：红四方面军已过河的3个军组成西路军，以在河西创立根据地、直接打通苏联为任务，准备以一年完成之。红四方面军未过河的2个军组成北路军，红一、二方面军组成南路军，均在12月上旬出动，逐步到达黄河沿岸，准备渡河入山西。如此时中共与蒋介石、阎锡山谈判不成，则第一步占领同蒲铁路，第二步出至冀豫晋之交，第三步到直鲁豫之交渡黄河，第四步到皖鲁，第五步到鄂豫皖，第六步到鄂豫陕，尔后再转回西北，以一至两年时间完成之。

徐向前对此也有清晰回忆：

> （红军造船准备东渡入晋）如此时我与蒋阎之妥协成功，则依协定行动。如此时妥协不成，则实行东征。入晋后如能依照妥协条件参加抗日，则实行抗日。如不能抗日，则第一步占领同蒲铁路作战，扩大红军；第二步如无妥协希望，东进有甚大困难，则出至冀豫晋之交；并应计划第三步，出至直鲁豫之交渡黄河；第四步到皖鲁；第五步到鄂豫皖；第六步到鄂豫陕，尔后再转西北。以一年至两年全成之。目的在于扩大政治影响，扩大红军，争取统一战线在全国胜利，争

取与南京订立协定，争取抗日。第四，徐陈所部组成
西路军，以在河西创立根据地，直接打通远方为任务，
准备以一年完成之。

根据《作战新计划》，除西路军外，其余红军主力将用一到两年的
时间，突围转战华北和中原，经山西、河北、河南、湖北，再打回陕南，
回到陕北。这无疑是一次极其凶险的长途征战。

在此前的长征中，红军主要是在远离蒋介石政府统治中心的西南、
西北作战，主要对手是军阀部队，尚付出了惨烈的牺牲。而根据《作战
新计划》，红军主力突围方向是蒋介石政府统治的核心区域，面对的敌
人是精锐的国民党嫡系部队，作战难度可想而知，势必会付出比长征更
为惨烈的牺牲。

为了生存，再危险再苦难，红军也得拼死一战。

红军最终没有走上"第二次长征"的凶险之路，原因有二：一是山
城堡之战，二是西安事变。

山城堡位于甘肃省环县山城乡以北及大西沟西南、断马嵯岘以南地
带。1936 年 11 月 17 日，红军在萌城、甜水堡地区击溃胡宗南部 1 个旅，
歼 600 多人。接着，红军主力转移到城堡地区隐蔽集结。11 月 18 日，
紧追红军的胡宗南部第一军右路第七十八师主力判断失误，孤军向山城
堡方向追击，落入红军重围。面对难得的歼敌良机，毛泽东、张国焘、
彭德怀、任弼时、朱德、周恩来、贺龙于当天联名发布了《粉碎蒋介石
进攻的决战动员令》：

当前的这一个战争，关系于苏维埃，关系于中国，
都是非常之大的，而敌人的弱点、我们的优点又都是

很多的。我们一定要不怕疲劳，要勇敢冲锋，多捉俘虏，

多缴枪炮，粉碎这一次进攻，开展新的局面，以作三

个方面军会合于西北苏区的第一个赠献给胜利的全苏

区的人民的礼物。

19 日上午，红军前敌总指挥部在山城堡召开了各军首长会议，从陕北赶到这里的周恩来、林育英和彭德怀、任弼时等人出席了会议。会议决定集中红军力量，歼灭敌第一军右路第七十八师，并制定了作战部署。会后，根据地军民立即行动起来，开始了紧张的战前准备工作。在周恩来和陕甘宁省委的指挥下，苏区人民人拉畜驮，为红军运送粮食、弹药，保证了部队的军需供给；同时，又在敌军途经地区，将粮食和各种物资都埋藏起来，给敌人制造了种种困难。各个方面军的指战员们选择战场，构筑阵地，擦拭武器，决心歼灭敢于来犯之敌。

20 日晚，红军前敌总指挥彭德怀奉命集中优势兵力歼敌。21 日下午，红军发起总攻，从南、东、北三面攻入山城堡，并乘胜追击，将敌军大部压缩于山城堡西北山谷中。经浴血奋战，至 22 日上午，红军全歼敌军第七十八师 1 个多旅。与此同时，红二十八军在红井子附近击溃胡宗南部 1 个旅。第一军其他各部仓皇西撤，国民党军对陕甘宁根据地的进攻，实际上被迫停止。

在中国人民解放军军史上，山城堡战役非常有名。中华人民共和国诸多开国将帅都参与了此役，这是三大红军主力会师后取得的第一次重大军事胜利，是长征最后一战，也是第二次国内革命战争的最后一战。

"最后一战"，并非指此役彻底打消了蒋介石"剿灭"红军的念头，而是给红军争取到了一次宝贵的喘息之机，更成为诱发西安事变的一个重要因素。

从山城堡战役到西安事变，可谓环环相扣，步步惊心。东北军的默契"配合"，也是红军取得山城堡战役胜利的一大原因。

　　今天，有些人说起西安事变，总归结于张学良的一时冲动。事实并非如此——张学良在与周恩来谈判时，出于对国民党的失望，感于共产党的魅力，提出入党，中共中央也同意，但由于共产国际的反对没能加入。但他在晚年的口述历史中说道："可以说我就是共产党……不但同情他们，我拥护他们，这是我的内心。"

　　这就是信仰的力量，足以改变历史走向。

　　　　　　　　　　为有牺牲

"一个共产党员，应该无条件地服务中央"

1936年11月18日，就在中央发布山城堡战役决战动员令的当天，郭滴人牺牲了。

艰苦的长征生活，摧残了郭滴人的身体。他得了肺病和痢疾，又黑又瘦，过草地前，就开始咯血。但他的病躯内，却燃烧着永不枯竭的革命热情。作为闽西革命根据地创建人之一，他的人生大起大落，但不管顺境逆境，他始终坚持党性。

郭滴人令人称道的功绩之一，是紧急制止了闽西"肃社党"（肃清"社会民主党"）事件。1931年1月8日，闽西苏维埃政府为纪念李卜克内西、卢森堡、列宁发出通告，要求开展纪念活动。在纪念会上，有人呼喊"拥护第二国际""社会民主党万岁"的口号。据此，闽西党的部分领导人断定革命队伍内潜伏了反革命派，于是在闽西开展了所谓"肃社党"的斗争，在闽西根据地酿成很大恶果，卢肇西、陈正、段奋夫、江桂华、王仰颜、林梅汀、陈锦辉、张涌宾、李国玉、兰夏桥、红宝桢、张涤心、张瑞铭、董成南、曾牧村、卢其中、丘棣华……大量优秀苏区干部和红军指战员遭到误杀，给革命造成严重损失。

刚开始，郭滴人并未意识到"肃社党"的错误。但随着斗争的展开，他发现一批又一批优秀的党员相继被害，连他亲自培养入党的早期暴动领导人也蒙冤受屈，他感到运动被引入了歧途。这一想法，得到了闽西苏维埃政府主席张鼎丞的赞同。1931年7月15日，闽西苏维埃政府接受党中央发来的指示，撤销了闽西肃反委员会主席林一株的主席职务，另行成立了以郭滴人为处长的闽西政治保卫处。为了及时制止肃反错误继续蔓延，9月底，在郭滴人的领导下，闽西政治保卫处首先采取断然措施，逮捕了在"肃社党"事件中滥用职权、肆意杀害了大批革命同志的林一株等，并从速正法。随后张鼎丞和郭滴人决定直接向苏区中央局和毛泽东汇报闽西"肃社党"的严重问题。毛泽东听了汇报后，严肃地批评了闽西肃反工作中乱抓乱杀的严重错误，十分沉痛地指出："这样搞法，不要敌人打，我们自己就会垮台。"毛泽东指示他们立即返回闽西，进一步纠正错误。郭滴人和张鼎丞回到闽西后，传达了苏区中央局和毛泽东的指示，释放了一大批被关押的同志，从而基本上稳定了闽西苏区的局面。至此，曾在闽西苏区汹涌澎湃的"肃社党"事件，被彻底遏制住了。

"左"倾错误领导者打击罗明（实际是打击毛泽东），炮制所谓"罗明路线"时，郭滴人认为，罗明深入群众，对闽西情况比较熟悉，在工作上敢于大胆提出自己的意见，是正确的。但是，实事求是的郭滴人遭到了残酷斗争，他的党内外职务被撤销，并被调到前线去修筑工事。在此期间，还被逼写"声明书"。在这样的逆境里，郭滴人坚信党，坚信问题总有一天会得到澄清。

从党的高级领导干部被贬为一线工作人员，落差巨大，但郭滴人并不在意，无论在哪个岗位，让他干什么工作，他都以一个共产党员的标准要求自己。长征途中，负责宣传鼓动工作的他以巨大的热情，一路宣传党的群众和少数民族政策。遵义会议后，他的艰难处境有所缓解。到了陕北，在毛泽东的建议下，郭滴人担任中共陕北省委宣传部长，后任中央局组织部干部科科长。

郭滴人住在保安的一座窑洞里，大部分时间只能躺着，他的肺结核已经很严重了，胸部作痛，时时咳血。当时药品奇缺，郭滴人坚持看文件、写报告，顽强地同疾病进行着斗争。接到征文通知后，他马上全力投入写作，身体实在支持不住，就休息一会儿，待精力稍微好些时，又坐起来奋笔疾书。但是，病魔最终击倒了他。1936 年 11 月 18 日晚上，红军战士纷纷进入山城堡攻击阵地时，郭滴人这位年仅 29 岁的战士，跟大家永远告别了，手头遗留下了尚未完成的长征回忆录。

当时，党正在进行第一次大规模的征文活动，号召、发动、组织亲历者，特别是战士来撰写红军长征的回忆文章，从南京逃到延安来的著名作家丁玲亲任主编。同志们在整理郭滴人遗物时，把他的手稿交到了《红军长征记》编辑组：

从湘南转入广西的灌阳、兴安了。几天来，我们见了不少背着索网似的袋子，穿着草鞋，赭赤的脸，黑的手脚的人。

他们在那"羊儿站不住脚"壁立似的山上耕种着。

蜿蜒的"蛇"路，竖梯般的岭，他们不喘气地飞跑着。

深远的山上，矮小的木房子门口，男的女的大的小的……在那里凝神地俯视山脚下奔流的人群。

奔流的人群中，发出粗大的呼声：

"瑶家兄弟，下山来打李家粮子去！"

"分汉家团总的东西去呵！"

山上耕地的人伸直脊骨了，梯子岭上走路的人回首了，木房子门口的人也浮动着，但是没有回音。

我们的同志起兴了，跑向山上去找他们。

到宿营地不久，找来了一个瑶人，深圆的眼睛，短阔的下颚，赭赤的脸，粗黑的手脚，挺露着肋骨可数的胸。

同志们殷勤地请坐请吃茶，从衣袋取出纸烟请吃烟，但他不回答，也不接受，沉默地把背后的木烟斗抽出来，从容地装上烟。燃烧着，坐在门边的石头上。

"我们是红军，不是李家粮子，不怕！"一个同志首先发言。

他鼻孔里冒出烟雾，点着头。

"你懂得汉话吗？"

"不懂得汉话，我就不得下市镇去买东西。"他打着相似湘南腔的汉话。

"你的衣服同汉人差不多。"

"没有穿这衣服，我们就不得到市镇上来。"提了一下他的蓝短衫。

"是的，我刚才看了一张团总的布告：'照得山野村民，风俗鄙陋，往往奇装异服，走入村镇，实属有碍风化，以后瑶民，走入村镇，须穿汉服，违者拘缉！'"那个找他来的同志这样背书式替他证明。

小同志端着饭来了：

"瑶家兄弟请吃饭！"

他不客气地接过去就吃。

周围的人，凝神看他吃饭的动作。小同志耐不住地发问了：

"你家里吃什么？"

　　　　为有牺牲

“吃包谷！”

“为什么不吃大米呢？”

“山上种不得！”

“为什么不到村镇上种田呢？”

他嚼着饭，眼盯在小同志的身上，露着惊异的苦笑。

这天我们在中洞附近休息。我到村庄的角落，走进木房子去。一个老年的瑶人，在地板中间的火盆旁烤火，口里吸着旱烟管，浓浊的烟气，和着房子里另一种气味，在寒冷的空气中，紧围着我们。老人很和蔼地招呼我们一齐烤火。

“我是红军，要来找你们做朋友的！”

“是的，我很早就听说红军要来。红军同李家粮子不同，不杀人，不派款，好得很！”

“为什么镇上有些人跑走了呢？”

“这里的团总、保甲长要我们跑，说不跑的就是通红军，他们回来后这些人全家都要杀……我们家里人这几天也不敢下村镇来看你们，恐怕他们说我通红军。”

老人说着，随又回转头向隔着木板的小房子内叫唤泡茶。不一会儿一个青年少妇端着一碗茶送过来。

莹耀的眼，红润的脸，丰满的肌肉，穿着边上多种颜色的宽大的衣，团团围叠的裙，打着赤脚……呵！瑶婆姨；山村的美妇人呵！

文中"李家粮子"，指的是桂系军阀李宗仁的军队。这篇文章最后，加了编者一句话："本书编完后，一个同志送来这篇稿子，文章显然还未完，但滴人同志却在四个月前永远搁笔了。"

这篇文章真实地呈现了红军当年怎么接地气地做民族工作，真实呈现了红军当年的模样：年轻、好奇、热情，对群众充满感情，也真实地呈现了郭滴人作为一个青年对异性的倾慕，那个有着明亮眼睛、红润脸庞的瑶族美妇人，是他在苦难的长征途中难以忘怀的人吧……遗憾的是，能够写出这么灵动文字的郭滴人，猝然而逝，没能给后人留下更多关于长征的珍贵记忆。

长征的历史，惊心动魄。在各方力量激烈博弈之际，走错一步，接踵而来的可能就是灭顶之灾，中国共产党为何仍然能够保持正确的航向？

因为中国共产党有一批像郭滴人这样坚持党性的优秀共产党员。

张国焘闹分裂，企图"枪指挥党"。1960年，埃德加·斯诺再次采访毛泽东："你一生中最黑暗的时刻是什么时候？"毛泽东答："那是在1935年的长征途中，在草地与张国焘之间的斗争。当时党内面临着分裂，甚至有可能发生前途未卜的内战。"

这次党内分裂事件，造成的后果非常严重，对很多人来说，都是一个沉重打击。被张国焘裹挟南下的朱德回忆当时的情形说："革命生涯经历了多少坎坷，多少困难，从来没有像这次这样心情沉重，自己人分裂了，在最需要红军力量团结一起的时候，红军力量分裂了。"南下过草地某日，徐向前与三十军政委李先念并肩坐于一个山包上休息，徐向前叹道："我也不懂，红军和红军闹个什么劲！"

好在，张国焘这样丧失党性的人，是极少数。党和军队的诸多高级领导，坚决维护党中央的决定。

红一、红四方面军分裂后，朱德被裹挟南下，一路上与张国焘进行了坚决的斗争。在一次争论中，朱德拍了桌子："党中央的北上方针是正确的。北上决议，我在政治局会议上是举过手的。我不反对北上，我是拥护北上的。我是一个共产党员，我的义务是执行党的决定。"

中国革命之所以能够胜利，不仅仅是因为有正确的主义、正确的路线、正确的方针和纲领，还因为有一大批忠于主义、忠于信仰的战将。徐海东就是其中一位。1955年授衔时，徐海东表示自己因伤病久未指挥作战，不评衔都可以——他在全民族抗战初期参加了著名的平型关战斗，转战华北时，伤病复发后回延安休养。后又到华中地区指挥新四军作战，1940年再次病倒在战场上，此后一直处于养伤状态，没有参加解放战争。但是，毛泽东直接指示：徐海东不但要评大将，而且大将里面要排第二，仅次于粟裕。

毛泽东在长征到陕北之前，与徐海东素未谋面，他对徐海东的认识，源于一次借钱。

徐海东在1935年9月18日率红二十五军抵达陕北，与刘志丹率领的红二十六、二十七军胜利会师，成为几支长征队伍中最先到达陕北的一支红军。中央红军到达陕北时，衣衫褴褛，一贫如洗。于是毛泽东手写一张借条，让杨至诚（时任军委采办处主任和红一方面军后勤部部长）去找徐海东借钱：

> 直罗镇战役后，天气骤然变冷。徐海东考虑到，应该给战士特别是从南方来的战士，添点棉衣、增加点山药蛋，让大家过个温饱的冬天。一天，他来到经理部，问他们还有多少现洋。回答有七千块，并报告说：添冬装要用多少，买药要用多少，买盐、买油……

要是再有三五千块，这个冬天就好过了。徐海东指示经理部，要尽快发钱给各团改善伙食，添置冬衣，以后打了胜仗，从敌人那里缴获了钱再补给你们。

第二天，中央红军杨至诚来见徐海东，从衣兜里掏出一张毛泽东亲笔写的要借两千块钱以解决吃饭穿衣问题的纸条。徐海东马上把经理部长找来，要他们把七千块钱留下两千，拿出五千送中央，经理部坚决地照办了。

一天，彭德怀见到徐海东说：那钱真是"雪中送炭"，应多多感谢你这位财神爷！徐海东不好意思地说：彭司令怎么这么客气，这是应该的，本应多给些，无奈我们穷，拿不出来呀……

这段记载非常有意思，可见当时徐海东麾下的红二十五军日子也不好过，尤其是冬天来了，急需用钱。徐海东自己也回忆了这一段经历：

我对毛主席是真诚地拥护和热爱的。当杨至诚同志拿着毛主席批的条子，要二千五百块钱时，我把供给部长找来，问他还有多少钱，他说全部七千元。我说留下两千，其他五千元全部送交中央。当时我认为，一个共产党员，应该无条件地服务中央。

毛泽东说"徐海东是对革命有大功的人"，当然远不止是他给中央红军雪中送炭的五千大洋。要理解毛泽东对徐海东的评价，必须理解当时的背景。

就是在张国焘闹分裂的艰难情况下，中央红军抵达陕北，得知徐海东已率红二十五军先期抵达，军威鼎盛。此前，徐海东并不认识毛泽东，而从战斗序列上来说，红二十五军是红四方面军的部队，也就是在张国焘领导之下的部队，徐海东是张国焘的老部下。张国焘当时已经另立中央了，徐海东到底是听中央的还是听张国焘的？

关键时刻，徐海东表现了自己的坚定党性："一个共产党员，应该无条件地服务中央。"

张国焘妄想"枪指挥党"，但他失败了。从三湾改编到古田会议，确立了党对军队的绝对领导，早在1932年9月12日，《中国工农红军总政治部关于红军中党的工作训令》中，就第一次出现了"保障党在红军中的绝对领导"的字句。

讲政治，最根本就是要讲党性！

假如没有长征，共产党会怎样？

韩伟到延安了。

红三十四师覆没后，大难不死的韩伟，先是"混"进国民党军藏身，伺机寻找部队。得悉部队已经走远，他又设法回到老家湖北，但在武汉被叛徒出卖，被判处十年有期徒刑，关押在武汉陆军监狱。全民族抗战爆发后，国共两党再次合作，中国共产党向国民党交涉，提出"释放政治犯，共赴国难"。国民党同意放人，但有一个条件，红军战士送延安，红军干部送南京。韩伟在狱中坚持斗争，一直没有暴露红军干部身份，因此，他顺利地从国民党武汉监狱来到了延安。

韩伟回到延安，毛泽东很高兴，他在等待韩伟来找自己，但韩伟却一直不敢去找毛泽东。事后，韩伟说："之所以不敢去见毛主席，是我的思想包袱太重，总觉得自己在湘江作战中没有打好，又坐了国民党的监狱。"

就这样，毛泽东一等就等了半年，仍没有见到韩伟。1938 年 5 月上旬，毛泽东在抗日军政大学做完报告，对刘亚楼说，想见见韩伟。因为刘亚楼时任抗大教育长，而韩伟来延安后在抗大第四大队学习。很快，韩伟再次见到了毛泽东。两人一见面，毛泽东就幽默地说道："我的警卫排长还是当年的样子嘛，不仅一根毫毛没有少，下巴上还多了许多。"这话一出，韩伟就放松了不少。毛泽东又说："韩伟同志，你的情况我都知道，很好嘛！"他亲切又郑重地肯定了韩伟在湘江血战中的功劳，以及在武汉监狱中的艰辛，问韩伟有什么要求，韩伟说："上前线，打鬼子。"

毛泽东说好，又问韩伟在抗大何时结业，韩伟说还有 3 个月。3 个月后，毛泽东召集韩伟还有陈伯钧、萧克、张宗逊、陈士榘等参加过秋收起义的人，在延安杨家岭合了影。拍完照后，毛泽东把大家留下来吃饭，为大家饯行——翌日，参加合影的不少同志，就要奔赴前线了。延安条件艰苦，所谓饯行，也就是每人三碟一粥：一碟油炸辣椒、一碟煮黑豆、一碟炒豆腐和一碗小米粥。饯行完毕，毛泽东与大家一一握手告别。与韩伟握手时，告诉他：去晋察冀。后来韩伟在华北，打得日军闻"韩"丧胆。

年轻的红军营长黄定成，也参加了直属八路军总部的教导师干部队开赴山西抗日。当时，还属于第二次国共合作的"蜜月期"，第二战区阎锡山成立了山西青年决死队，八路军总部决定调派党员秘密加入"决死队"，以取得抗日主动权。于是，在长征中屡立战功的黄定成，被总政治部组织部派往山西青年抗敌决死第三总队工作。组织上考虑到黄定成是红军的营长，为在不暴露身份的情况下更好地开展合作抗日，黄定成必须改名换姓。黄定成毫不犹疑地服从了组织要求，化名为贾定基。

全面抗战时期，在晋南和晋东南地区、太行山和太岳山之间，出现了一个叫"贾定基"的抗日英雄，攻无不克，战无不胜，成了鬼子和伪军的噩梦。

当时延安有句话是这么说的："不发枪、不发炮，就发干部和电报。"——八路军、新四军都有以人名命名的部队番号，比如，赖际发就和秦基伟组合，取名"秦赖支队"。赖际发带来纺织工人 200 人，加一个排的红军干部，秦基伟带来的煤矿工人与学生 200 人，加上铁路工人游击队几十人，按上级的指示合并组成一二九师独立大队，"秦赖支队"在晋中地区十分活跃，500 余人很快就发展到四五千人。

在延安，一个个干部被派到敌后，就变成一颗颗火种，迅速填补国民党军队溃退后的空白，发动群众建立起武装，创造了敌后游击战场。

1937年11月24日，阙中一接到通知，要调到南方新四军去工作，他收拾好行装，去跟毛泽东告别。看到他依依不舍，毛泽东告诉他："长征留下来的3万人，南方打游击的也只有几千人，数量少了，质量好了。这些同志经过千锤百炼，锻炼出来了，都是党的宝贵种子。这些种子要撒到全国去，到各地生根、开花、结果。这，你是一定能够看到的。"

阙中一走出很远，回头还看到毛泽东在朝他招手。他一下想起了长征路上走过的千山万水，再也忍不住眼泪。

有一句话说："长征两万五千里，剩下两万五千人。"是的，长征牺牲惨重。长征前，各根据地鼎盛时期，红军总数达到30万人。长征后，红军损失了九成，但幸存下来那些人，是经过大浪淘沙留下的中国革命的精英，是经过千锤百炼的党和红军的骨干。

正如毛泽东在长征结束前的一次会议上所说："我们是经过锤炼的，不论在政治上、体力上、经验上，个个都是经过考验的，是很强的，我们一个可以当十个，十个可以当百个。"

长征结束后，毛泽东发话，凡参加了长征而不是党员者，一律入党。

是的，还有什么比长征更能考验一个人是不是合格的共产党员！

假如没有长征的磨砺，中国共产党义会是什么模样？历史不容假设，这些数字，能够说明长征对中国的意义：全面抗战时期，八路军、新四军师、军以上干部90%参加过长征；解放战争时期，各大战区党政军主要领导人90%参加过长征；中共七大中央政治局委员13人，10人参加过长征；中共八大中央政治局委员17人，15人参加过长征；10位元帅中的9位、10位大将中的9位参加过长征；第一次授衔的57名上将中的48名、177名中将中的157名参加过长征……

这批衣衫褴褛的精英，跨越千山万水，经历九死一生，改写了中国的历史，也改变了一个政党的气质。

　　长征是熔炉，是中国共产党在全面抗战和解放战争之前一次关键的淬火成钢。在红军长征出发50周年后的1984年，美国著名作家哈里森·埃文斯·索尔兹伯里重走长征路，这位76岁的老人，怀揣心脏起搏器，带着打字机，跋涉一万多公里，并出版了一部全景式反映红军长征的名著——《长征：前所未闻的故事》。他写道："从红军1934年10月16日在华南渡过浅浅的于都河，直至毛泽东1949年10月1日在北京天安门城楼上宣布中华人民共和国成立，长征把中国这段历史紧紧地联系在一起。"

　　长征又是一个大浪淘沙的过程，动摇和投机分子是坚持不下来的。长征途中，有人逃亡，有人掉队，有人叛变，但更多人，永不言败。不管敌人多么猖狂，不管环境多么恶劣，他们也要迎难而上，咬牙拼杀，去追求胜利。

　　这种在艰难中磨砺而出的精神力量，永远令人动容。当年，在大渡河畔，担任前锋的红四团上演了真实的"生死时速"，一昼夜徒步行军240里，他们的口号是"要桥不要命"，最终夺下了泸定桥。

　　长征初期，党也陷入过"逃跑主义"，但中国共产党纠正错误、自我革命的能力十分强大，一场艰难求生的战略转移，却淬炼出了无可比拟的血性与硬朗。尤其是遵义会议，彰显了中国共产党独立自主解决中国革命实际问题的精神和勇气，可谓完成了一次质的飞跃。用作家斯诺的话来说，中国共产党和红军"把原来可能是军心涣散的溃退变成一场精神抖擞的胜利进军"。

　　不管是历史还是当代，不管是一个人还是一个政党，需要一场属于自己的长征。成功固然令人迷醉，但起初苦苦拼搏的磨难，却更让经历者终生铭记，感谢，自豪，自信，并愈发自强。

相形之下，国民党就缺一场长征。

国民党比中国共产党更早诞生，两党诞生之初，目标似乎没什么不同，都是打倒军阀、平均地权、民族解放。孙中山先生曾反复讲，三民主义就是社会主义。但为什么同样的初心，国共两党却走向了完全相反的方向？

长征给中国共产党带来了什么？一个成熟的领导集体，一支千锤百炼的干部队伍，一种永不言败、敢于胜利的精神气质。这些，恰恰是国民党缺乏的。

无论一个人还是一个党，守住初心不容易。

不能否认，抗战期间，国民党军队在正面战场英勇抵抗，一寸山河一寸血，但国民党中像汪精卫这样投敌者，也多如过江之鲫，高官、军人、政客，纷纷倒戈。汪精卫当了汉奸后，追随汪精卫降日的国民党中央委员多达20余人，并由此构成了汪精卫伪政权的班底。据统计，1937年到1945年全民族抗战期间，国民政府58个旅长、参谋长以上将官投敌，一些部队成建制哗变。八年全民族抗战，协助日军作战的伪军人数高达210万，超过侵华日军数量。

相比之下，在艰苦卓绝的敌后战场，整个全民族抗战期间，共产党的高级领导者无一人向日本人投降，八路军、新四军也没有任何一支部队去当伪军。这一点，连蒋介石都有深刻印象。全民族抗战开始后，德国在中日之间"调停"。德国驻华大使陶德曼在给德国外交部的密电中，这样描述蒋介石对"调停"的态度："他（蒋介石）秘密地告诉我，假如他同意日本要求，中国政府会被舆论浪潮冲倒，会发生革命，唯一结果就是中国共产党会在中国占优势，这就意味着日本不可能与中国议和，因为共产党是从来不投降的。"

不得不提的是，长征让中国共产党、红军变得强大，但并没有造成一个特权阶层，"长征干部"这个功勋群体，并没有什么"免死铁券"。

长征胜利结束后，中国共产党也拥有了一个功勋群体——"长征干部"，他们受人尊敬，但他们有"免死铁券"吗？1937年10月5日夜间，26岁的红军师团级干部黄克功因逼婚未遂在延安枪杀了陕北公学女学员刘茜，翌日被逮捕，10月12日，陕甘宁边区高等法院判处死刑立即执行，可谓"从重从快从严"。

当时，很多人为黄克功求情——黄克功虽然只有26岁，但资历很深：1927年参加革命，1930年参加红军，同年入党，参加过井冈山斗争和两万五千里长征，从一个红军战士，一步步升到团长位置。

黄克功是个猛将，尤其是在二渡赤水的娄山关战役中立大功——从这个角度来说，他是深得毛泽东青睐的战将。等待判决时，黄克功上书毛泽东，恳求戴罪立功，在法庭上他也表示如果难逃一死，愿意死在战场上，"给我一挺机关枪，由执法队督阵，我要死在同敌人的拼杀中"。

黄克功案发生时，红军主力已改编为八路军，在泾阳誓师后开往前线抗击日寇。各部队到前线后迅速壮大，都向延安打电报要求多给他们派些干部。像黄克功这样立过大功又能打仗的干部，自然很受欢迎。但是，找毛泽东说情的，还有建议减刑的，都被拒绝了。

当时并非所有人都同意判处黄克功死刑。参与审判的陪审员合议时，抗大训练处处长李兴国坚决不同意对黄克功判处死刑。他认为，黄克功是革命功臣，"不要说一个刘茜，就是十个刘茜、一百个刘茜，也抵不上一个黄克功"！

应该说，这是当时不少红军指战员的看法。但是，在毛泽东看来，一百个黄克功也比不上共产党员和红军的纪律与荣誉。

就在延安黄克功杀人案前不久，西安也发生了一起杀人事件：1935年，32岁的国军上校团长张钟麟怀疑新婚仅两年的妻子吴海兰不忠而在西安将其枪杀。他杀妻后，依旧在胡宗南那里当他的团长，继续带兵操练。而吴海兰一家四处控告，最终找到了西安的妇女协会，后者又将此事告到张学良夫人于凤至处，而于凤至则直接把状子递给了宋美龄。"第一夫人"正在热火朝天搞新生活运动呢，一看团长杀妻，这还了得，于是向蒋介石告了"御状"。蒋介石也是大怒，下令将凶手送南京军事法庭查办。

张钟麟在大牢里蹲了一年后，被判处死刑，但蒋介石表示不予执行——毕竟张钟麟是"天子门生"，黄埔四期毕业，又一直在蒋介石的嫡系第一军任职，很有才干。他继续在牢里蹲着，全面抗战开始后，"校长"以国家急需人才、将功赎罪为由，将自己的得意门生释放了，官复原职，上了战场。

在蒋介石看来，在为张钟麟奔走的"黄埔系"看来，一个女子，命如草芥，哪能跟"党国栋梁"金贵的命相比？

张钟麟逃过了死刑，为了努力逃过杀妻恶名，他以字为名，改为"张灵甫"——这是大家都很熟悉的一个名字了。

这两个真实的故事一对比，就知道什么叫做"延安作风为何能够打败西安作风"，就能知道中国共产党为何能够打败国民党，就能知道经历了一场长征的中国共产党，为什么如此强大、不可战胜！

在苦难中走过来的红军将士，很快就会显示他们的强大。

1937 年 8 月 30 日，中国工农红军肃立于陕西泾阳的云阳大操场，举行抗日誓师大会，全体指战员将红五星帽换成青天白日帽徽的帽子，脱下红军军装，穿上国民党军军装。从此，他们变成国民革命军第十八集团军，旋即开赴抗战前线。

新任命下来了：红一师编为八路军一一五师独立团，师长杨成武改任团长。他默默地摘下红五星帽，抚摸半天，装进马褡子（他一直把这顶帽子带在身边，抗美援朝后捐赠给了中国人民革命军事博物馆）。走进部队驻地时，听到了暴雨般的争辩声，一看，地上扔了好几个青天白日帽徽，有的还被踩到烂泥里了，战士们满脸通红。

当时许多红军指战员想不通，有的愤懑难言，有的伤心流泪——是的，这是一群刚刚在国民党军队围追堵截下九死一生的长征幸存者，战友死伤无数，血海深仇仍在，如今却要换下令他们骄傲的红军帽徽，换上曾经的敌人军装，怎么不会悲愤莫名？

独立团出发奔赴前线前夕，杨成武接到报告：有人擅自离队，把武器也带走了！他们留下字条："坚决不当国民党，回江西苏区闹革命！"还有人说：这里的红军"变了"，延安的红军不会变，要到延安去参加真正的红军。

好在，这些跑掉的人，还是回来了。他们转了两百多里，想投奔一支没有"改编"的红军队伍。谁知，所见到的红军队伍全部都改编成八路军了，而且都准备出师渡黄河抗战，于是，他们就回头追上来了。

红军首长做了大量的思想政治工作。朱德在大会上说："同志们，你们思想不通，党中央知道，毛主席也知道。我是受党中央与毛主席的委托，来做你们的工作的。现在国共合作了，我们工农红军改编成国民革命军第八路军，为了消除各阶层的疑虑，我们可以穿统一的服装，戴青天白日帽徽，同志们思想不通，甚至有的高级干部思想也不通，这个心情我们理解。毛主席说，红军改编，统一番号是可以的，但是，有一条不能变，就是一定要在共产党领导之下。"

贺龙也说："就我本人来说，国民革命军的军装，过去我穿过；青天白日帽徽，过去我戴过；青天白日旗，我也打过。有人说，我当将军，皮靴不穿，愿穿草鞋跟红军爬山；高楼不住，愿跟红军钻芦苇，可是，他们哪里知道，当红军，穿草鞋，钻芦苇，是我的心愿。算起来，从大革命失败到现在，我已经闯荡了十年，跟国民党斗了十年。现在国难当头，为了国家与民族的生存，共同对付帝国主义，我愿带头穿国民党发的衣服，戴青天白日帽徽，和国民党部队统一番号，这样，看起来我们的外表是白的，但我们的心却是红的，永远是红的。""同志们，红军改了名就不是红军了？这不对。红军名改心不变，一颗红心为人民嘛！红军改了名，还是党中央、毛主席、朱总指挥领导。红军改名，是党中央的决策，全体红军战士、共产党员，必须无条件服从。我，贺龙，就无条件服从。"

许多年后，当时在场的许多红军战士，许许多多的事情都忘记了，但他们一直到白发苍苍，都还记得这"白皮红心"的话。

1945年4月23日，抗战胜利前夕，中共七大在延安召开，此时距离1928年6月在莫斯科近郊秘密召开的六大，已经近17年了，距离湘江血战，也差不多有11年了。十几年间，却有沧海桑田之感，一度命悬一线、岌岌可危的中国共产党，历经无数苦难，付出重大牺牲，已经浴血重生，成长为一个朝气蓬勃的强大的党。

在中共七大第二次会议上，毛泽东作了一个口头政治报告，他深情地说："无数革命先烈为了人民的利益牺牲了他们的生命，使我们每个活着的人想起他们就心里难过，难道我们还有什么个人利益不能牺牲，还有什么错误不能抛弃吗？"毛泽东说着说着，胸脯起伏，百感交集，说不下去了……他停下来，缓和着自己的情绪。

台下的代表们听了毛主席的这一席话，无不为之动容，为之流泪。蒋介石屠杀共产党，共产党人流的血真是太多太多了……每个单位都有一份长长的牺牲同志的名单，每个代表都有几个牺牲的同志与战友，每个人的周围都有若干牺牲的同志，自己是幸存者。每亲历一次死亡都是至痛，革命者每时每刻都在承受同志与亲人的死亡。一想起这些，有人哭了起来。主席台上的贺龙等领导人没有哭出声来，却悄悄地擦掉了自己眼角的泪水。

毛泽东喝了一口水，缓了口气。会场沉默了一阵子，突然，毛泽东激情迸发，高声说：我们要踏着他们的脚印，举起他们的旗帜奋勇前进！

会场的情绪，瞬间由悲壮到激昂。

铭记牺牲，战胜苦难，是让自己变得强大，并明白特权并非所受苦难的犒赏——这样，才能更强大。

14

第十四章

天安门

『自古以来中华民族又何曾有过如此光明辉煌的日子？』

他们没有等到这一天

再见，旧世界；欢迎，新世界！

三年以来，在人民解放战争和人民革命中牺牲的
人民英雄们永垂不朽！

三十年以来，在人民解放战争和人民革命中牺牲
的人民英雄们永垂不朽！

由此上溯到一千八百四十年，从那时起，为了反
对内外敌人，争取民族独立和人民自由幸福，在历次
斗争中牺牲的人民英雄们永垂不朽！

1949 年 9 月 30 日，中国人民政治协商会议第一届全体会议举行最后一次会议。为了追念一百多年来为中华人民共和国的诞生而英勇献身的人民英雄，这次会议一致通过了修建人民英雄纪念碑的决定。当天会议闭幕后，下午六时，大家移步天安门广场，当各代表就位后，周恩来代表主席团在严肃的空气中致辞："我们中国人民政治协商会议第一届全体会议为号召人民纪念死者，鼓舞生者，特决定在中华人民共和国首都北京建立一个为国牺牲的人民英雄纪念碑。现在，一九四九年九月三十日，我们全体代表在天安门外举行这个纪念碑的奠基典礼。"周恩来致辞完，全体代表脱帽静默致哀。默哀毕，毛泽东宣读亲自撰写的纪念碑碑文，率先铲土覆盖在碑基之上，其他代表一一执锹铲土，表示他们对于先烈的崇敬。

此时，湘江血战已过去了将近 15 年。翌日，就是中华人民共和国开国大典。

"自古以来中华民族又何曾有过如此光明辉煌的日子？"

"同胞们，中华人民共和国中央人民政府今天成立了。"毛泽东带着浓厚湖南口音的这句话，激起了山呼海啸般的欢呼和掌声，那些伤痕累累、殊少流泪的百战勇士，此时热泪盈眶。

1949年10月1日下午3时，中央人民政府委员会秘书长林伯渠宣布典礼开始。国歌，礼炮，欢呼，呐喊，鼓掌，笑脸，泪目……第一面五星红旗在天安门广场开始飘扬，三十万军民欢声雷动。毛泽东宣读完中央人民政府公告后，阅兵式开始。阅兵式由人民解放军总司令朱德任阅兵司令员，华北军区司令员兼平津卫戍司令员聂荣臻任阅兵总指挥。朱德驱车检阅各兵种部队后，回到主席台上宣读人民解放军总部命令。

天安门东侧的城墙根，杨成武掐着秒表，紧张地守着电话机。检阅式后，就是分列式。杨成武拿起电话，向东三座门外的指挥分所发出命令，这是他"最幸福也是最紧张的时刻"。

最先通过天安门主席台前的，是代表人民海军的水兵分队，他们身着崭新的水兵服，以"八一"军旗为前导，由东向西行进。紧接着的就是多兵种的陆军代表部队。步兵师的战士踏着《八路军进行曲》的节奏，雄赳赳地走过来了。在《军队进行曲》和《坦克进行曲》的伴奏声中，炮兵师、战车师的队伍也相继隆隆地开过来了。战车师包括摩托化步兵团，轻、中型坦克团各一个，这支钢铁的队伍是在中国人民解放军"大反攻"中建立起来的。当战车师行进在长安街中段时，人民空军的飞机分别以三机和双机编队，一批又一批地飞过天安门广场上空，毛泽东等中央领导人兴奋地昂首注视中国人民解放军的战机飞过。机影还未完全消失，激越的《骑兵进行曲》引出了壮观的骑兵师队伍，三个骑兵团，后面还有一个挽拽野炮的炮兵营，共一千九百二十多匹战马，以六路纵队前进。各纵队装具整齐划一，军马的毛色或全红、或全白、或全黑；骑手们身着草绿色军服，握枪挎刀，威风凛凛。

杨成武一分钟都没离开自己的指挥联络位置，但他的心神，在同分列式的队伍一起行进。他一直记得，"这一天，北京的天气并不是晴朗，日光不强，云影朦胧。然而，自古以来中华民族又何曾有过如此光明辉煌的日子？"

时任华北野战军第 20 兵团司令员的杨成武，是这次阅兵指挥部副总指挥兼指挥所主任。他打过无数硬仗、苦仗、恶仗，搞阅兵却是第一回。毛泽东指示：我们历来主张慎重初战，这次阅兵也是初战，开国第一次嘛，一定要搞好。杨成武和阅兵指挥部的战友们查阅了许多有关阅兵的资料，还四处取经求教，走访了当时在北京的解放军高级领导人。刘伯承司令员早年留学苏联，知悉莫斯科红场阅兵的情况。他对杨成武谈了有关的细节后，通俗而又概括性地说：阅兵无非就是展示一种特定内容的仪礼，一种形式。这种形式搞好了，目的也就达到了。归根到底一句话，驴粪蛋子表面光！他的这一诙谐比喻，引得大家都笑了。杨成武访问陈毅司令员时，后者以富有鼓动性的声调说：没有什么了不起。多少大仗都打胜了，还愁搞不好一次阅兵？不就是队列嘛！通过队列，把我们的军威显示出来，让中国老百姓看看，这就是自己的军队，这就是中华人民共和国的军队。他还访问了原国民党政府东北军的几位老将军，了解他们以往阅兵的做法。当时在中国的苏联顾问，也为阅兵提出了一些很好的意见。

受阅部队的人员总计一万六千四百多人，7月底，受阅部队分别集结于北京市郊，开始进行训练。训练期间，阅兵司令员朱德亲临西北郊炮兵驻地视察，当时朱总司令乘坐的是一辆吉普车，由于道路不平，车子突然熄火了。这时，参加阅兵训练的部队指战员一拥而上，推着车走，使车子又重新发动起来。

在阅兵仪式筹备过程中，聂荣臻事无巨细进行指导，在谈到防空问题时，他下了道极为严格的命令：万一遇到敌机空袭时，要原地不动，保持阵容，保持队形！他连队伍行进时车辆熄火与骡马失蹄、拉屎、拉尿的对应措施，也都一一询问到了。聂荣臻强调说：我们这支军队踏过雪山草地，从金沙江到黑龙江，从长白山到南海边，英勇作战，用鲜血和生命换来了今天的胜利。在这次阅兵中，一定要展示出这种精神面貌！

韩伟也参加了阅兵筹备工作——1931年11月7日，为庆祝中华苏维埃共和国临时中央政府成立，在瑞金进行了一次阅兵，这也是红军历史首次阅兵，当时受阅部队是红十二军第一〇〇团，团长就是韩伟。于是，中央决定让韩伟负责陆军的阅兵训练。此时韩伟已是六十七军军长，他决定由一九九师参加受阅。一九九师的前身，曾参加过南昌起义、秋收起义，抗日战争时期是八路军一一五师独立团，功勋卓著。全师官兵高兴坏了。开国大典当天，他们迈着铿锵有力的步伐进入天安门广场，当跨过天安门中轴线东侧150米标有白线的正步区时，师长李水清喊罢一声"正步走"口令后，随即擎起右手，向天安门城楼上的中央领导庄严行礼。此时，站在天安门城楼上陪同检阅的韩伟心潮澎湃，热泪盈眶。

罗洪标也参加了开国大典，此时他重伤刚愈——1948年4月，西北野战军发起西府战役，在进攻彬县（今陕西省彬州市）的战斗中，时任第一纵队独一旅二团团长兼政委的罗洪标受命担任北门主攻。预定的攻击时间在深夜，为了观察敌情选择突破口，罗洪标和参谋长带司令部的参谋们摸到城根下，就地确定了进攻方案。后撤时，他们被敌人发现了，敌人扔下一堆手榴弹来，爆炸声中，罗洪标当即失去了知觉。醒来时，已是三天以后。

他醒来后，发现自己头部、右臂和上半身都缠满了纱布，想要说话，嘴却不听使唤，浑身剧痛难忍。后来他才知道，当时右臂重伤，动脉被打断，右胸嵌满弹片，口内半边牙齿被打落，一块弹片射入口中后从后脖颈穿出。

大夫在检查完他的伤势后，决定从肩胛处将右臂整个截肢。截肢手术开始后，锯已经快锯到骨头了，突然有人喊"停"！原来是贺炳炎司令员从前线打来电话，要求医院无论如何要想尽办法保住罗洪标的胳膊。贺司令说："我已经失去了一条胳膊，不想再看到他像我一样！"接着，彭德怀、贺龙的电话也打来了。13年前，还是红九军团红小鬼的罗洪标，与部队失散后，被红二、六军团"捡"到，当时他看到一位面色苍白的首长，就是刚做了截肢手术的贺炳炎。

这一通电话来得很及时，医生又把刚锯开的伤口缝合上了，罗洪标的右臂保留了下来。此后伤势反复，罗洪标痛不欲生，他回忆说，当时如果身边有枪，真想了结了自己。但他的生命力极其顽强，终于挺了过来，只是留下了终身残疾。他受伤时，战士们以为他光荣了，高喊着"为政委报仇"杀入了彬县城内。

参加开国大典后没多久，罗洪标就随贺龙返回晋西北，并领受了赴大西南作战歼灭胡宗南部的任务。这年12月，他们离开西安，冒雪翻越秦岭。雪天路滑，又出了意外：吉普车在过了山顶后的下坡弯道处，速度很快，司机想踩刹车，结果忙乱中踩了油门，翻车了，罗洪标受了轻伤。幸好车撞在树上，否则翻下悬崖，一车人必死无疑。他在这一路上还看到好几起事故，都是车直接翻下山，车毁人亡，让他心情很是沉重。

天安门观礼台上，还有以全军战斗英雄和"临汾旅"指战员代表的身份参加开国大典的黄定基——就是那个化名"贾定基"打入山西青年决死队的黄定成。抗战胜利后，"贾定基"给晋冀鲁豫军区八路军第一二九师领导写报告，请示要求组织给自己恢复黄定成的姓名。刘伯承司令员看了报告后，认为"贾定基"这个名字在抗日战场曾多次力挫强敌，有一定的知名度，并且已经形成了很大的影响力，如果全面改回，对部队的知名度也是有损失的。因此，刘司令员只同意他改回一个姓，黄定成更名成"黄定基"。

黄定基在解放战争中，同样勇猛如虎。1947 年 8 月，黄定基任太岳军区八纵二十三旅旅长，打了多个硬仗，特别是在临汾战役中，二十三旅获得"临汾旅"的称号。1948 年 1 月 31 日，晋冀鲁豫军区第一副司令员徐向前组成临汾前线指挥所。临汾地势险要，形如卧牛，易守难攻，为历来兵家必争之地。阎锡山死守该城，构筑明堡暗碉，层层设防，并派梁培璜为总指挥，率精锐部队 2.5 万余人固守。

3 月 31 日，徐向前在临汾战役参战部队团以上干部会上部署作战计划时，把主攻临汾的任务交给了麾下战斗力最强的二十三旅，黄定基决定"用挖坑道，装炸药爆破，然后发起总攻"的战术。4 月上旬，他亲自率部先将临汾外围阵地扫清，接着又奋战 23 天，至 5 月 15 日，把一、二号两条主坑道挖至临汾城下，并安装足够炸药。5 月 17 日晚 7 时，徐向前下令："起爆！"在一声巨响后，一、二号坑道各炸开 30 多米宽的大缺口，三颗红色信号弹升空后，黄定基指挥两个主力团的突击营立即从缺口冲入城内，后续部队随即冲进，与阎军展开激战。18 日凌晨 2 时，攻下临汾"镇守使衙门"——阎军梁培璜指挥部，临汾战役取得全胜，共歼阎军 2.5 万余人。其中二十三旅歼阎军 5700 余人，缴获各种大炮 205 门，各种机枪 338 挺，长、短枪 3034 支，汽车 21 辆，骡马 542 匹，弹药 10.9 万余发。

1949 年 2 月，二十三旅改编为中国人民解放军步兵第一七九师，至今还是我军序列中一支声名显赫的部队。只是这支雄师的首任师长黄定基，1951 年 9 月病逝于重庆剿匪前线，时为川北军区副司令员，走完了从长汀童工到一代名将的传奇人生，年仅 38 岁。中共中央派人送来挽联，高度评价他的一生是"革命的一生，战斗的一生，光荣的一生"。到今天，黄定基还是"临汾旅"永远的军魂。

开国大典当天，28 岁的瞿独伊坐在天安门西观礼台，为苏联文化艺术代表团团长法捷耶夫一行当翻译。在靠近城楼的一侧，瞿独伊能清晰地看到毛泽东。五星红旗升起来的时候，欢呼声若大地惊雷，这是她人生第一次见到如此热烈的场面。她揩着情不自禁流下的热泪，突然时任新华社社长的廖承志过来找她了，让她用俄语向全世界广播毛泽东在开国大典上的讲话。

瞿独伊，瞿秋白的女儿。

1935 年秋天的某一天，正在苏联学习的瞿独伊和儿童院的同学到乌克兰的德聂伯彼特罗夫斯克旅游，她看见几个同学拿着一张《共青团真理报》惊讶地议论着，还时不时看着她，报纸传给其他同学看，唯独不给她看。她便一把抢过来，却发现是报道瞿秋白 6 月 18 日牺牲的消息，附有一张 4 英寸大小的半身照。瞿独伊失声痛哭，晕倒在地。

这一年，她 14 岁。

瞿独伊晚年回忆说，父亲牺牲后，她哭出病来了，她始终想不明白，"儒雅的书生和壮烈的革命者，哪一个是我的父亲？"

她其实是瞿秋白的继女，但一直视他为慈父，在她的记忆中，瞿秋白话不多，很温和，戴着眼镜，很清瘦。母亲杨之华不让她简单地叫"爸爸"，而是叫"好爸爸"，她就一直这样称呼，父亲则亲切地称她"小独伊"。

1928 年 6 月 18 日到 7 月 11 日，中共六大在莫斯科郊区的一座乡间别墅中召开，会议期间瞿秋白承担大会领导工作。刚刚经历了大屠杀的共产党人，见面抱头痛哭。7 岁的瞿独伊也随父亲母亲进入了中共六大驻地。会后，瞿秋白留在莫斯科，任中共驻共产国际代表团团长，杨之华进了莫斯科中山大学学习。1930 年 7 月，瞿秋白和杨之华奉命回国工作。考虑到国内白色恐怖严重，带着孩子从事秘密工作很不方便，他们只好忍痛将独伊留在莫斯科国际儿童院，并委托苏联友人鲍罗廷夫妇代为照顾。

一直到 1935 年瞿秋白牺牲后，杨之华由组织转移到苏联，分别 5 年的母女才再次相见。1941 年，瞿独伊同母亲离开莫斯科，经新疆回国。然而到达迪化（今乌鲁木齐），却被反复无常的新疆军阀盛世才投入监狱，一同被囚的还有党从延安派来新疆帮助工作的人员和一些在新疆养病的红军伤病员，近 150 名干部及其子女。中共领导人陈潭秋、毛泽民、林基路惨遭杀害。

敌人无孔不入，从杨之华那里得不到情报，就打瞿独伊的主意，告诉她："你还年轻，只要答应我们，出狱后会很快给你找一份工作。"面对敌人的威逼利诱，瞿独伊愤怒地说："我决不单独出狱，绝不为你们工作，我们没有罪！要把我们全体无罪释放，并把我们送回延安！"在狱中，她和大家一起参加静坐绝食的斗争，要求改善牢狱生活；参加悼念难友牺牲的纪念和抗议活动。监狱条件差，为了保持体魄强健，瞿独伊负责带领难友做早操。

1945 年，国共两党在重庆谈判期间，毛泽东、周恩来要求蒋介石释放在新疆囚禁的共产党员。蒋介石同意放人，指示张治中将军负责办理。张治中当年在上海大学学习时，是瞿秋白的学生，称杨之华为"师母"。

他很快安排了 10 辆美式大卡车，护送 130 名蒙难人员离开新疆牢狱。历经一个月长途跋涉，他们终于回到了延安。

4 年的监狱生活，对年纪轻轻的瞿独伊是一个锻炼。她在监狱里看到党员过党组织生活，有时候也旁听。这一年 8 月，她在延安入党，并分配到新华社工作。

向全世界广播开国大典的盛况时，瞿独伊感到自豪自信。她想到了父亲的梦想、父亲的牺牲，想到了父亲临刑前写就的《多余的话》："我还留恋什么？这美丽世界的欣欣向荣的儿童，'我的'女儿，以及一切幸福的孩子们。"

1951 年 7 月，长汀县人民政府找到瞿秋白的遗骸，暂时存放在县政府二楼。翌年清明节，长汀县为瞿秋白举行了为期一天的万人公祭活动。1955 年 6 月 18 日，瞿秋白牺牲 20 周年之际，八宝山革命公墓举行了隆重的瞿秋白遗骨由福建长汀迁至革命公墓安葬仪式。

高达 36 米的瞿秋白烈士纪念碑矗立在他就义处，已成为长汀城的一处重要地标。他曾经的囚室之外的石榴树，依然每年花开，满树火红。

他们没有等到这一天

开国大典阅兵式上，骑兵方阵马蹄声声，战刀闪闪，威武雄壮。遗憾的是，解放军首任骑兵团长刘云彪看不到这一幕了……

1937年9月23日夜，八路军一一五师向平型关疾进。与此同时，刘云彪快马加鞭，率领骑兵冲向倒马关，他接到的命令是："务必于24日8时前占领倒马关！"

倒马关，位于河北省保定市唐县西北60公里，长城"内三关"之一，因"山路险峻，马为之而倒"而得名，是西通平型关的要道。为确保在平型关歼灭日寇，八路军一一五师决定在平型关战斗打响前，先期占领倒马关，以阻日寇东援，确保平型关战斗的侧翼安全。这一任务交给了在抗战初期第一支到达河北唐县的八路军部队——一一五师骑兵营。营长刘云彪接到命令后，从驻地五台县东营村集结部队，9月23日向倒马关进发。前往倒马关120里的山路，都是仅容单骑的羊肠小道，不便于骑兵急行军。大家连夜牵马摸黑前行，经16小时急行军，终于在24日早7时达倒马关，遇到了正在挖掘防御工事的日伪军队。骑兵营一个冲锋，把这批日伪军打掉，牢牢扼守住了这一要地。

25日7时许，日军第五师团第二十一旅团一部及大批辎重车辆，沿灵丘至平型关公路西进，全部进入第一一五师之伏击圈，第一一五师乘机全线开火，予敌以大量杀伤，并发起冲锋。日军第五师团师团长板垣征四郎急从蔚县、涞源调兵增援，被第一一五师独立团、骑兵营顽强阻击。率独立团在腰站地区阻击的正是杨成武。他们不仅阻挡住了增援的日军，

　　　　　为有牺牲

而且在听闻平型关大捷之后，还一鼓作气，顺势收复了涞源城。在倒马关，增援的日军气焰嚣张，数次组织反扑，均被英勇的八路军骑兵一次次打退，并由此创下了一个纪录——我骑兵部队第一次对日军作战胜利。

平型关大捷后，刘云彪奉师部命令，在聂荣臻的指挥下，与那位长征路上坚持写日记的肖锋政委一起，率骑兵营向平汉线保定至定县段西侧挺进，计划开辟北岳区抗日根据地。按聂荣臻的指示，在曲阳县战斗中，刘云彪麾下骑兵营消灭了东高地守仓的小股日军，之后又向伪军发动进攻，歼灭敌人200余人，收复曲阳县城。此次战斗规模不大，但是缴获甚多。刘云彪将缴获的部分枪支弹药分给了当地的抗日游击队，又将一些食品分给了当地的穷苦百姓。旋即，刘云彪以同样的奇袭方式解放了唐县县城。唐县县城是土城，驻守的保安队又有30多人被歼灭。不久后，完县（今河北省保定市顺平县）县城也告收复，维持会长和一部分伪军被活捉，一部分通信设备被缴获。一口气收复了三个县，为后来建立第三军区创造了有利条件。

1938年5月，刘云彪奉聂荣臻的指令，与蔡顺礼政委一起率骑兵营越过平汉路，向津浦线出击，战果丰硕。10月，日军对晋察冀军区腹地进行"扫荡"，刘云彪率骑兵营狂飙突进300里，一举把敌人设在高门镇的指挥部端掉，让敌人成了无头苍蝇。由于骑兵营在抗日战场上屡建奇功，功绩卓越，为更好地发挥骑兵部队的神威，适应抗战形势的发展，经晋察冀军区决定，于1940年初将骑兵营扩编为晋察冀军区骑兵团，下辖4个营，共5000余人，刘云彪为团长。骑兵团成立后，他率领骑兵团转战各地，屡建战功，给日寇以沉重打击。他经常用洪亮的声音对战士们说："我们是骑兵，要冲锋在前，大显神威。"

1940年秋，刘云彪率领骑兵团，参加了百团大战。骑兵团活动于平汉线与正太线交叉的地带，任务是破坏交通，袭击日军据点，掩护主力，配合正太战役。然而，在开辟和建立晋察冀抗日根据地的艰苦工作中，在与日寇、伪军连续作战中，刘云彪在长征途中罹患的肺病愈发严重。聂荣臻对他的身体健康状况十分关心，经常询问并要他注意休息。但他不顾个人生死，经常带病指挥作战。到了1941年，刘云彪病得实在不能动了，才服从聂荣臻的命令，到军区卫生部医院卧床治疗。1942年4月12日，曾经强壮如虎的刘云彪，在新望县溘然长逝，年仅29岁。

刘云彪英年早逝的消息传开，全军悲痛。晋察冀军区特颁布第六号命令，指出："在抗战接近反攻的今天，刘云彪同志不幸逝世，是我党我军的一个损失，特通令全区部队学习刘云彪同志，无限忠于党的革命事业，英勇顽强地投入战斗，夺取抗战的最后胜利。"为纪念战功卓著的刘云彪，晋察冀边区将新望县更名为云彪县，成立了"云彪支队"，鼓舞了广大将士的抗日信心。

刘云彪曾经是汀江上一个贫寒的船工。参加红军踏上长征路之后，他仍然干着最苦最累也最危险的活——侦察兵，走在队伍最前面，时常要面对猝然而至的危险。但他很开心，因为人生还能如此有尊严地活着。他冒着枪林弹雨，走过万水千山，却因为病魔作祟，没能走到1949年10月1日。

还有很多人，没有等到中华人民共和国的成立。

风雪中，敌人端起雪亮的刺刀号叫着冲了上来。陈明双腿受伤，无法行走，鲜血染红了身下的土地，手枪里还剩下4颗子弹，这个外貌文弱的男子，中国共产党的优秀理论工作者，举枪瞄准敌人，3颗子弹打倒了3个敌人，最后一颗子弹，他留给了自己。

这就是1941年11月30日，鲁中南地区抗战史上最悲壮的一次战斗——大青山战斗。

大青山，位于蒙山主峰的东麓，海拔686.2米，是费县、沂南县、蒙阴县交界处的最高峰。1941年11月，日军对山东抗日根据地沂蒙山区实行"铁壁合围"，妄图消灭中共山东党政军领导机关和沂蒙山主力部队。1941年11月29日，抗大一分校移驻费东县大青山地区，中共山东分局、山东省战时工作委员会以及八路军一一五师、山东纵队的后方机关也相继转移过来。敌人得知这一情报后，连夜调集重兵，以一个混成旅团的兵力合围大青山。

陷入敌人包围圈的我方人员中，大多是非战斗人员，所配武器数量少、质量差。武装人员抢占制高点，拼死阻击敌人，掩护领导机关和非武装人员突围。突围战异常残酷，我方遭受重大损失，近千人牺牲。时任中共山东分局秘书处主任的谷牧此前胸口受伤，一直躺在担架上。为了不拖累警卫员和抬担架的战士，他催促他们离开，自己隐藏在一堆高粱秸垛里，死里逃生。敌人退后，我军清理战场时，发现山东省战时工作委员会副主任兼秘书长陈明、国际友人汉斯·希伯，一一五师敌军工作部副部长王立人，抗大一分校二大队政委刘惠东，蒙山支队政委刘涛等均壮烈牺牲。

沿途一直教红军战士识字的陈明，长征到达陕北后，任中国工农红军大学高干科教员；全民族抗战开始后，任八路军随营学校政治委员。1939年冬，陈明奉命进入山东，任八路军第一一五师政治部宣传部部长，后任中共山东分局党校副校长、山东分局政府工作部部长、山东省宪政促进会常委、山东分局政府工作委员会副主任，是山东敌后抗日民主政权主要创建人之一。这位闽西子弟，福建省共产党组织早期的主要领导人之一，生命永远定格在39岁。

陈明壮烈牺牲后的第17天，他的夫人、山东纵队姐妹剧团团长辛锐，也在与敌战斗中献出了年轻的生命。

牺牲时，这对夫妻刚刚结婚8个月。他们俩只留下了一张合影，照片中，两人脸上洋溢着幸福的笑容。

在大青山战斗中牺牲的汉斯·希伯，是一个中国人相对比较陌生的名字，但这是一个对中国有深厚感情的传奇人物。他1897年出生于克拉科夫，此地原属于奥匈帝国，第一次世界大战后划归波兰，但汉斯·希伯在德国学习、成长并开始政治生活，参加了德国共产党。1925年到广州，参加过北伐军的工作，九一八事变后，他采写报道揭露日本侵略罪行。1938年，他还到过延安、皖南等地，采访多位中共中央和军队的领导人，向世界人民报道八路军和新四军英勇抗战的真实情况。1941年9月，他从苏北新四军军部到达山东抗日根据地，很快与大家打成一片。希伯身材高大，一头卷曲的褐发，蓝眼睛，高鼻梁，常常背着一个牛皮图囊，图囊里有地图，还有一个单筒望远镜，图囊外拴着一只搪瓷杯和一条毛巾。他一见到山东老乡，就热情地弯腰同大家握手，用不流利的中国话说："我叫希伯，你好！"

遭遇日军包围后，他拿起枪与中国战友并肩作战，战至生命最后一刻。山东军区为汉斯·希伯题词"为国际主义奔走欧亚，为抗击日寇血染沂蒙"。如今，山东省临沂市的华东革命烈士陵园里，与新四军副军长罗炳辉墓毗邻的，便是汉斯·希伯的长眠之处。

在南方，新四军也在浴血奋战。

就在大青山战斗的前两天，1941年11月28日，在江苏省溧阳县（今江苏省溧阳市）塘马村爆发了著名的塘马战斗，新四军两员战将相继战死。

塘马战斗前，中共苏南党政军领导机关、后方医院、被服工厂、修械所、旅教导队等以及前来集训的部队，都在以塘马村为中心、总面积不超过20平方公里的19个村庄里。11月27日深夜，日军南浦旅团步、骑、炮兵3000余人，伪军800余人，从各据点出发，分东北、西北、西南三个方向向塘马地区袭来。11月28日清早，晨雾笼罩大地，能见度极低，

6时许，十六旅特务连哨兵在塘马东北方向首先发现敌情，一声枪响打破了清晨的寂静，揭开了塘马战斗的序幕。

在塘马村的六师参谋长兼十六旅旅长罗忠毅、十六旅政委兼政治部主任廖海涛迅速判断：敌人采用的是分进合击战术，想要重兵突袭十六旅旅部和苏南党政军领导机关。战斗打响后，旅部特务连接受命令，首先迎战敌人。与此同时，罗忠毅、廖海涛通知其他人率旅部及党政军领导机关转移，抽调四十八团二营六连掩护机关行动，他俩亲自带领旅直属警卫连抢占村前有利地形，阻击敌军。旅直属警卫连不少战士是廖海涛和罗忠毅从闽西带来的身经百战的老红军，他们作战非常英勇，一个回合就将日伪军的猖狂气焰压了下去。日伪军不甘罢休，组织火力一次又一次地向村子发起猛攻，但一次又一次地被打退。地方干部和机关人员在四十八团的保护下，安全转移。

激战中，战士们的子弹渐渐打光了，罗忠毅对大家说："我们要用刺刀、拳头、石子打击敌人！"他端起机枪带头冲向敌阵向日伪军扫射，战斗中不幸中弹身亡。廖海涛悲愤填膺，振臂高呼："为罗司令报仇，杀绝鬼子和汉奸！"战士们在他的鼓动下，勇气倍增，不断给冲过来的日伪军以重大杀伤。战斗到下午，重机枪手中弹阵亡，廖海涛接过烈士的机枪，对准敌人猛烈射击。敌人见新四军的重机枪十分厉害，便集中所有火力，向新四军机枪阵地轰击，廖海涛不幸腹部中弹，倒在阵地上，他依然挣扎着爬起来，用手捂着鲜血直流的伤口，坚持指挥作战，并让二营营长黄兰弟继续统一指挥。终因伤势过重，壮烈殉国，年仅32岁，他是抗战中牺牲的闽西子弟里级别最高的烈士。同样来自闽西的黄兰弟，旋即也牺牲了……

塘马战斗，270余名新四军指战员壮烈牺牲，其中不少是闽西子弟。但他们毙伤敌伪500余人，使日军遭到了沉重的打击，掩护了苏南党政军领导机关安全转移。

苏南抗日军民怀着无限悲痛的心情，隆重追悼罗忠毅、廖海涛等塘马殉国英烈，有一副挽联写道：

忠勇为国，毅然丈夫，一朝杀身成仁，气凛沙场寒敌胆；

海崖生波，涛震环宇，异日流芳百世，节届纪念慰忠魂。

罗忠毅牺牲9个月前，失去了他的新婚妻子柳肇珍。柳肇珍是江苏镇江人，与罗忠毅结婚半年后，在一次乘船转移中遭到了日军袭击。战斗中，柳肇珍胸部中了数弹，血一股股往外冒，在生命最后一刻，她掏出一个被鲜血浸湿的小包交给同事，嘱咐一定要交给罗忠毅。这个小包里面是柳肇珍的党证、党员登记册，还有一些钱。罗忠毅看到这个小包时，铁青着脸，默不作声。当时情形紧急，廖海涛作出部署，需要马上转移。罗忠毅对处理烈士善后的同志说："我不去向小柳告别了，请你将她埋葬了吧。"语毕，含泪走向雨夜之中。他一直想念21岁就不幸牺牲的妻子，咬牙切齿地告诉战友："我要亲手打死1000个鬼子，才解心头之恨，才对得起江南人民！才对得起肇珍！"

他的遗愿，只能由战友们去完成了。

廖海涛也不是"铁石人"，他是参加红军时闽西子弟中文化水平比较高的一个，当过小学教师。他天生一副好歌喉，在扩大红军的工作中，常常放开歌喉，用唱山歌的形式宣传争当红军的重要意义。成长为军队高级将领后，他仍然与战士同甘共苦，时人称赞他"毫无领袖之矜持，态度淳朴，对下级尤其亲爱。责己以严，待人以宽，为人之模范"。在

　　　　　为有牺牲

塘马战斗中，他坚持血战不退，就是牵挂着转移中的机关干部和老百姓。

无论是红军还是新四军，他们不但要面对日寇、伪军，还要提防来自国民党军队的"摩擦"。

湘江血战、西路军蒙难与1941年1月的皖南事变，并称为中国人民解放军军史上的三大悲剧性战役。阙中一先后经历了湘江血战和皖南事变。他从延安告别毛泽东后，回到福建，任闽东北抗日义勇军第三支队参谋长，随后改编为新四军，先后任新四军第三支队五团三营政委、新四军军部教导总队政治队指导员、新四军第二支队三团二营政委、新三团政治处主任等。皖南事变中，他与新三团指战员一起浴血奋战突出重围。当时部队被打散，他与两位闽西同乡王培臣、王荣光（均为上杭县才溪乡人）等人一路冲杀，沿途尽见牺牲的烈士和伤员，下半夜他们几个人冲到一处，夜色中只见遍地都是新四军，以为是大部队宿营，于是倒头便睡。凌晨，王培臣唤醒大家，才发现身边全是新四军遇难的无头烈士——他们牺牲后，被敌人残忍地割下头颅……他们怒不可遏，最终杀出一条血路，突出重围，北渡长江到达无为县集结。

值得一提的是，血战湘江时受伤掉队，之后徒步回到江西又找到队伍的朱镇中，也在皖南事变中成功突围，他时任新四军政治部警卫通信排副排长兼支部书记。突围过程惊心动魄，朱镇中数次与死亡擦肩而过，最危险的一次，一颗子弹从他的帽檐下擦过，钻进了地下。突围过程中，队伍会合又被打散。后来，朱镇中聚拢了30多名失散的同志，把大家带到安全处渡过长江，在无为地区找到了部队。朱镇中留下养伤——他的左脚在路上被戳破，发炎化脓疼痛难忍，养好伤后归队。

但是，当年湘江血战后，跟朱镇中同样从桂北艰难回到老家的张仰，却牺牲了……

当年，张仰回到龙岩老家后，辗转找到了党组织，后经邓子恢派遣，前往厦门从事地下工作，他跟妻子陈春玉有了朝夕相处的一段时间，生了儿子张玉益。在妻子眼里，张仰太爱孩子了，无论怎么哭闹，他从来不生气，很耐心地又哄又抱。但是，1936年12月的一个晚上，厦门整夜都在放鞭炮，孩子被吵醒，不停哭闹，张仰发火了，差点将孩子扔到地上。陈春玉后来才知道：原来当时放鞭炮是庆祝西安事变和平解决，张仰非常愤怒。红三十四师那么多兄弟在湘江血战中牺牲了，还有那么多红军战士牺牲了，他想不通，为什么要放了蒋介石？

七七事变后，新四军组建了，张仰又要离开家了。当时，儿子张玉益病得厉害，张仰很是不舍，但还是走了，不久编入新四军第二支队，任第三团参谋长，1938年3月1日北上苏皖抗日前线，1939年春参加新四军军部举办的干部集训队，结业后任支队参谋长兼作战科长。

陈春玉一直等着丈夫回来，哪怕像当年那样回家也行，但丈夫一直没回来。1942年初，她收到丈夫的一张明信片，只有寥寥一句话："交通断绝，将我儿养大，当为是我本身。"

一直到中华人民共和国成立后，陈春玉才知道：皖南事变中，张仰不幸被捕，在上饶集中营坚持斗争，忠贞不屈，成为狱中党组织的核心成员之一，1942年2月，被特务秘密活埋，年仅35岁。她收到的明信片，是丈夫在上饶集中营留下的绝笔信……

张仰的真实故事，是对"不怕牺牲"四个字最真实的诠释——他曾经在湘江血战中九死一生，与死亡擦肩而过，岂不明白死亡的可怕？在上饶集中营，哪怕生命到了最后一刻，只要他愿意，他仍然可以活下来，但他毅然选择了死亡。

因为他有信仰。

皖南事变中，闽西子弟相对集中的老三团、新三团及军部特务团分别被编在第二、第三支队，在受到国民党顽固派包围袭击情况下，负责保护军部突围。在这次事变中，闽西子弟除张元寿、张日清、阙中一、张云龙、杨采衡、王培臣、张玉辉、王荣光等部分人员率部突出重围外，有数百名指战员壮烈牺牲或被捕，造成抗战以来最严重的一次损失。他们的名字如下：

林高峰，上杭县才溪镇才溪村人，新四军第二支队宣传科科长，皖南事变中牺牲，时年 24 岁。

郭义鸿，新罗区江山乡山塘村人，新四军第三支队军需处处长，皖南事变中牺牲，时年 37 岁。

林如成，上杭县才溪镇发坑村人，新四军第二支队三团通讯参谋、营长，皖南事变中牺牲，时年 33 岁。

马森荣，上杭县白砂镇梧日村人，新四军第二支队作战科科长，参加过长征，皖南事变中牺牲，时年 34 岁。

雷灵，上杭县才溪镇溪北村人，新四军军部参谋处作战科科长，参加过长征，皖南事变中牺牲，时年 25 岁。

林开凤，新四军第三支队五团副团长，在皖南事变中突围被俘，后被转押上饶集中营，坚贞不屈，被敌人列为"中毒甚深难于感化"对象，1942 年 6 月 17 日参加赤石暴动，遭敌杀害，时年 27 岁。

叶逢樟，长汀县汀州镇人，新四军第二支队老一团连指导员，在皖南事变中突围受伤被俘，关押在上饶集中营，坚贞不屈，狱中秘密党支部领导成员之一，在赤石暴动中牺牲，时年 25 岁。

…………

留守闽西的赖月华也牺牲了。

中央红军主力长征后，赖月华留下来参加了艰苦卓绝的三年游击战争，与同伴们一道隐藏在山寨之中，靠采野果、挖野菜充饥，长时间艰苦的斗争生活，赖月华终于病倒了。由于无医无药，只好靠采些青草药维持,然而病情日益加重。一天逢敌人大举搜山,病重体弱的赖月华转移不及而被捕。但她与敌人机智周旋,始终没有暴露自己的身份,结果被保释出来,辗转到长汀濯田乡寨背做工。虽与党组织失去联系,但她时刻心念着党组织,四处打听。1937年春,她终于收到了丈夫张鼎丞的亲笔信,经武平、上杭,步行十多天来到了永定月流闽西南军政委员会驻地与张鼎丞会合,后分配在永和靖军政委员会工作。

1938年3月,新四军第二支队北上抗日,赖月华受闽西南潮梅特委派遣回永定溪南担任金砂党总支书记,后调任为永定县委妇女部长兼西溪区委组织委员,一方面发动、率领群众开展抗日救亡运动,另一方面与不断挑起"摩擦"的国民党顽固派开展斗争。

1943年10月,由于国民党顽固派破坏国共合作,龙岩形势骤然紧张,中共闽西特委转移至永定的湖雷阙背,与永定县委机关一起活动。1944年10月1日,县委机关突遭敌人的包围。突围战斗异常激烈,赖月华因双脚风湿关节肿痛,行走困难,无法随游击队突围,便主动留下掩护战友。为了不落入敌军之手,她用最后一粒子弹射向自己……

张元寿,永定县培丰镇人,从小缺衣少食,小小年纪,就在一家杂货店当徒工。15岁时,他参加了邓子恢、郭滴人等人领导的龙岩"后田暴动",举着菜刀,冲在队伍前面,当年他就加入了团组织,18岁入党。在中央苏区时,他从事军需工作,长征开始后,他负责筹集军需物资,这项任务,不比打仗轻松,为了解决供应问题,张元寿想尽了办法,部队一到驻地,别人休整,他却要带领同志们,一边做群众工作,一边征购粮食,经常半夜才回来;不待天明,别人尚未启程,他已早早踏上征途。有时沿途群众跑光了,他就远离主力,冒险深入敌后搞粮食。全民族抗战开始后,张元寿先是任中央军委供给部部长,1938年,他代表八路军赴汉口出席国民党召开的后方勤务会议,之后到新四军,任总兵站站长。

皖南事变中，他冒死突围成功，任新四军第二师五旅参谋长，后兼任淮南津浦路东、路西军分区参谋长，参加开辟泗（县）五（河）灵（璧）凤（阳）抗日根据地的斗争。

抗日战争胜利后，张元寿继续干后勤工作。1946年冬，他任山东野战军副参谋长，司令员陈毅曾称赞他"见到军队的穿、吃、用的事就抓，是后勤专家"。粟裕说："有元寿协助，打仗无后顾之忧。"

莱芜战役后，张元寿到各战场巡视，拟将国民党军队遗弃的武器加以收集，装备部队。1947年3月的一天，乘车抵张店近郊时，突遭国民党飞机扫射，他急忙指挥同行人员隐蔽，自己却中弹牺牲，时年34岁。此时距离中华人民共和国成立，仅有两年多时间。

伍上同，上杭县泮境乡人，参加了历次反"围剿"、长征、抗日战争、解放战争，屡立战功，却在1949年4月渡江战役中牺牲，时为第三野战军师长，年仅39岁。此时距离中华人民共和国成立，已不到半年时间。

革命胜利指日可待，虽然已是摧枯拉朽，但仍然要付出牺牲。

哪有轻轻松松的胜利？

再见，旧世界；欢迎，新世界！

1949 年 10 月 1 日下午 4 点，北京南苑机场，无线电里传来了地面指挥员发出的"起飞"命令，参加受阅的飞机依次起飞，然后按预定计划的航线、高度、速度出航，在通县（今北京市通州区）上空编队集合，盘旋待命。4 点 35 分，无线电里传来了"空中受阅开始"的命令，这支空中受阅飞行部队在巨大的轰鸣声中，飞向天安门上空，接受党和国家领导人的检阅。

"我们的飞机！"

"我们自己的飞机来了！"

整个广场成了一片沸腾的海洋。人们的欢呼声和飞机的轰鸣声与装甲部队铁轮滚滚的震动声汇合在一起，站在天安门城楼上的党和国家领导人也感到无比振奋，仰首观看，笑容满面，还不断朝飞机招手。在长征途中饱受国民党飞机轰炸之苦的共产党人，太渴望有自己的空军了。即使在举行开国大典时，他们也在防备国民党飞机的偷袭。聂荣臻深入分析了敌机的特点后，提议将开国大典时间安排在下午 3 时——敌机长途奔袭，大多上午行动，下午一般不出动，这个时段敌机从机场起飞，向北京飞行，都将面对太阳，在空战中处于不利地位，而且难以在天黑前返回，增加了其空袭的难度。聂荣臻还向参加开国大典的部队发出了一道命令：如遇空袭，要原地不动，天上下刀子也不能动，保持阵容，保持队形。游行群众也事先被告知，遇有空袭不要乱跑，听指挥。受阅骑兵方队还对 1900 多匹战马进行了有干扰条件的训练，采取了必要的措施。

当时共 17 架飞机参加开国大典：9 架 P-51 战斗机，2 架蚊式战斗机，3 架 C-46 运输机，1 架 L-5 型通信联络机和 2 架 PT-19 初级教练机。有人数了，是 26 架飞机——其实，9 架速度快的 P-51 战斗机飞了两遍，第一遍加快速度由城西折向北方，再由东向西第二次通过天安门广场上空。因为相隔时间很短，这 9 架战机的第二次飞行，几乎是接着整个空中受阅编队的后尾。

"飞两遍"的故事，让人既心酸又自豪。

刘亚楼，共和国首任空军司令，不在开国大典的观礼人群中，彼时，他人在莫斯科。刘亚楼一行是 8 月 1 日离开北平前往苏联的，先乘火车到赤塔，8 日，他们坐上苏联的 C-47 运输机前往莫斯科，飞机起飞后，气流不稳，颠簸严重，空军司令与大家一起吐得天昏地暗。8 月 18 日，刘亚楼代表中国，与苏方签署了苏联援助中国建立空军协定，根据这个协定，苏联将向中国出售 434 架飞机，派遣 878 名专家和顾问，帮助开办六所航校，等等。9 月 21 日，毛泽东在中国人民政治协商会议第一届全体会议上发表讲话："我们的国防将得到巩固……不但有一个强大的陆军，而且有一个强大的空军和一个强大的海军。"刘亚楼在中国驻苏大使馆筹备处收听后，受到极大鼓舞，兴奋地对同志们说："这是毛主席给我们空军发布的起飞动员令啊！" 10 月 18 日，刘亚楼回到北京，毛泽东立即停下手头工作，和周恩来在中南海单独召见了他。11 月 11 日，空军的领导班子和机关基本配齐，这一天，成为人民空军的诞生日。

中国空军，从此开始腾飞。

一个新时代开始了。百废待兴。

赖际发没有想到，他很快就会脱下军装。

打下太原后，太原军管会工业接管组组长、总军代表赖际发正在忙着太原各工矿企业的接管、生产、恢复工作，突然接到中央的电报："速来京，汇报工作。"大家高兴坏了，肯定是南下解放全中国。赖际发回家告诉妻子鲁风，鲁风也很高兴："你南征北战这么多年，去瑞金领过战斗任务，到延安接受组织分配，也曾在西柏坡参加过重要会议，就是还没去过北平呢！定有要事，要么为何让你亲自去呢？"鲁风给丈夫选了几件比较新的军装，洗得干干净净。

当时太原到北平的铁路还没有完全修复通车，赖际发和同行的同志只好绕道长治、石家庄、德州。客车运行不准点，他们只能乘一列编组直达北平的货车。大家都没到过北平，激动得不行，偏偏这火车慢得不行，嘎悠嘎悠，开开停停，到一站不知几十分钟，几个小时才又启动。赖际发安慰大家说：第一次乘火车走这么远的路，计算路程，还是比以往打仗时步行快了不知多少倍。他们背了几个军用水壶的水，因为不知道接下来还有多久，谁也不舍得喝。赖际发说，大家忍耐忍耐，到北平见了朱老总，什么要求也不提，恳请他老人家给泡几杯浓茶，喝个够。

熬过几天几夜，到了天津。天津的军代表黄敬来车站迎接，一看赖际发他们的样子，笑得不行："你们这哪像进城市的样子，脸不洗，胡须不刮，钻山沟时也没有这么邋遢过呀！老赖可真有你的。"赖际发说："先让我们喝点水，灌饱肚子……"他们在天津咕嘟咕嘟灌了一肚子水，洗了个澡，美餐一顿，舒舒服服睡了个整夜觉，第二天到了北平。这是赖际发有生以来最轻松的一段日子，但很快他就忙起来了，协助李富春、何长工等组建重工业部。

伴着解放全中国的隆隆炮声，中国共产党就已经开始在战争废墟上恢复国民经济，当时的经济状况有多糟糕？

1949年国民经济主要数据——中国的总人口为54167万人，人口出生率为36‰，死亡率为20‰，平均寿命为35岁。工农业总产值为466

亿元，国民收入为 358 亿元，社会商品零售总额为 140.5 亿元，原煤为 0.32 亿吨，发电量为 43 亿度，原油为 12 万吨，钢为 15.8 万吨，布为 18.9 亿米，糖为 20 万吨，粮食为 11320 万吨，棉花为 44.5 万吨，油料为 256.4 万吨，水产品为 45 万吨……折算下来，1949 年，中国年人均工农业总产值只有 86 元；年人均国民收入只有 69.29 元。生活在 1949 年的中国人，每人每天只能得到 0.572 公斤粮食、0.013 公斤油料、0.017 公斤肉、0.0023 公斤水产品……

在中国实现工业化，是中国共产党的梦想，由此拉开了独立完整的工业体系的建设征程。1949 年 11 月，中央人民政府重工业部成立，赖际发任办公厅主任，而后任副部长、部党组副书记。万事开头难，对经历了长征的赖际发来说，又是一次新的长征，只是再也不用付出那么惨烈的牺牲。

罗明在香港的收音机里听到了开国大典的消息，当时，他正在香港做国民党高级军官的策反工作。10 月 14 日，广州解放当天，他从香港回到广州，谢小梅在广州等着他。这对患难与共的夫妻，终于结束了苦难。

考虑到广州以及整个华南地区解放后，需要大量革命干部和专业人才。1949 年春，毛泽东在部署解放华南的战略计划时，亲自向叶剑英指示，要在南方办好一所大学，毛泽东说可定名为"南方大学"，并亲笔题写了校名。组织上考虑到罗明曾经担任过中央苏区党校教务长，便分配他参与南方大学的筹建工作。当时南方大学的校长由叶剑英兼任，陈唯实、罗明任副校长，罗明主要负责建校后勤行政工作。广州东郊石牌的原国民党"总统府"成了南方大学的校址，1950 年 1 月 1 日南方大学正式宣告成立并开学上课。

如此短的时间内筹办一所大学，实属不易。起初条件很艰苦，罗明为此倾注了自己所有的心血。当时，国民党飞机还经常飞过来轰炸广州。

有一次，全校师生正在大礼堂上大课，突然空袭警报响起，分散隐蔽已经来不及了，礼堂旁边就是空旷的大操场，几千人跑出去，更容易暴露目标。大家一时都很惊慌，罗明立即宣布：停止讲课，大家坐在原地不动，外面的人立即进来，保持安静，一切听指挥。同时对全校进行戒严，组织保卫人员在附近严密监视，以防坏人向敌机发信号。结果，敌机在学校上空反复盘旋，一个多小时后飞走了。

这是罗明用血换来的经验——长征路上，敌机不断，罗明就是在娄山关战斗中被敌机炸伤，因而离开红军部队，开始了他和谢小梅的两个人的长征。

1950年6月，中央召开第一次全国高等教育会议，通知南方大学派代表参加。叶剑英找到罗明，说毛主席一向对你很关心，现委派你出席，到北京看望毛主席和各位老首长。罗明到了北京。会场里，毛泽东当众大声说："罗明同志，欢迎你！"有些老战友没有认出他来，他就自我介绍："我是罗明，'罗明路线'的罗明。"双方紧紧握手，感慨万千。

南方大学成了革命的坚实堡垒，抗美援朝战争爆发后，南方大学共输送了2900余人到中国人民志愿军陆海空部队和公安部队，其中包括罗明、谢小梅的大女儿。

时任第四野战军暨中南军区卫生部副部长的涂通今在广播里听到毛泽东在开国大典上的讲话时，激动得不能自抑，再苦再累、差点牺牲时都没流过泪的他，眼泪突然哗哗流了出来——那些倒在血泊中的战友，他们付出了一切，却不可能看到这一天了。

他瞬间想起了20年前第一次见到毛泽东的情形——1929年10月，红四军进闽西，来到了涂通今老家涂坊村，驻在街上一家药店里。毛泽东站在一个高高的土堆上，发表演讲，号召农民跟着红军打土豪分田地，用革命武装粉碎反革命武装。毛泽东当时正患着疟疾，高高瘦瘦，长发披肩，神情憔悴，却有一股不可击败的自信豪迈。

15岁的涂通今挤在人群中静心聆听，就此坚定了自己的人生选择。

1951年，国家派200名学生赴苏联留学，其中医学30名，全是研究生，每人攻读一个专业，涂通今的任务是学习神经外科，为归国后创建我国神经外科做准备。与涂通今同往的红军干部还有钱信忠、潘世征，他们分别学习保健组织和普通外科。在苏联莫斯科布尔登科神经外科研究所，当涂通今被介绍说是参加过二万五千里长征的老红军时，全场响起了经久不息的热烈掌声，有人还大声呼喊着毛泽东的名字。神经外科，对涂通今来说，是一个全新的领域，但他没有退缩。4年后，涂通今的学位论文《三叉神经节及其后根肿瘤的诊断和治疗》的答辩在苏联医学科学院学位委员会上全票通过，他获得了博士学位。后来成为中国神经外科创始人——经历过长征的人，还有什么困难能够压倒！

开国大典当天，刘忠正在西北战场。此时马匪已遭到毁灭性打击，从陇县翻关山前往清水的路上，刘忠看到马匪骑兵十四旅被歼灭后的战场尚未打扫，人尸马尸成堆，臭不可闻。

他已是第六十二军军长兼党委书记。第六十二军先参加了攻打太原战役，1949年4月，太原战役结束后，第六十二军随兵团划归第一野战军（由西北野战军改称）建制，执行解放大西北的任务。6月，部队由太原沿同蒲铁路西进，中旬进抵西安。7月，参加扶眉战役。8月至9月，奉命为第一野战军预备队，调归该野战军第一兵团指挥，参加甘（肃）青（海）战役，追歼马步芳、马鸿逵所部至青海民和县（今青海省海东市民和回族土族自治县）。9月23日进至岷县、漳县地区，回归第十八兵团建制。10月5日，第六十二军集结陇南休整，改编周祥初起义部队，进行入川的各项准备。

12月，刘忠率部队分两路由陕南南下四川，翻越秦岭、岷山，沿途解放武都、文县、青川、江油、绵竹、什邡、郫县（今四川省成都市郫都区）、灌县（今四川省都江堰市）等县城，并参加成都战役。1950年2月，第六十二军进西康，先后解放雅安、康定。3月到4月，会同第十四、第十五军发起西昌战役，解放西康全省。

刘忠从一个相反的方向，又重走了一段十多年前的长征路，只是头顶再也没有敌机轰炸了。他走过草地，翻过雪山，架桥渡过湍急的河流，又站到了泸定桥上，听河水奔腾，看铁索锈迹，劲风吹来，恍然间，已是十四年多过去。此时的他不再是那个长征路上化装走在最前面的侦察科长，他带着千军万马。路依然难走，战士们依然很辛苦，他们依然还要像当年一样急行军，但不再是摆脱敌人，而是为了追上敌人，把他们围歼。

山河依旧，当年牺牲在此的战友，坟茔难寻。

他们，早已融入了这片大地，静待战友的佳音。

1949年9月24日，一野三军七师解放了甘肃高台县，派出侦察员邓金山打扮成货郎模样，带领一个小分队沿黑河顺流而下搜索摸情况。翌日，他们在半路上遇到一个三十来岁的农妇，提着镰刀，背着芨芨草筐。两人攀谈起来。听到邓金山的四川口音，那个农妇格外惊喜，她看货郎不像是坏人，就讲了自己的身世：她是四川通江人，西路军被打散后，流落在此。邓金山告诉她：我们是解放军的侦察员。农妇问："就是十几年前的红军吗？"邓金山说："就是，现在叫解放军。我们师长当年是红军营长，来过你们这里。"农妇瞬间放声痛哭："同志哥啊！终于把你们盼来了……"

这个农妇名叫张庭福，曾任中共川陕省委第一任妇女部长，西路军被打散后，她的脚冻坏了，流落在祁连山，与失散战友一起找粮食时，被马匪俘获，送到西宁羊毛厂撕羊毛。张庭福哪肯给马匪干活，时常挨打。

后来马匪在屠杀西路军俘虏中的老弱病残人员时，把张庭福也拉了进去，她怒骂："这些马家军龟儿子，等到了阴曹地府，我再来找你们算账！"所幸，在他们被押往城外处死时，看守城门的敌军班长黄大明心生不忍，趁两个看守停步对头吸烟接火时，他乘机把走在最后的小个子红军拉过来挡在身后，等俘虏出城后，他赶紧把小个子红军领到僻静处安顿下来，一看，原来是个女红军，一口四川话——就是张庭福。

黄大明先是把张庭福设法送到一个连长家给他老娘当丫鬟，诓称是四川生意人的女儿，名叫王转娃，母亲去世父亲又出了远门，寄养在别人家。"王转娃"干活勤快，但一口四川话还是露出了破绽。黄大明只好又把她接出来，带到高台县天城村老家，后两人结婚，靠帮工度日。

十几年过去了，塞外风霜，已让张庭福与当地村妇并无二样，但她的心中，始终记得自己是红军。这年9月，她听说张掖已经解放，于是天天出来寻找部队，这一天，终于找到了！她按照邓金山的指示，先回天城村侦察情况，发动群众。而后，带着解放军来到天城村外面，村里驻有甘肃保安四团数百人，她在村外喊话，带着两名解放军代表进村谈判，敌人答应缴枪投降。

10月1日，高台县城举行了庆祝中华人民共和国成立暨高台解放群众大会。这座曾经洒满红军鲜血的古城，重新红旗飞扬，张庭福坐在人群中，早已泣不成声。

再见，苦难的旧世界。欢迎，属于人民的新世界！

15

第十五章

敌人们

长征路上的死敌，如今并肩站在一起

灵官殿，这头恶狼被打断脊梁

大渡河畔，宋希濂当了俘虏

1949 年 10 月 1 日，湘江血战已过去近 15 年时间。

中华人民共和国开国大典上，有一个身份特殊的人：吴奇伟——长征途中一直对红军紧追不舍的国民党悍将。

如今，他与自己当年极力追击却始终无法消灭的人并肩而立，目睹一个旧世界的摧毁，与一个新世界的成立。

长征路上的死敌，如今并肩站在一起

1949 年，革故鼎新，从年初到年底，对中国人民解放军来说，关键词是"解放"——摧枯拉朽，势如破竹，"气吞万里如虎"；对国民党军队来说，除了全方位崩溃之外，还有一个关键词，是"起义"——从年初的傅作义北平起义，到年底的卢汉云南起义，从陆军到空军、海军，从北到南，从东到西，大大小小的起义，贯穿了这一年。

这一年 9 月 23 日，中华人民共和国诞生前夕，毛泽东主席和朱德总司令在北京举行宴会，专门宴请了程潜、张治中、傅作义、邓宝珊、黄绍竑、李书城、李明灏、刘斐、陈明仁、孙兰峰、李任仁、吴奇伟、高树勋、张轸、曾泽生、何基沣、刘善本、林遵、邓兆祥、左协中、廖运周、李明扬、张酥村、黄琪翔、周北峰、程星龄等26名国民党起义将领。应邀作陪的有：李济深、陈铭枢、蔡廷锴、蒋光鼐、周恩来、陈毅、刘伯承、粟裕、黄克诚、聂荣臻、罗瑞卿、邢肇棠、周保中、赵寿山、张学思、杨拯民。

席间，毛泽东几次举杯赞扬到会的原国民党军将领响应人民和平运动的功绩。毛泽东说："由于国民党军中一部分爱国军人举行起义，不但加速了国民党残余军事力量的瓦解，而且使我们有了迅速增强的空军和海军。"

这些人名，铭刻了一个大时代：历史大势，浩浩荡荡，四海英雄，众心所向！

人心，是最大的政治！

吴奇伟起义了。

在"围剿"苏区与追击红军过程中，吴奇伟是最为卖力的一个人。当然，他也在遵义一战中吃了大苦头，差点没有逃过乌江。全民族抗战爆发后，吴奇伟坚决抗日，表现不俗——在 1938 年夏天的武汉保卫战中，他作为主将指挥万家岭一役，歼敌万余，缴获车辆、战马数十辆（匹），史称"万家岭大捷"。1943 年 5 月，中日血战石牌要塞，时任第六战区副司令长官兼长江上游江防司令的吴奇伟，率领江防军勇敢防守。日军久攻不下，下令撤退。此役史称"鄂西大捷"。

国共第二次内战全面爆发后，吴奇伟表现出对继续内战的厌倦，长期托辞或处理家务或养病，置身局外。中共香港分局抓住时机，抓紧做工作，吴奇伟思想逐渐转化。1949 年 5 月 14 日，由他领衔、其他 7 位广东国民党军政人员联名的起义宣言在龙川老隆发出。粤东起义成功，梅州大部、惠州一部提前解放。6 月 20 日，毛泽东、朱德复电吴奇伟等人：

> 接读诸先生五月十四日宣言，决心脱离国民党反动派，加入人民解放军行列，极为欣慰。希望你们遵守人民解放军制度，改造部队，与人民解放军整个力量协同一致，为解放广东全省而奋斗。同时，告诉广东的一切国民党军，凡愿脱离反动派加入人民解放军方面者，我们将一律不咎既往，表示欢迎。

李觉起义了。血战湘江时，李觉手下的一支部队差点就把红一军团指挥部给端了。

郭勋祺起义了，在青杠坡战斗中，他差点就打到了中共中央和中革军委的指挥所，使中央红军被迫放弃了横渡长江的计划。在百丈关战役期间，又是郭勋祺担当川军主将，与红四方面军激战三昼夜，迫使红四方面军放弃战役目标后撤，南下的 8 万红军后撤时只剩下 4 万。

邓锡侯起义了。至今在川西一些地方，还能看到石刻标语，上书五个大字："活捉邓锡侯！"这是 1933 年到 1935 年红军与邓锡侯的国民党川军作战时留下的历史遗迹——在当年红军强渡嘉陵江战役中，他们的口号就是："打过嘉陵江，活捉邓锡侯！"邓锡侯曾是四川著名的军阀，在 35 岁的时候就当上了四川省长。无论是红四方面军建立川陕革命根据地，还是中央红军长征经过四川，邓锡侯都跟红军打过仗，有几仗打得还很激烈，1935 年 5 月至 7 月的丁佛山战役，红军与川军都杀红了眼。

十几年后，邓锡侯却毅然投向了曾经生死搏杀的对手。

1949 年 12 月 9 日，时任川康绥靖公署主任的邓锡侯与国民党西康省政府主席兼第二十四军军长刘文辉、时任西南军政长官公署副长官潘文华通电全国，宣布起义，电文中写道：

> 在士无斗志，人尽离心的今天，（蒋介石）尚欲以一隅抗天下，把川、康两省八年抗战所残留的生命财产，作孤注之一掷。我两省民众，岂能忍与终古。文辉、锡侯、文华等于过去数年间，虽未能及时团结军民，配合人民解放军战争，然亡羊补牢，古有明训，昨非今是，贤者所谅。兹为适应人民要求，决自即日起率领所属，宣布与蒋、李、白反动集团断绝关系，竭诚服从中央人民政府毛主席、朱总司令与中国人民解放军第二野战军刘司令员、邓政治委员之领导。所望川、康全体军政人员，一律尽忠职守，保护社会秩序与公私财物，听候人民解放军与人民政府之接收，并努力配合人民解放军消灭国民党反动派之残余，以

为有牺牲

期川、康全境早获解放……

试想想，长征途中曾经围追堵截的死敌，如今并肩站在一起，还有什么比这个更能说明历史的选择？

灵官殿，这头恶狼被打断脊梁

1949 年 10 月 10 日，一场秋雨，笼罩着湖南邵阳五峰山区。入夜，极其壮观的一幕出现了：解放军战士点起成千上万个火把，密林中，田埂上，民居旁，深山里……四处都是"缴枪不杀""快出来"的喊声。成群结队的桂军俘虏们，从各个藏身之处像掏麻雀一般被搜出来，山洞里，草丛里，死尸堆里，猪圈里，柜子里，红薯窖里……有的甚至躲在水里，只露出口鼻，惊恐的眼睛瞪得滚圆。他们脸色青白，满身泥污，瑟瑟发抖，有的披着被子光着脚，有的满身捆着稻草，有的穿着女人的短衣。

15 年前，在湘江两岸给红军造成最大伤害的，正是桂军。

桂军在民国诸多军阀部队中以强悍著称，被称为"杂牌军中的王牌"。蒋介石始终拿桂军没办法，针对其他军阀行之有效的手段，在桂军面前统统失效：战场上无法消灭，金钱无法收买，李宗仁和白崇禧这对拍档，也始终没法离间……穿着短裤戴着钢盔的桂军，尤其擅长山地战，作战顽强，战术灵活，即使在战场上陷入绝境，弹尽粮绝了，也会挺着刺刀拼到最后，至死方休。

但是，这头凶悍的狼，在衡宝战役中被打断了脊梁。

桂军绝对主力"钢七军"的军长只身逃脱，解放军生俘第七军副军长凌云上、参谋长邓达之，第一七一师师长张瑞生、参谋长李有金，第一七二师师长刘月鉴，第一七六师师长李祖霖、副师长刘克威、参谋长袁纪八名将官。袁纪是这么被俘的——夜晚抓俘虏的时候，地面泥泞，

　　　　　为有牺牲

有个解放军战士一不小心滑了一跤，一只手捺在泥里，但另一只手却捺在一个又热又软的东西上。他连忙用手一摸，原来是一个肥大的屁股。于是大家立即用手电照亮，发现是一个肥胖的军官，正把头钻在死尸下面装死人。此人就是参谋长袁纪。

俘虏们又冻又饿，在饭筐前，他们重新变得生猛，一拥而上，碗筷不够，有的用钢盔，有的用毛巾，有的用衣服，有的甚至干脆用两手，呼一下插进滚烫的米饭，抓起就往嘴里塞。一些小个子被挤倒在饭筐里，粘得满脸满身都是饭粒，烫得哇哇直叫，却不肯退后一步。军官这时也完全没有了架子，与士兵一起抢饭吃。抢来抢去，饭筐破了，饭盆打了，有些俘虏就趴下来，拼命去抢掉在地上的饭粒。

到了转移俘虏到后方的时候。正逢大雨，俘虏们痞性毕露，每人从田里抢一捆稻草顶在头上，远远看去，像一大群稻草在移动，又活像一队戴着高帽子的无常鬼，让人又好笑又好气——解放军还得掏钱赔偿老百姓的损失。

新华社记者穆青在战场看到了什么叫"一败涂地"：沿途山坡上、稻田里、谷溪间……被胡乱丢着各种各样的物品，钢盔、胶皮鞋、日记本、女人照片、电线、破衣服以及一堆堆不知曾烧毁什么的灰烬。

且不说桂军完全没有了此前的傲慢、狂妄，连作为军人的最基本的尊严，也已荡然无存。

桂军崩溃得如此迅速，敌我双方都未预料到。辽沈、淮海、平津三大战役过后，国民党军队中尚保存战斗力且还没有在解放军手里吃过大苦头的，就只有桂军了。渡江战役后，解放军多次寻找桂军主力决战，都被有"白狐狸"之称的白崇禧躲了过去。这年夏天，四野四十九军一四六师还在湘中双峰县青树坪吃了个亏，衰到极致的国民党把此役包装成"永丰大捷"，自吹自擂了好长时间。四野这支百战雄师，从东北一直打到华南，罕见对手，虎虎生威，可以说在青树坪磕了颗虎牙。衡宝战役打响后，双方都在小心试探，寻找战机，整体而言，解放军是中路缓进，桂军是徐徐撤退，双方都计划在广西境内进行决战，但一个意外发生了。

10月4日23时，林彪命令中路十二兵团各部"现地停止待命，严整战略，以俟我兵力之集中"。但四十五军一三五师电台关闭，一昼夜行军80公里，越过衡宝公路，直插敌人腹地灵官殿。待他们终于停下来，打开电台，立马听到总部焦灼万分的呼叫，这才明白，兄弟部队都停留在衡宝公路以北，唯独他们一个师，孤悬敌后，陷入了十面包围。

"灵官殿"这个地名，也由此写进了历史。

灵官殿在今天的湖南省邵东市东南部，是个四面环山的狭小盆地。清顺治年间，此地建了一座设有五尊灵官菩萨的庙殿，故称灵官殿。1949年10月，此地是桂军经邵阳西撤至武冈回广西的必经之路。

高手过招，比拼的是判断力。这边，林彪跳过几级，直接指挥一三五师，要求他们像钢钉一样牢牢扎在敌人心脏地带，不惜一切代价缠住敌人，等待我方各路部队合击。那边，白崇禧的撤退布置被打乱，想着索性吃掉一三五师，回广西前"捞一把"。

白崇禧派出了自己的四个师来围攻一三五师——第七军的一七一师、一七二师，第四十八军的一三八、一七六师，可谓拿出了桂军的家底。四个师皆是精锐，尤其是第七军，自称"钢军"，成立于1926年，李宗仁、白崇禧分任首任军长、参谋长，20余年没有吃过什么大亏，狂得不行。

但桂军四个精锐师，硬是啃不下一三五师。如果说桂军第七军是"钢军"，一三五师就是"特种钢"了。四个师啃不下对手，反而被紧紧拖住，而对方大部队正迅猛围拢过来，白崇禧慌了，下令全面撤退。桂军拼命南逃，沿途丢下汽车、伤兵，一边逃，一边在门板上、墙壁上到处涂着"飞步前进""归队能升官"等标语。但为时已晚。一三五师纵横捭阖，迅猛异常，完全打乱了"小诸葛"的部署。混战中，四十军一一九师抢在敌人前面，飞速运动到井头江（在今衡阳市衡阳县），死死卡住桂军经祁阳南撤之路。这样，桂军回广西的两条必经之路都被堵死。桂军诚然是跑路高手，但论速度，又怎是解放军的对手？慌忙中，"钢军"的军部也在一场混战中被团灭——10月9日下午2时许，一三五师四〇五团的团营以上干部正在杉木冲一线看地形，突然看到乌泱泱一片敌军过来了。四〇五团来不及请示，9个连的兵力全线出击，杀声震天。后来才知道，这一拨敌人是第七军军部。

穆青在战地通讯《衡宝之战》中还原了这场激烈的战斗：

白匪七军军部的作战力量，主要为警卫营、输送营和工兵营，其中以警卫营最为顽强。他们大多是广西老兵，受过很深的法西斯欺骗训练，武器亦较好，因而战斗相当猛烈。每一个田埂，每一条水沟，每一片树林和房屋都经过了反复争夺。我一营二连以高度的迅速勇猛，蹚过半人深的水沟，在敌人中纵横穿插，人自为战，打退了敌人无数次顽强的反击。

当战斗最激烈的时候，全连三三两两分散成若干小组，哪里有敌人，便向哪里进击。敌人在树林里顽抗，那座树林便马上被我炮火包围。敌人躲进房屋，战士们立即在门口窗口、屋顶屋后，用冲锋枪手榴弹一齐向里轰击。由于我军运动迅速，战术熟练，往往敌人的重机枪还没有架好，而射手早已被我军的刺刀挑死。在残酷的战斗中全连一直保持着高昂的士气，三十三个轻伤的同志无一人退下火线，重伤号被两个勇敢的卫生员背下火线聚在一起时，仍不住地挥手高喊："同志们给我们报仇！"排长牺牲了，战士杨贵峰一面高呼口号，一面自动代理排长，指挥全排，连续夺下七个阵地，从老百姓的床底下拉出了五个敌军军官，俘获二十多个俘虏。该连机枪班射手林少云双腿被打断，但他仍坐在地上端着机枪向敌人射击……

激战持续了 10 个小时。四〇五团以 324 人伤亡的代价，毙伤俘敌 1257 名，歼灭桂军第七军军部及直属队大部。战后，四十五军奖励四〇五团"猛虎扑羊群"锦旗，一营"勇猛顽强"锦旗。战士们开心地说："第七军不是自称是'钢军'吗？今天一见原来是'豆腐军'，看白崇禧还有几块'豆腐'来慰问我们！"

截至 10 月 11 日上午，桂军四个主力师除第一三八师师部率一个团逃出战场外，其余 29890 人全部被歼。衡宝战役之后，桂军虽然还号称有十几万人马，但已锐气全无。解放军攻入广西后，几乎没有遇到像样的抵抗，亦不再有激烈的战斗。就在解放军攻入广西的当天，患难与共三十余年的李宗仁、白崇禧二人，在蒋介石的挑拨下，也从此分道扬镳，纵横中国政坛二十余年的新桂系，即将谢幕。

参加衡宝战役的四野战士，多是身材高大的年轻的东北青年。当离开衡宝战场，一路向南，蹚过秋冬之际已经枯瘦的湘江时，他们是否发现，首长们，尤其是来自闽西的首长，他们的情绪，有那么一丝波动……

15 年，时间不长也不短。

为有牺牲

他们九死一生，人已中年，一身伤痕，时光如水淌过，很多事已经淡忘，但心中始终记住湘江边的尸山血海。

15年了！15年了！

大渡河畔，宋希濂当了俘虏

看中国人民解放军对待俘虏的态度，就明白了什么叫做"文明之师"。

湘江血战 15 年后的衡宝战役中，桂军惨败，不少人当了俘虏。湖南人苦桂军久矣！桂军溃败后，当地老百姓欣喜若狂。俘虏兵送下来后，沿途每一个村镇，男女老少都带着棍子来观看，一见俘虏们过来，都举起棍子非打不行，解放军走在两边竭力劝阻，俘虏们才免去了这场教训。但群众却仍恨得指着他们骂不绝口，这个说看你还拿不拿我的猪，那个说看你还烧不烧我的房子。女人们看见几个官太太走过来，故意跑上前去挖苦她："太太，鸡肉好吃不好吃呀！"一个 50 多岁的中年男人，一直拿着棍子目不转睛地注视每一个俘虏，最后突然跑到解放军的面前，拼命地要求说："同志，你让我打一个，我只打一个！"

有两个战士押着四个俘虏从一个村庄经过，因为去找点水喝，一不留心，这四个俘虏被当地群众狠狠打了一顿，战士们好不容易才把群众劝开，问四个俘虏："他们干吗打你们啊？"俘虏们羞愧地说："老百姓打得对，我们过去太对不起他们了。"

鉴于桂军性子野，易走极端，四野甚至专门下了命令，要求基层部队善待桂军俘虏。

衡宝战役后不久，血债累累的宋希濂，也成了解放军的俘虏。

1949 年冬天，宋希濂真正体验到了什么叫做"四面楚歌"。

这一年，他不过 42 岁，但头发已脱落了不少，两鬓也开始花白——

这一年，他的父亲、妻子都去世了，又连续打了败仗，陷入人民解放军的大包围之中，先失荆门，继而惨败川东，只能率残部向西昌方向逃命。他沿着大渡河南岸西行，解放军追得很紧，枪声响彻河谷。警卫排一个名叫万朝生的士兵自言自语地说："七十二战，战无不利，忽闻楚歌，一败涂地！"宋希濂听见了，顿时打了个冷战。

兵败如山倒。到处都是解放军和起义部队。宋希濂只想逃到一个安全的地方。但哪里安全？在大渡河畔一个古庙，他对集合在那里的麾下一百余名将校级人员讲话："我们在军事上是被共军彻底打垮了，我们剩下的力量已是很有限了！目前的处境，坦率地对大家说，是十分艰苦，甚至是十分危险的。但是我们不愿做共军的俘虏，不愿在共产党统治下过残酷可怕的生活，我们是三民主义的忠实信徒，是忠党爱国的军人，有一分钟的生命，便应尽一分钟的责任。现在，我们计划越过大雪山，走到很遥远的地方去，找个根据地，等待时机。今后的日子是越过越苦的，走的是崎岖难行的小道，吃的有时可能很粗糙，甚至不够吃，如果情况紧张的话，可能一天要走一百多里。你们自信有勇气有决心愿意随我一齐去干的，便同生共死，勇往直前，不愿意干下去的，就由此分手，当酌发遣散费……"

当天寒风如刀，天气阴沉，宋希濂讲话时，在场的人，多有泣下者，然后有二三十人领了遣散费走了。为了分散目标，宋希濂把队伍分作几路走，发给这些人黄金。他们日夜不停地逃，解放军日夜不停地追。路很难走，人越走越少。12月19日，这支凄凄惶惶的残部抵达了川康边境的峨边县沙坪村。宋希濂心力交瘁，睡了一觉，早饭后开始渡河。突然山上枪声大作，队伍大乱，宋希濂此时已渡过河，率警卫排向东走，走不到一里，被解放军堵住了。山上的解放军又分几路冲了下来。走投无路之际，宋希濂抽出手枪准备自杀，被警卫排长袁定侯一把抓住。很快，解放军就过来了，他成了俘虏。不到半小时，一直紧追宋部的解放军赶到对岸，两岸均不知对方是友军，打了起来。宋希濂乘解放军无暇看管时，带了几个人跑到一个庙里的楼上躲藏起来。不过两岸解放军很快通过号音联络，知道都是自己部队，误会消释了，北岸的解放军随即进行搜查，又把宋希濂给搜出来了。他此时着与士兵同样的草黄色棉军服，当解放军干部询问他的姓名身份时，他回答自己叫"周伯瑞"，是司令部的一个军需。

宋希濂暗中串联几个亲信，计划在转移路上找机会逃跑，但随即被指认出来。解放军一个教导员又找过来，开口问他是谁。这次，他毫不犹豫地说："我是宋希濂。"

他当了俘虏，并不服气。到了乐山县城，解放军给俘虏们照相，轮到宋希濂，每次拍照者举起相机刚对好镜头准备按动快门时，他就突然转身扭过头去，使对方照不成。如此反复了四五次，气得那个拍照的年轻干部火了："宋希濂，我是奉命执行任务的，你竟敢破坏我的工作，我枪毙你！"宋希濂仍然刺激对方："枪毙我？很好啊！在这个院子里执行，还是到外面去执行？"年轻干部气呼呼地走了。下面人都劝："不要这样，何必呢！"他说："这有什么关系！反正人总是要死的嘛，顶多不过拉出去枪毙就是了，有什么了不起的！"

宋希濂一直以为解放军会把他处决，就像他当年处决瞿秋白一样。翌日，一辆吉普车开来，点名叫宋希濂上车。一群人紧张起来，宋希濂与大家点点头，算是最后的道别。然而并不是要处决他，而是二野五兵团司令员杨勇接见了他。聊了一个多小时，杨勇让他好好改造，并希望他以后有机会到北京去，看中国共产党是怎么治理这个国家的。随后，那个照相的年轻干部也向宋希濂道歉了。

但宋希濂仍然认为自己会被处死。他被送到重庆，见到了国民党原四川省政府主席王陵基，两人上了一辆四周被木板遮起来的卡车，卡车往城外开去。坑坑洼洼的地面，卡车颠簸得厉害，王陵基说："完了，要送咱们回老家了。"宋希濂也在想，难道不经审判，真要这样枪毙我们了？车到了，不是刑场，而是白公馆，他俩被安排住进原来囚禁叶挺将军的房间。旋即，又来了一个住客——原国民党第十四兵团司令官钟彬，他是在涪陵被俘的。宋希濂和钟彬都是棋迷，捉对厮杀，常常为一步棋、一个子的得失争吵不休，被王陵基嘲笑。慢慢地，囚犯越来越多了，宋希濂认为，自己即使不死，也会把牢底坐穿——直到一个人的到来。

这个人是陈赓，他特地安排西南军政委员会公安部部长周兴，把关在白公馆的三个黄埔一期生宋希濂、钟彬和曾扩情接到重庆城里。宋希濂回忆说：

我们三人随周兴乘车到了市区。汽车在军统特务头子戴笠住过的公馆里停下来，我们被领进一间宽敞而明亮的房里。

陈赓将军一看见我们三个黄埔一期的老同学，立刻笑容满面地迎上来同我们一一握手。当陈赓同我握手时，仍像过去那样爽朗地笑着说："你好啊！我们又有好久没见面了，看见你身体这样好，我很高兴！"

"惭愧得很，没想到您还会来看我。"我当时紧紧握着陈赓的手激动地说。"还记得我们最后一次见面吗？"陈赓若有所思地问。

"那是一九三六年'西安事变'之后，你到西安警备司令部来看我。"

"对，那次我是奉周恩来副主席之命特地去看你的。记得当时我曾说，你是国军师长，我是红军师长，十年内战，干戈相见，现在又走到一块来了！这该给日本鬼子记上一功啊！一晃又是十多年，我们见一次面，好不容易啊。"陈赓将军的一席话，使我的心平静下来了。

接着，陈赓将军又同我们谈起了许多往事，从上午九点一直谈到下午四点。中午，陈赓及周部长还为我们预备了午饭，大家边吃边谈，一顿午饭竟进行了两个小时。最后临走时，陈赓将军又给我们讲了讲当前的国内外形势，勉励我们好好改造思想，他说："你们不要有什么思想负担，利用这个机会多看看书也很好。"他又对周部长讲："在生活上要照顾他们。"

我们在重庆白公馆期间一直同所长一样，是吃小灶的。在生活上，所里对我们几个人的照顾确是无可挑剔的。回到白公馆，大家知道陈赓将军接见和宴请我们几个人的情况后，都感慨万分，逐渐解除了对共产党改造政策的怀疑，开始认真考虑自己后半生应该如何度过了。

事实上，在被俘不久，宋希濂就有了很多思考。有一天晚上，十几名押送宋希濂的解放军战士围坐在柴火堆前，他们一边烤火，一边谈天。宋希濂对他们讲："现在你们把西南平定了，将来没有战争不需要这么多军队了，大家到时可以解甲归田，回家乡去了。"宋希濂的话刚一讲完，就有一个班长反驳他："嗳，你这话不对！我们打垮国民党，解放全中国以后，还只是万里长征走完了第一步，以后需要做的事情还很多。我们要建设一个很强大的国防力量，来保卫我们的国土，不使她再受外国的侵略；同时，我们还要进行大规模的经济建设，怎么能解甲归田呢？"

听完这个解放军战士的话，宋希濂不禁愣住了。他真没想到，一个普通的解放军战士竟有这么高的思想政治水平。这个战士的话，引起了他的思索，他似乎懂得了一个道理：军队打仗，一定要使每一个官兵懂得为什么要打仗，要使大家明白作战的目的，这样才能发挥每个人的战斗力。不然的话，就算装备再好、军队再多，也没有用处。

> 从这个战士身上，我感到共产党对部队战士的政治思想教育工作，做得是非常好的，当时我似乎也体会到了国民党之所以会失败的原因。一九四六年下半年开始到一九四八年八月为止，仅两年的时间，国民党的军队已损失殆半，而当时三大战役尚未开始，共产党的部队已经由小到大，由弱到强了。正因为蒋介石依靠的是飞机大炮，忽略了人的能动性，所以尽管狂轰滥炸，还是无法遏止解放军前仆后继的强大攻势。不理解作战的目的，士无斗志，也许这就是国民党为什么有那么强大的力量还会被共产党领导的力量很快击溃的一个最重要的因素。

> 这一夜，我想了许多许多，辗转反侧，难以入睡。

第十六章

回家

坚持就是胜利

他们只是幸存者

我们终会重新相会

1953 年秋天，湘江血战 19 年后。

43 岁的共和国空军司令刘亚楼回到闽西老家武平县湘店乡湘洋村。面对热烈欢迎他的父老乡亲，他却怅然若失，甚至近乡情怯——当年，这个村里总共有 26 个参加红军的青年。

现在，只剩下他一个人活着回来……

第十六章　回家

坚持就是胜利

1949 年 8 月 23 日，瑞金解放。

四野十五兵团第四十八军一四四师四三二团 22 日从于都出发，当晚进入瑞金境内，国民党瑞金县政府和警局人员早就闻风而逃，留守瑞金城的国民党胡琏兵团残部半夜忽闻攻城的枪声，他们未怎么抵抗便弃城向闽西长汀方向逃窜，来不及逃走的国民党士兵，主动把枪放在路边，等待解放军的改编。

15 年过去了，瑞金城内还可见到当年红军长征后国民党军队的暴行，残垣断壁，野草疯长。乡亲问："你们是红军吗？"得到的答复是："是的，我们现在叫解放军。"

闽西各地也相继迎来了解放：

8 月 23 日，永定解放。

8 月 27 日，上杭解放。

9 月 1 日，龙岩解放。

9 月 13 日，漳平解放。

10 月 17 日，武平解放。

10 月 18 日，长汀解放。

11 月 6 日，连城解放——解放军挺进连城县城，在地方党组织和游击武装配合下，将红旗插上城头，至此，闽西全境获得解放。

闽西解放战役，是由四野部队、闽西地方武装与闽西起义部队共同完成的——1948 年秋冬至 1949 年初，随着辽沈、淮海、平津三大战役相继胜利，全国解放战争形势发生了根本性变化。在强大的军事压力和政治攻势下，1949 年 5 月，傅柏翠、练惕生、李汉冲等率龙岩、永定、上杭、武平等县县长与省保安第四团官兵 4000 多人，在上杭宣布起义，通电脱离国民党统治，接受中国共产党领导，是为"闽西起义"。

起义领导人之一傅柏翠，颇为传奇，他是上杭人，日本海归，闽西地方实力派，毛泽东赏识其才干，曾亲切地称他为"闽西傅先生"。他在 1927 年大革命失败后加入中国共产党，是蛟洋农民暴动的领导人，亦曾任红四军第四纵队司令员及党代表，1930 年被开除党籍（他在 1986 年九十高龄时又重新入党）。他积极推动闽西起义，主张"投降必须赛跑"。

闽西起义后，部队即遭到国民党军队的"扫荡"，他们不得不转入游击战。当时，从长江防线溃退下来的国民党军队纷纷向浙、赣、闽、湘各省逃窜，蒋介石企图垂死挣扎，以胡琏兵团占据长汀及赣南一带，作为闽西、粤东的屏障，令刘汝明兵团数万人，由浙赣边境进入闽西，企图以闽西各县为后方基地。国民党又派特务头子毛森为漳厦警备司令，加紧布置镇压共产党。

但这只是闽西"黎明前的黑暗"，胡琏兵团很快在四野大军的压迫下，仓促退到广东潮汕，闽西各种人马趁势截击，解放全境。

15 年了，这块土地，又回到了人民手中。

这里不得不提一支传奇队伍"王涛支队"——隐忍、强悍、信念坚定。

"王涛支队"，以烈士王涛名字命名。王涛原名王祖英，湖南江华人，1923 年就学于湖南省立甲种工业学校，1925 年加入中国共产党，是我党早期的共产党员之一。1927 年赴苏联莫斯科中山大学学习，1929 年秘密回国。他的经历非常丰富：创建过根据地，当过红军学校教育长、代理校长。1931 年 8 月继任中共湘南特委书记，扎根湘南开展游击战争。

1934 年秋，中央红军路过宜章时，他率领部分游击队随军长征。1935 年，他被派到红四方面军工作。全民族抗战爆发后，他又奉命重返湘南，收集和整编红军游击队为新四军一部，并重建中共湘南特委，任书记。"平江惨案"发生后，国民党顽固派策划暗杀他，突然袭击了中共湘南特委，他辗转邵阳、衡阳等地隐蔽活动。后当选为中共七大代表，准备赴延安出席中共七大，于 1940 年 6 月中旬到达桂林八路军办事处时，由于国民党拒发通行证而受阻。1940 年 12 月，他在桂林接到中央通知，派他为中共南方工委委员兼闽西特委书记。1941 年 1 月中旬，他来到中共闽西特委驻地龙岩县后田山上。时值国民党掀起第二次反共高潮，皖南事变后，闽西顽固派紧接着在 1 月 20 日发动闽西事变，包围袭击中共闽西特委、县委驻地。同时，在龙岩、永定、上杭等地摧残革命基点村时，捕杀共产党员和革命群众。1941 年 9 月 21 日，特委驻地遭叛徒带领的国民党顽固派军队袭击，王涛在反击战斗中壮烈牺牲，年仅 33 岁。

王涛牺牲 3 年多后，1944 年 10 月 25 日，中共闽粤边委在上杭、永定边境的梅镇乡楮树坪，将闽西南武装经济工作总队和武装经济工作分队合编，正式成立了"王涛支队"，刘永生任支队长，范元辉为政委，巫先科为副支队长，陈仲平为政治部主任兼代政委，全队 40 余人，从此上演了一支革命武装的传奇。他们经历过一场又一场残酷的战斗，却从未被打散，反而在战斗中不断壮大，人数由原来的 40 余人迅猛发展到 3000 多人。1949 年 1 月，"王涛支队"扩编为"中国人民解放军闽粤赣边区纵队"，配合南下大军，解放了粤东、闽西南的广大地区，坚持武装斗争直到全国解放。

这支以烈士名字命名的英雄队伍，完美诠释了什么叫做"坚持就是胜利"。

"王涛支队"支队长刘永生，也是一个传奇人物。刘永生是上杭县稔田乡人，7岁行乞，10岁给地主当小长工，15岁当挑夫，从小尝尽人间苦楚。1927年参加闽西地区农民运动，1928年入党。他作战勇猛，屡立战功。1934年春，调任省军区警卫营营长。8月，参加第五次反"围剿"中南线最激烈的连城温坊保卫战，大腿受伤，被送长汀四都红军医院治疗。10月，主力红军长征后，他参加张鼎丞率领的小分队在杭永边开展游击战争，担任永东游击队司令员兼中共永定县委书记，逐渐成为鼎鼎有名的"游击大王"。三年艰苦卓绝的游击战争结束后，刘永生参加新四军开赴皖南，路经浙江江山时，组织上考虑到闽西是革命老根据地，日后还会有长期复杂的斗争，决定派刘永生秘密返回闽西。

红军主力走了，新四军主力也走了，他一直苦苦坚持到了闽西解放。

刘永生不管顺境逆境，从来都信念坚定。中华人民共和国成立后，他无论是在福建省军区司令员的位置上，还是在福建省副省长的位置上，都一如既往艰苦朴素。在省军区时，他和同为老革命的妻子黄月英积极带头开垦荒地，种上蔬菜。夫妻俩业余时间在菜地上忙碌的身影，不知感动了多少官兵。三年困难时期，堂堂的副省长，得了水肿病——他和夫人收入都不低，钱到哪里去了？接济老区困难群众了。多年的游击战争，刘永生与老区群众和众多的战友，结下了牢不可破的生死情谊。"活着干，死了算""小车不倒只管推"，这是刘永生的口头禅，他与黄月英时常互勉："今天的胜利是千千万万革命烈士用鲜血换来的，否则哪有今天？"

经历过生死考验的人，何等珍惜胜利，何等热爱这片洒满鲜血的大地！

闽西老区还有一个全国堪称罕有的奇迹，是关于土地的。在土地革命时期，有80多万农民分得土地。中央红军主力长征后，由于国民党当局派重兵对闽西苏区反复进行"清剿"，苏区各县相继沦陷，大部分地区重新恢复了封建土地制度。但是在闽西的龙岩、上杭、永定等县约有 15 万人口的地区，土地革命后形成的分田状态基本得到保持，有 20 多万亩的土地一直保留在农民手中，直至中华人民共和国成立。

1937 年 6 月，闽西南军政委员会派代表方方到延安，毛泽东听完他的汇报后，称赞道："你们坚持了三年游击战争，保留了这么多干部，保留又发展了部队，保留了苏区 20 万亩土地，保护了苏区广大群众和利益，这是伟大的胜利。"

这个奇迹是如何发生的？在闽西，不少地方的农民为了保住来之不易的土地，在中共地方组织的领导和红军游击队的配合下，开展了各种形式的"保田斗争"。闽西地方党组织还分析了地主在收租夺田中的不同态度：一是既是地主又当官，这类人是坚决要收租的死硬派。二是当年"吃桐油吐生漆"、亲身领教过农民群众威力的，这类人担心再吃大亏，表示不干了。三是不愿当"出头鸟"的观望派，收得来也跟着收，收不来也不去冒险，这类地主人数最多。为此，闽西地方党组织采取了不同的应对策略：对不收租的地主，保证其安全；对观望地主进行争取；对死硬分子进行坚决镇压。土豪劣绅心惊胆战，小地主和富农哪敢冒头？这种区别对待的做法，取得了良好效果。

党的领导、武装斗争与群众力量结合起来，再加上"坚持就是胜利"的信念，就能创造奇迹，迎接胜利。

他们只是幸存者

父母双亲：

去年终及本年二月都曾寄明信片回家，但未知是
否收到。故此仍将儿外出数年情形简禀：儿出外以来
身体很好且得叔父及亲朋的照顾，生意做得更大了。
过去是小贩赴圩市，现已在延安府开了一个铺子（在
师范学校旁）。儿的资本也扩大了，生活亦改善了，
请勿念！你俩及家中老少健康吗？及吾乡亲友等一切
情形望简赐示，为感专此，福安。

男王集成

这张被闽西毛泽东才溪乡调查纪念馆收藏的明信片，是 1937 年 3 月
14 日从延安寄出的。当时写的收信地址是：福建上杭才溪区富继背（今
才溪乡乌箕背村），寄件地址是陕西省延安府师范学校。这么写，是为
了保密，因为寄信人王集成此时正在抗大学习。自从红军长征之后，一
路征战，关山相隔，信息断绝。西安事变后，红军入驻延安，才总算有
了一个安稳之地，王集成迫切写信跟家里联系，又不敢暴露自己在红军
的身份，只能以"生意做得更大了"来宽慰父母。此等手法，与毛泽东
在革命即将胜利的 1948 年底写给挚友李达的信异曲同工："吾兄系本公
司发起人之一，现公司生意兴隆，望速前来参与经营。"

全民族抗战爆发后，王集成奉命回到闽西游击根据地，积极参加组

建新四军第二支队的工作，无暇回家。接下来，他同张鼎丞、粟裕等在江南坚持独立自主抗日游击战争。解放战争时期，他参加了苏中"七战七捷"和孟良崮、济南、淮海等重大战役战斗。中华人民共和国成立后，他负责抓华东空军基地建设，这才有空回家。27 岁离家，再回家时，已经 43 岁了，父母也垂垂老矣。

中华人民共和国刚成立时，百废待兴，旋即又是抗美援朝战争，加上交通极其落后，回家，并不是一件容易的事。

1950 年，刘忠先是到川西剿匪，10 月到南京，参与筹建中国人民解放军陆军大学。离家乡虽然近了，但因为他公务繁忙，只能派遣警卫员李永海到他老家上杭才溪乡帮忙寻找母亲。警卫员人生地不熟，四处询问。在街上，他看到一个蓬头垢面、佝偻着背行乞的老妇人，试着问她是否认识林连秀。白发苍苍的老人说，她就是林连秀。弄清楚是儿子派人来寻亲时，她嚎啕大哭——儿子跟着红军离开后，她遭遇凄惨：房子被拆，田地被没收，农忙时别人家割稻谷，林连秀家无稻可割，只好跟在人家后面拾一些被丢弃的谷穗。生活苦难，她能承受，但儿子一走 20年无音讯，甚至外界还传闻儿子已经死在长征路上，这让她承受不住。这个孤苦无依的母亲，已经行乞为生多年……

项德崇寻找父母的过程，更为坎坷。

项德崇从上海强恕园艺学校毕业后，到福建长乐县（今福建福州市长乐区）工作，开始投入抗日救亡工作。1938 年，他加入中国共产党，改名"项南"。1951 年，33 岁的他已经是共青团安徽省委书记、安徽大学党委书记。

一天，项南到省委开会，省委书记曾希圣交给他一个任务，让他帮着找一个老战友失散的儿子。他说，老战友姓梁，在东北工作，听说自己的儿子在安徽做青年团工作，于是发来电报请求曾希圣帮忙寻找。过了一段时间，曾希圣开会又遇到项南，问有没有帮他找到老战友的儿子。项南说找不到，皖北青年团不下 10 万人，姓梁的多了，查访了好多，都对不上号。

曾希圣怅然若失道："如果见了老战友的孩子，我或许还能认出来。因为那孩子小时候在上海，我们一同住在上海的八仙桥维尔蒙路。"项南说："我也在上海八仙桥维尔蒙路住过。"曾希圣有些吃惊："你住上海维尔蒙路几号？"项南说："德润里 24 号。"曾希圣问道："是一幢法国式样的洋楼？"项南说："对呀！"曾希圣仔细打量项南，问："那你有没有见过一个大胡子叔叔？"项南说："当然见过，他还带我去看过电影。"

曾希圣大喜："那你看看我是谁？"

项南仔细打量着曾希圣，不由得愣住了："你跟大胡子叔叔一模一样！"

原来，曾希圣就是当年的大胡子叔叔，而项南就是那个他曾带着去看电影的男孩。

曾希圣的老战友正是项南的父亲项与年。项与年参加长征后，很快又奉命离队去做情报工作，1936 年改名为"梁明德"，由南方奔赴西安，去做西北军和东北军上层人物的统战工作。此后，他抵达延安，在抗日军政大学学习。抗战胜利后，他又从延安来到东北。姓名都改了，上哪儿去找梁明德的儿子呢？

项南终于找到了父亲，母亲去哪里了？

解放初期，项南曾经给家乡连城亲友写信寻找母亲，从亲友的信函中他得知：母亲从上海回来，在家乡住了一段时间后，就离家外出找儿子去了，从此杳无音信……

转机出现了，1953 年初春，谢觉哉率中央慰问团赴当年中央苏区重要组成部分的闽西革命根据地慰问老区群众,他们此行的任务之一,便是帮助寻找红军和革命烈士在战争年代失散的亲人。有一天,中央慰问团慰问组从乡亲口中得知:有个外乡妇女流落到这里,她一直念叨要找失散的儿子。慰问组爬山越岭,来到连城县朋口乡文地村,终于找到这位孤苦流浪多年的妇女,她就是王村玉。由于口音难以辨别,她讲的儿子"项德崇"和丈夫"项与年"的名字,记录者始终不得要领,只能记下谐音字,所幸的是,她自己的名字"王村玉"三字,被准确记录下来了。

项南从报纸上读到了从中央慰问团向华东各组织系统提供的"亲人失散名单",当他猛然看到"王村玉"三字,并看到她要寻找的丈夫、儿子姓名的谐音字时,惊喜得差点跳起来:"妈妈!妈妈!"当时已在上海安家的他,马上把妈妈接了过来。

1954年,杨成武带着朝鲜战场上的硝烟,回到阔别25年的家乡,家门口的大樟树还在,乡亲们拿出好吃的来接待他,他却问道,家里有"藏番薯"吗?他想吃小时候吃过的"藏番薯"——"藏番薯"是老家人过苦日子时腌制的一种番薯,味道不太好,但他想吃。

他的祖母还健在,94岁高龄了,但眼睛已经看不见了。她用颤抖的手抚摸着杨成武和杨成武妻子赵志珍的脸,老泪纵横,也摸到了热泪……

这一年5月,杨成武从广州回北京的途中,特地绕道江西赣南新城,瞻仰张赤男的墓地。20多年了,那块土青石的墓碑一直印在他心头。这是他和刘亚楼等战友亲手立的。他一直清晰地记得,张赤男的墓地周围,章水两侧,是起伏的小丘陵地,上面散布着很多坟包。但现在他眼中看到的,已经完全是另一个天地,荒凉不再,章水两岸绿树成荫,居民点星罗棋布,炊烟袅袅。正是盛春时节,花红柳绿,眼前恍若铺开一幅巨大的画卷。杨成武不停地寻找,找了两个小时,也找不到那块亲手立的墓碑,他停下脚步,揩去热泪。

敬爱的老师和首长，您安眠的地方到底在哪里？

碧水悠悠，青山苍苍，四野茫茫。

刘亚楼也是在抗美援朝战争结束后回到家乡的。1953年秋的一个清晨，两条快船从汀江上游向武平店下渡口过来，船还没停稳，刘亚楼便纵身一跃，一个箭步上了岸——自从他19岁那年离家参加革命后，已经24年没有回来了。

快到家门口时，刘亚楼看到有很多乡亲聚集在自己家屋前欢迎自己，人群中，一位老人老泪纵横。刘亚楼心中一酸，张开双臂快步上前，高喊："满（客家人对父亲的称呼），我回来了！"人群中抹泪的老人，正是刘亚楼的养父刘德香。看着走到跟前的儿子，刘德香紧紧握住他的双手，哽咽着说道："马头（注：刘亚楼的小名），等你20多年了，你终于回来了！"翌日，天降大雨，刘亚楼来到母亲坟前，低头鞠躬，热泪滚滚。

听说刘亚楼回来了，相识和不相识的远近乡亲，携儿带女络绎不绝地前来看望。他热情爽朗地招呼着大家，从不抽烟的他，也拿出烟和糖一个一个地敬过去。突然，在热情迎接的人群中，一个披头散发、面容憔悴的女人奋力钻了出来，跪在刘亚楼面前，泣不成声，要刘司令为她做主——这是刘亚楼的入党介绍人之一张涤心的遗孀。1931年，张涤心在"肃社党"运动中，被错误杀害。中华人民共和国成立后，张涤心没有被评为革命烈士，他妻子觉得家里唯一的希望没了，人都快要哭疯了。刘亚楼当即表示，张涤心无疑是革命烈士，自己一定会了解清楚。为此，他还跟当地部门发了脾气："我就是在张涤心同志的介绍下入的党，他如果不是被错杀的，那我是不是也应该是反革命分子？"张涤心获得正名，他的遗孀非常感谢，刘亚楼却很心酸："这是烈士家属应得的，是我们出了问题，才让张涤心烈士和您蒙冤。"

让刘亚楼更心酸的，是他们村里26个参加红军的青年，如今只剩下他一个人活着回来……

他特地去了战友刘文贵的家里。刘文贵是他同村好友，在长征途中受伤，过草地时旧伤复发，伤口溃烂，最终没有撑过来。刘文贵的父母已经去世，家里只剩下他的遗孀梁发玉和孩子。她知道自己丈夫牺牲了，但到底是怎么牺牲的，没有人确切知道，所以刘文贵也未能追认为革命烈士，梁发玉也就没有享受到烈士家属的待遇，家徒四壁，生活非常艰难。刘亚楼难过得不行，亲笔写了一份有关刘文贵的烈士证明。他对梁发玉说："我对不起你呀！对不起你们一家人！"梁发玉却深明大义，说道："别说了，刘司令，革命哪有不死人的？丈夫为革命而牺牲，值得！"

刘德香一家人住在破房子里，他看到儿子"衣锦还乡"，希望儿子把破房子修一修。刘亚楼耐心地劝说："满，革命刚成功，国家困难还很大。我们艰苦一点吧，在群众中带个好头。"

在那之后，刘德香再也没有说过房子的事。刘亚楼的弟弟刘亚东，也一直当着农民。

是的，对刘亚楼这些在惨烈战争中九死一生的人来说，回望那些牺牲的战友，哪有什么"衣锦还乡"？

多少闽西子弟，埋骨荒野，无人知晓。

在松毛岭下的钟屋村，有个叫赖二妹的烈属，整整等了丈夫一生——她与丈夫钟奋然新婚仅仅30天，20岁的钟奋然就跟着红军走了。赖二妹相信丈夫一定能胜利归来。从此，她经常坐在自家门槛上，痴痴地等待，门槛都被坐出了一道深深的凹槽。她一直按客家人的风俗，每年为丈夫做一双鞋子。中华人民共和国成立后，当年参加红军的同村村民回来告诉赖二妹："钟奋然已经回不来了，你不要再等了。"可是，赖二妹总是不愿意相信，每年都要做一双鞋子。一直到1963年，她已经为钟奋然整整做了30双布鞋——这一年，她收到了一张烈士证书："钟奋然同志在第二次国内革命战争中壮烈牺牲，经批准为革命烈士。"

1954年，团级干部钟根基坚决要求复员回钟屋村当农民。钟根基从小父母双亡，靠着亲戚和村中乡亲照顾长大。1932年，他与同村16个青年参加红军，共同盟誓革命胜利后谁活着回来就要替牺牲的兄弟战友尽孝。钟根基参加了长征、抗日战争、解放战争和抗美援朝，最终，只有他一个人活着回到了钟屋村。

他一直记得自己的誓言，为16位牺牲战友尽孝，哪家有困难，他就去帮助他们。牺牲战友父母去世时，他当孝子送终。后来，不论是本村还是邻村，只要有老人过世，他都主动帮忙抬丧，直到耳聋背驼抬不动为止。

20世纪90年代初，钟根基老人在长汀县烈属光荣院去世，终身未娶。离世前，老人留下最后一句话："我死后，请让我把军功章全部带走，因为它们是我16个兄弟用命换来的，我要把这些军功章还给他们！"

钟屋村报名参加红军的人近2000名，而最终留下姓名的只有658位。

自1926年闽西第一个党支部建立伊始，闽西儿女在接下来的二十余载时间里，在党的领导和指引下，在中国革命的各个时期前仆后继，英勇斗争，作出了巨大的牺牲与重大的贡献。中华人民共和国成立之后，闽西的在册烈士有24100多人，还有许多烈士未能留下姓名。另据不完全统计，闽西遭敌人毁灭性摧残的村庄有539个、被烧毁房屋116934间、绝灭37724户、被抓群众26876人、被迫逃亡13306人、被杀害群众18005人、饥饿疫病死亡148074人、土地荒芜155445亩……

他们不是胜利者，他们只是革命的幸存者。

我们终会重新相会

1955 年，广西桂林地区资源县中峰乡邮电所收到了一封奇怪的信。这封信是从南京寄来的，信封上写着"油榨坪三爷收"。邮电所弄不清是谁的信，好几个月送不出去。后来，信辗转到了油榨坪街上一个老人手上，他根据信的内容，判断信是寄给粟传谅的。

粟传谅，就是湘江血战后救助朱镇中的那个铁匠，大家尊称他为"三爷"、他妻子为"三娘"。这封信是朱镇中写来的，他当时在中国人民解放军高级步兵学校，写信时，因为不知道救命恩人的姓名，只能写"三爷收"，信中简单写了自己当年在粟家养伤经过和自己的真实姓名，还特意画好了路线图，并附上路费，邀请粟铁匠到南京家中做客。

这封信到了粟传谅手里，他喜出望外，热泪长流，立即叫儿子回了一封信，两家就这样联系上了。没多久，粟铁匠由女婿陪同来到南京，住了七八天。听到奶奶和三娘已去世，朱镇中心里很难过，他让孩子们叫粟铁匠"三爷爷"，给粟铁匠买了一件皮大衣，还做了一件衣服相送。

两家从此经常走动：1962 年 1 月，朱镇中受邀重返龙溪村看望粟铁匠一家和乡亲们，还到资源县城给机关干部和中学生做了一个多小时的爱国主义思想教育讲座。1963 年 10 月，朱镇中到北京工作了，粟铁匠在大儿子和三儿子的陪同下，乘火车到北京做客。他带来一大包糍粑，由于路途遥远，糍粑上面已经长了些绿霉斑。尽管如此，朱镇中的孩子们还是把它视为最珍贵的礼物，把糍粑上的霉斑一块块地刮掉，洗净晾干后煎着吃，仍然很香。粟铁匠还送给朱镇中一把他亲自打的斧头，质量非常好，朱家用了好多年。

1981年，朱镇中听说粟铁匠病重，立刻汇款给他治病。1982年秋，他又带着儿子再次回到龙溪村，探望救命恩人。那时，朱镇中的儿子刚大学毕业分配在公安部门，起初领导未同意他请假，后来听说他是陪老红军回去看望救命恩人，就破例准了假。那时粟铁匠已处于昏迷状态，卧床不起。朱镇中到他身边，呼唤："三爷，我来看你了！"粟铁匠睁开眼睛，含泪望着自己当年救下的"红军伢子"，拉着他的手，已经说不出话来。

1986年6月20日，朱镇中随中央电视台纪念长征胜利50周年电视系列片《长征·生命的歌》第二集《坎坷的征途》摄制组，第三次重回龙溪村，看望粟铁匠家人。粟铁匠已于1983年1月去世，朱镇中买了花圈到恩人的坟前祭拜。他双臂紧紧地抱住墓碑，哽咽着说："50年前，您不顾危险救了我的命，我永远也忘不了您的恩情！"他在花圈挽联上写下："亲人父亲恩重如山！原红一军团一师三团八连八班班长朱镇中。"

湘江血战61年后的1995年，朱镇中走完了传奇的一生，但两家人的情谊，一直在延续。2008年11月，朱镇中的女儿朱宁娣又来到龙溪村看望粟传谅的儿子粟家珉一家，她称粟家珉为"满叔"。当年，朱镇中养伤时，粟家珉还是一个四五岁的小孩子，朱镇中躺在床上，喊他"小狮子"，他就过来，模仿狮子张牙舞爪、活蹦乱跳的样子，让朱镇中开怀大笑。2020年清明，朱镇中的大女儿和儿子、媳妇三人一起来到中峰乡，给粟传谅扫墓。

曾广贵跟王桂清的故事，也在延续。

曾广贵回到上杭老家后，给王桂清写过几封信，但一直没有回信。"文革"中，曾广贵在庐丰供销社当会计，已是国家干部。当时有人怀疑他不是红军，是假冒的，还有人说他是逃兵，甚至有人说他是红军中的叛徒……他只能去找组织说明情况。组织上问：有人能证明你当过红军吗？有人能证明你不是逃兵、不是叛徒吗？曾广贵回答："有！广西灌阳水车乡的王桂清！"

组织上真的派人到了水车乡，找到了王桂清。后者这才知道曾广贵还活着，高兴坏了。要证明？好，他自己证明，还把乡亲们也找来一起证明：曾广贵就是受伤掉队的红军，是他的红军领导亲手把他交给我们，请我们帮治伤照顾他的，他是个在敌人面前宁死不屈的勇敢小红军！

音信断绝将近 40 年的两人，终于又联系上了。

曾广贵开始给王桂清写信，几个月就要写上一封信，逢年过节还寄点钱。他说，1934 年，王桂清救了他的命，"文革"这次又拯救了他的"政治生命"。

1996 年 8 月，曾广贵在儿子的陪同下，辗转来到灌阳看望自己的救命恩人。分别 60 多年后，两人终于又见面了。两个人都老了，苍颜白发，两双手紧紧握在一起，默默流泪，好久都没有说话……

时间滚滚向前，世事浩浩茫茫。但每一个时代，都有属于这个时代的传奇，再冷酷无情的时间，都有炙热炫目的一刻。

1965 年，刘亚楼病逝

1978 年，项与年病逝

1979 年，林伟病逝

1982 年，赖际发病逝

1984 年，刘永生病逝

1987 年，罗明病逝

1988 年，赖选章病逝

1995 年，阙中一病逝

1997 年，项南病逝

2002 年，刘忠病逝

2004 年，杨成武病逝

2006 年，谢小梅病逝

2008 年，廖仁和病逝

2009 年，罗洪标病逝

2010 年，曾广贵病逝

……

2023 年，涂通今病逝

1992 年 4 月 8 日，韩伟在北京逝世，享年 86 岁。临终前，他对儿子韩京京道："我不行了，我的骨灰你们送到闽西革命公墓。"韩京京希望能留一部分骨灰在北京，韩伟摇头说："湘江战役时，我带出的闽西子弟都牺牲了，我对不起他们和他们的亲人，要是带领他们过了湘江，征战到全国解放，说不定全国的将军县还会出在闽西，出在永定、龙岩、上杭……我这个将军是他们用鲜血换来的，我活着不能和他们在一起，死了也要跟他们在一起，这样我的心才能安宁……"

当年 8 月，韩京京遵父亲遗嘱，从北京将韩伟将军的骨灰送到福建闽西革命公墓。

2009 年，韩京京为完成父亲的心愿，在湘江河畔为红三十四师全体将士立了一块无字碑，基座上写了这么一段话："你们的姓名无人知晓，你们的功勋永世长存——为掩护党中央、中革军委和主力红军在湘江战役牺牲的红三十四师六千闽西红军将士永垂不朽。"2014 年 12 月，韩京京还请雕塑家为陈树湘制作了半身石雕像，安放于湖南省道县。

他们相继病逝，虽然他们都是唯物主义者，但他们相信，他们最终会与已经牺牲的战友，重新相会。

为有牺牲

尾声

人民英雄永垂不朽

人民英雄永垂不朽

人，无法永生，但信仰，可以不朽。

松毛岭下钟屋村，当年害怕飞机捂着耳朵躲在红军怀中的钟宜龙已经苍颜白发，因坚守60余载保护红军遗迹、宣传红色文化而闻名远近。

1950年冬天，时任钟屋乡治安和武装委员会主任的钟宜龙，带领1000多个民兵开展剿匪工作。当时，土匪藏在松毛岭的一个山窝里，钟宜龙和民兵们决定采用火攻的方式逼出土匪。却没想到一场大火过后，眼前场景，让他们深受震撼——到处都可以看到红军的遗骸，还有很多弹片，红军用的口杯、竹杯，吃饭的瓷碗……

在随后的两年时间里，钟宜龙号召当地的村民、党员干部行动起来。不怕烈日、不顾严寒，行走在松毛岭的山间收集红军战士遗骸，然后分点安放，并在松毛岭的隘岽头建起了一座两米多高的烈士纪念碑。当年大家家里都比较困难，为了建烈士纪念碑，钟宜龙就发动村民、党员干部捐献砖头，然后送到离村十几公里的隘岽头。60余载，每到清明时节，钟宜龙都会去祭扫缅怀红军烈士。

钟宜龙退休后，着手研究家乡革命史，集中精力收集整理党史资料并核实革命烈士人数。他走村串户，走访本地区幸存的老红军和五老人员，整理出1928年到1934年参加革命的烈士名单，撰写相关史略，尽自己的一切努力为红军战士找到回家的路。2016年，为纪念中国共产党成立95周年及红军长征胜利80周年，老人拿出自己的毕生积蓄20万元将祖屋重新装修一番，举办红色家庭展，将平生收集的革命史料等展览出来，以教育后代，告慰英烈。

"若要红旗飘万代，重在教育下一代"，这是钟宜龙家门口贴着的一副对联。在钟宜龙的影响下，他的三个儿子一个女儿全部是党员，算上他孙子辈，如今已经是三代党员家庭。

2023年1月，钟宜龙老人溘然长逝，但还有后来人—钟鸣。钟鸣家族有6位烈士：舅公黄月波，外祖父蔡克堂、叔外祖父蔡观养，叔公钟火生、钟林保，姑丈曹国清，其中黄月波、曹国清、蔡观养都牺牲在湘江边。这6位亲人是登记在烈士名录上的，还有2位亲人，不知道牺牲在哪里……

生于1963年的钟鸣，当过教师，后来到北京经商。但钟宜龙老人的一句话，让他改变了主意："烈士后代不讲烈士的故事，以后谁来讲啊……"他留了下来。

钟鸣的选择，深深打动了他的儿子、厦门大学毕业的钟振华。2017年，钟振华辞去工作，从厦门回到家乡，与父亲共同整理红色资料，也成了一名义务讲解员。

如果，一个民族不崇尚英雄、不尊重英烈，这个民族有希望吗？这个民族还能有英雄辈出的局面吗？

1984年，老作家魏巍重走长征路，创作了《地球的红飘带》。他伫立在湘江之畔，看着一座座长满野草的红军无名烈士墓，泪眼婆娑。

湘江血战，已过去差不多50年了。

应该让这些英雄安息在一个庄严肃穆的地方，使后人能够祭奠凭吊。

回京后，魏巍向聂荣臻元帅报告了自己在桂北湘江畔的所见所闻所思所想。1984年11月27日，红军长征血战湘江50周年之际，聂荣臻元帅的秘书周均伦写信给总政治部主任余秋里，转达了聂荣臻元帅的指示："修建突破湘江烈士纪念碑，请总政行文广西办理。"

军地双方快速行动起来，聂帅挥毫题写了"红军长征突破湘江"八个苍劲有力的大字。

筹建者看中了兴安县城西南 1000 米处的狮子山，离当年战场不远，山上青松繁茂，周围是一片片开阔的稻田，站在山顶可环顾周围群山，喜迎八面来风。当地百姓早就视此山为一块风水宝地，老人故去后多葬于此地。当工作组进到附近村庄动员迁坟时，原以为工作难做，但听到的都是这样的声音："这红山是当年红军舍命打下来的，我们今天的幸福是他们的鲜血换来的，既然是为红军烈士修坟建碑，我们还有什么说的？别说给迁坟费安排新地，就是不给钱，我们也愿意马上迁坟！"当地政府为修建烈士纪念碑发布了迁坟公告，规定时限为一个月，但只用了 10 天，狮子山上的 287 座坟就全部迁走了，他们迁走了故去的前辈，为的就是让那些有名和无名的红军烈士安息……

1996 年 1 月，红军长征突破湘江烈士纪念碑园正式对外开放。纪念碑高 34 米，建立于海拔 248.6 米高的狮子山顶，上部为三支竖立的枪杆，象征着"枪杆子里面出政权"的真理。下面整体为圆拱形建筑，庄严肃立于山顶，像一个供英灵长眠安息的陵墓。群雕位于纪念碑前部，与纪念碑由一线四折共 184 级台阶连接，陡峭的台阶寓意着中央红军突破湘江封锁线的艰难曲折过程。群雕由灰白色花岗岩雕凿而成，长 46 米，高 11 米，由四个头像和五组浮雕组成，艺术地再现了当年红军突破国民党第四道封锁线的壮烈场景。

纪念碑园里，特地安放了闽西革命烈士雕塑……曾有来自闽西的烈士孙辈来到这里，一手举着父母的照片，一手拉着孩子，与烈士名字完成一家四代人的"合影"。

2019 年，建于全州县的红军长征湘江战役纪念馆正式对外开放。在桂北，多处湘江战役遗址上还相继建起了纪念馆和烈士墓园，人们满怀敬意，收殓散落在湘江两岸的烈士遗骸，寻找烈士的后人。参观者纷至沓来，如同与先烈进行跨时空的对话。

挖掘长征历史，寻找烈士后人的工作，一直在进行，其中有政府部门，也有民间力量。

人们找到了 12 位留下姓名的湘江战役龙岩籍烈士，这当中，有陈马七、陈马八、陈马九三位。原来大家以为这是三兄弟，后来到村里查了族谱，问了老人，才知道并不是。

很多烈士，都没有后代。在广西兴安湘江战役烈士英名廊上，有 400 多位长汀籍烈士名字，但只有 23 位烈士有后代，其中 6 位有亲生子女，其余都是亲戚的子女过继到其名下……

1949 年 9 月 27 日，邓廷禄牺牲后，大湾村群众冒着生命危险把烈士遗体运回大湾村，安葬在八家山上。中华人民共和国成立后，当地人民政府追认他为革命烈士。2017 年，大湾村通过网络发布烈士信息，不久后，上杭县一个叫阙荣锋的人关注到了这条信息，热泪长流——他是邓廷禄的外孙。

2019 年清明节前夕，阙荣锋陪着母亲邓佛金来到了大湾村，长眠异乡已有 70 年的邓廷禄，终于等来了自己的亲人。这是邓佛金距离父亲最近的一次，亲手做的布鞋终究没有机会亲手给父亲穿上，从咿呀学语等到苍颜白发的女儿，泪眼婆娑，将一捧来自闽西老家的泥土，覆上了父亲的坟墓。后来，阙荣锋把邓佛金在漫长岁月等待父亲凯旋纳制的千层底布鞋和邓廷禄曾经用过的蓑衣、斗笠以及煤油灯和草鞋，捐赠给了资源县博物馆。

2019 年国庆前夕，红三十四师失散老战士林中辉后人林福建一家，从湖南搬回闽西上杭县官庄畲族乡蕉坑村。

林中辉的故事，是林福建在母亲断断续续的讲述中，才梳理清楚的：

林中辉是红三十四师师部的一名传令兵，连番血战后，他随陈树湘转战湘南，在道县四马桥镇清水塘一带与道县保安团激战时，林中辉的右脚掌遭敌人机枪扫射，整个脚板被打掉，只剩一个脚后跟。因为伤势过重，无法再继续随部队突围，战友们把他安置在一个庙里。后来，他被一个放鸭老人救助，活了下来，但伤口一直折磨着他，直到一个唐姓和尚为他用草药医治好了脚伤，但落下了永远的残疾。为了生存，林中辉什么都干过，甚至当过和尚。

直到中华人民共和国成立后，他在道县杨家公社早禾田村参加土改分得了房屋和土地，才算安稳下来。1953年，颠沛流离了近20年、年龄已达43岁的林中辉与一名叫区福媛的女子成了亲。1955年，他们生下了一个儿子，取名林福建——他想让后人们永远记得自己的根在福建，将来有机会，还要回到老家福建去。1960年，林中辉病逝，终年50岁。

20世纪90年代初期，林福建踏上了寻亲之路，他要遵照父亲的遗愿，回到福建上杭，找到亲人。然而，因为资料缺失，他的寻亲之路，困难重重。毕竟，红三十四师6000闽西子弟在湘江战役牺牲，经多方考证，能确认有名有姓或有外号的只有1060人，大多数牺牲的战士连名字都没有留下一个……

2018年8月，在爱心人士的多方努力下，林福建终于找到了父亲的家乡——上杭县官庄畲族乡蕉坑村。11月26日，他带着儿子林古田回到了家乡福建上杭县蕉坑村。92岁高龄的表叔紧紧抱着他，对他说："你怎么才回啊，你奶奶等你父亲回家等了整整三十年，她眼睛都哭瞎了。"

终于回家了！在湘南长大的林福建，虽然完全听不懂父亲家乡的方言，但这一刻，他感觉自己从未离父亲这么近。

长征，也从未离中国人如此之近。

距离红军从钟屋村誓师出发、开始远征的时间，已经过去90年了。

但许多历史事件，恰恰是经历了漫长的岁月之后，才愈发显示出其价值来。

疾风烈火，碧血丹心，长征标注了人类精神的新高度。

今天，中国人已经迈上以中国式现代化全面推进中华民族伟大复兴的新征程。这是一场新的长征，依然艰巨，依然充满挑战，依然有人围堵阻截。但伟大长征精神，是我们奔向中华民族伟大复兴的不竭动力。

2021 年 4 月 25 日，习近平总书记在参观红军长征湘江战役纪念馆时指出，湘江战役是红军长征的壮烈一战，是决定中国革命生死存亡的重要历史事件。红军将士视死如归、向死而生、一往无前，靠的是理想信念。为什么中国革命能成功？奥秘就是革命理想高于天，在最困难的时候坚持下去，这样才能不断取得奇迹般的胜利。我们对实现下一个百年奋斗目标、实现中华民族伟大复兴就应该抱有这样的必胜信念。

漫漫长征路，英烈万万千。"壮烈啊！陈树湘是牺牲英雄中很典型的一个。"在油画《陈树湘》前，习近平总书记由衷感叹。是啊，在这场远征中，牺牲的红军达 10 万人以上，其中，54% 的人在 24 岁以下，只有 4% 的人超过 40 岁。他们，都是中华民族的脊梁。

一个有希望的民族不能没有英雄，一个有前途的国家不能没有先锋。实现中华民族伟大复兴的中国梦，需要英雄，需要英雄精神。

2014 年 8 月 31 日，十二届全国人大常委会第十次会议经表决，通过了《关于烈士纪念日的决定（草案）》设立烈士纪念日的决定，以法律形式将 9 月 30 日设立为中国烈士纪念日，并规定每年的这一日国家举行纪念烈士活动，以铭记那些为了民族独立、人民自由幸福、国家繁荣富强献出生命的英雄。2014 年 9 月 30 日，中国迎来首个烈士纪念日。天安门广场上，人民英雄纪念碑巍然耸立，毛泽东题写的"人民英雄永垂不朽"八个鎏金大字穿透时空，习近平等党和国家领导人同各界代表一起，向人民英雄敬献花篮。

以国家的名义，铭记英雄，致敬历史！英雄的事迹，将永远铭刻于民族记忆；英雄的精神，将永远激励民族前行。

参考资料

1. 中共中央党史研究室：《中国共产党历史》第一卷（1921—1949），中共党史出版社 2011 年版。

2. 中共中央文献编辑委员会编：《毛泽东选集》，人民出版社1991 年版。

3. 中共中央文献研究室编：《毛泽东年谱》，中央文献出版社2013 年版。

4. 中共中央文献研究室、中国人民解放军军事科学院编：《建国以来毛泽东军事文稿》，军事科学出版社、中央文献出版社 2010 年版。

5. 中共中央文献编辑委员会编：《邓小平文选》第三卷，人民出版社 1993 年版。

6. 中共中央文献编辑委员会编：《周恩来选集》，人民出版社1997 年版。

7. 中共中央文献编辑委员会编：《陈云文选》第一卷，人民出版社1995 年版。

8. 彭德怀：《彭德怀自述》，人民出版社 1981 年版。

9. 罗明：《罗明回忆录》，福建人民出版社 1991 年版。

10. 奥托·布劳恩：《中国纪事》，东方出版社 2004 年版。

11. 张永和、项建坤：《项南传》，中共党史出版社 2015 年版。

12. 李维汉：《回忆与研究》，中央党史资料出版社 1986 年版。

13. 杨尚昆：《杨尚昆回忆录》，中央文献出版社 2001 年版。

为有牺牲

14. 李维汉：《回忆长征》，《党史通讯》1985 年第 1 期。

15. 伍修权：《往事沧桑》，上海文艺出版社 1990 年版。

16. 刘忠：《从闽西到京西》，中西书局 2016 年版。

17. 肖锋：《肖锋日记》，上海人民出版社 1979 年版。

18. 陈伯钧：《陈伯钧日记》，上海人民出版社 1987 年版。

19. 聂荣臻：《聂荣臻回忆录》，解放军出版社 2007 年版。

20. 萧劲光：《萧劲光回忆录》，解放军出版社 1987 年版。

21. 林伟：《一位老红军的长征日记》，中共党史出版社 2006 年版。

22. 杨成武：《杨成武回忆录》，解放军出版社 2014 年版。

23. 杨得志：《横戈马上》，解放军文艺出版社 1984 年版。

24. 齐志文：《赖际发传》，当代中国出版社 1993 年版。

25. 阙中一：《跟毛主席过万水千山》，少年儿童出版社 2007 年版。

26. 刘俊秀：《生死斗争三个月》，江西人民出版社 1960 年版。

27. 徐海东：《生平自述》，三联书店 1982 年版。

28. 中共党史人物研究会编：《中共党史人物传》，中央文献出版社 2010 年版。

29. 谷牧：《谷牧回忆录》，中央文献出版社 2009 年版。

30. 刘志庆、朱洪伟：《廖海涛传》，解放军出版社 2011 年版。

31. 穆青：《南征散记》，武汉通俗图书出版社 1950 年版。

32. 张严平：《穆青传》，新华出版社 2005 年版。

33. 张正隆：《一将难求：四野名将录》，白山出版社 2011 年版。

34. 张正隆：《枪杆子 1949》，人民出版社 2008 年版。

35. 《博古 1945 年 5 月 3 日在中共七大上的发言》，《党史通讯》1985 年第 1 期。

36. 星火燎原编辑部编：《星火燎原》，解放军出版社 2009 年版。

37. 乔纳森·芬比：《蒋介石传》，中国青年出版社 2011 年版。

38. 王奇生：《党员、党权与党争》，社会科学文献出版社 2018 年版。

39. 刘凤翰：《国民党军事制度史》，中国大百科全书出版社 2009 年版。

40. 来永宝、林振东主编：《闽西革命简史》，国家行政学院出版社 2015 年版。

41. 吴基民：《上海 1931》，上海人民出版社 2019 年版。

42. 宋希濂：《鹰犬将军》，中国文史出版社 1993 年版。

43. 韩毓海：《五百年来谁著史——1500 年以来的中国与世界》，中信出版集团 2018 年版。

44. 艾格妮丝·史沫特莱：《伟大的道路——朱德的生平和时代》，生活·读书·新知三联书店 1979 年版。

45. 埃德加·斯诺：《红星照耀中国》，长江文艺出版社 2018 年版。

46. 王树增：《长征》，人民文学出版社 2006 年版。

47. 朱惠芳主编：《红军长征在汝城》，中央文献出版社 2011 年版。

48. 王熙兰：《腥山血岭——红军长征过桂北纪实》，上海人民出版社 1996 年版。

49. 李时新：《重生——湘江战役失散红军记忆》，漓江出版社 2021 年版。

50. 曾平标：《向死而生》，人民出版社、广西人民出版社 2022 年版。

51. 刘玉：《湘江战役的民间记忆》，广西师范大学出版社 2021 年版。

52. 黄道炫：《张力与限界——中央苏区的革命（1933—1934）》，社会科学文献出版社 2014 年版。

53. 王火：《外国八路》，百花文艺出版社 1981 年版。

54. 中国工农红军第一方面军史编审委员会编：《中国工农红军第一

方面军史》，解放军出版社 1993 年版。

55.侯树栋、范震江、刘统等：《中国革命战争纪实》，人民出版社 2007 年版。

56.《中国抗日战争军事史料丛书》编审委员会编：《新四军·文献》，解放军出版社 2015 年版。

57.张鼎丞：《中国共产党创建闽西革命根据地》，人民出版社 1983 年版。

58.方方：《三年游击战》，《红旗飘飘》第 18 集，中国青年出版社 1979 年版。

59.六安市政协文史资料委员会编：《六安红军与长征》，中共党史出版社 2016 年版。

60.湖北省麻城市地方志编委会编：《麻城县志》，红旗出版社 1993 年版。

61.施原：《王以哲之死——东北军参与西安事变始末》，现代出版社 2017 年版。

62.谢春涛：《入党——40 个人的信仰选择》，四川人民出版社 2016 年版。

63.安永香、李生安编著：《红西路军血沃张掖》，中国文史出版社 2006 年版。

64.鄢一龙、白钢、章永乐等：《大道之行：中国共产党与中国社会主义》，中国人民大学出版社 2015 年版。

65.中共福建省委党史研究室主编：《福建英烈传略》，福建教育出版社 2015 年版。

66.《劲旅雄风：江南铁军征战纪实》编委会编：《劲旅雄风：江南

铁军征战纪实》，中国中福会出版社 2015 年版。

67. 路海江：《张国焘传记和年谱》，中共党史出版社 2003 年版。

68. 少华：《张国焘的这一生》，湖南人民出版社 2014 年版。

69. 李官禄：《红军博士涂通今》，军事医学科学出版社 1998 年版。

70. 涂西华编著：《世纪行：红军博士涂通今百年历程》，光明日报出版社 2015 年版。

71. 钟兆云：《百战将星：刘亚楼》，解放军文艺出版社 1996 年版。

72. 王熙兰、盘青山编著：《血染湘江：红军长征突破湘江烈士纪念碑园》，中国大百科全书出版社 2012 年版。

73. 张晓松、朱基钗、杜尚泽：《"加油、努力，再长征！"——习近平总书记考察广西纪实》，新华社 2021 年 4 月 29 日。

74. 刘娟：《福建长汀：长征起点有一位无名烈士"守魂人"》，《新华每日电讯》2016 年 10 月 10 日。

75. 刘娟：《百岁红军涂通今：长征走出的医学博士》，《新华每日电讯》2016 年 8 月 2 日。

76. 郭鹰：《从湘江到皖南——寻找张仰烈士》，龙岩融媒体中心 2022 年 3 月 25 日。

为有牺牲